NAUFRAGIOS Y COMENTARIOS

ÁLVAR NÚÑEZ CABEZA DE VACA

NAUFRAGIOS

Y

COMENTARIOS

Apuntes sobre la vida del Adelantado
por
Enrique Vedia

TERCERA EDICIÓN

EDITORIAL PORRÚA
AV. REPÚBLICA ARGENTINA, 15
MÉXICO, 1998

Primera edición, 1555
Primera edición en la Colección "Sepan cuantos...", 1988

Copyright © 1998

Las características de esta edición son propiedad de
EDITORIAL PORRÚA, S. A. de C. V. — 2
Av. República Argentina, 15, 06020 México, D. F.

Queda hecho el depósito que marca la ley

Derechos reservados

ISBN 968–452–354–8 Rústica
ISBN 970–07–0574–9 Tela

APUNTES SOBRE LA VIDA DEL ADELANTADO ÁLVAR NÚÑEZ CABEZA DE VACA

Nació Álvar Núñez Cabeza de Vaca en la ciudad de Jerez de la Frontera, y fue nieto del adelantado Pedro de Vera, a quien concedieron los Reyes Católicos, de gloriosa memoria, don Fernando y doña Isabel, la conquista de las islas Canarias, haciéndola a costa suya; empresa en que gastó un cuantioso patrimonio; y no alcanzando al intento, empeñó en suma de dineros, y por no dejarle, a un alcaide moro dos hijos que tenía, de los cuales fue el uno padre y el otro tío de nuestro Adelantado, cuya madre se llamó doña Teresa Cabeza de Vaca, según consta de una probanza en forma que presentó al Consejo de Indias. No han llegado a noticia de nuestros tiempos los particulares de su niñez y juventud, y sólo sabemos que al pasar a la conquista de la Florida el gobernador Pánfilo de Narváez, llevó en su compañía a Álvar Núñez, avecindado entonces en Sevilla, con el cargo de tesorero del Rey. Fue aquella expedición tan numerosa y lisonjera en las esperanzas, como desgraciada en sus resultados, pues murieron la mayor parte de españoles, unos de enfermedades y otros a manos de los indios, gente belicosa, feroz y caribe, que devoraba los cadáveres de sus enemigos. Sucedió esto por los años de 1528, y según las noticias históricas del tiempo, de seiscientos españoles que iban a la empresa, sólo lograron salvarse cuatro, que fueron Álvar Núñez Cabeza de Vaca, Alonso del Castillo Maldonado, Andrés Dorantes, y un negro esclavo de Álvar Núñez, llamado Estebanico de Azamor; así lo refiere él mismo en sus *Comentarios*. La vida errante y de servidumbre que llevaban estos infelices, la desnudez y el estar flacos, extenuados y devorados de mosquitos, fueron las circunstancias que les salvaron la vida, pues tales se hallaban, que no les parecieron de provecho a los indios para comerlos.

En esta lastimosa situación es cuando, obligado Álvar Núñez a asistir a los indios enfermos que reclamaban sus auxilios, comenzó a valerse, por ignorancia de otros medios físicos, de soplos, oraciones y rezos, con los cuales dice halló gracia delante del Señor para hacer, no sólo curas verdaderamente maravillosas, sino hasta milagros ciertos, pues asegura que en una ocasión resucitó un indio muerto. La crítica no puede aceptar estos hechos sobrenaturales, hijos probablemente de la casualidad, y en el caso a que aludimos de un error material de Álvar Núñez; y aunque el marqués de Sorito en una larga disertación, no menos erudita que indigesta y pesada, defendió con el mayor entusiasmo los milagros de Álvar Núñez, la razón se niega a admitir semejantes fábulas.

Los resultados inmediatos de estas curas fueron para Álvar Núñez y sus compañeros una completa seguridad, y el respeto y aprecio de los indígenas, que los miraban como seres de una naturaleza superior y privilegiada. A favor de tal persuasión corrieron la tierra, siendo bien recibidos en toda ella; y de tribu en tribu vinieron a parar a San Miguel de Culhuacán en la costa del mar del Sur, después de una peregrinación

de nueve a diez años; pasó luego a México, y dio la vuelta a España por
los años de 1537.

A su llegada pretendió con ahinco la gobernación del Paraguay:
prueba evidente del espíritu y aliento de Álvar Núñez, que no habían
podido quebrantar los trabajos, aflicciones y fatigas de diez años. El Emperador le hizo la merced que solicitaba, con título de adelantado, y
ciertas capitulaciones, por las que se obligaba a continuar el descubrimiento, conquista y población de aquellas tierras. Preparó pues lo conveniente,
y en el año de 1540, a 2 de noviembre, salió del puerto de San Lúcar
de Barrameda con cinco navíos, en que iban, sin contar la gente de mar,
setecientos españoles, y entre ellos un buen número de caballeros e hidal-
gos; llegó al puerto de Santa Catalina a 29 de marzo de 1544, después
de haber reconocido el cabo de San Agustín; y teniendo nuevas de estar
casi desierto Buenos Aires, determinó pasar por tierra a la Asunción,
principal residencia entonces de los conquistadores, mandando que los
navíos, con la gente de mar, mujeres y demás, continuasen navegando
hasta tomar el río de la Plata, y dejando los dos navíos más gruesos en
San Gabriel. Entre tanto el Adelantado hizo reconocer a Pedro Dorantes
una parte del camino que trataba de hacer, y con estas noticias emprendió su viaje, en que pasó grandísimos trabajos por la aspereza de la tierra,
anchura y braveza de los ríos, y enfermedades de la gente; tuvo, en medio
de esto, la buena suerte de entrar en la Asunción el día 11 de marzo de
1542, después de setenta jornadas, en que anduvo cuatrocientas leguas
sin haber perdido ni un hombre. El general Domingo de Irala envió tres
capitanes a que le besasen la mano, y con esto fue recibido en su nueva
gobernación muy a gusto de todos, por el lugar que se hacía con su afa-
bilidad y buen trato.

Lo primero que el Adelantado hizo fue nombrar a Domingo de Irala
su maestre de campo, encargándole proseguir los descubrimientos para
ponerse en comunicación con el Perú; despachó también a su sobrino
Alonso Riquelme con trescientos hombres al castigo de unos indios rebe-
lados de la provincia del Ipané; y por último, aunque contrapuntado ya
algún tanto con los oficiales reales, resolvió salir en persona con una
numerosa expedición a correr tierra y averiguar noticias de minas. Acom-
pañábanle cuatrocientos hombres con sus capitanes prácticos en el país,
el contador, veedor y factor; y dejando el mando de la Asunción en manos
del maestre de campo, emprendió la expedición con su marcha en cuatro
bergantines, seis barcas, veinte balsas y más de doscientas canoas. Después de algunos encuentros con los indios, comenzaron las pasiones y
discordias con los oficiales reales, que en medio de grandes hambres
y trabajos, exigían con imperiosa tiranía el quinto de las cosas más pequeñas
e insignificantes, hasta de la caza y pesca que a costa de mil fatigas ad-
quirían los soldados para satisfacer su necesidad. Opúsose, como era
razón, Álvar Núñez a tan desusadas pretensiones, ofreciendo que él por
su parte daría a su majestad, por excusar molestia a los soldados, los
cuatro mil ducados al año que se le habían señalado de salario; con lo
que se calmó por entonces aquella discordia, y el Adelantado dio la vuelta
a la Asunción llevando consigo más de tres mil indios de servicio, que

aumentaron el pueblo y proporcionaron más abastecimiento de comida y otras cosas necesarias; pasó luego a reprimir a los indios yapirús, que molestaban con continuas incursiones a los españoles; y conseguido este objeto, se restituyó a su gobierno muy gozoso, si bien molestado de unas cuartanas que le tenían en harto desasosiego.

Hubo por este tiempo necesidad de enviar alguna gente a pacificar los indios de la provincia de Acay, que andaban turbados y alterados, y con este fin mandó Álvar Núñez apercibir doscientos cincuenta hombres, que a las órdenes del maestre de campo partieron de la Asunción. Los oficiales reales, que no aguardaban sino una buena coyuntura para obrar según su mala voluntad y encono, determinaron aprovechar la que se les ofrecía, atizando principalmente el fuego el contador Felipe de Cáceres, hombre sedicioso, inquieto y amigo de novedades; decía él que convenía al servicio del Rey quitar el mando y prender al Adelantado, que no cuidaba como debía de los intereses de su majestad; y reuniendo a todos sus amigos y parciales, les persuadió el negocio, valiéndose de la ausencia del maestre de campo y de otras personas de cuenta que con él habían ido y diciendo que ahora debía acometerse la empresa.

Hallábase, como hemos dicho, Álvar Núñez muy enfermo y en cama; tuvo aviso de que los conjurados caminaban en armas a su posada, y levantándose se echó una cota, calóse la celada, y embrazando su rodela, salió a la sala a recibirlos espada en mano; donde les dijo en alta voz: «Caballeros, ¿qué traición es ésta que cometen contra su adelantado?» Respondieron ellos: «Aquí no hay traidor ninguno, porque todos somos servidores del Rey; y así, conviene que vuesa señoría sea presa y vaya a dar cuenta al real Consejo de sus delitos y tiranías.» Replicó el Adelantado cerrándose con su rodela: «Antes morir que consentir tan gran traición.» Y entonces le acometieron todos, requiriéndole se rindiese; donde no, que le harían pedazos. Rodeáronle juntos y a un tiempo; pero antes que le hiriese ninguno llegóse un Jaime Resquin con una ballesta armada, y poniéndole un pasador al pecho, le dijo: «Ríndase luego; si no, pasaréle con esta jara.» A lo cual dio de mano el Adelantado, diciendo con semblante grave: «Apártense vuesas mercedes; que yo me doy por preso.» Y recorriendo con la vista a los que le rodeaban, y viendo entre ellos a don Francisco de Mendoza, le llamó y dijo: «A vuesa merced, señor don Francisco, entrego mis armas, y ahora hagan de mí lo que quisieren»; y dióle su espada. Tomóla Mendoza; y con esto, le echaron mano, le pusieron un par de grillos y le llevaron así a las casas de García Venegas, rodeado de mucho gentío, donde le encerraron en una cuadra muy oscura, poniéndole cincuenta soldados de guardia. Prendieron con él a su sobrino Alonso Riquelme Melgarejo, al alcalde mayor Pedro de Estopiñán, Francisco de Vergara, Abreu y otros capitanes, caballeros y soldados; y quitándoles las armas, se apoderaron del gobierno y jurisdicción tan a su sabor, que nadie se atrevía a irles a la mano en cuanto se les antojaba, mas ni aun a hablar contra ellos. Los oficiales reales, que eran el alma de todo el negocio y lo manejaban, escribieron lo sucedido al maestre de campo, manifestándole que todo se había hecho de común acuerdo y como conveniente al servicio de su majestad, y encargándole la pronta vuelta.

para disponer lo que cumpliese al buen gobierno y quietud de la tierra. No causó poca novedad esta noticia en el maestre de campo, y sintióla, como era razón; mas no pudo remediarla, por haber intervenido en el hecho tantos capitanes y gente autorizada y noble, y por hallarse a la sazón enfermo de una disentería, en términos que ni aun podía montar a caballo; pero viendo lo grave del negocio, determinó venirse, conducido en una hamaca, a la Asunción, donde llegó tan al cabo, que le desahuciaron, y estuvo muy a pique de perder la vida. Reunidos ya todos, determinaron nombrar persona que sustituyese al Adelantado y los gobernase en nombre del Rey; y habido su acuerdo, y hecha la votación por cédulas, según estaba ordenado por una provisión real, resultó elegido el maestre de campo Domingo Martínez de Irala, quien se excusó diciendo que su enfermedad más le tenía para ir a dar cuenta a Dios que para admitir y ocuparse en cosas temporales, sobre todo habiendo tantos y tan buenos caballeros que podían tomar a su cargo el gobierno, que no debía entregarse a un hombre oleado. Anduvieron en estas demandas y respuestas casi un día, hasta que interviniendo los capitanes Salazar, Chaves y muchos de los mismos amigos y parciales del Adelantado, hubo de consentir Irala en lo que pretendían; con lo que el día 15 de diciembre de 1543 le sacaron, enfermo como estaba, sentado en una silla, y fue recibido como capitán general, jurando antes gobernar en paz y justicia y mantener la tierra en nombre del Rey, hasta que su majestad no dispusiese otra cosa. Hízose en seguida proceso de todo para enviarlo a Castilla con el Adelantado en una buena carabela que se determinó construir, y cuya obra caminó con suma lentitud, padeciendo entre tanto Álvar Núñez muchas vejaciones y mal tratos, por espacio de diez meses, pues ni le permitieron tener recado de escribir ni otro consuelo alguno, dándole de comer hasta pobremente y de lo suyo, para lo cual le embargaron todos sus bienes. Pasaba él estos trabajos con gran resignación y conformidad; cualidades en que no le imitaron sus partidarios, pues en varias ocasiones, si bien en todas infructuosamente, procuraron sacarle de la prisión y volverle a poner en el gobierno. Velaban con gran diligencia sus enemigos para impedirlo, y acordaron por último que antes de consentir en tal cosa darían de puñaladas al Adelantado, y harían lo mismo a Irala si no acudiese a lo que a todos convenía y a la buena guarda y custodia del preso. Evitó esta providencia violenta nuevas tentativas: pero enconó los ánimos a punto de que sucedieran grandes males y discordias, sino por el buen celo y diligencia de Irala.

Acabada por fin la carabela, embarcaron en ella al Adelantado, y resolvieron le acompañasen el veedor Alonso Cabrera y el tesorero García Venegas; los cuales llevaban el proceso fulminado contra el preso, instruido muy a gusto de sus enemigos; se dio el mando de la nave a Gonzalo de Mendoza, portugués, y se nombró procurador de la provincia a Martín de Orue. A pesar de convenir tanto la pronta marcha del Adelantado para calmar los bandos y pasiones que había entre la gente, y que Irala procuraba templar con esfuerzos inauditos, haciendo mercedes a unos, castigando a otros, y atajando con maña el fuego para que no pasase adelante, todavía pretendió el capitán Salazar usar de un poder secreto que le había dejado Álvar Núñez, y disponer lo conveniente para sacarle de la carabela y restituirle en el mando; dio para esto la voz, reunió hasta cien hombres en su casa, y hecho el navío a la vela, manifestó su intento a las claras, obligando al nuevo gobernador a que le aconsejase desistir de su empeño, primero con palabras, y después a viva fuerza; pusiéronse para ello cuatro piezas asestadas a la casa, comenzaron a batirla, y derribado un lienzo, entraron sin resistencia. Abandonado Salazar de sus parciales, y presos Riquelme, Melgarejo y Vergara, dispuso el Gobernador que un bergantín saliese con él para ver si alcanzaba a la carabela. La alcanzó en efecto, y el capitán Salazar pasó a ella en calidad de preso, en compañía del Adelantado, a quien había guardado tanta fidelidad. Llegados a Sancti Spiritus, hubo nueva revolución de humores, y a persuasión de Alonso Cabrera, arrepentido quizá de lo hecho, se trató de volver a la Asunción y reponer en el mando a Álvar Núñez; contradíjolo Pedro de Estopiñán, diciendo que este lance podría redundar en gran deservicio de Dios y ruina de los españoles, moviendo grandes discordias y guerras civiles; y vencidos los demás de estas razones, determinaron proseguir su navegación a España; llegaron a ella después de sesenta días; y presentados al Consejo de Indias, y dada cuenta de lo sucedido, mandó el Emperador poner presos a Cabrera y a García Venegas; siguióseles el proceso, y estando a punto de sentenciarse, enloqueció el primero, y murió el segundo súbitamente, ambos en la cárcel. Fue también condenado Álvar Núñez a privación de oficio y a seis años de destierro en Orán, con seis lanzas; apeló, y en revista salió libre, señalándole dos mil ducados de pensión en Sevilla. Retiróse a aquella ciudad, en la cual falleció ejerciendo la primacía del consulado con mucha honra y quietud de su persona, ignorándose el año de su muerte.

Es Álvar Núñez una de las figuras más bellas, nobles y bondadosas que se encuentran en los anales de la conquista del Nuevo Mundo; su constancia y resignación en los trabajos, su valor en los combates, y su resolución en los mayores peligros le acreditan de ilustre guerrero, al paso que su mansedumbre y dulzura con los indios demuestran que era un hombre excelente y humano. Sólo él podía decir estas hermosas palabras: «Por donde claramente se ve que estas gentes todas, para ser atraídas a ser cristianos y a la obediencia de la imperial majestad, han de ser llevados con buen tratamiento, y que este es camino muy cierto, y otro no.» Palabras que en ningún conquistador se encuentran, y que leemos con el mismo placer que el viajero fatigado ve un árbol frondoso en medio de un vasto y árido desierto.

Dos son las obras que quedan de Álvar Núñez: la primera intitulada *Naufragios*, que es la relación a la Florida, escrita por él mismo; y la segunda los *Comentarios* de su gobierno en el río de la Plata, que extendió el escribano Pedro Fernández. Las imprimió el año de 1555 en Valladolid Francisco Fernández de Córdoba en un tomo en 4º, y las reprodujo Barcia en su Colección el año de 1740; siendo estas dos ediciones las únicas que existen de este curiosísimo libro.

Enrique Vedia.

EL CONQUISTADOR ÁLVAR NÚÑEZ CABEZA DE VACA

Álvar Núñez Cabeza de Vaca nace en Jerez de la Frontera —otros lo suponían extremeño— en 1490. Su apellido, es ilustre; se remonta al siglo XIII y fue ganado en la batalla de las Navas de Tolosa. Abuelo del futuro caminante de La Florida fue el famoso Don Pedro de Vera. Educado en la corte de Don Enrique IV el Impotente, se perfiló como uno de los caballeros más arrojados de Andalucía. Intervino en todas las luchas banderizas del sur: su valor y su concepto de la guerra llegaron hasta el solio de los Reyes Católicos: los sabios Monarcas, para quemar su sangre en anchas empresas que no alteraran su Reino, le proporcionaron la conquista de la Gran Canaria: allí demostró su temperamento y su espíritu de colonizador.

Su padre, Álvar Núñez, debió de ser hombre de condición pacífica. afincado a su comarca jerezana. Su madre, Teresa Cabeza de Vaca, de sangre hidalga, dama apegada a puntillos de honra y de pergaminos.

Como tantos otros conquistadores de Indias, Álvar Núñez Cabeza de Vaca, hombre culto, se aburría en sus cómodas propiedades de Jerez. entre viñas de oro.

Quizá la lectura de las hazañas de sus antepasados le hicieron soñar en emularlos; añadirle nuevos cuarteles a su escudo de hidalguía. La expedición de Pánfilo de Narváez le da ocasión de poner en práctica sus planes ambiciosos de gloria.

Se enrola con Pánfilo de Narváez, al que le han dado, como premio a sus fatigas en Cuba, Jamaica, y a sus reveses en México, una gobernación: la limita el río Palma hasta el reino de La Florida: un nombre sobre un tosco mapa: en realidad, una tierra a la que hay que conquistar antes de volverla novia sumisa de la Corona de España.

Parte la lujosa expedición —cinco bajeles bien abastecidos— el 17 de junio de 1527, del puerto de Sanlúcar de Barrameda. Álvar Núñez es capitán de calidad y ocupa un puesto destacado junto al gobernador: tesorero y alguacil mayor. El viaje hasta Santo Domingo se realiza con felicidad. Carece, por tanto, de historia. Quizá Álvar, treintañero, volviera los ojos para despedirse de la costa andaluza, blanda y fina como mejilla de muchacha. Pero no son tiempos de nostalgia sino de acción. Arreglará el tahalí que le cuelga del cinto. Y acariciará, ganoso de gloria, el duro tesoro de la empuñadura de su espada.

Mas —¡oh jugada del Destino!—: a Álvar Núñez Cabeza de Vaca no lo registrará la Historia por la templada hoja de su acero, sino por la infatigable andadura de su pie.

* * *

No bien anclados los navíos en la bahía de Puerta Zorrecilla, los colonos de La Española empezaron a sembrar rumores entre la hueste de Pánfilo de Narváez.

—Bien trajeados venís, compañeros. Pero el oro de las Indias no se recoge con cestillo, sino dejando la sangre en las ramas de las selvas y en las flechas de los indígenas.

—Entre la maleza se ocultan sierpes poderosas, que pueden devorar a un jinete y a su montura.

—No busquéis la aventura imposible: aquí, en La Española, se encuentra la ventura posible. La pradera de Nigüey exige hombres valerosos que arrinconen la tizona y empuñen la azada: los caballos, que van a morir entre selvas y montañas, son aptos para reproducirse y humedecerse del noble sudor en el ejercicio digno y acariciante del arado.

Ciento cincuenta hombres oyen la bucólica conseja. Se quedan en Santo Domingo. Pánfilo de Narváez adquiere un nuevo navío. Enojado por la deserción, da órdenes de partir para Cuba donde cuenta con el apoyo de Don Diego de Velázquez. Tiene que contratar nueva hueste y adquirir bastimentos para lanzarse a la colosal aventura.

Navegan los buques hacia Cuba: la mar es suave; el viento, distiende las velas, curvándolas graciosamente y modulando una armoniosa canción en las jarcias.

Don Álvar Núñez Cabeza de Vaca, charla con fray Juárez, digno franciscano de la expedición. Doña Ana, esposa de uno de los oficiales, se aproxima al grupo. Es agraciada de rostro; sus ojos están llenos de cándidos asombros.

—Buena navegación, mi señora Doña Ana —dice, galante, Don Álvar Núñez Cabeza de Vaca, mirando la azulenca agua que se rompe en la proa de la nave.

—Mala la presiente mi corazón; porque tengo por cierto que esta expedición no traerá más que desgracias.

—¿Cómo decís? —preguntó, inquieto, fray Juárez.

—Una mora de Hornachos, muy sabedora de cosas del Destino, me lo predijo al partir.

—¿Y vos, fiel cristiana, creéis en esas brujerías, que la Madre Iglesia rechaza y el Santo Oficio condena?

Don Álvar Núñez Cabeza de Vaca aserió su rostro. Buen soldado, no ignoraba que tales rumores, difundidos entre una hueste aún no despegada de los miedos de la Edad Media, achicarían su ánimo de combate.

—Mi señora Doña Ana: prohibo que confiéis a nuestros compañeros esas absurdas ideas, indignas de una dama valiente y de una verdadera cristiana.

Se levantó Doña Ana, con un gesto de enojo, del rollo de cáñamo donde había tomado asiento.

Volvieron el fraile y el tesorero a su plática aleccionadora; pero ya las olas, al chocar con el casco de la nave, les pareció a ambos que producían un chasquido siniestro.

* * *

Las seis naves de Pánfilo de Narváez llegaron a Cuba; era necesario reponer bastimentos y hacer una leva de tropas. Un amigo de Pánfilo de Narváez, llamado Vasco Porcalle, le ofreció los víveres que tenía en el puerto de Trinidad. Aunque al principio se dispuso que marchara toda la expedición, se volvió del acuerdo. Pantoja, hombre de confianza de Narváez, iría con Porcalle en una carabela; Cabeza de Vaca, como alguacil mayor, le daría escolta en otra embarcación.

Pantoja, con porcalle y un grupo de soldados, desembarcó en Trinidad; Don Álvar Núñez quedó en su nave, esperando los víveres.

No bien partieron sus compañeros, el cielo empezó a encapotarse; la amenaza de una tempestad se dibujaba en el horizonte. Consultó el alguacil mayor con los pilotos.

—Metidos en este ancón los barcos no podrán resistir mucho tiempo —fue el informe.

En piragua, llegaron unos mensajeros con carta para Álvar. Le pedían desembarcase, para firmar, como tesorero, la cesión de los bastimentos.

Recomendó Cabeza de Vaca a los pilotos desembarcasen a los soldados y caballos si arreciara la tormenta, y ellos salieron a la mar, procurando capearlo.

Bajo un diluvio se dirigió Don Álvar a la villa de Trinidad. Sostuvo un agrio diálogo con Pantoja, por el retraso en la carga, que ponía en peligro a las naves.

De súbito arreció la tormenta; un ciclón colosal arrancó de cuajo al campanario y derrumbó las casas. Calados hasta los huesos, los hombres, en grupos de a ocho, para no ser arrastrados por el viento, esperaban que amainase. Por fin, la mañana del lunes, las fuerzas naturales cedieron en su furia.

Pero lo que alumbró el sol mortecino fue un paisaje de desastres; los maizales, inundados; las marranas ahogadas; los aperos de labor, perdidos en la ruina. Vasco Porcalle, el caballero ayer rico y generoso, en la escalera de la que fue su casa, lloraba amargamente rodeado de su esposa e hijos.

Don Álvar Núñez se sustrajo pronto a esta atmósfera de ruina; pensaba en los hombres y en las naves que había dejado en el ancón. Con un grupo de compañeros se dirigió a la playa. Silencio. Soledad. Mansas, las olas, rompían sus sedas en la arena. No se veía ni hombres ni naves. Junto a sus soldados, Álvar Núñez recorrió el arco de la costa; al lado de una barquilla de salvamento de los barcos tiritaban, desnudos, sangrados por los embates del mar, dos españoles... Eran los únicos supervivientes de sesenta que habían quedado en las naves. También se habían perdido veinte caballos.

Álvar Núñez recordó las predicciones de la mora de Hornachos. Y sintió una sacudida en el corazón.

* * *

Tantas calamidades no tuercen la roquera voluntad del gobernador Narváez. A los tres meses justos de la desgracia ya tiene recompuesta la expedición: adquirió un nuevo navío en la villa de Trinidad y envió a Cabeza de Vaca con la flota a Xagua, más resguardado como puerto. Narváez tenía apalabrado con Don Álvaro de la Cerda un bergantín, con cuarenta hombres y doce caballos, que se le juntaría en La Habana. Se unió a la expedición el piloto Diego Miruelo; él afirmaba ser muy práctico en la navegación del golfo de México.

Se inicia, de nuevo, la aventura. Empiezan embarrancando las naves en los bajíos de Canarreo; allí les sorprende una terrible tormenta. Los saca del peligro un temporal, pero tienen que aguantar dos nuevas tormentas en Guaniguanico y al doblar el cabo Corrientes.

Cuando después de tantos peligros están a punto de entrar en La Habana, la mano del viento recoge, como una pluma, a los cinco bajeles y los lleva ¡a La Florida!

Narváez desembarca en la bahía de Tampa, a la que bautizan con el nombre de La Cruz, y toma posesión de la tierra para la Corona de España.

El piloto Diego Miruelo, que ha demostrado durante toda la travesía su inexperiencia náutica, busca, en vano, un puerto de abrigo, que él dice conocer. Desembarcan los hombres de Narváez e inician una serie de exploraciones que los ponen en contacto con un terreno pantanoso y unos salvajes pobres y desnudos.

Narváez adopta una decisión, contra el prudente consejo de Cabeza de Vaca. Manda una nave a explorar y, en caso de encontrar puerto, dirigirse a La Habana, donde espera Don Álvaro de la Cerda con su bergantín. Al resto de los barcos, al mando del alcalde Carballo, los envió a buscar un lugar menos peligroso que la había de La Cruz, para echar el ancla. Él, con su hueste, se internaría por aquellos territorios, no sólo tras la eterna quimera del oro, sino de provisiones de boca, con las que reponer la exhausta despensa expedicionaria.

El 1º de mayo parten los hombres de Narváez: son trescientos. Por toda provisión llevan dos libras de bizcocho y media libra de tocino. Así se lanzan a descubrir un mundo. Cabecean las naves en la bahía, con una despedida que será eterna.

La dirección de la marcha fue escogida al azar. A los indios a quienes los españoles mostraban granos de maíz respondían, indefectiblemente:

—¡Apalache! ¡Apalache!

En un pequeño poblado se encuentran los españoles con una desagradable sorpresa. Los cadáveres momificados de unos compatriotas, sin duda pertenecientes a la expedición de Ponce de León. Fray Juan Juárez, creyéndolo cosa de brujería, los mandó incinerar.

Siguen la marcha. En quince días de jornada no ven ni la simple huella de un pie humano sobre la fina arcilla. Los hombres de Narváez remedian el hambre masticando raíces y palmitos. De pronto, la espada de un ancho río detiene su caminata. Se construyen almadías y se vadea el obstáculo.

Pero al otro lado les esperaban unos doscientos indios que lanzaron contra los españoles piedras y flechas. Avanzó la caballería, desbaratando a los salvajes. Cabeza de Vaca mostró a un prisionero un grano de maíz.

Un gesto del indio llenó de alegría al corazón de la hispana hueste famélica. Descanso en el poblado de bohíos. Cerca, al viento, cabecean la dorada orfebrería de las panochas. A los tres días de reposo, Cabeza de Vaca, por un indígena, sabe que están acampados cerca del mar.

Narváez le concede permiso para una exploración; a media jornada encuentran una inmensa bahía de agua quieta. Un soldado acerca su mano diestra y haciendo cuenco con ella, se la lleva a los labios.

—Es salobre, mi señor Don Álvaro.

Había que explorar el arco de la bahía; el caminar era difícil, porque acechaba, bajo la arena, el filo terrible, cortante, de los ostiones. Dieron con un río, de fuerte corriente, que iba a desembocar en aquella zona. Una segunda expedición, esta vez al mando del capitán Valenzuela, demostró que la bahía tenía poco calado para los barcos. No había más que un dilema. Seguir adelante, hacia Apalache.

De nuevo, la incógnita de los caminos. Le sale al encuentro una tribu guerrera; la manda un cacique, cubierto con una piel de venado; una escolta de flautistas rodea a su primitivo palanquín.

Un racimo de dorados cascabeles y unos collarines de vidrio hicieron, al cacique, amigo de los españoles. Se vadea ôtro río. Bosques, ricos de altos cedros. Cabeza de Vaca anota en sus *Naufragios* la impresión que le causó, por primera vez, la visión de un canguro, desconocido animal para los españoles.

La caza alivia las hambres de los caminantes. Liebres y conejos. Y sobre todo, en las lagunas, ansares, ánades, patos reales.

De pronto, ¡oh desilusión!, el fabuloso Apalache, soñado en las duras jornadas, resultó ser un poblachón de cuarenta casas en medio del bosque.

Los españoles fueron recibidos con un diluvio de flechas, que por fortuna rebotaron en sus corazas y capacetes. Veinticinco días estuvieron los españoles en el poblado, siempre hostilizados por los flecheros de Apalache. Los prisioneros indios, volvieron a levantar la ilusión en el decidido ánimo expedicionario. Había un pueblo rico, a nueve jornadas, en dirección al mar.

—¡Aute!

* * *

De nuevo, en camino. Pero la andadura no es la paz: cuando no cae un expedicionario de un certero flechazo, sucumbe a las fiebres o bajo la angustia de las hambres.

Dormía Don Álvaro, cuando un negrito, el simpático Estebanillo, que formaba parte de la hueste de Narváez, se inclinó sobre su hombro y le susurró al oído:

—Mi señor Don Álvaro, los de a caballo nos quieren abandonar.

Se incorporó presto Don Álvar Núñez Cabeza de Vaca. En el suelo quedó su armadura y su espada.

—Condúceme adonde se encuentran esos malos caballeros. ¡Mala partida, vive Cristo!

Estebanillo condujo al alguacil mayor hacia un grupo que ensillaban sus caballos.

Pocas palabras bastaron a Cabeza de Vaca para conjurar la traición. Entre los jinetes había muchos hijosdalgo a quienes conmovieron las razones del jerezano.

—¿Cómo queréis desamparar a Don Pánfilo de Narváez, nuestro capitán, que se encuentra enfermo, y a tantos hermanos de armas? La vida importa, sí; pero más vale la honra que la vida.

Enterado Narváez de lo acaecido reunió consejo de oficiales. Se sometía al parecer de los más discretos.

—¿Qué acordáis?

—Partir de aquí; marchar...

La idea era general. Pero, ¿cómo ponerla en práctica? Entre el coro de desesperados surgió una voz:

—Podemos fabricar navíos...

Sí. Mas, ¿cómo? Después de un recuento sólo se encontró un carpintero entre aquellos hombres de guerra. Faltaban clavos; lienzos para velas; material de astilleros...

Sin embargo, la musa de la desesperación es ingeniosa y saca elementos de la nada. Con los herrajes y estribos fundidos se fabricaron toscos clavos; con las espadas, sierras y hachas. Las piedras se manejaron como martillos. Fueron cayendo los caballos, para alimentar a la hueste trabajadora. Las patas fueron curtidas para reservarlas como odres y llenarlas de agua; de sus crines, trenzadas, salían los cabos. Madera no faltaba en el bosque.

Así se construyeron cinco barcas. La expedición de Narváez estaba acampada, en 1528, cerca del Mississippi, después de haber recorrido la tierra que hoy día es Nueva Orleáns.

Ya sólo faltaba alquitrán para los entablamentos; un griego, Don Teodoro, lo obtuvo sangrando a los pinos.

Embarcaron el 22 de septiembre; sólo reservaron un caballo, para que el gobernador Narváez no fuera a pie, si alcanzaban orilla. ¡Sublime ternura de aquellos duros aventureros para con la jerarquía!

Un viento suave curvó las camisas anudadas, que formaban las velas de aquellas extrañas embarcaciones. Y rompiendo las olas, se internaron en el mar.

Treinta días duró aquella navegación, con la muerte sentada en la popa, llegando, por último, a la desembocadura del Mississippi.

Un viento helado, procedente de la orilla, separó a las barcazas. Al amanecer, dos habían desaparecido.

La corriente del Mississippi, por otro lado, empujaba hacia mar afuera a las embarcaciones restantes. El rumor del viento y del oleaje impedía el oírse de una nave a la otra.

La barcaza de Narváez, que tenía los remeros más sanos, se despegó del grupo. Cabeza de Vaca juntó su embarcación a la otra, que venía rezagada. Cinco días lucharon con la mar, muy fuerte. Hasta que la barcaza mandada por los capitanes Peñalosa y Télez se abrió, tragándose el mar a sus tripulantes. Flotó, un momento, a la luz de un relámpago, la faz cadavérica del esposo de Doña Ana. El recuerdo de las predicciones de la mora de Hornachos, sacudió el corazón de Cabeza de Vaca. Y se mordió los labios.

Amainó, un poco, la tempestad; a la luz de la luna nuestro héroe pudo ver una lengua de tierra sobre la que se rompían las olas.

—¡Estamos salvados!

Y con un golpe de timón, dirigió su nave hasta la playa. Era el 6 de noviembre de 1528.

Enflaquecidos, tiritando de frío, al amanecer, los españoles exploraron la playa. Se trataba de una isla. Estaba habitada por indios no belicosos, por fortuna, aunque pobres, que los remediaron en su desgracia, creyéndolos seres sobrenaturales. Estos indios comunicaron a los españoles la existencia vaga de un poblado de cristianos, llamado Pánuco, no muy lejos de la isla. Esto animó a los hombres de Cabeza de Vaca; y cometieron el error, sin reponer las gastadas fuerzas, de querer volver a embarcarse.

La barcaza había quedado, a consecuencia de una ola, embarrancada en la orilla. Los españoles se desnudaron por completo, colocaron todas sus ropas y armas dentro de la embarcación y botaron la nave. Se subieron en la misma, pero un fuerte oleaje volcó la barcaza; tres hombres perecieron ahogados. El resto, a nado, tuvo que volver a ganar la orilla. Allí estaban de nuevo, tiritando, desnudos como salvajes, indefensos, perdido el ánimo. Encendieron una grande hoguera para tomar una resolución. Llegaron los indios y al enterarse de la desgracia, rompieron en plañideras manifestaciones.

Los seres sobrenaturales, blancos y barbados, se habían vuelto de su medida humana. Con generosidad, la tribu armó parihuelas y montando en ellas a los hombres de Cabeza de Vaca, los condujo al poblado.

Allí, el alguacil mayor de la dispersa expedición de Narváez se enteró de que otros hombres blancos preguntaban por ellos. Sobreponiéndose a las fatigas, desnudo, salió de su bohío. Así abrazó a los oficiales Andrés Dorantes y Alonso del Castillo, así como a los hombres de su barcaza. No se podían remediar; ambos grupos tenían, como único patrimonio común, la miseria.

—Ésta es —dijo Cabeza de Vaca a su amigo Don Alonso—, la isla del Mal-Hado.

Y así fue conocida, durante los siglos, por los españoles.

* * *

No iban bien las cosas para los españoles. Los indios repartían su miseria con ellos; pero eran muy pobres. Tanta fue la necesidad, que en sus *Memorias* Cabeza de Vaca relata un episodio espeluznante, digno de la pluma tremendista de un escritor de nuestros días. Cinco españoles fueron a buscar sustento: perdieron toda comunicación con el poblado indígena y con el resto de los compatriotas. Viéndose reducidos a extremísima necesidad acordaron sortearse mutuamente, para ser devorados por sus compañeros. Así perecieron cuatro, perdiendo, el superviviente, la razón, bajo los padecimientos físicos y morales sufridos.

Los mismos indígenas se alarmaron al tener noticia de tan extraordinario suceso. Tuvo el «chamán» o hechicero que imponer su autoridad, para que el resto de los españoles, quince sombras, no perecieran ajusticiados por la tribu.

Fue el «chamán», el que llamando a Álvar Núñez Cabeza de Vaca le habló de este modo:

—Hermano, he gastado mi autoridad para defender vuestras vidas. Conviene, sin embargo, que hagáis algo en beneficio de nuestra tribu.

—Bien lo desearíamos los hermanos blancos —replicó Cabeza de Vaca—. Ignoramos, sin embargo, la forma de corresponder a vuestra hospitalidad.

—Creen mis hermanos que el blanco posee un don sobrenatural, que ahora emplea para el exterminio de miembros de la tribu. Quisieran que dirigierais esos dones sobrenaturales, para sanar a los enfermos. Que os convirtiérais en nuestros médicos.

Asombróse Cabeza de Vaca de la extraña proposición. A punto estuvo de lanzar una carcajada. Se contuvo. Sabía que su existencia y la de sus compañeros dependía de lo acertado de la réplica.

—Lo consultaré con mis compañeros.

Al anochecer comunicó la nueva a los supervivientes de la expedición de Nárvaez. Había que hacer una prueba. Fue elegido Álvar Núñez Cabeza de Vaca para tentar la fortuna de su nuevo oficio.

Por la mañana, vinieron los indios en busca del médico blanco. Nuestro héroe, seguido de los compañeros más intrépidos, se encaminaron a un bohío, donde se lamentaba un salvaje, aquejado de fuertes dolores.

En un rústico camastro, fue sacado al aire libre. Don Álvar preguntóle al enfermo dónde tenía situada la dolencia. Con mano temblorosa trazó, sobre la misma, el signo de la Cruz. Arrodillóse a continuación, ejemplo imitado por sus compañeros.

«Padre Nuestro, que estás en los cielos; salva a este indio, humilde criatura tuya, como nosotros, los aflictos cristianos que en tan extraordinario trance nos encontramos. Anida en su cuerpo, enfermo de trabajos terrenos, la salud ausente. En la balanza de nuestra súplica, ponemos, oh Señor, toda nuestra infinita miseria, todos nuestros terribles sufrimientos actuales, sobrellevados con amor, esperando Tu divina misericordia y el ejemplo de Tu paciencia en la Cruz. En el nombre del Padre, del Hijo y del Espíritu Santo.»

No había acabado de santiguarse, cuando el salvaje, dando un alarido, se incorporó, declarando hallarse curado. Si sorprendidos estaban los indígenas, no menos lo estaban los españoles, que atribuyeron el suceso a la ayuda de la misericordia divina.

Los indígenas de la isla del Mal-Hado pertenecían a dos clases: los «Capoques» y los «Han». Con los primeros marcha nuestro héroe a «Tierra-Firme», en busca de sustento. El resto de los españoles queda con los Han. La soledad produce a Cabeza de Vaca una terrible melancolía; cae enfermo. Piensa que va a morirse. La tierna solicitud de unas pobres mujeres indias lo salvan de su nuevo infortunio. Cuando repone fuerzas se emplea en un nuevo oficio: comerciante. Aprovechando la libertad de movimientos de que dispone y su «neutralidad» entre tribus enemigas, las relaciona con el viejo y clásico menester del intercambio de mercancía. Él nos las describe: "Pedazos de caracoles de la mar y conchas; con ellos cortan una fruta que es como frisoles, y ésta es la cosa de mayor precio que entre ellos hay y cuentas de la mar y otras cosas. Así, esto era lo que yo llevaba a tierra adentro y en cambio a trueque de ello traía cuero y almagra, pedernales para puntas de flechas, engrudo y cañas duras para hacerlas, y unas borlas que se hacen con pelos de venados, que las tiñen y ponen coloradas..."

De esta manera conoce el terreno y ejercita su pie preparando la escapatoria a la que no renuncia en sus sueños.

Seis años habían pasado desde que se separó de sus compañeros de infortunio. Anduvo leguas y leguas en su extraño oficio de buhonero, el primero en tierras de América. Así pudo anotar las costumbres de las diversas tribus que visitaba.

En sus correrías pudo localizar a un compañero: Lope de Oviedo. Vivía entre los «deaguanes». Le propuso la huida en común. Pero su viejo camarada de armas, se resistía. Aplazó la fuga para el año siguiente: aunque Lope de Oviedo continuaba haciendo resistencia, Cabeza de Vaca, con tres indios amigos, se lo llevó a «Tierra-Firme». Internándose en la misma les ocurrió un suceso decisivo. Se vieron rodeados por un centenar de indios. Éstos informaron que la tribu Iguaces tenía, reducidos a esclavitud, a dos hombres blancos y a un negro. Para demostrar el maltrato de que eran objeto, empezaron a golpear y a amenazar con sus flechas a Lope de Oviedo.

No le faltaba otra cosa al enflaquecido ánimo del español, trabajado por las privaciones y las soledades. De modo que al día siguiente confió a Cabeza de Vaca que se marchaba de nuevo al cautiverio, aprovechando el paso de unas mujeres indias por aquellos lugares. De nada sirvieron las súplicas y las razones del caballero jerezano. Lope de Oviedo moriría, de fatiga, en la caminata de retorno.

Los indios habían informado, también, a Cabeza de Vaca, de que los Iguaces, de allí a dos días, vivaquearían por estos contornos, para comer las nueces. Cabeza de Vaca decidió esconderse, para entrevistarse con sus camaradas. En efecto, al cabo de los dos días acamparon allí los Iguaces. Valiéndose de los indios amigos pudo concertar una entrevista con uno de ellos. Era Andrés Dorantes. Cuando vio a Cabeza de Vaca se asustó; creyó que era un espíritu; un ser del otro mundo, ya que lo daba por muerto. Después, comprobando su identidad humana, se fundió con su amigo en un entrañable abrazo.

Por él supo que con la tribu «Marianes», aliada de los Iguaces, se encontraban el capitán Alonso del Castillo y el negro Estebanillo. Vendrían a poco, a comer las nueces.

La entrevista nocturna de Alonso del Castillo, Dorantes, Estebanillo y Cabeza de Vaca fue emocionante. El salmantino Alonso del Castillo refirió a nuestro héroe el infortunio de las otras barcazas. Tenía conocimiento de ello por Figueroa, uno de los mensajeros en busca de Pánuco, que enviaron desde la isla del Mal-Hado. Pánfilo de Nárvaez y el resto de la expedición habían naufragado; los que se salvaron de las olas habían perecido de hambre o sido exterminados a manos de los indios.

Cabeza de Vaca pasó sus ojos por sus camaradas. De los trescientos hombres que salieron jubilosos a conquistar La Florida, sólo quedaban aquellas cuatro sombras, a las que la luna silenciosa del Nuevo Mundo envolvía filtrándose por los altos nogales.

—Amigos —indicó Cabeza de Vaca, investido, de nuevo, con la máxima jerarquía de aquel reducido grupo de cristianos—, tenemos que escapar.

* * *

De la reunión nocturna acordaron los españoles que Cabeza de Vaca se empleara con los indios, para vivir todos reunidos. Y esperar seis meses, que era el tiempo en el que maduraban las tunas o higos chumbos por aquellos parajes. De esta forma, tendrían alimento durante la huida.

En efecto, el caballero jerezano pasó al servicio de una familia de indios marianes. Dato curioso: todos eran tuertos. Sin embargo, la fuga tuvo que diferirse un año más: por culpa de una india, Iguaces y Marianes disputaron violentamente; terminaron separándose y con ello, volvieron a dispersarse los españoles.

Cabeza de Vaca, cambiando continuamente de tribus, procuró no apartarse de aquellos parajes. Sabía, que pasada la explosión de cólera, Iguaces y Marianes volverían allí, al amor de los higos chumbos. No se equivocó. Nuevo abrazo entre los españoles. La consigna de Cabeza de Vaca fue terminante. Deberían reunirse con la primera luna llena.

Acudieron a la orden Dorantes y Estebanillo; tuvieron, peligrosamente, que aguardar un día. La noble cabeza del caballero salmantino se perfiló entre la hojarasca, verde de luna. Había que partir inmediatamente.

Ligeros, confortados con la conversación, alimentados por las tunas y teniendo agua potable en los ríos y lagunas del país, las primeras jornadas se cubrieron con facilidad. Corrían orientados hacia Occidente.

Se desconoce el itinerario de estos caminantes, primeros europeos que miden con su pie la cintura de los fabulosos Estados Unidos de América. Las tribus que nombra Cabeza de Vaca en sus *Naufragios* desaparecieron con la colonización británica. Por otra parte, desconociendo el camino, su jornada no se mantuvo siempre en línea recta. Podemos colegir, sin embargo, del texto del relato, que los cuatro españoles se encontraron en lo que hoy es Galveston: y sus pasos debieron resonar por el hoy territorio de Texas. Cabeza de Vaca, en su penetración como buhonero o comerciante, debió de explorar lo que hoy es Luisiana.

Acordaron los españoles presentarse como médicos a los indios; la «profesión» era muy respetada. Don Álvaro del Castillo, y Cabeza de Vaca, lo habían practicado ya, con éxito, en otras ocasiones.

Venteó Estebanillo el humo de una lumbre. Hacia ella se encaminaron los fugitivos. Era un poblado, de indiada pacífica: los «ararares». Presentados como médicos, pronto empezó el desfile de enfermos frente al bohío de Don Álvaro del Castillo. Una cruz en la parte dolorida y los consabidos Paternoster y Ave María. Dios, sin duda, compadecido del infortunio de los cristianos, hacía de aquella cruz invisible medicina salvadora.

Tan grande era el agradecimiento de la humilde gente bronceada que les ofrecían a los «hechiceros» sus mejores tesoros; suculentos tasajos de carne de búfalo, esa «vaca corcovada» con «cuernos a la morisca», según la define Cabeza de Vaca, soñando, siempre, con sus campos andaluces.

Pero hay que caminar. Nuestro héroe, enamorado del fresco sabor de las tunas, que ya escasean porque mediaron las lluvias primaverales y se terminan, se extravía en el bosque. Otra vez la soledad. De nuevo se siente extraído del mundo de los hombres, rodeado de la animalía de la selva, de ojos fosforescentes y gritos inarticulados. Frío. La misericordia divina se apiada de nuestro héroe y envía un rayo, que derrumbando un árbol, lo deja convertido en una antorcha. Distraerá unos tizones y con ellos organizará una hoguera. Vuelve Cabeza de Vaca a ser héroe del esfuerzo terrible y solitario; camino con dos ramas encendidas, por no perder el milagro del fuego, sin el cual perecería bajo los fríos septembrinos. Duerme cavando una fosa y encendiendo en sus cuatro esquinas otros tantos hogariles. Así busca, con tenacidad admirable, durante cinco días, a sus compañeros. Cuando está a punto de perecer encuentra a los indios amigos y al puñado de españoles a la orilla de un río. Lo daban por muerto, víctima del áspid de una serpiente venenosa, señora de aquellos parajes. El atleta, el «caminante de América» como lo ha llamado la simpática prosa de Lummis, descansa cobijado en un bohío. Pero este hombre de pie infatigable no concede un minuto de reposo. Con laconismo espartano, escalofriante, anota en sus *Memorias,* con olvido de sus sufrimientos pasados: «Al día siguiente partimos de allí».

* * *

Van los españoles de poblado en poblado. Ejercen entre ellos el oficio de hechiceros, médicos, ensalmadores. El alma de Cabeza de Vaca, templada de misticismo, de fe, de plegarias, de soledad, transmite a su cuerpo, fino de ayunos, un poder sobrenatural. Llega ¡oh prodigio! hasta casi resucitar a los muertos. «Yo vi al enfermo que íbamos a curar —escribe, en su relación, Álvar Núñez— que estaba muerto porque estaba mucha gente alrededor de él llorando y su casa deshecha que es señal de que el dueño estaba muerto: y ansí, cuando yo llegué, hallé al indio con los ojos vueltos y sin ningún pulso y con todas señales de muerto, según a mí me pareció y lo mismo dijo Dorantes. Yo le quité una estera que tenía encima y lo mejor que supe supliqué a Nuestro Señor fuese servido de dar salud a aquél y a todos los otros que de ella tenían necesidad; y después de santiguado y soplado muchas veces me trajeron su arco y me lo dieron... Y a la noche volvieron a sus casas y dijeron que el que estaba muerto y yo había curado en presencia de ellos, se había levantado bueno y se había paseado y comido y hablado con ellos.»

¡Singular párrafo, para escrito por un guerrero!

Sus curaciones —y las de Castillo— levantaban la admiración y propendían al proselitismo: ya no caminaban solos, sino acompañados de muchos indios —a veces cuenta Cabeza de Vaca hasta cuatro mil— subiendo por montañas, vadeando ríos, siempre caminando detrás de la ruta del sol. En sus jornadas había fiestas, areitos, mujeres que cubrían sus cabezas de olorosas flores silvestres.

En treinta y siete días atravesaron la Sierra Madre. Ya estaban junto al mar de Balboa.

De la desnudez paradisíaca van descubriendo los cuatro fabulosos personajes —tres blancos, barbados, seguidos de un negro de boca riona— a la indiada que conoce la caricia del algodón en las carnes cobrizas. Que han abandonado el régimen del nomadismo por el del «asiento» o población.

En uno de los pueblos de su extraño recorrido Castillo contempla a un guerrero de fornida apariencia. Y advierte destacando de su pecho cobrizo de fuerte respiro, colgando a manera de *pendentif* del collar, una hebilla de talabarte de espada y un clavo de herradura. A Castillo le da un vuelco el corazón.

Llama a Cabeza de Vaca y ambos le preguntan, ansiosos de palabras y noticias.

—¿Quién te dio eso que cuelga de tu cuello?

Sonríe el gigante indio. Su mano señala en dirección del mar próximo. Informa que lo recogió del suelo después de marcharse unos hombres de plata, refulgentes al sol, que llegaron a tierra y se fueron andando sobre las azules aguas, del mar del otro lado.

¡Rastro de cristianos! ¡Por fin! No es posible el descanso. Y de nuevo, el camino y el sangrar por las abiertas heridas de los pies. Por los poblados recogen toda clase de obsequios. Pieles de venado, metales preciosos, turquesas, verdes esmeraldas de cambiantes luces. Están atravesando las llanuras de Sonora.

El rastro de cristianos se hace más evidente. Por desgracia... Los indios han abandonado las poblaciones costeras y se refugian en las montañas. Los «Hijos del Sol», que vienen del mar montados en grandes pájaros de blancas alas, matan, roban... Cogen a los indígenas y se los llevan cargados de cadenas, hacia Occidente. ¿Qué cristianos son aquéllos? Cabeza de Vaca se adelanta, con Estebanillo el negro y trece indios. La indignación le golpea de sangre las flacas mejillas. Anda el caminante diez leguas —su pie asendereó más de dos mil en su aventura— y se encuentra con cuatro jinetes armados.

Se le encabrita el caballo, con la sorpresa, al que los manda, cuando de la boca de aquel santón, curtido de soles y vientos, cubierto de pieles de venado, salen perfectas, ceceantes,. andaluzas, las palabras castellanas.

—Soy de Jerez; me llamo Álvar Núñez Cabeza de Vaca. ¿Qué capitán os manda a vosotros?

—Don Diego de Alcaraz; acampa a una legua de aquí.

—Conducidme a su presencia; traigo nuevas para él.

Diego de Alcaraz, era un capitán de aventuras, comerciante de esclavos, a trasmano de las humanísimas leyes de Indias. Recibió a Cabeza de Vaca con júbilo, por los informes que podía proporcionarle.

Sentó a su mesa a aquel «santón», de larga cabellera, vestido como un indio. Rudo, se permitió alguna broma de mal gusto, sobre sus milagros como hechicero.

—Olvidáis, capitán, que soy un caballero cristiano: mi fe está en mis

palabras. Como testimonio de lo que digo, requiero un escribano que dé
fe de mis aventuras. Vos debéis firmar el documento.

Había tal gravedad en las afirmaciones del hombre cubierto de pieles
de venado, que el capitán Alcaraz asintió con la cabeza.

—¡Vive Dios que tenéis derecho a lo pedido!

—¿En qué territorio me encuentro? —preguntó Cabeza de Vaca.

—Estamos en Nueva Galicia; su gobernador es Don Nuño de Guzmán. Cerca está la villa española de San Miguel.

Los indios y Estebanillo fueron a buscar a Castillo y Dorantes. Cabeza
de Vaca se quedó en el campamento. Quejóse Alcaraz de la retirada de
los indios, que traía el hambre a sus hombres.

—Parece, señor capitán, que ni conocéis a estos indios ni al territorio:
acabo de atravesarlo a pie, con mis compañeros. Es muy rico de venas
de agua; siembran tres cosechas al año; la caza es aquí generosa. Pero
al indio hay que tratarlo con amor; no a cintarazos y lanzadas.

Rogó Alcaraz a Cabeza de Vaca intercediera sobre los indios para
que volvieran al llano y le dieran de sus mantenencias. En llegado sus
camaradas, así lo hicieron. Los indios, sumisos, trajeron maíz, carne, re-
mediando la necesidad de los soldados españoles. Pero el capitán Alcaraz
estaba celoso del poder de Cabeza de Vaca y los suyos sobre la indiada.
Quería el ejercicio del mando para él y sus turbios fines. De modo que
hizo difundir la noticia de que los que creían magos o hechiceros no eran
más que españoles, como ellos, náufragos y maltratados por la fortuna:
que no debían creerlos, porque eran pobres y débiles, sino a los otros
españoles, poderosos por la suerte y las armas.

Rechazaron, indignados, los fieles indios estas afirmaciones. Los magos habían venido siguiendo al sol: los hombres de las naves, contra la
carrera solar. Ellos repartían sus bienes; los nuevos blancos los robaban;
los magos devolvían la salud a los enfermos; aquéllos mataban a los más
sanos de las tribus.

Temeroso Alcaraz de un testigo demasiado molesto e influyente entre
los indios, engañó a Cabeza de Vaca y sus amigos, enviándolo, con un
tal Cabreros, titulado alcalde, en dirección contraria.

Nuestros tres héroes siguieron a Cabreros, creyendo que los conducía
a San Miguel. Tarde descubrieron el engaño, y abandonando a los guías, y
confiados en un grupo de indios fieles, se encaminaron a dicha ciudad.
Fueron recibidos con gentileza por un hombre de honor: Melchor Díaz,
el cual se maravilló de la aventura increíble de sus tres compatriotas.
Cabeza de Vaca, que continuaba teniendo un gran prestigio entre los indios, logró convencerlos para que bajaran a los poblados y convivieran
con los españoles.

Ahora nuestros tres héroes marchan a la ciudad imperial de México.
Los palacios, que se espejean en la laguna azteca, lo reciben con efusión.
Allí la casa del Marqués del Valle de Oaxaca, es decir, de Hernán Cortés,
aún derecho y rumoroso como una espiga. Allí las salas del virrey, el
magnífico Antonio Hurtado de Mendoza, muy sabedor de cosas de letras
y de armas.

Pero entonces le ocurrirá un fenómeno singular a nuestro Álvar Núñez

Cabeza de Vaca. Él, hombre de realidades, que ha dormido durante ocho años en el suelo raso y se ha alimentado de inmundas alimañas; que llegó a las filas cristianas pobre y semidesnudo, empieza a contar maravillas de las tierras sobre las que descansó su dura y llagada planta caminante. No miente, no. Hombre del Quinientos, vive inmerso en la atmósfera de un vago espejismo que edifica ciudades de pórfiro y jade sobre los fundos de humildes bohíos. Habla por contagio del ambiente: quieren sus interrogadores que existan estas ciudades y él las describe sobre los viejos relatos fabulosos de los indios. Así nacerá el mito de las Siete Ciudades de Cíbola, que lanzará sobre sus huellas a Vázquez de Coronado. Tan impresionante es la atmósfera de fabulación, que el mismo negro Estebanillo, que sufrió con Cabeza de Vaca la tremenda angustia de los caminos, entre fango y lagunas, va delante de esta expedición; señalando, con su dedo moreno, paisajes sobre los que no descansó su fatiga. Tras esa mentira se lanzarían los españoles y gracias a ella se descubrirían Kansas, el Colorado, el Mississippi: por esa fabulación, Norteamérica entra en la Historia.

Dos meses estuvo en México Álvar Núñez Cabeza de Vaca. Pero la nostalgia de España anidaba en su corazón. Primero, en compañía de Dorantes estuvo en Veracruz: embarcó en una nave que tocó en Cuba el 4 de mayo. De allí, a las Bermudas. La aventura sigue pisando los talones a nuestro héroe. Primero lo sacude una tormenta; después, a la altura de las Azores, le da el alto una nave pirata francesa. Los portugueses, que comparten con los españoles la gran hazaña del Nuevo Mundo, libran a la nave de Cabeza de Vaca del importuno moscardón. El 9 de agosto de 1517, «vísperas del señor San Laurelio», Álvar Núñez Cabeza de Vaca descansa su planta encallecida en las vías de la imperial ciudad de Lisboa. Late ya, en el aire, la presencia de sus tierras andaluzas.

De Lisboa a Sevilla. A pasear por sus calles: huele a azahar y a jazmín. De un patio llega el sonido de una guitarra rasgueada a la morisca. Todo es sonoro, luminoso, estallante y jugoso como un fruto de la Sevilla del Quinientos, la novia bonita que ha derrotado a Venecia y a Barcelona y se mira el azabache árabe de los ojos en el espejo del Guadalquivir.

En Sevilla conocerá Álvar Núñez a un personaje poderoso, que está en amistad con el Emperador. A Hernando de Soto, el mejor jinete de Pizarro, que descansa de sus cabalgadas y de la gobernación del Cuzco en su palacio, entre fuentes y azulejos. Nuestro héroe, embriagado de palabras, volverá a contar al compañero de Pizarro sus correrías en La Florida. En estas conversaciones de atardecer, entre alas de vencejos, Álvar Núñez le hablaría a Hernando de Soto del Gran Río, el Padre de las Aguas. Y Hernando de Soto, el caballero hispánico para quien el ocio es pecado, terminaría muriendo con el rumor de las caudalosas aguas del Mississippi en sus oídos abiertos al milagro.

Álvar Núñez tiene en la corte fama de hombre de experiencias de las cosas de Indias. No en vano cursó su asignatura durante ocho años de soledad y de caminos. Llegan a Carlos V las malas nuevas de la armada del Adelantado Mendoza, que funda Buenos-Aires con la más linda hueste que jamás pasó a América. El destino de Álvar Núñez se torcerá con

la nueva, como un cabo dúctil. Él, que estaba preparado para una expedición a los territorios de La Florida, de Tejas, de Kansas, para volver
a soñar con un rebaño de búfalos en la lejanía, se ve impelido por las
circunstancias a llevar socorros a la gente que embarcó con Mendoza.
A él, el caminador de América, se le ofrece el título de Adelantado de
aquellas tierras, vacante por la muerte del gran Mendoza. Él, que puso
el pie en lugares múltiples donde jamás planta de cristiano osó grabarse,
tendrá que quitarle el mando a un hombre de enérgica voluntad, Domingo
Martínez de Irala, sobre unas tierras descubiertas con sus fatigas y su
pasión.

Para fletar la armada empeña crédito y fortuna: hasta ocho mil ducados.

Con dos naves y cuatrocientos hombres, se lanzó a la nueva aventura.
Zarpa de Cádiz el 2 de noviembre de 1540. Primero Las Palmas; después,
Cabo-Verde... Cerca del puerto de Cananea están a punto de embarran-
car en unos bajíos. Los salva la melodía prodigiosa de un grillo sevillano,
mudo de nostalgia en una jaula, que rompió a cantar al barrunto de tierra.
De allí a la isla de Santa Catalina, bajo las estrellas australes.

Mandó Álvar Núñez —que ya ordena en naves y hombres— una
carabela a socorrer la fundación de Mendoza, en Buenos-Aires. Llegan
a sus filas nueve españoles, que lo informan de los últimos acontecimien-
tos del territorio del Plata. Atribuyen la muerte de Juan de Ayolas, el
esforzado segundo del Adelantado Mendoza, a las intrigas de Irala, que
lo dejó caer sin socorrerlo en las manos de los indios paraguayos.

Reúne consejo. Unos son de parecer embarcar en las naves; otros
ganar la ciudad de La Ascensión por tierra. Para concertar pareceres
Cabeza de Vaca decide que en Santa Catalina, al mando de su pariente
Estopiñán, queden ciento cincuenta hombres. Embarcarán para Buenos
Aires. Él, con los arcabuceros y los ballesteros —jinetes pocos, no los
entendía el gran andarín— se pondría en camino, tierra adelante.

Vadea el río Itabuco. Pasan por poblados guaraníes. Más ríos: el
Iguasú. Las orillas argénteas de Tigabi. Llegan —14 de diciembre— a
Tuqui, rumorosa de pinos gigantes, con ágiles monos en las plumas de
las copas. Allí decide el Adelantado pasar la Pascua, entre indios gene-
rosos de maíz y carne de venado. Una Navidad extraña, entre morenos
rostros, asombrados de los villancicos y los gritos de los simios que arrojan
piñas al coro de cantores. Después, a partir de nuevo...

Selvas despobladas. Ahora Piqueri. En una hoz fulge, plata viva, el
río de los primeros caminos. El Iguasú. Como lleva la dirección de los
caminantes se acuerda labrar unas canoas. Sobre pinos navegantes, río
abajo, a los soldados se les curan las llagas de los pies.

Desembarcan. Ahora descubren la corriente impetuosa del Paraná.
Nueva caminata hasta rendir los calcañares. Pero ya los indios que encuentran por los caminos parlotean un matinal casteqano. El 11 de marzo
del año 1542 llegó a La Ascensión (actual Asunción, capital del Paraguay) el Adelantado Álvar Núñez Cabeza de Vaca. El drama iba a
empezar.

*   *   *

Bien fue recibido por la población el nuevo Adelantado de la provincia del Plata. En presencia de los antiguos y nuevos oficiales presentó
a Domingo Martínez de Irala sus provisiones reales. Después presentó a
los nuevos cargos de su confianza. Francisco de Cáceres, tesorero; Alonso
de Cabrera veedor; factor, Pedro Dorantes...

El vizcaíno Irala, hasta entonces señor de aquellas tierras, observaba
todo con ceño adusto. En el fondo, la provisión real venía a quitarle de
las manos la vara del poder.

La breve gobernación de Cabeza de Vaca se caracteriza por su sentido generoso hacia la indiada. El Adelantado no olvida que ha dormido,
durante ocho años, con estos hombres primitivos. Que les ha sanado
enfermedades, con la ayuda de Dios. Que ha compartido con ellos, allá
por la tierra floridana, los higos y las frescas tunas. Quiere así resolver
los graves problemas de gobierno con los naturales regalándoles espejillos
y bonetes. Pero no era de allí de donde iban a venirle los peligros a
Álvar Núñez...

Sin embargo, no todo son exhortaciones piadosas las del nuevo Adelantado. Arma a la hueste para castigar a los feroces guacurúes que han
asaltado y asesinado a los pacíficos guaraníes, hortelanos en las márgenes
de La Ascensión Los busca en su mismo campamento y los bate muy
garridamente conjuntando la artillería, la infantería y el puñado de jinetes
de su ejército. Ya no es sólo el Adelantado de bonetillos y espejuelos; ya
tiene —cree— su gobernación un sonoro retumbar de épica. Y se pre-
para para la gran prueba.

Regresa, victorioso, a La Ascensión. Desea explorar, descubrir nuevas
tierras. Instintivamente reconoce que el suelo que pisa se lo debe a las
fatigas de los hombres de Irala. Quiere ir más lejos.

Manda, previa reunión de consejo de teólogos y capitanes, a Gonzalo
de Mendoza, río arriba, con tres bergantines. Desde Giguy escribe el
soldado malas nuevas. Los indios andan revueltos contra los españoles.
En una segunda misiva pide auxilios. Se los dará Irala, que es práctico en
la tierra, con un centenar de hombres.

Álvar Núñez quiere aventurarse, río adentro hacia el norte. Considera
los avances de Mendoza e Irala como tanteos explorativos.

Organiza una doble salida: Cáceres y Dorantes irán, con escogida hueste, por las orillas. Él se embarca en un bergantín, encabezando una flota
de diez. Las velas, como albatros, se duplican, río Paraguay arriba. Primero, Tagua. Después —12 de septiembre, partieron el día de la Virgen—
a Itaqui. Ahora, Guazmi. Siempre, incansables, río Paraguay arriba. Están
ya en Ipananie, bajo los bosques que conocieron la muerte de Ayolas. En
Itabitán le esperan los de a pie y a caballo. Se adelantaron a las naves.

Otra vez, sobre el frágil entablamento de los bergantines. El 25 de
octubre llega a un paraje donde el cauce fluvial se desfleca en tres brazos.
El paisaje se torna adusto; los montes son rojos, con reflejos de óxidos.

Álvar Núñez quiere fundar y retorna al Puerto de los Reyes. Empiezan las fatigas. A hombros tiene que llevar los bergantines, sobre piedras
agudas como navajas.

Descansa Álvar Núñez, con la hueste, de los trabajos, en el Puerto de los Reyes. La noche, con su ala de sombra, cubre el campamento español. Duerme el Adelantado, y, en una vuelta del sueño, descubre su pie de caminador fabuloso de América. Un vampiro, ave nocturna, se descuelga de sus tinieblas y clava sus dientecillos diabólicos en la carne del hombre dormido. Sacude a la negra ave, mucilaginosa de alas. Pero del trance le quedará un mal sabor. ¡Oh, mora de Hornachos! ¡Oh, vampiro, a orillas del Paraguay! Siempre los presagios oscuros en los destinos de nuestro héroe.

Pero hay que adentrarse en el país. El paisaje adquiere una hermosura triste. No hay mantenimientos para la tropa. Empiezan las murmuraciones:

—¡Aquí moriremos todos! ¡Mala tierra, capitán!

Un valiente, Francisco de Rivera, con breve escolta, autorizado por Cabeza de Vaca, sigue hacia delante. Busca a Tapuaguarú, un poblado en la sombra.

—¡Mala tierra, capitán!

Vuelve grupas el Adelantado. Teme a esa terquedad en los propósitos que llevó a la ruina a Pánfilo de Narváez, su primer jefe americano. En el Puerto de los Reyes, la situación es inquietante. El hambre ronda el campamento.

El 20 de enero del año 1544 regresa Francisco de Ribera. No halló ni a Tapuaguazú, ni plata, ni el brillo del oro en su jornada. Cunde el desaliento en la tropa española.

—¡Mala tierra, capitán! ¡Hay que volver a La Ascensión!

Llega el Adelantado enfermo. ¿De melancolía? Entra en silencio, seguido de su tropa hambreadora, las plumas de los morriones lacias de fango, de caminos sin victorias. Replegadas las banderas.

Es un momento psicológico que no desaprovechan los amigos de Martínez de Irala. Se mueven los peones, como en una exacta partida de ajedrez. Termina con jaque mate al Adelantado y Gobernador.

Lo ponen en prisiones, cargándolo de cadenas. ¡Cómo sueña Álvar Núñez en su libertad, bajo el cielo de Texas, servido por indios fieles, que aplacan su hambre con tasajos de búfalos de las praderas! Está cautivo y de fuerzas españolas. ¡Oh, ironía del Destino!

El territorio se escinde en peligrosa guerra civil. Irala determina embarcar al prisionero para España. No faltará un picapleitos que le manche la honra con sus considerandos y sentencias. Por lo pronto, lo urgente es quitarse de enmedio aquella viva, aunque enfebrecida acusación cargada de cadenas. El bergantín atracó en San Gabriel. Otra vez la ancha mar azul, la navegación servida por vientos prósperos. Toca la nave en Las Azores. Se adelantan en otra embarcación los acusadores de Cabeza de Vaca: Francisco de Paredes, de Burgos, y un fray Juan de Salazar, enemigos personales del hombre que sufre en el sollado.

Cuando llega a la Corte, sonríe feliz. A sus enemigos, el Rey los ha puesto en prisión. Pero le dura poco la sonrisa. Los golillas lo detendrán, también, a él. El Consejo de Indias —ha muerto su gran valedor el obispo de Cuenca— lo condenará, después de muchas dudas, a destierro en África.

—Ocho años —justamente los mismos que anduvo entre salvajes, dejando adelantada huella española en la hoy fabulosa Norteamérica— le dura el destierro. Hasta que el Consejo revoca el acuerdo, y el rey lo nombre ¡Juez de la Casa de Contratación de Sevilla! Juez, quien ha sido malamente juzgado por la Justicia regia.

De nuevo, en Sevilla. Los cañones de la barba los tiene de plata. Sevilla del Quinientos, olorosa a alquitrán de naves, a azahar de novia. Rumorosa de apellidos de pro y de gallofa aventurera, que marcha a las Indias. Patio y azulejo a la morisca. Guadalquivir, de remos verdes.

El caballero Álvar Núñez Cabeza de Vaca camina con lentitud. Un paje le precede; el gran andarín de América cojea imperceptiblemente. Los dientecillos ratoniles del ave nictálope que le mordió en Puerto de los Reyes acabaron con el ritmo, infatigable, poderoso, de su paso, sin prisa y sin pausa, como el giro musical de una estrella. Un compañero de magistratura lo detiene mientras baña al anciano el rubio sol de la mañana andaluza.

—Leí sus *Naufragios* recién sacados de las prensas de Valladolid. Gran honra, señor Juez, para España, descubridora de tierras ignotas, sus andanzas y caminos.

Sonríe el solitario anciano. Se mesa la nieve de la barba, que se le derrama hasta la gola. Ahora considera su pie, deforme de la diabólica mordedura cobrada entre sombras caliginosas.

—¡Voto a Dios! ¡Esa honra no podrán mordérmela, por los siglos de los siglos, los vampiros!

Rafael Manzano.

LOS PRIMEROS CAMINANTES EN AMÉRICA

Cabeza de Vaca fue realmente el primer europeo que penetró en lo que era entonces el "oscuro continente" de Norte América, como fue el primero que lo *cruzó* siglos antes que otro cualquiera. Sus nueve años de marchas a pie, sin armas, desnudo, hambriento, entre fieras y hombres más fieros todavía, sin otro escolta que tres camaradas tan malhadados como él, ofrecieron al mundo la primera visión del interior de los Estados Unidos y dieron pie a algunos de los hechos más excitantes y trascendentales que se relacionan con su temprana historia. Casi un siglo antes de que los Padres Peregrinos estableciesen su noble comunidad en la costa de Massachusetts, setenta y cinco años antes de que se instalase el primer poblado inglés en el Nuevo Mundo, y más de una generación antes de que hubiese un solo colono de la raza caucásica de cualquiera nación dentro del área que hoy ocupan los Estados Unidos, Cabeza de Vaca y su desarrapados acompañantes atravesaron penosamente este país desconocido.

¡Mucho tiempo ha pasado desde aquellos días! Enrique VIII era a la sazón rey de Inglaterra, y desde entonces han ocupado aquel trono más de veinte monarcas. Isabel, la reina virgen, no había nacido aún cuando Cabeza de Vaca emprendió su tremenda jornada, y no empezó a reinar hasta veinte años después que él terminara. Ocurrió el hecho cincuenta años antes de que naciese el capitán John Smith, fundador de Virginia; una generación antes del nacimiento de Shakespeare, y dos y media generaciones antes de Milton. Henry Hudson, el famoso explorador que ha dado nombre a uno de nuestros principales ríos, no había nacido todavía. El mismo Colón hacía menos de veinticinco años que había muerto, y al conquistador de México sólo le quedaban diecisiete años de vida. Hasta sesenta años después no supo el mundo lo que era un periódico, y los mejores geógrafos todavía creían posible el navegar a través de América para llegar al Asia. No había entonces un hombre blanco en América más al Norte de la mitad de México, ni se había internado ninguno doscientas millas en este desierto continental, del cual se sabía casi menos de lo que entonces sabían los humanos de la luna.

El nombre de Cabeza de Vaca nos parece a nosotros muy raro por lo que literalmente significa. Pero este curioso apellido era muy honroso en España y representaba un noble timbre. Fue ganado en la batalla de las Navas de Tolosa en el siglo XIII, uno de los combates decisivos en todos aquellos siglos de guerra con los moros. El abuelo de Álvaro fue también un hombre notable, puesto que conquistó las islas Canarias.

Nació Álvaro en Jerez de la Frontera a fines del siglo XV. Muy poco sabemos de los primeros años de su vida, excepto que había ganado ya algún renombre cuando en 1527, siendo ya un hombre maduro, vino al Nuevo Mundo. En dichos años le hallamos embarcándose en España como tesorero y alguacil mayor de la expedición de 600 hombres con que Pánfilo de Narváez trató de conquistar y colonizar la Florida, que descubriera Ponce de León diez años antes.

Llegaron a Santo Domingo, y de allí salieron para Cuba. El viernes santo de 1528, diez meses después de haber salido de España, llegaron a la Florida, y desembarcaron en el punto que hoy se llama bahía de Tampa. Tomando solemne posesión de aquel país en nombre de España, salieron a explorar y conquistar aquel desierto. En Santo Domingo ya los había diezmado un naufragio y varias deserciones, de modo que, de los primitivos 600 hombres, sólo quedaron trescientos cuarenta y cinco. Apenas habían llegado a la Florida, empezaron a caer sobre ellos las más terribles desgracias, y cada día empeoraba su situación. Estaban casi desprovistos de subsistencias; los indios hostiles los rodeaban por todos lados, y los innumerables ríos, lagos y pantanos hacían su marcha difícil y peligrosa. El pequeño ejército iba disminuyendo rápidamente por la guerra y el hambre, y entre los supervivientes producíanse motines con frecuencia. Tan debilitados se hallaban, que no pudieron siquiera regresar a sus buques. Luchando por fin para llegar al punto más cercano de la costa, muy al oeste de la bahía de Tampa, decidieron que su única salvación estaba en construir barcos para ir costeando hasta las colonias españolas de México. Con mucho trabajo lograron construir cinco toscos busques, y los infelices se lanzaron a navegar hacia poniente, costeando el golfo. Fuertes tormentas separaron los barcos, que naufragaron uno tras otro. Muchos de los infortunados aventureros perecieron ahogados —Narváez entre ellos— y muchos que fueron arrojados sobre una costa inhospitalaria, perecieron igualmente por los rigores de la intemperie y del hambre. Los supervivientes se vieron obligados a alimentarse con los cadáveres de sus compañeros. De los cinco barcos, tres se habían ido a pique con todos los tripulantes; de los ochenta hombres que se salvaron del naufragio, sólo quince sobrevivieron. Todas sus armas y sus ropas estaban en el fondo del golfo.

Los supervivientes arribaron a la isla del Mal-Hado. No sabemos de la situación de esa isla sino que estaba al oeste de la boca del Misisipí. Sus barcos habían cruzado la caudalosa corriente donde desemboca en el golfo, y ellos fueron los primeros europeos que vieron esa parte del Padre de las Aguas. Los indios de la isla, que no tenían otros alimentos que raíces, bayas y pescado, trataron a sus infelices huéspedes tan generosamente como pudieron, y Cabeza de Vaca habla de ellos con mucho agradecimiento.

En la primavera, los trece compañeros que le quedaron determinaron escaparse. Cabeza de Vaca estaba demasiado enfermo para andar, y lo abandonaron a su suerte. Otros dos enfermos, Oviedo y Alaniz, también se quedaron, y no tardó en perecer el último de ellos. Se halló, pues, Cabeza de Vaca en una lamentable situación. Hecho un verdadero esqueleto, casi imposibilitado de moverse, abandonado por sus amigos y a la merced de los salvajes, no es extraño, como él nos dice, que se le cayese el alma a los pies. Pero era uno de esos hombres que no cejan en su empresa. Un espíritu fuerte sostenía aquel pobre cuerpo débil y dema-

crado; y cuando el tiempo fue más favorable, Cabeza de Vaca recuperó
lentamente la salud.

Cerca de seis años estuvo viviendo una vida enteramente solitaria,
pasando de una tribu de indios a otra, unas veces como esclavo y otras
como un despreciable paria. Oviedo huyó a la vista de algún peligro, y
no volvió a saberse de él; Cabeza de Vaca lo afrontó y salió con vida.
No cabe la menor duda de que sus sufrimientos eran casi insoportables.
Hasta cuando no era víctima de algún trato brutal, se le miraba como
un estorbo, como un inútil intruso, entre pobres indígenas que vivían del
modo más miserable y precario. El hecho de no haberle quitado la vida,
habla en favor de los sentimientos humanitarios de éstos.

Los trece que escaparon, tuvieron todavía peor suerte. Cayeron en
manos de indios crueles, y todos fueron muertos, excepto tres, a quienes
se reservó el duro hado de la esclavitud. Estos tres fueron Andrés Dorantes, natural de Béjar, Alonso del Castillo Maldonado, natural de Salamanca, y el negro Estebanico, que nació en Azamor (África). Estos tres
y Cabeza de Vaca fueron todo el remanente de los valerosos cuatrocientos
cincuenta hombres (entre los que no se cuentan los que desertaron en
Santo Domingo) que salieran tan esperanzados de España en 1527, para
conquistar un rincón del Nuevo Mundo: cuatro sombras desnudas, ator-
mentadas, temblorosas; y aun éstos vivían separados, si bien de vez en
cuando sabían el uno del otro e hicieron varias tentativas para juntarse.
Hasta septiembre de 1534 (cerca de siete años después), no lograron
reunirse Dorantes, Castillo, Estebanico y Cabeza de Vaca; y el sitio donde
tuvieron esta dicha fue por la parte oriental de Texas, al oeste del río
Sabina.

Pero los seis años de soledad y de inefables sufrimientos de Cabeza
de Vaca no fueron vanos; porque sin saberlo halló la llave de la seguridad,
y entre todos aquellos horrores, y sin soñar en su significado, tropezó
con la extraña e interesante clave que debía salvarles a todos. Sin eso, los
cuatro hubieran perecido en el desierto y nunca hubiera tenido el mundo
conocimiento de su fin.

Mientras se hallaban en la isla del Mal-Hado, se les hizo una proposición que parecía el colmo de la ridiculez. «En aquella isla», dice Cabeza
de Vaca, «querían hacernos doctores, sin examinarnos ni pedirnos nuestros diplomas, porque ellos mismos curan las enfermedades soplando al
enfermo. Con ese soplo y con sus manos le libran de la enfermedad, y
querían que nosotros hiciésemos lo mismo para que les fuésemos de alguna
utilidad. Al oír esto nos reímos, diciéndoles que se burlaban, y que nosotros no sabíamos curar, por lo cual nos privaron de todo alimento hasta
que hiciésemos lo que querían. Y viendo nuestra terquedad, me dijo un
indio que yo no les comprendía, pues no era necesario que nadie supiese
cómo se hace, porque las mismas piedras y otras cosas de la naturaleza
tienen propiedad de curar, y que nosotros, por ser hombres, debíamos
ciertamente tener mayor poder.»

Esto que dijo el indio viejo, era muy característico y daba la clave de
las notables supersticiones de su raza. Pero, por supuesto, los españoles
aún no lo entendían.

Luego, los indígenas se trasladaron al Continente. Vivían siempre en la más abyecta pobreza, y muchos de ellos murieron de hambre y por efecto de los rigores de su miserable existencia. Durante tres meses del año «sólo tenían mariscos y agua muy mala», y en otras épocas únicamente bayas y otras plantas; y se pasaban el año yendo de aquí para allá en busca de ese escaso y poco substancioso alimento.

Es de celebrar el que Cabeza fuese completamente inútil a los indios. Como guerrero no les servía, porque en su estado de debilitamiento no podía ni siquiera manejar el arco. Como cazador, también era inservible, porque, como él mismo dice, «le era imposible seguir el rastro de los animales». No podía ayudarles a llevar agua o leña ni en otras faenas por el estilo, porque era hombre, y sus amos indios no podían consentir que un hombre hiciese el trabajo de una mujer. Así es que, entre aquellos hambrientos nómadas, un hombre que en nada podía ayudarles y a quien tenían que alimentar, constituía una carga pesada, y fue milagro que no le quitasen la vida. En estas circunstancias, Cabeza empezó a caminar de un sitio a otro. Sus indiferentes amos no prestaban atención a sus movimientos, y gradualmente fue haciendo más largos viajes hacia el norte y a lo largo de la costa. Con el tiempo cogió una oportunidad de hacer tráfico, al cual le animaron los indios, contentos al fin de que su «elefante blanco» fuese útil para algo. De las tribus del norte les trajo pieles y almagre (tierra roja indispensable para embadurnarse la cara los indígenas) hojuelas de pedernal para hacer cabezas de flecha, juncos fuertes para astiles de las mismas y borlas de pelo de gamo teñidas de rojo. Estos objetos los cambiaba fácilmente entre las tribus de la costa por conchas y cuentas de madreperla y otros por el estilo, los cuales, a su vez, tenían demanda entre sus parroquianos del norte.

Por causa de sus constantes guerras, no podían los indios aventurarse a salir de sus propios terrenos, así es que aquel negociante intermediario era para ellos una conveniencia, que sostenían. Por lo que a él toca, aun cuando la vida que llevaba era de grandes sufrimientos, iba constantemente adquiriendo conocimientos, que habían de serle sumamente útiles para su acariciado plan de volver al mundo. En esas expediciones solitarias de su comercio, recorrió a pie miles de millas por un desierto sin caminos, de manera que la suma de sus viajes fue mucho mayor que la de cualquiera de sus compañeros de fatigas.

En una de esas largas y terribles marchas le ocurrió a Cabeza de Vaca un incidente sumamente interesante. Fue el primer europeo que vio el gran bisonte norteamericano, el búfalo, cuya raza casi se ha extinguido en los últimos decenios, pero que en otro tiempo vagaba por las llanuras en grandes manadas. Los vio y comió su carne en la región del río Colorado de Texas, y nos ha dejado una descripción de esas «vacas con joroba». Ninguno de sus compañeros llegó a ver una, porque cuando los cuatro españoles viajaron después juntos, pasaron por el sur del país de los búfalos.

Entretanto, como he dicho ya, el desventurado y casi desnudo traficante se vio obligado a ejercer las funciones de médico. Él no comprendía de cuánto podía servirle esta involuntaria profesión. Al principio se vio forzado a adoptarla, y después la siguió no por gusto, sino para librarse de desazones. «No servía para otra cosa más que para médico». Había aprendido el tratamiento peculiar de los magos aborígenes, pero no sus ideas fundamentales. Los indios todavía consideran la enfermedad como una «posesión del espíritu», y la idea que tienen de la medicina no es tanto el curar la enfermedad, como el exorcizar los malos espíritus que la causan.

Esto se hace, aun hoy día, por medio de la prestidigitación y de un galimatías. El médico indio chupaba la parte enferma y pretendía extraer una piedra o una espina que se suponía era la causa de la dolencia, y así el paciente quedaba «curado». Cabeza de Vaca empezó a «practicar medicina» a la manera de los indios, y él mismo, dice: «He probado este sistema y daba buen resultado».

Cuando los cuatro errabundos se juntaron por fin, después de su larga separación —durante la cual habían sufrido indecibles horrores— Cabeza tenía, aunque de un modo muy vago, un rayo de esperanza. Su primer proyecto fue escaparse de sus amos. Diez meses tardaron en llevarlo a cabo, y entretanto grandes fueron sus apuros, como lo habían sido constantemente por muchos años. A veces se alimentaban con una ración diaria de dos puñados de guisantes silvestres y un poco de agua. Cabeza refiere que consideró como una merced de la Providencia que le permitiesen raspar pieles para los indios, pues guardaba cuidadosamente las raspaduras, que le servían de alimento muchos días. No tenían ni ropa ni lugar donde guarecerse, y la constante exposición al calor y al frío y los millares de espinas que tenía la vegetación de aquel país, les hacían «soltar la piel como si fuesen culebras».

Por fin, en el mes de agosto de 1535, los cuatro compañeros de sufrimiento se escaparon a una tribu llamada de los Avavares. Entonces empezó para ellos una nueva carrera. A fin de que sus camaradas no fuesen tan inútiles como él había sido, Cabeza de Vaca les instruyó en las «artes» de los médicos indios, y los cuatro empezaron a poner en práctica su nueva profesión. A los ensalmos y encantamientos que de ordinario empleaban los indios, aquellos humildes cristianos añadían fervientes oraciones al verdadero Dios. Era una especie de «curación por medio de la fe» del siglo XVI, y naturalmente entre aquellos enfermos supersticiosos era muy eficaz. Aquellos aficionados pero sinceros doctores, con una humildad edificante, atribuían sus numerosas curas enteramente a la intervención divina, pero empezaron a darse cuenta de que esto podía influir grandemente en hacer cambiar su suerte. De errabundos, desnudos, hambrientos, despreciables mendigos y esclavos de salvajes brutales que eran, se convirtieron de repente en personajes notables, pobres y dolientes todavía como eran todos sus enfermos, pero pobres de gran poder. No hay cuento de hadas tan novelesco como la carrera que de allí en adelante realizaron aquellos hombres pobres y valerosos, caminando dolorosamente a través de un continente, como amos y bienhechores de aquella hueste de salvajes.

Yendo con toda suerte de penalidades de tribu en tribu, lenta y sufridamente cruzaron los exorcistas blancos el territorio de Texas, hasta llegar cerca del actual Nuevo México. Los historiadores de gabinete vienen repitiendo que entraron en Nuevo México y llegaron hacia el norte, hasta donde hoy se asienta Santa Fe. Pero la moderna investigación científica ha comprobado de un modo absoluto que, saliendo de Texas, pasaron por Chihuahua y Sonora y jamás vieron ni una pulgada de Nuevo México.

En cada nueva tribu los españoles se detenían algún tiempo para curar a los enfermos. En todas partes eran tratados con la mayor consideración que podían demostrarles sus míseros huéspedes y hasta con religiosa reverencia. Su progreso es una lección objetiva muy valiosa, pues demuestra cómo se forman algunos mitos indios: primero es el afortunado exorcista que, a su muerte o al marcharse, se recuerda como un héroe; después se le venera como un semidiós y, por último, como una divinidad.

En los Estados mexicanos hallaron primero agricultores indios que vivían en chozas de césped y ramas y cultivaban judías y calabazas. Éstos eran los Jovas, que constituían una rama de los Pimas. De las decenas de tribus que visitaron en nuestros actuales Estados del Sur, ni una sola ha sido identificada. Eran miserables criaturas errantes que hace mucho tiempo desaparecieron de la tierra. Pero en la Sierra Madre de México encontraron indios más inteligentes, cuya raza subsiste todavía. Allí vieron que los hombres iban desnudos, mientras que las mujeres mostrábanse «muy honestos en el vestir», usando túnicas de algodón que ellas mismas tejían, con medias mangas y una falda hasta la rodilla, y por encima otra falda de gamuza curtida que llegaba hasta el suelo y se amarraba por delante con unas correas. Lavaban su ropa con una raíz saponífera llamada *amole*, que usan igualmente los indios y los mexicanos en toda la región del sudoeste. Aquellas gentes dieron a Cabeza de Vaca algunas turquesas y cinco cabezas de flecha labrada, cada una de una sola esmeralda.

En esta aldea del sudoeste de Sonora permanecieron los españoles tres días, alimentándose de corazones de gamo, por lo cual la llamaron «Pueblo de los corazones».

A una jornada de allí tropezaron con un indio que llevaba en su collar la hebilla de un tahalí y un clavo de herradura; y sintieron palpitar su corazón al ver, después de ocho años de andar errantes, estas señales de la proximidad de los europeos. El indio les dijo que unos hombres de barbas largas como ellos habían venido del cielo y hecho la guerra a su gente.

Los españoles entraban entonces en Sinaloa y se hallaron en una tierra fértil regada por varios ríos. Los indios tenían un miedo cerval porque dos bárbaros de una clase que era muy rara entre los conquistadores españoles (y que me complazco en decir que fueron castigados por quebrantar las estrictas leyes de España), estaban tratando de coger esclavos. Los soldados se habían marchado, pero Cabeza de Vaca y Estebanico, con once indios, les siguieron rápidamente la pista y al día siguiente alcanzaron a cuatro españoles, quienes les condujeron a su pillastre capitán, Diego de Alcaraz. Mucho le costó a este oficial dar crédito al asombroso relato que le hizo aquel hombre desarrapado, roto, hirsuto y estrafalario; pero después templóse su frialdad y extendió un certificado de la fecha y condición en que se le había presentado Cabeza de Vaca, y entonces envió a buscar a Dorantes y Castillo. Cinco días después llegaron éstos, acompañados de varios centenares de indios.

Alcaraz y su socio en crímenes, Cebreros, querían esclavizar a aquellos aborígenes, pero Cabeza de Vaca, sin parar mientes en el peligro que corría, se opuso indignado a este infame proyecto, y al fin obligó a aquellos villanos a que lo abandonasen. Los indios se salvaron, pero, en medio de la alegría que les produjo el volver al mundo, los caminantes españoles se separaron con verdadera pena de aquellos buenos y sencillos amigos. Después de unos cuantos días de pesado viaje, llegaron a Culiacán sobre el primero de mayo de 1536, y allí fueron calurosamente recibidos por el malogrado héroe Melchor Díaz. Éste condujo al ignoto norte una de las primeras expediciones (1539), y en 1540, durante una segunda expedición a California, a través de una parte de Arizona, fue muerto accidentalmente.

Después de un corto descanso los viandantes salieron para Compostela, que era entonces la población principal de la provincia de Nueva Galicia, pequeña jornada de trescientas millas a través de una tierra en que pululaban indios hostiles. Por fin llegaron a la ciudad de México sanos y salvos, y fueron allí recibidos con grandes honores. Pero tardaron mucho tiempo en acostumbrarse a los alimentos y a la ropa de la gente civilizada.

El negro se quedó en México, Cabeza de Vaca, Castillo y Dorantes se embarcaron para España el 10 de abril de 1537, y llegaron en agosto. El héroe principal nunca volvió a la América del Norte, pero se dice que Dorantes estuvo allí al siguiente año. Las noticias que dieron de lo que habían visto y de los extraños países situados más al norte, de que habían oído hablar, hicieron que se enviasen las notables expediciones que condujeron al descubrimiento de Arizona, Nuevo México, el Territorio indio, Kansas y Colorado, y la construcción de las primeras ciudades europeas dentro de los Estados Unidos. Estebanico tomó parte con Fray Marcos en el descubrimiento de Nuevo México, y fue asesinado por los indios.

Cabeza de Vaca, como premio por su incomparable marcha de mucho más de diez mil millas en una tierra desconocida fue nombrado gobernador de Paraguay en 1540. No tenía condiciones para ese cargo, y regresó a España, bajo una acusación ignominiosa. Que no fue culpable, sin embargo, sino más bien la víctima de las circunstancias, lo indica el hecho de que fue rehabilitado y se le asignó una pensión de dos mil ducados. Murió en Sevilla a una edad avanzada.

Carlos F. Lummis.

CRONOLOGÍA

1490   *Nace en Jerez de la Frontera Álvar Núñez Cabeza de Vaca.*

1491   Los Reyes Católicos acuerdan con Cristóbal Colón las *Capitulalaciones de Santa Fe,* por las cuales se convierte en «Almirante del Mar Océano».

1492   Primer viaje de Colón, que hace un reconocimiento de las Lucayas y las Grandes Antillas.

1493   Cuatro bulas del papa Alejandro VI delimitan las zonas de influencia de España y de Portugal en el Nuevo Mundo. Colón emprende un segundo viaje.

1494   Por el *Tratado de Tordesillas,* que modifica las bulas alejandrinas, España y Portugal delimitan de común acuerdo sus zonas de influencia.

1495   Fin del segundo viaje de Colón, que ha hecho un reconocimiento de Jamaica y las Pequeñas Antillas.

1498   Tercer viaje de Colón, que toca la isla de la Trinidad y reconoce las costas de Venezuela, del cabo de la Vela al golfo de Paria.

1499   Los Pinzón reconocen la costa de las Guayanas y del Brasil, hasta la desembocadura del Amazonas, pero no logran desembarcar a causa de la hostilidad de los indios.
       Juan Díez de Solís reconoce la costa de Honduras.
       Alonso de Ojeda y Juan de la Cosa reconocen la costa de Venezuela.

1500   Isabel la Católica hace poner en libertad y repatriar a los indios reducidos a la esclavitud y llevados a España.
       Alvarez Cabral reconoce las costas de Brasil.

1501   Americo Vespucci reconoce la costa oriental de la América del Sur, hasta el sur de la Patagonia.
       Advenimiento de Moctezuma II Xocoyotzin a México.

1502   El comendador de Lares, Nicolás de Ovando, se convierte en gobernador de la isla Española (Haití). Es el primero que procede a hacer un "repartimiento" de indios en tutela.

1503   Creación de la *Casa de Contratación* de Sevilla, que goza del monopolio del comercio con las Indias y regirá, de hecho, las relaciones con el Nuevo Mundo. Sevilla se convierte en «la puerta de las Indias occidentales».
       Rodrigo de Bastidas reconoce la costa del Darién (istmo de Panamá).

1504   Muerte de Isabel la Católica.
       Cuarto viaje de Colón, que reconoce la costa de Panamá y de Honduras.

1506   Muerte del «Almirante» Cristóbal Colón.

1508   Diego de Nicuesa desembarca en Veragua (Colombia).

1509 Juan Ponce de León coloniza el Borinquén (San Juan de Puerto Rico).

1511 Sermón del dominico Montesinos en contra del sistema de la encomienda de indios.

Nicuesa naufraga frente a Jamaica; es tomado prisionero por los indios de Yucatán.

Se instala la primera *Audiencia* de América en Santo Domingo.

1512 Promulgación de las *Leyes de Burgos*, que rigen al Nuevo Mundo.

Por primera vez se ordena un sacerdote en las Indias (en la isla Española), se trata de Bartolomé de las Casas.

Juan Ponce de León descubre la Florida.

Creación del Consejo de Indias.

1513 Núñez de Balboa atraviesa el istmo de Panamá y descubre el mar del Sur (el océano Pacífico).

Es hecho *adelantado* del mar del Sur.

1514 Núñez de Balboa es ejecutado por orden de Pedrarías Dávila, gobernador del Darién.

Ley que autoriza el casamiento de españoles con indias.

1515 Fundación de La Habana.

1516 Muerte del rey Fernando el Católico.

Díez de Solís, buscando el «paso del sureste», descubre el Río de la Plata.

1517 Muerte del cardenal Jiménez de Cisneros, regente del reino. Carlos I (que todavía no es el emperador Carlos V) sube al trono de Castilla.

Francisco Hernández de Córdoba descubre Yucatán.

1518 Juan de Grijalva toca la costa de México, pero la hostilidad de los indios le impide quedarse.

1519 Hernán Cortés desembarca en México.

Fundación de la Rica Villa de la Vera-cruz.

1520 Magallanes atraviesa el estrecho que después llevará su nombre.

Expedición punitiva de Gonzalo de Ocampo a Cumaná, como consecuencia de la masacre de españoles, en especial franciscanos, hecha por los indios.

Cisma de Lutero.

1521 Ensayo de colonización pacífica y agrícola en Cumaná por Las Casas.

Levantamiento de Cuauhtémoc contra Hernán Cortés en México. Toma de la ciudad por los españoles.

Juan Ponce de León desembarca en la Florida, pero no logra establecerse allí, a causa de la hostilidad de los indios.

1522 Cortés, capitán general de la Nueva España.

Gil González Dávila coloniza Nicaragua.

Primer viaje de circunnavegación de Elcano.

1523 Francisco de Garay descubre el río Pánuco (México), sin conseguir establecerse.

Desembarcan en Veracruz «Los Doce» primeros misioneros franciscanos.

Reconquista militar de Cumaná por J. Castellón.
Primer viaje de Pizarro.
1524   Pedro de Alvarado recorre Guatemala.
Creación del *Consejo Real de las Indias* que será desde entonces
la instancia suprema en todos los asuntos relativos al Nuevo Mundo.
Rodrigo de Bastidas coloniza Santa María (Venezuela); es asesi-
nado por sus hombres.
Los Doce (primeros misioneros franciscanos) son recibidos en
México por Cortés.
1525   Saliendo de Panamá, Pizarro y Almagro fracasan en diversas ten-
tativas de desembarco.
Cuauhtémoc es ahorcado por orden de Cortés, durante la explo-
ración de Campeche (México).
1526   *Historia natural de las Indias,* de Gonzalo Fernández de Oviedo.
Hernán Cortés explora Honduras.
Francisco de Montejo recorre Yucatán y Tabasco (México).
Cristóbal de Olid es ejecutado en Honduras, por orden de Gil
González Dávila.
Instauración de la primera Audiencia de México.
1527   Francisco Pizarro descubre el Imperio de los Incas.
Cabot penetra en el Paraná y el Paraguay.
Nuño de Guzmán es nombrado gobernador del Pánuco.
*Parte de Sanlúcar de Barrameda la expedición de Pánfilo de Nar-
váez. En ella va como capitán Álvar Núñez Cabeza de Vaca.*
1528   Pánfilo de Narváez desembarca en la Florida; su expedición será
aniquilada.
Comienzan los trabajos de Álvar Núñez.
Huascar se subleva contra el Inca Atahuallpa.
El franciscano fray Juan de Zumárraga obispo de México y «Pro-
tector de los indios».
1530   Conquista de Bolivia.
Fundación de Puebla de los Ángeles.
Aparición de la Virgen de Guadalupe al indio Juan Diego.
1531   Diego de Ordaz, antiguo capitán de Cortés, muere al ir a Marañón.
Pedro de Heredia coloniza la región de Cartagena de Indias (Co-
lombia).
Nuño de Guzmán conquista Jalisco (México).
Pizarro conquista el Perú.
1532   Captura del Inca Atahuallpa por Pizarro.
1533   Asesinato de Huascar por orden de Atahuallpa.
Toma de Cuzco (Perú) por los españoles.
Ejecución de Atahuallpa por los españoles, después de cobrar su
rescate.
Creación del colegio de indios de Tlatelolco (México) por los
franciscanos (frailes menores).
1534   Creación del Virreinato de Nueva España.
Instalación del primer Virrey de la Nueva España.

1535   Salido de Nicaragua, con barcos robados a Pizarro, Pedro de
        Alvarado (antiguo capitán de Cortés) desembarca en el Ecuador.
        Almagro, enviado a combatirlo, le compra su flota.
        Fundación de Lima.
        Inauguración del Colegio de indios de Santa Cruz de Tlatelolco.

1536   Pedro de Mendoza se encuentra en dificultades en el Río de la
        Plata y el Paraná. Fundación de Buenos Aires.
        Felipe Gutiérrez desembarca en Veragua (Colombia); su expe-
        dición será aniquilada.
        Sublevación de Manco Capac contra los españoles en el Perú.
        Almagro penetra en Chile, sin poder mantenerse allí.
        Almagro se apodera de Cuzco y hace prisionero a Fernando Pizarro.
        Llega Cabeza de Vaca a San Miguel, Sinaloa el 12 de mayo.
        Vasco de Quiroga obispo de Michoacán.

1537   Misión de los dominicos a la Tierra de Guerra (que se convertirá
        en la Vera Paz), Guatemala, inspirada por Las Casas.
        Paulo III declara la igualdad cristiana de los indios.
        *Regresa a España Cabeza de Vaca, después de pasar el invierno
        en México.*

1539   *Lecciones sobre las Indias* de Vitoria en la Universidad de Sa-
        lamanca.
        Primer concilio mexicano.
        Introducción de la imprenta en México.
        Hernando de Soto desembarca en la Florida e intenta colonizarla.
        Recorre el Mississippi.

1540   *Álvar Núñez Cabeza de Vaca parte de Cadiz, en diciembre, hacia
        el Río de la Plata y Paraguay en socorro de Mendoza.*
        Valdivia, penetra en Chile, a pesar de la resistencia de los indios.
        Fernando Pizarro hace ahorcar a Almagro en su prisión.
        Descubrimiento del Gran Cañón del Colorado por Vázquez de
        Coronado.

1541   Muerte accidental de Pedro de Alvarado.
        Francisco Pizarro muere asesinado por los partidarios de Alma-
        gro (hijo).
        El virrey de la Nueva España (México) reconoce la Cíbola y
        Quivira (Texas y Nuevo México).

1542   *Leyes nuevas de Indias,* que sustituyen a las *Leyes de Burgos*
        (1512) para el gobierno de las Indias.
        Vencido en Chupas (Perú), Diego de Almagro es ejecutado por
        orden de Vaca de Castro.
        Los españoles llegan a Filipinas y los portugueses al Japón.
        Llega Cabeza de Vaca a Santa Catalina para pasar a Asunción.
        Aparece publicada en Zamora, su *Relación.*

1543   Orellana, capitán partidario de Pizarro, desciende de el Alto
        Amazonas.
        Creación del Virreinato del Perú.
        Domina Cabeza de Vaca una insurrección indígena.

1544   Principia la rebelión pizarrista en el Perú.
        El virrey Blasco Núñez Vela es muerto ante Quito (Ecuador) por
        los partidarios de Pizarro.
        Un galeón del obispo de Placencia atraviesa, por primera vez des-
        pués de Magallanes, el estrecho.
        *Cabeza de Vaca es destituido, arrestado y remitido a España por
        el grupo que encabeza Irala. Es condenado a destierro en África.*

1545   Asesinato del nuevo Inca, Manco Capac, por los españoles.
        Primera gran epidemia en México.

1547   Muerte de Hernán Cortés.

1548   Gonzalo Pizarro es derrotado en Xaquixaguana por el licenciado
        de la Gasca, después es hecho prisionero y ejecutado.

1549   Fundación de La Paz por Alonso de Mendoza.
        Primeros misioneros jesuitas en Japón.

1550   *Asamblea de Valladolid.* Controversia entre Las Casas y Sepúlveda
        acerca del trato que debe darse a los indios, y los derechos de
        España.
        Juan de Velasco, virrey.

1551   Fundación de la Real y Pontificia Universidad de México, la pri-
        mera del Nuevo Mundo.

1552   Publicación, en Sevilla, de las principales obras del dominico Las
        Casas en contra de los Conquistadores y del régimen de la enco-
        mienda aplicado a los indios.
        *Se le levanta el destierro a Cabeza de Vaca y es nombrado juez
        del Tribunal Supremo de Sevilla.*

1553   Valdivia es muerto por los araucanos de Chile.
        Apertura solemne de la real y pontificia Universidad de México.

1555   *Se suprimen en Valladolid los Naufragios y los Comentarios de
        Cabeza de Vaca.*

1556   Las instrucciones reales recomiendan sustituir por las palabras
        descubrimiento y *poblador* los términos usados hasta entonces *con-
        quista* y *conquistador.*
        Carlos V (I de Castilla) abdica y se retira al monasterio de Yuste.
        Lo sucede Felipe II.

1560   *Fallece en Sevilla, Álvar Núñez Cabeza de Vaca.*

NAUFRAGIOS
DE
ÁLVAR NÚÑEZ CABEZA DE VACA Y RELACIÓN DE LA JORNADA QUE HIZO A LA FLORIDA CON EL ADELANTADO PÁNFILO DE NARVÁEZ

CAPÍTULO PRIMERO

A 17 días del mes de junio de 1517 partió del puerto de Sant
Lúcar de Barrameda el gobernador Pánfilo de Narváez, con poder
y mandado de vuestra majestad para conquistar y gobernar las
provincias que están desde el río de las Palmas hasta el cabo de
la Florida, las cuales son en Tierra-Firme; y la armada que llevaba
eran cinco navíos, en los cuales, poco más o menos, irían seiscientos hombres. Los oficiales que llevaba (porque de ellos se ha de
hacer mención) eran éstos que aquí se nombran: Cabeza de Vaca,
por tesorero y por alguacil mayor; Alonso Enríquez, contador;
Alonso de Solís, por factor de vuestra majestad y por veedor; iba
un fraile de la orden de Sant Francisco por comisario, que se
llamaba fray Juan Suárez, con otros cuatro frailes de la misma
orden.

Llegamos a la isla de Santo Domingo, donde estuvimos casi
cuarenta y cinco días, proveyéndonos de algunas cosas necesarias,
señaladamente de caballos. Aquí nos faltaron de nuestra armada
más de ciento y cuarenta hombres, que se quisieron quedar allí,
por los partidos y promesas que los de la tierra les hicieron. De
allí partimos, y llegamos a Santiago (que es puerto en la isla
de Cuba), donde en algunos días que estuvimos, el Gobernador se
rehizo de gente, de armas y de caballos.

Sucedió allí que un gentil-hombre que se llamaba Vasco Porcalle, vecino de la Trinidad (que es en la misma isla), ofresció
de dar al Gobernador ciertos bastimentos que tenía en la Trinidad,
que es cien leguas del dicho puerto de Santiago. El Gobernador,
con toda la armada, partió para allá; mas llegados a un puerto
que se dice Cabo de Santa Cruz, que es mitad del camino, parescióle, que era bien esperar allí, y enviar un navío que trujese
aquellos bastimentos; y para esto mandó a un capitán Pantoja
que fuese allá con su navío, y que yo, para más seguridad, fuese
con él, y él quedó con cuatro navíos, porque en la isla de Santo
Domingo había comprado un otro navío. Llegados con estos dos
navíos al puerto de la Trinidad, el capitán Pantoja fue con Vasco
Porcalle a la villa, que es una legua de allí, para rescebir los bastimentos; yo quedé en la mar con los pilotos, los cuales nos dijeron
que con la mayor presteza que pudiésemos nos despachásemos
de allí, porque aquel era un muy mal puerto, y se solían perder
muchos navíos en él; y porque lo que allí nos sucedió fue cosa

3

muy señalada, me paresció que no sería fuera del propósito y fin
con que yo quise escrebir este camino, contarla aquí. Otro día
de mañana comenzo el tiempo a dar no buena señal, porque comenzó a llover, y el mar iba arreciando tanto, que aunque yo di
licencia a la gente que saliese a tierra, como ellos vieron el tiempo
que hacía y que la villa estaba de allí una legua, por no estar al
agua y frío que hacía, muchos se volvieron al navío.

En esto vino una canoa de la villa, en que me traían una carta
de un vecino de la villa, rogándome que me fuese allá, y que me
darían los bastimentos que hobiese y necesarios fuesen; de lo
cual yo me excusé diciendo que no podía dejar los navíos. A mediodía volvió la canoa con otra carta, en que con mucha importunidad pedían lo mismo, y traían un caballo en que fuese; yo di
la misma respuesta que primero había dado, diciendo que no dejaría los navíos; mas los pilotos y la gente me rogaron mucho
que fuese, porque diese priesa que los bastimentos se trujesen lo
más presto que pudiese ser, porque nos partiésemos luego de allí,
donde ellos estaban con gran temor que los navíos se habían
de perder si allí estuviesen mucho. Por esta razón yo determiné de
ir a la villa, aunque primero que fuese, dejé proveído y mandado
a los pilotos que si el sur, con que allí suelen perderse muchas
veces los navíos, ventase, y se viesen en mucho peligro, diesen
con los navíos al través, y en parte que se salvase la gente y los
caballos; y con esto, yo salí, aunque quise sacar algunos conmigo,
por ir en compañía; los cuales no quisieron salir, diciendo que
hacía mucha agua y frío, y la villa estaba muy lejos; que otro
día, que era domingo, saldrían, con el ayuda de Dios, a oír misa.
A una hora después de yo salido, la mar comenzó a venir muy
brava, y el norte fue tan recio, que ni los bateles osaron salir a
tierra, ni pudieron dar en ninguna manera con los navíos al través,
por ser el viento por la proa; de suerte que con muy gran trabajo,
con dos tiempos contrarios, y mucha agua que hacía, estuvieron
aquel día y el domingo hasta la noche. A esta hora el agua y la
tempestad comenzó a crescer tanto, que no menos tormenta había
en el pueblo que en la mar, porque todas las casas y iglesias se
cayeron, y era necesario que anduviésemos siete o ocho hombres
abrazados unos con otros, para podernos amparar que el viento
no nos llevase; y andando entre los árboles, no menos temor teníamos de ellos que de las casas, porque como ellos también caían,
no nos matasen debajo. En esta tempestad y peligro anduvimos
toda la noche, sin hallar parte ni lugar donde media hora pudiésemos estar seguros.

Andando en esto, oímos toda la noche, especialmente desde el
medio de ella, mucho estruendo y grande ruido de voces, y gran
sonido de cascabeles y de flautas y tamborinos y otros instrumen-
tos, que duraron hasta la mañana, que la tormenta cesó. En estas
partes nunca otra cosa tan medrosa se vio; yo hice una probanza
de ello, cuyo testimonio envié a vuestra majestad. El lunes por la

mañana bajamos al puerto, y no hallamos los navíos; vimos las boyas de ellos en el agua, a donde conoscimos ser perdidos, y anduvimos por la costa por ver si hallaríamos alguna cosa de ellos; y como ninguno hallásemos, metímonos por los montes; y andando por ellos, un cuarto de legua de agua hallamos la barquilla de un navío puesta sobre unos árboles, y diez leguas de allí por la costa se hallaron dos personas de mi navío, y ciertas tapas de cajas, y las personas tan desfiguradas de los golpes de las peñas, que no se podían conoscer; halláronse también una capa y una colcha hecha pedazos, y ninguna otra cosa paresció. Perdiéronse en los navíos sesenta personas y veinte caballos. Los que habían salido a tierra el día que los navíos allí llegaron, que serían, hasta treinta, quedaron de los que en ambos navíos había.

Así estuvimos algunos días con mucho trabajo y necesidad, porque la provisión y mantenimientos que el pueblo tenía se perdieron, y algunos ganados; la tierra quedó tal, que era gran lástima verla; caídos los árboles, quemados los montes, todos sin hojas ni yerba. Así pasamos hasta 5 días del mes de noviembre, que llegó el Gobernador con sus cuatro navíos, que también habían pasado gran tormenta, y también habían escapado por haberse metido con tiempo en parte segura. La gente que en ellos traía, y la que allí halló, estaban tan atemorizados de lo pasado, que temían mucho tornarse a embarcar en invierno, y rogaron al Gobernador que lo pasase allí; y él, vista su voluntad y la de los vecinos, invernó allí. Dióme a mí cargo de los navíos y de la gente, para que me fuese con ellos a invernar al puerto de Xagua, que es doce leguas de allí, donde estuve hasta 20 días del mes de hebrero.

CAPÍTULO II

CÓMO EL GOBERNADOR VINO AL PUERTO DE XAGUA, Y TRUJO CONSIGO A UN PILOTO

En este tiempo llegó allí el Gobernador con un bergantín que en la Trinidad compró, y traía consigo un piloto que se llamaba Miruelo; habíalo tomado porque decía que sabía y había estado en el río de las Palmas, y era muy buen piloto de toda la costa del norte. Dejaba también comprado otro navío en la costa de la Habana, en el cual quedaba por capitán Álvaro de la Cerda, con cuarenta hombres y doce de caballo; y dos días después que llegó el Gobernador, se embarcó, y la gente que llevaba eran cuatrocientos hombres y ochenta caballos en cuatro navíos y un bergantín. El piloto que de nuevo habíamos tomado metió los navíos por los bajíos que dicen de Canarreo, de manera que otro día dimos en seco, y así estuvimos quince días, tocando muchas veces las quillas de los navíos en seco; al cabo de los cuales, una tormenta del sur metió tanta agua en los bajíos, que podimos salir, aunque no sin mucho peligro.

Partidos de aquí, y llegados a Guaniguanico, nos tomó otra tormenta, que estuvimos a tiempo de perdernos. A cabo de Corrientes tuvimos otra, donde estuvimos tres días; pasados estos, doblamos el cabo de Sant Anton, y anduvimos con tiempo contrario hasta llegar a doce leguas de la Habana; y estando otro día para entrar en ella, nos tomó un tiempo de sur, que nos apartó de la tierra, y atravesamos por la costa de la Florida, y llegamos a la tierra martes 12 días del mes de abril, y fuimos costeando la vía de la Florida; y Jueves Santo surgimos en la misma costa, en la boca de una bahía, al cabo de la cual vimos ciertas casas y habitaciones de indios.

◆

CAPÍTULO III

Cómo llegamos a la Florida

En este mismo día salió el contador Alonso Enríquez, y se puso en una isla que está en la misma bahía, y llamó a los indios, los cuales vinieron y estuvieron con él buen pedazo de tiempo, y por vía de rescate le dieron pescado y algunos pedazos de carne de venado. Otro día siguiente, que era Viernes Santo, el Gobernador se desembarcó con la más gente que en los bateles que traía pudo sacar; y como llegamos a los buhíos o casas que habíamos visto de los indios, hallámoslas desamparadas y solas, porque la gente se había ido aquella noche en sus canoas. El uno de aquellos buhíos era muy grande, que cabrían en él más de trecientas personas; los otros eran más pequeños, y hallamos allí una sonaja de oro entre las redes.

Otro día el Gobernador levantó pendones por vuestra majestad, y tomó la posesión de la tierra en su real nombre, presentó sus provisiones, y fue obedescido por gobernador, como vuestra majestad lo mandaba. Asimismo presentamos nosotros las nuestras ante él, y él las obedeció como en ellas se contenía. Luego mandó que toda la otra gente desembarcase, y los caballos que habían quedado, que no eran más de cuarenta y dos, porque los demás, con las grandes tormentas y mucho tiempo que habían andado por la mar, eran muertos; y estos pocos que quedaron estaban tan flacos y fatigados, que por el presente poco provecho podíamos tener de ellos. Otro día los indios de aquel pueblo vinieron a nosotros, y aunque nos hablaron, como nosotros no teníamos lengua, no los entendíamos; mas hacíannos muchas señas y amenazas, y nos paresció que nos decían que nos fuésemos de la tierra; y con esto nos dejaron, sin que nos hiciesen ningún impedimento, y ellos se fueron.

CAPÍTULO IV

CÓMO ENTRAMOS POR LA TIERRA

Otro día adelante el Gobernador acordó de entrar por la tierra, por descubrirla y ver lo que en ella había. Fuímonos con él el comisario y el veedor y yo, con cuarenta hombres, y entre ellos seis de caballo, de los cuales poco nos podíamos aprovechar. Llevamos la vía del norte, hasta que a hora de vísperas llegamos a una bahía muy grande, que nos paresció que entraba mucho por la tierra; quedamos allí aquella noche, y otro día nos volvimos donde los navíos y gente estaban. El Gobernador mandó que el bergantín fuese costeando la vía de la Florida, y buscase el puerto que Miruelo el piloto había dicho que sabía; mas ya él lo había errado, y no sabía en qué parte estábamos, ni adónde era el puerto; y fuéle mandado al bergantín que si no lo hallase, travesase a la Habana, y buscase el navío que Álvaro de la Cerda tenía, y, tomados algunos bastimentos, nos viniesen a buscar.

Partido el bergantín, tornamos a entrar en la tierra los mismos que primero, con alguna gente más, y costeamos la bahía que habíamos hallado; y andadas cuatro leguas, tomamos cuatro indios, y mostrámosle maíz para ver si lo conoscían; porque hasta entonces no habíamos visto señal de él. Ellos nos dijeron que nos llevarían donde lo había; y así, nos llevaron a su pueblo, que es al cabo de la bahía, cerca de allí, y en él nos mostraron un poco de maíz, que aun no estaba para cogerse. Allí hallamos muchas cajas de mercaderes de Castilla, y en cada una de ellas estaba un cuerpo de un hombre muerto, y los cuerpos cubiertos con unos cueros de venados pintados. Al comisario le paresció que esto era especie de idolatría, y quemó las cajas con los cuerpos. Hallamos también pedazos de lienzo y de paño, y penachos que parecían de la Nueva España; hallamos también muestras de oro. Por señas preguntamos a los indios de adónde había habido aquellas cosas; señaláronnos que muy lejos de allí había una provincia que se decía Apalache, en la cual había mucho oro, y hacían señas de haber muy gran cantidad de todo lo que nosotros estimamos en algo. Decían que en Apalache había mucho, y tomando aquellos indios por guía, partimos de allí; y andadas diez o doce leguas, hallamos otro pueblo de quince casas, donde había buen pedazo de maíz sembrado, que ya estaba para cogerse, y también hallamos alguno que estaba ya seco; y después de dos días que allí estuvimos, nos volvimos donde el contador y la gente y navíos estaban, y contamos al contador y pilotos lo que habíamos visto, y las nuevas que los indios nos habían dado.

Y otro día, que fue 1º de mayo, el Gobernador llamó aparte al comisario y al contador y al veedor y a mí, y a un marinero que se llamaba Bartolomé Fernández, y a un escribano que se decía Jerónimo de Alaniz, y así juntos, nos dijo que tenía en voluntad de entrar por la tierra adentro, y los navíos se fuesen costeando hasta que llegasen al puerto, y que los pilotos decían y creían que yendo la vía de las Palmas, estaban muy cerca de allí, y sobre esto nos rogó le diésemos nuestro parescer.

Yo respondía que me parescía que por ninguna manera debía dejar los navíos sin que primero quedasen en puerto seguro y poblado, y que mirase que los pilotos no andaban ciertos, ni se afirmaban en una misma cosa, ni sabían a qué parte estaban; y que allende de esto, los caballos no estaban para que en ninguna necesidad que se ofresciese nos pudiésemos aprovechar de ellos; y que sobre todo esto, íbamos mudos y sin lengua, por donde mal nos podíamos entender con los indios, ni saber lo que de la tierra queríamos, y que entrábamos por tierra de que ninguna relación teníamos, ni sabíamos de qué suerte era, ni lo que en ella había, ni de qué gente estaba poblada, ni a qué parte de ella estábamos; y que sobre todo esto, no teníamos bastimentos para entrar adonde no sabíamos; porque, visto lo que en los navíos había, no se podía dar a cada hombre de ración para entrar por la tierra, más de una libra de bizcocho y otra de tocino, y que mi parescer era que se debía embarcar y ir a buscar puerto y tierra que fuese mejor para poblar, pues las que habíamos visto, en sí era tan despoblada y tan pobre, cuanto nunca en aquellas partes se había hallado.

Al comisario le paresció todo lo contrario, diciendo que no se había de embarcar, sino que, yendo siempre hacia la costa fuesen en busca del puerto, pues los pilotos decían que no estaría sino diez o quince leguas de allí la vía de Pánuco, y que no era posible, yendo siempre a la costa, que no topásemos con él, porque decían que entraba doce leguas adentro por la tierra, y que los primeros que lo hallasen, esperasen allí a los otros, y que embarcarse era tentar a Dios, pues desque partimos de Castilla tantos trabajos habíamos pasado, tantas tormentas, tantas pérdidas de navíos y de gente habíamos tenido hasta llegar allí; y que por estas razones él se debía de ir por luengo de costa hasta llegar al puerto, y que los otros navíos, con la otra gente, se irían la misma vía hasta llegar al mismo puerto. A todos los que allí estaban paresció bien que esto se hiciese así, salvo al escribano, que dijo que primero que desamparase los navíos, los debía de dejar en puerto conoscido y seguro, y en parte que fuese poblada; que esto hecho, podría entrar por la tierra adentro y hacer lo que le pareciese. El Gobernador siguió su parescer y lo que los otros le aconsejaban.

Yo, vista su determinación, requeríle de parte de vuestra majestad que no dejase los navíos sin que quedasen en puerto y seguros, y así lo pedí por testimonio al escribano que allí teníamos. El respondió que, pues él se conformaba con el parescer de los más de los otros oficiales y comisario, que yo no era parte para hacerle estos requerimientos, y pidió al escribano le diese por testimonio cómo por no haber en aquella tierra mantenimientos para poder poblar, ni puerto para los navíos, levantaba el pueblo que allí había asentado, y iba con él en busca del puerto, y de tierra que fuese mejor; y luego mandó apercibir la gente que había de ir con él, que se proveyesen de lo que era menester para la jornada; y después de esto proveído, en presencia de los que allí estaban, me dijo que, pues yo tanto estorbaba y temía la entrada por la tierra, que me quedase y tomase cargo de los navíos y la gente que en ellos quedaba, y poblase si yo llegase primero que él. Yo me excusé de esto, y después de salidos de allí aquella misma tarde, diciendo que no le parescía que de nadie se podía fiar aquello, me envió a decir que me rogaba que tomase cargo de ello; y viendo que importunándome tanto, yo todavía me excusaba, me preguntó qué era la causa por que huía de aceptallo; a lo cual respondí que yo huía de encargarme de aquello porque tenía por cierto y sabía que él no había de ver más los navíos, ni los navíos a él, y que ésto entendía viendo que tan sin aparejo se entraban por la tierra adentro, y que yo quería más aventurarme al peligro que él y los otros se aventuraban, y pasar por lo que él y ellos pasasen, que no encargarme de los navíos, y dar ocasión que se dijese que, como había contradicho la entrada, me quedaba por temor, y mi honra anduviese en disputa; y que yo quería más aventurar la vida que poner mi honra en esta condición. El, viendo que conmigo no aprovechaba, rogó a otros muchos que me hablasen en ello y me lo rogasen; a los cuales respondí lo mismo que a él; y así, proveyó por su teniente, para que quedase en los navíos, a un alcalde que traía, que se llamaba Caravallo.

CAPÍTULO V

CÓMO DEJÓ LOS NAVÍOS EL GOBERNADOR

Sábado 1º de mayo, el mismo día que esto había pasado, mandó dar a cada uno de los que habían de ir con él dos libras de bizcocho y media libra de tocino, y ansí nos partimos para entrar en la tierra. La suma de toda la gente que llevábamos era trecientos hombres: en ellos iba el comisario fray Juan Suárez, y otro fraile que se decía fray Juan de Palos, y tres clérigos y los oficiales. La gente de caballo que con estos íbamos, éramos cuarenta de caballo; y ansí anduvimos con aquel bastimento que llevábamos, quince días, sin hallar otra cosa que comer, salvo palmitos de la manera de los de Andalucía. En todo este tiempo no hallamos indio ninguno, ni vimos casa ni poblado, y al cabo llegamos a un río que lo pasamos con muy gran trabajo a nado y en balsas: detuvímonos un día en pasarlo; que traía muy gran corriente.

Pasados a la otra parte, salieron a nosotros hasta docientos indios, poco más o menos; el Gobernador salió a ellos, y después de haberlos hablado por señas, ellos nos señalaron de suerte, que nos hobimos de revolver con ellos, y prendimos cinco o seis, y estos nos llevaron a sus casas, que estaban hasta media legua de allí, en las cuales hallamos gran cantidad de maíz que estaba ya para cogerse, y dimos infintas gracias a nuestro Señor por habernos socorrido en tan gran necesidad, porque ciertamente, como éramos nuevos en los trabajos, allende del cansancio que traíamos, veníamos muy fatigados de hambre, y a tercero día que allí llegamos, nos juntamos el contador y veedor y comisario y yo, y rogamos al Gobernador que enviase a buscar la mar, por ver si hallaríamos puerto, porque los indios decían que la mar no estaba muy lejos de allí.

El nos respondió que no curásemos de hablar en aquello, porque estaba muy lejos de allí; y como yo era el que más le importunaba, díjome que me fuese yo a descubrirla y que buscase puerto, y que había de ir a pie con cuarenta hombres; y ansí, otro día yo me partí con el capitán Alonso del Castillo y con cuarenta hombres de su compañía, y así anduvimos hasta hora de mediodía, que llegamos a unos placeles de la mar que parescía que entraban mucho por la tierra: anduvimos por ellos hasta legua y media con el agua hasta la mitad de la pierna, pisando por encima de ostiones, de los cuales rescibimos muchas cuchilladas en los pies, y nos fueron causa de mucho trabajo, hasta que llegamos en el río que primero habíamos atravesado, que entraba por aquel mismo ancon, y como no lo podimos pasar, por el mal aparejo que para ello teníamos, volvimos al real, y contamos al Gobernador lo que habíamos hallado, y cómo era menester otra vez pasar por el río por el mismo lugar que primero lo habíamos pasado, para que aquel ancon se descubriese bien, y viésemos si por allí había puerto; y otro día mandó a un capitán que se llamaba Valenzuela, que con sesenta hombres y seis de caballo pasase el río y fuese por él abajo hasta llegar a la mar, y buscar si había puerto; el cual, después de dos días que allá estuvo, volvió y dijo que él había descubierto el ancon, y que todo era bahía baja hasta la rodilla, y que no se hallaba puerto; y que había visto cinco o

seis canoas de indios que pasaban de una parte a otra, y que llevaban puestos muchos penachos.

Sabido esto, otro día partimos de allí, yendo siempre en demanda de aquella provincia que los indios nos habían dicho Apalache, llevando por guía los que de ellos habíamos tomado, y así
anduvimos hasta 17 de junio, que no hallamos indios que nos
osasen esperar; y allí salió a nosotros un señor que le traía un
indio a cuestas, cubierto de un cuero de venado pintado: traía
consigo mucha gente, y delante de él venían tañendo unas flautas
de caña; y así, llegó do estaba el Gobernador, y estuvo una hora
con él, y por señas le dimos a entender que íbamos a Apalache,
y por las que él hizo nos paresció que era enemigo de los de
Apalache, y que nos iría a ayudar contra él. Nosotros le dimos
cuentas y cascabeles y otros rescates, y él dio al Gobernador el
cuero que traía cubierto; y así, se volvió, y nosotros le fuimos
siguiendo por la vía que él iba.

Aquella noche llegamos a un río, el cual era muy hondo y muy
ancho, y la corriente muy recia, y por no atrevernos a pasar, con
balsas hecimos una canoa para ello, y estuvimos en pasarlo un
día; y si los indios nos quisieran ofender, bien nos pudieran estorbar el paso, y aun con ayudarnos ellos, tuvimos mucho trabajo.
Uno de caballo, que se decía Juan Velázquez, natural de Cuéllar,
por no esperar entró en el río, y la corriente, como era recia, lo
derribó del caballo, y se asió a las riendas, y ahogó a sí y al caballo; y aquellos indios de aquel señor, que se llamaba Dulchan-
chellin, hallaron el caballo, y nos dijeron dónde hallaríamos a él
por el río abajo; y así, fueron por él, y su muerte nos dio mucha
pena, porque hasta entonces ninguno nos había faltado. El caballo
dio de cenar a muchos aquella noche.

Pasados de allí, otro día llegamos al pueblo de aquel señor, y
allí nos envió maíz. Aquella noche, donde iban a tomar agua nos
flecharon un cristiano, y quiso Dios que no lo hirieron. Otro día
nos partimos de allí sin que indio ninguno de los naturales paresciese, porque todos habían huido; mas yendo nuestro camino,
parescieron indios, los cuales venían de guerra, y aunque nosotros
los llamamos, no quisieron volver ni esperar; mas antes se retiraron, siguiéndonos por el mismo camino que llevábamos. El Gobernador dejó una celada de algunos de caballo en el camino, que
como pasaron, salieron a ellos, y tomaron tres o cuatro indios, y
estos llevamos por guías de allí adelante; los cuales nos llevaron
por tierra muy trabajosa de andar y maravillosa de ver, porque
en ella hay muy grandes montes y los árboles a maravilla altos,
y son tantos los que están caídos en el suelo, que nos embarazaban
el camino de suerte, que no podíamos pasar sin rodear mucho
y con muy gran trabajo; de los que no estaban caídos, muchos estaban hendidos desde arriba hasta abajo, de rayos que en aquella
tierra caen, donde siempre hay muy grandes tormentas y tempestades.

Con este trabajo caminamos hasta un día después de San Juan, que llegamos a vista de Apalache sin que los indios de la tierra nos sintiesen. Dimos muchas gracias a Dios por vernos tan cerca de él, creyendo que era verdad lo que de aquella tierra nos habían dicho, que allí se acabarían los grandes trabajos que habíamos pasado, así por el malo y largo camino para andar, como por la mucha hambre que habíamos padescido; porque aunque algunas veces hallábamos maíz, las más andábamos siete y ocho leguas sin toparlo; y muchos había entre nosotros que, allende del mucho cansancio y hambre, llevaban hechas llagas en las espaldas, de llevar las armas a cuestas, sin otras cosas que se ofrescían. Mas con vernos llegados donde deseábamos, y donde tanto mantenimiento y oro nos habían dicho que había, paresciónos que se nos había quitado gran parte del trabajo y cansancio.

CAPÍTULO VI

Cómo llegamos a Apalache

Llegados que fuimos a vista de Apalache, el Gobernador mandó que yo tomase nueve de caballo y cincuenta peones, y entrase en el pueblo, y ansí lo acometimos el veedor y yo; y entrados, no hallamos sino mujeres y muchachos; que los hombres a la sazón no estaban en el pueblo; mas de ahí a poco, andando nosotros por él, acudieron, y comenzaron a pelear, flechándonos, y mataron el caballo del veedor; mas al fin huyeron y nos dejaron. Allí hallamos cantidad de maíz que estaba ya para cogerse, y mucho seco que tenían encerrado. Hallámosles muchos cueros de venados, y entre ellos algunas mantas de hilo pequeñas, y no buenas, con que las mujeres cubren algo de sus personas. Tenían muchos vasos para moler maíz.

En el pueblo había cuarenta casas pequeñas y edificadas, bajas y en lugares abrigados, por temor de las grandes tempestades que continuamente en aquella tierra suele haber. El edificio es de paja, y están cercados de muy espeso monte y grandes arboledas y muchos piélagos de agua, donde hay tantos y tan grandes árboles caídos, que embarazan, y son causa que no se puede por allí andar sin mucho trabajo y peligro.

CAPÍTULO VII

DE LA MANERA QUE ES LA TIERRA

La tierra, por la mayor parte, desde donde desembarcamos hasta este pueblo y tierra de Apalache, es llana; el suelo de arena y tierra firme; por toda ella hay muy grandes árboles y montes claros, donde hay nogales y laureles, y otros que se llaman liquidámbares, cedros, sabinas y encinas y pinos y robles, palmitos bajos, de la manera de los de Castilla. Por toda ella hay muchas lagunas, grandes y pequeñas, algunas muy trabajosas de pasar, parte por la mucha hondura, parte por tantos árboles como por ellas están caídos. El suelo de ellas es arena, y las que en la comarca de Apalache hallamos son muy mayores que las de hasta allí.

Hay en esta provincia muchos maizales, y las casas están tan esparcidas por el campo, de la manera que están las de los Gelves. Los animales que en ellas vimos, son: venados de tres maneras, conejos y liebres, osos y leones, y otras salvajinas; entre los cuales vimos un animal que trae los hijos en una bolsa que en la barriga tiene; y todo el tiempo que son pequeños los trae allí, hasta que saben buscar de comer; y si acaso están fuera buscando de comer, y acude gente, la madre no huye hasta que los ha recogido en su bolsa. Por allí la tierra es muy fría; tiene muy buenos pastos para ganados; hay aves de muchas maneras, ansares en gran cantidad, patos, ánades, patos reales, dorales y garzotas y garzas, perdices; vimos muchos halcones, neblís, gavilanes, esmerejones, y otras muchas aves.

Dos horas después que llegamos a Apalache, los indios que de allí habían huido vinieron a nosotros de paz, pidiéndonos a sus mujeres y hijos, y nosotros se los dimos; salvo que el Gobernador detuvo un cacique de ellos consigo, que fue causa por donde ellos fueron escandalizados; y luego otro día volvieron de guerra, y con tanto denuedo y presteza nos acometieron, que llegaron a nos poner fuego a las casas en que estábamos; mas como salimos, huyeron, y acogiéronse a las lagunas, que tenían muy cerca; y por esto, y por los grandes maizales que había, no les podimos hacer daño, salvo a uno que matamos. Otro día siguiente, otros indios de otro pueblo que estaba de la otra parte vinieron a nosotros y acometiéronnos de la misma arte que los primeros, y de la misma manera se escaparon, y también murió uno de ellos. Estuvimos en este pueblo veinte y cinco días, en que hicimos tres entradas por la tierra, y hallámosla muy pobre de gente y muy mala de andar, por los malos pasos y montes y lagunas que tenía.

Preguntamos al cacique que les había detenido, y a los otros indios que traíamos con nosotros, que eran vecinos y enemigos de ellos, por la manera y población de la tierra, y la calidad de la gente y por los bastimentos y todas las otras cosas de ella. Respondiéronnos cada uno por sí, que el mayor pueblo de toda aquella tierra era aquel Apalache, y que adelante había menos gente y muy más pobre que ellos, y que la tierra era mal poblada y los moradores de ella muy repartidos; y que yendo adelante, había grandes lagunas y espesura de montes y grandes desiertos y despoblados. Preguntámosles luego por la tierra que estaba hacia el sur, qué pueblos y mantenimientos tenía. Dijeron que por aquella vía, yendo a la mar nueve jornadas, había un· pueblo que llamaban Aute, y los indios de él tenían mucho maíz, y que tenían frisoles y calabazas, y que por estar tan cerca de la mar alcanzaban pescados, y que estos eran amigos suyos. Nosotros, vista la pobreza de la tierra, y las malas nuevas que de la población y de todo lo demás nos daban, y cómo los indios nos hacían continua guerra hiriéndonos la gente y los caballos en los lugares donde íbamos a tomar agua, y esto desde las lagunas, y tan a su salvo, que no los podíamos ofender, porque metidos en ellas nos flechaban, y mataron un señor de Tezcuco que se llamaba don Pedro, que el comisario llevaba consigo, acordamos de partir de allí, y ir a buscar la mar y aquel pueblo de Aute que nos habían dicho; y así, nos partimos a cabo de veinte y cinco días que allí habíamos llegado.

El primero día pasamos aquellas lagunas y pasos sin ver indio ninguno; mas al segundo día llegamos a una laguna de muy mal paso, porque daba el agua a los pechos y había en ella muchos árboles caídos. Ya que estábamos en medio de ella, nos acometieron muchos indios que estaban abscondidos detrás de los árboles porque no los viésemos; otros estaban sobre los caídos, y comenzáronnos a flechar de manera, que nos hirieron muchos hombres y caballos, y nos tomaron la guía que llevábamos, antes que de la laguna saliésemos, y después de salidos de ella, nos tornaron a seguir, queriéndonos estorbar el paso; de manera que no nos aprovechaba salirnos afuera ni hacernos más fuertes, y querer pelear con ellos, que se metían luego en la laguna, y desde allí nos herían la gente y caballos. Visto esto, el Gobernador mandó a los de caballo que se apeasen y les acometiesen a pie. El contador se apeó con ellos, y así los acometieron, y todos entraron a vueltas en una laguna, y así les ganamos el paso.

En esta revuelta hubo algunos de los nuestros heridos, que no les valieron buenas armas que llevaban; y hubo hombres este día que juraron que habían visto dos robles, cada uno de ellos tan grueso como la pierna por bajo, pasados de parte a parte de las flechas de los indios; y esto no es tanto de maravillar, vista la fuerza y maña con que las echan; porque yo mismo vi una flecha en un pie de un álamo, que entraba por él un geme. Cuantos indios vimos desde la Florida aquí, todos son flecheros; y como son tan crescidos de cuerpo y andan desnudos, desde lejos parescen gigantes. Es gente a maravilla bien dispuesta, muy enjutos y de muy

grandes fuerzas y ligereza. Los arcos que usan son gruesos como
el brazo, de once o doce palmos de largo, que flechan a docientos pasos con tan gran tiento, que ninguna cosa yerran.

Pasados que fuimos de este paso, de ahí a una legua llegamos
a otro de la misma manera, salvo que por ser tan larga, que
duraba media legua, era muy peor: éste pasamos libremente y sin
estorbo de indios; que, como habían gastado en el primero toda la
munición que de flechas tenían, no quedó con que osarnos acometer. Otro día siguiente, pasando otro semejante paso, yo hallé
rastro de gente que iba delante, y di aviso de ello al Gobernador
que venía en la retaguardia; y ansí, aunque los indios salieron a
nosotros, como íbamos apercebidos, no nos pudieron ofender; y
salidos a lo llano, fueronnos todavía siguiendo; volvimos a ellos
por dos partes, y matámosles dos indios, y hiriéronme a mí y dos
o tres cristianos; y por acogérsenos al monte no les podimos hacer más mal ni daño. De esta suerte caminamos ocho días, y desde
este paso que he contado, no salieron más indios a nosotros hasta
una legua adelante, que es lugar donde he dicho que íbamos. Allí,
yendo nosotros por nuestro camino, salieron indios, y sin ser sentidos, dieron en la retaguardia, y a los gritos que dio un muchacho
de un hidalgo de los que allí iban, que se llamaba Avellaneda, el
Avellaneda volvió, y fue a socorrerlos, y los indios le acertaron
con una flecha por el canto de las corazas, y fue tal la herida, que
pasó casi toda la flecha por el pescuezo, y luego allí murió y lo
llevamos hasta Aute. En nueve días de camino, desde Apalache
hasta allí, llegamos.

Y cuando fuimos llegados, hallamos toda la gente de él ida, y
las casas quemadas, y mucho maíz y calabazas y frisoles, que ya
todo estaba para empezarse a coger. Descansamos allí dos días,
y estos pasados, el Gobernador me rogó que fuese a descubrir la
mar, pues los indios decían que estaba tan cerca de allí; ya en
este camino la habíamos descubierto por un río muy grande que
en él hallamos, a quien habíamos puesto por nombre el río de la
Magdalena. Visto esto, otro día siguiente yo me partí a descubrirla, juntamente con el comisario y el capitán Castillo y Andrés
Dorantes y otros siete de caballo y cincuenta peones, y caminamos
hasta hora de vísperas, que llegamos a un ancón o entrada de la
mar, donde hallamos muchos ostiones, con que la gente holgó; y
dimos muchas gracias a Dios por habernos traído allí. Otro día
de mañana envié veinte hombres a que conosciesen la costa y mirasen la disposición de ella; los cuales volvieron otro día en la
noche, diciendo que aquellos ancones y bahías eran muy grandes
y entraban tanto por la tierra adentro, que estorbaban mucho para
descubrir lo que queríamos, y que la costa estaba muy lejos de
allí. Sabidas estas nuevas, y vista la mala disposición y aparejo
que para descubrir la costa por allí había, yo me volví al Gobernador, y cuando llegamos, hallámoslo enfermo con otros muchos,
y la noche pasada los indios habían dado en ellos y puéstolos

en grandísimo trabajo, por la razón de la enfermedad que les había
sobrevenido; también les habían muerto un caballo. Yo di cuenta
de lo que había hecho y de la mala disposición de la tierra. Aquel
día nos detuvimos allí.

CAPÍTULO VIII

Cómo partimos de Aute

Otro día siguiente partimos de Aute, y caminamos todo el día
hasta llegar donde yo había estado. Fue el camino en extremo
trabajoso, porque ni los caballos bastaban a llevar los enfermos,
ni sabíamos qué remedio poner, porque cada día adolescían; que
fue cosa de muy gran lástima y dolor ver la necesidad y trabajo
en que estábamos. Llegados que fuimos, visto el poco remedio
que para ir adelante había, porque no había dónde, ni aunque lo
hubiera, la gente pudiera pasar adelante, por estar los más enfermos, y tales, que pocos había de quien se pudiese haber algún
provecho.

Dejo aquí de contar esto más largo, porque cada uno puede
pensar lo que se pasaría en tierra tan extraña y tan mala, y tan
sin ningún remedio de ninguna cosa, ni para estar ni para salir
de ella. Mas como el más cierto remedio sea Dios Nuestro Señor,
y de éste nunca desconfiamos, suscedió otra cosa que agravaba
más que todo esto, que entre la gente de caballo se comenzó la
mayor parte de ellos a ir secretamente, pensando hallar ellos por
sí remedio, y desamparar al Gobernador y a los enfermos, los cuales estaban sin algunas fuerzas y poder. Mas, como entre ellos
había muchos hijosdalgo y hombres de buena suerte, no quisieron que esto pasase sin dar parte al Gobernador y a los oficiales de vuestra majestad; y como les afeamos su propósito, y les
pusimos delante el tiempo en que desamparaban a su capitán y
los que estaban enfermos y sin poder, y apartarse sobre todo del
servicio de vuestra majestad, acordaron de quedar, y que lo que
fuese de uno fuese de todos, sin que ninguno desamparase a otro.

Visto esto por el Gobernador, los llamó a todos y a cada uno
por sí, pidiendo parescer de tan mala tierra, para poder salir de
ella y buscar algún remedio, pues allí no lo había, estando la ter-
cia parte de la gente con gran enfermedad, y cresciendo esto cada
hora, que teníamos por cierto todos lo estaríamos así; de donde
no se podía seguir sino la muerte, que por ser en tal parte se nos
hacía más grave; y vistos éstos y otros muchos inconvenientes, y
tentados muchos remedios, acordamos en uno harto difícil de poner en obra, que era hacer navíos en que nos fuésemos. A todos

parescía imposible, porque nosotros no los sabíamos hacer, ni
había herramientas, ni hierro, ni fragua, ni estopa, ni pez, ni jarcias, finalmente, ni cosa ninguna de tantas como son menester,
ni quién supiese nada par dar industria en ello, y sobre todo, no
haber qué comer entre tanto que se hiciesen, y los que habían
de trabajar del arte que habíamos dicho; y considerando todo esto,
acordamos de pensar en ello más despacio, y cesó la plática aquel
día, y cada uno se fue, encomendándolo a Dios Nuestro Señor,
que lo encaminase por donde él fuese más servido. Otro día quiso
Dios que uno de la compañía vino diciendo que él haría unos
cañones de palo, y con unos cueros de venado se harían unos fue-
lles, y como estábamos en tiempo que cualquiera cosa que tuviese
alguna sobrehaz de remedio, nos parescía bien, dijimos que se
pusiese por obra; y acordamos de hacer de los estribos y espuelas
y ballestas, y de las otras cosas que había, los clavos y sierras y
hachas, y otras herramientas, de que tanta necesidad había para
ello; y dimos por remedio que para haber algún mantenimiento
en el tiempo que esto se hiciese, se hiciesen cuatro entradas en
Aute con todos los caballos y gente que pudiesen ir, y que a tercero día se matase un caballo, el cual se repartiese entre los que
trabajaban en la obra de las barcas y los que estaban enfermos;
las entradas se hicieron con la gente y caballos que fue posible,
y en ellas se trajeron hasta cuatrocientas hanegas de maíz, aunque
no sin contiendas y pendencias con los indios. Hicimos coger muchos palmitos para aprovecharnos de la lana y cobertura de ellos
torciéndola y aderezándola para usar en lugar de estopa para
las barcas; las cuales se comenzaron a hacer con un solo carpintero que en la compañía había, y tanta diligencia pusimos, que,
comenzándolas a 4 días de agosto, a 20 días del mes de septiembre
eran acabadas cinco barcas, de a veinte y dos codos cada una,
calafeteadas con las estopas de los palmitos, y breámoslas con
cierta pez de alquitrán que hizo un griego, llamado don Teodoro,
de unos pinos; y de la misma ropa de los palmitos, y de las colas
y crines de los caballos, hicimos cuerdas y jarcias, y de las nuestras camisas velas, y de las sabinas que allí había, hicimos los
remos que nos paresció que era menester; y tal era la tierra en
que nuestros pecados nos habían puesto, que con muy gran trabajo podíamos hallar piedras para lastre y anclas de las barcas,
ni en toda ella habíamos visto ninguna. Desollamos también las
piernas de los caballos enteras, y curtimos los cueros de ellas para
hacer botas en que llevásemos agua.

En este tiempo algunos andaban cogiendo marisco por los rin-
cones y entradas de la mar, en que los indios, en dos veces que
dieron en ellos, nos mataron diez hombres a vista del real, sin
que los pudiésemos socorrer, los cuales hallamos de parte a parte
pasados con flechas; que, aunque algunos tenían buenas armas, no
bastaron a resistir para que esto no se hiciese, por flechas con
tanta destreza y fuerza como arriba he dicho, y a dicho y jura-

mento de nuestros pilotos, desde la bahía, que pusimos nombre
de la Cruz, hasta aquí anduvimos docientas y ochenta leguas, poco
más o menos.

En toda esta tierra no vimos sierra ni tuvimos noticia de ella
en ninguna manera; y antes que nos embarcásemos, sin los que
los indios nos mataron, se murieron más de cuarenta hombres de
enfermedad y hambre. A 22 días del mes de septiembre se acabaron de comer los caballos, que sólo uno quedó, y este día nos
embarcamos por esta orden: que en la barca del Gobernador
iban cuarenta y nueve hombres; en otra que dio al contador y
comisario iban otros tantos; la tercera dio al capitán Alonso del
Castillo y Andrés Dorantes, con cuarenta y ocho hombres, y otra
dio a dos capitanes, que se llamaban Téllez y Peñalosa, con cuarenta y siete hombres. La otra dio al veedor y a mí con cuarenta
y nueve hombres, y después de embarcados los bastimentos y ropa,
no quedó a las barcas más de un geme de bordo fuera del agua,
y allende esto, íbamos tan apretados, que no nos podíamos me-
near; y tanto puede la necesidad, que nos hizo aventurar a ir de
esta manera, y meternos en una mar tan trabajosa, y sin tener
noticia de la arte del marear ninguno de los que allí iban.

CAPÍTULO IX

CÓMO PARTIMOS DE BAHÍA DE CABALLOS

Aquella bahía de donde partimos ha por nombre la bahía de
Caballos, y anduvimos siete días por aquellos ancones, entrados
en el agua hasta la cinta, sin señal de ver ninguna cosa de costa,
y al cabo de ellos llegamos a una isla que estaba cerca de la
tierra. Mi barca iba delante, y de ella vimos venir cinco canoas de
indios, los cuales las desampararon y nos las dejaron en las manos,
viendo que íbamos a ellas; las otras barcas pasaron adelante, y
dieron en unas casas de la misma isla, donde hallamos muchas
lizas y huevos de ellas, que estaban secas; que fue muy gran remedio para la necesidad que llevábamos.

Después de tomadas, pasamos adelante, y dos leguas de allí
pasamos un estrecho que la isla con la tierra hacía, al cual llamamos de Sant Miguel por haber salido en su día por él; y salidos,
llegamos a la costa, donde, con las cinco canoas que yo había
tomado a los indios, remediamos algo de las barcas, haciendo
falcas de ellas, y añadiéndolas; de manera que subieron dos palmos de bordo sobre el agua; y con esto tornamos a caminar por
luengo de costa la vía del río de Palmas, cresciendo cada día la

sed y la hambre, porque los bastimentos eran muy pocos y iban muy al cabo, y el agua se nos acabó, porque las botas que hicimos de las piernas de los caballos luego fueron podridas y sin ningún provecho; algunas veces entramos por ancones y bahías que entraban mucho por la tierra adentro; todas las hallamos bajas y peligrosas; y ansí anduvimos por ellas treinta días, donde algunas veces hallábamos indios pescadores, gente pobre y miserable. Al cabo ya de estos treinta días, que la necesidad del agua era en extremo, yendo cerca de costa, una noche sentimos venir una canoa, y como la vimos, esperamos que llegase, y ella no quiso hacer cara; y aunque la llamamos, no quiso volver ni aguardarnos, y por ser de noche no la seguimos, y fuímonos por nuestra vía; cuando amanesció vimos una isla pequeña, y fuimos a ella por ver si hallaríamos agua, mas nuestro trabajo fue en balde, porque no la había. Estando allí surtos, nos tomó una tormenta muy grande, porque nos detuvimos seis días sin que osásemos salir a la mar; y como había cinco días que no bebíamos, la sed fue tanta, que nos puso en necesidad de beber agua salada, y algunos se desatentaron tanto en ella, que súbitamente se nos murieron cinco hombres.

Cuento esto así brevemente, porque no creo que hay necesidad de particularmente contar las miserias y trabajos en que nos vimos; pues considerando el lugar donde estábamos y la poca esperanza de remedio que teníamos, cada uno puede pensar mucho de lo que allí pasaría; y como vimos que la sed crescía y el agua nos mataba, aunque la tormenta no era cesada, acordamos de encomendarnos a Dios Nuestro Señor, y aventurarnos antes al peligro de la mar que esperar la certinidad de la muerte que la sed nos daba; y así, salimos la vía donde habíamos visto la canoa la noche que por allí veníamos; y en este día nos vimos muchas veces anegados, y tan perdidos, que ninguno hubo que no tuviese por cierta la muerte. Plugó a nuestro Señor, que en las mayores necesidades suele mostrar su favor, que a puesta del sol volvimos una punta que la tierra hace, adonde hallamos mucha bonanza y abrigo. Salieron a nosotros muchas canoas, y los indios que en ellas venían nos hablaron, y sin querernos aguardar, se volvieron.

Era gente grande y bien dispuesta, y no traían flechas ni arcos. Nosotros les fuimos siguiendo hasta sus casas, que estaban cerca de allí a la lengua del agua, y saltamos en tierra, y delante de las casas hallamos muchos cántaros de agua y mucha cantidad de pescado guisado, y el señor de aquellas tierras ofresció todo aquello al Gobernador, y tomándolo consigo, lo llevó a su casa. Las casas de éstos eran de esteras, que a lo que paresció eran estantes; y después que entramos en casa del Cacique, nos dio mucho pescado, y nosotros le dimos del maíz que traíamos, y lo comieron en nuestra presencia, y nos pidieron más, y se lo dimos, y el Gobernador le dio muchos rescates; el cual, estando con el Cacique en su casa, a media hora de la noche súpitamente los indios dieron en nosotros y en los que estaban muy malos echados en la costa, y acometieron también la casa del Cacique, donde el Gobernador estaba, y lo hirieron de una piedra en el rostro. Los que allí se hallaron prendieron al Cacique; mas como los suyos estaban tan cerca, soltóseles y dejóles en las manos una manta de martas çebelinas, que son las mejores que creo yo que en el mundo se podrían hallar, y tienen un olor que no paresce sino de ámbar y almizcle, y alcanza tan lejos, que de mucha cantidad se siente; otras vimos allí, mas ningunas eran tales como éstas. Los que allí se hallaron, viendo al Gobernador herido, lo metimos en la barca, e hicimos que con él se recogiese toda la más gente a sus barcas, y quedamos hasta cincuenta en tierra para contra los indios, que nos acometieron tres veces aquella noche, y con tanto ímpetu, que cada vez nos hacían retraer más de un tiro de piedra. Ninguno hubo de nosotros que no quedase herido, y yo lo fui en la cara; y si, como se hallaron pocas flechas, estuvieran más proveidos de ellas, sin duda nos hicieran mucho daño. La última vez se pusieron en celada los capitanes Dorantes y Peñalosa y Téllez con quince hombres, y dieron en ellos por las espaldas, y de tal manera les hicieron huir, que nos dejaron. Otro día de mañana yo les rompí más de treinta canoas, que nos aprovecharon para un norte que hacía, que por todo el día hubimos de estar allí con mucho frío, sin osar entrar en la mar, por la mucha tormenta que en ella había.

Esto pasado, nos tornamos a embarcar, y navegamos tres días; y como habíamos tomado poca agua, y los vasos que teníamos para llevar asimismo eran muy pocos, tornamos a caer en la primera necesidad; y siguiendo nuestra vía, entramos por un estero, y estando en él, vimos venir una canoa de indios. Como los llamamos, vinieron a nosotros, y el Gobernador, a cuya barca habían llegado, pidióles agua, y ellos la ofrescieron con que les diesen en que la trajesen; y un cristiano griego, llamado Doroteo Teodoro (de quien arriba se hizo mención), dijo que quería ir con ellos; el Gobernador y otros se lo procuraron estorbar mucho, y nunca lo pudieron, sino que en todo caso quería ir con ellos; así se fue, y llevó consigo un negro, y los indios dejaron en rehenes dos de su compañía; y a la noche volvieron los indios y nos trajeron muchos vasos sin agua, y no trajeron los cristianos que habían llevado; y los que habían dejado por rehenes, como los otros los hablaron, quisiéronse echar al agua. Mas los que en la barca estaban los detuvieron; y ansí, se fueron huyendo los indios de la canoa, y nos dejaron muy confusos y tristes por haber perdido aquellos dos cristianos.

CAPÍTULO X

De la refriega que nos dieron los indios

Venida la mañana, vinieron a nosotros muchas canoas de indios, pidiéndonos los dos compañeros que en la barca habían quedado por rehenes. El Gobernador dijo que se los daría con que trajesen los dos cristianos que habían llevado. Con esta gente venían cinco o seis señores, y nos paresció ser la gente más bien dispuesta y de más autoridad y concierto que hasta allí habíamos visto, aunque no tan grandes como los otros de quien habemos contado. Traían los cabellos sueltos y muy largos, y cubiertos con mantas de martas, de la suerte de las que atrás habíamos tomado, y algunas de ellas hechas por muy extraña manera, porque en ellas había unos lazos de labores de unas pieles leonadas, que parescían muy bien. Rogábannos que nos fuésemos con ellos, y que nos darían los cristianos y agua y otras muchas cosas; y contino acudían sobre nosotros muchas canoas, procurando de tomar la boca de aquella entrada; y así por esto como porque la tierra era muy peligrosa para estar en ella, nos salimos a la mar, donde estuvimos hasta mediodía con ellos. Y como no nos quisiesen dar los cristianos, y por este respeto nosotros no les diésemos los indios, nos comenzaron a tirar piedras con hondas y varas, con muestras de flecharnos, aunque en todos ellos no vimos sino tres o cuatro arcos.

Estando en esta contienda, el viento refrescó, y ellos se volvieron y nos dejaron; y así, navegamos aquel día hasta hora de vísperas, que mi barca, que iba delante, descubrió una punta que la tierra hacía, y del otro cabo se veía un río muy grande, y en una isleta que hacía la punta hice yo surgir por esperar las otras barcas. El Gobernador no quiso llegar, antes se metió por una bahía muy cerca de allí, en que había muchas isletas, y allí nos juntamos, y desde la mar tomamos agua dulce, porque el río entraba en la mar de avenida, y por tostar algún maíz de lo que traíamos, porque ya había dos días que lo comíamos crudo, saltamos en aquella isla; mas como no hallamos leña, acordamos de ir al río que estaba detrás de la punta, una legua de allí; y yendo, era tanta la corriente, que no nos dejaba en ninguna manera llegar, antes nos apartaba de la tierra, y nosotros trabajando y porfiando por tomarla. El norte que venía de la tierra comenzó a crescer tanto, que nos metió en la mar, sin que nosotros pudiésemos hacer otra cosa; y a media legua que fuimos metidos en ella, sondamos, y hallamos que con treinta brazas no pudimos tomar hondo, y no podíamos entender si la corriente era causa que no lo pudiésemos tomar; y así, navegamos dos días todavía, trabajando por tomar tierra; y al cabo de ellos, un poco antes

que el sol saliese, vimos muchos humeros por la costa; y trabajando por llegar allá, nos hallamos en tres brazas de agua, y por
ser de noche no osamos tomar tierra; porque como habíamos visto
tantos humeros, creíamos que se nos podría recrescer algún peligro, sin nosotros poder ver, por la mucha oscuridad, lo que habíamos de hacer, y por esto determinamos de esperar a la mañana; y como amanesció, cada barca se halló por sí perdida de las
otras; yo me hallé en treinta brazas, y siguiendo mi viaje, a hora
de vísperas vi dos barcas, y como fui a ellas, vi que la primera
a que llegué era la del Gobernador, el cual me preguntó qué me
parescía qué debíamos hacer.

Yo le dije que debía recobrar aquella barca que iba delante, y
que en ninguna manera la dejase, y que juntas todas tres barcas,
siguiésemos nuestro camino donde Dios nos quisiese llevar. Él me
respondió que aquello no se podía hacer, porque la barca iba muy
metida en la mar, y él quería tomar la tierra, y que si la quería
yo seguir, que hiciese que los de mi barca tomasen los remos y
trabajasen, porque con fuerza de brazos se había de tomar la tierra, y esto le aconsejaba un capitán que consigo llevaba, que se
llamaba Pantoja, diciéndole que si aquel día no tomaba la tierra,
que en otros seis no la tomaría, y en este tiempo era necesario
morir de hambre. Yo, vista su voluntad, tomé mi remo, y lo mismo
hicieron todos los que en mi barca estaban para ello, y bogamos
hasta casi puesto el sol; mas como el Gobernador llevaba la más
sana y recia gente que entre toda había, en ninguna manera lo
podimos seguir ni tener con ella. Yo, como vi esto, pedíle que,
para poderle seguir, me diese un cabo de su barca; y él me respondió que no harían ellos poco si solos aquella noche pudiesen
llegar a tierra. Yo le dije que, pues veía la poca posibilidad que
en nosotros había para poder seguirle y hacer lo que había mandado, que me dijese qué era lo que mandaba que yo hiciese.
Él me respondió que ya no era tiempo de mandar unos a otros;
que cada uno hiciese lo que mejor le pareciese que era para salvar la vida; que él así lo entendía de hacer; y diciendo esto, se
alargó con su barca; y como no le pude seguir, arribé sobre la
otra barca que iba metida en la mar, la cual me esperó; y llegado
a ella, hallé que era la que llevaban los capitanes Peñalosa y
Téllez; y ansí, navegamos cuatro días en compañía, comiendo por
tasa cada día medio puño de maíz crudo.

A cabo de estos cuatro días nos tomó una tormenta, que hizo
perder la otra barca, y por gran misericordia que Dios tuvo de
nosotros, no nos hundimos del todo, según el tiempo hacía; y con
ser invierno, y el frío muy grande, y tantos días que padescíamos
hambre, con los golpes que de la mar habíamos recebido, otro día
la gente comenzó mucho a desmayar, de tal manera, que cuando el sol se puso, todos los que en mi barca venían estaban caídos
en ella, unos sobre otros, tan cerca de la muerte, que pocos
había que tuviesen sentido, y entre todos ellos a esta hora no había

cinco hombres en pie; y cuando vino la noche no quedamos sino el maestre y yo que pudiésemos marear la barca, y a dos horas de la noche el maestre me dijo que yo tuviese cargo de ella, porque él estaba tal, que creía aquella noche morir; y así, yo tomé el leme, y pasada media noche, yo llegué por ver si era muerto el maestre, y él me respondió que él antes estaba mejor, y que él gobernaría hasta el día. Yo cierto aquella hora de muy mejor voluntad tomara la muerte, que no ver tanta gente delante de mí de tal manera.

Y después que el maestre tomó cargo de la barca, yo reposé un poco muy sin reposo, ni había cosa más lejos de mí entonces que el sueño. Ya cerca del alba parescióme que oía el tumbo de la mar, porque, como la costa era baja, sonaba mucho, y con este sobresalto llamé al maestre; el cual me respondió que creía que éramos cerca de tierra, y tentamos, y hallámonos en siete brazas, y parescióle que nos debíamos tener a la mar hasta que amanesciese; y así, yo tomé un remo, y bogué de la banda de la tierra, que nos hallamos una legua de ella, y dimos la popa a la mar; y cerca de tierra nos tomó una ola, que echó la barca fuera del agua un juego de herradura, y con el gran golpe que dio, casi toda la gente que en ella estaba como muerta, tornó en sí, y como se vieron cerca de la tierra, se comenzaron a descolgar, y con manos y pies andando; y como salieron a tierra a unos barrancos, hecimos lumbre y tostamos del maíz que traíamos, y hallamos agua de la que había llovido, y con el calor del fuego la gente tornó en sí, y comenzaron algo a esforzarse. El día que aquí llegamos era 6 del mes de noviembre.

CAPÍTULO XI

DE LO QUE ACAESCIÓ A LOPE DE OVIEDO CON UNOS INDIOS

Desque la gente hubo comido, mandé a Lope de Oviedo, que tenía más fuerza y estaba más recio que todos, se llegase a unos árboles que cerca de allí estaban, y subido en uno de ellos, descubriese la tierra en que estábamos, y procurase de haber alguna noticia de ella. Él lo hizo así, y entendió que estábamos en isla, y vio que la tierra estaba cavada a la manera que suele estar tierra donde anda ganado, y parescióle por esto que debía ser tierra de cristianos, y ansí nos lo dijo. Yo le mandé que la tornase a mirar muy más particularmente, y viese si en ella había algunos caminos que fuesen seguidos, y esto sin alargarse mucho, por el peligro que podía haber.

Él fue, y topando con una vereda, se fue por ella adelante hasta espacio de media legua, y halló unas chozas de unos indios que estaban solas, porque los indios eran idos al campo, y tomó una olla de ellos, y un perrillo pequeño y unas pocas de lizas, y así se volvió a nosotros; y paresciéndonos que se tardaba, envié otros dos cristianos para que le buscasen y viesen qué le había suscedido; y ellos le toparon cerca de allí, y vieron que tres indios, con arcos y flechas, venían tras de él llamándole, y él asimismo llamaba a ellos por señas; y así llegó donde estábamos, y los indios se quedaron un poco atrás asentados en la misma ribera; y dende a media hora acudieron otros cien indios flecheros, que, agora ellos fuesen grandes o no, nuestro miedo les hacía parescer gigantes, y pararon cerca de nosotros, donde los tres primeros estaban.

Entre nosotros excusado era pensar que habría quien se defendiese, porque difícilmente se hallaron seis que del suelo se pudiesen levantar. El veedor y yo salimos a ellos, y llamámosles, y ellos se llegaron a nosotros; y lo mejor que pudimos, procuramos de asegurarlos y asegurarnos, y dímosles cuentas y cascabeles, y cada uno de ellos me dio una flecha, que es señal de amistad, y por señas nos dijeron que a la mañana volverían y nos traerían de comer, porque entonces no lo tenían.

CAPÍTULO XII

CÓMO LOS INDIOS NOS TRUJERON DE COMER

Otro día, saliendo el sol, que era la hora que los indios nos habían dicho, vinieron a nosotros, como lo habían prometido, y nos trajeron mucho pescado y de unas raíces que ellos comen, y son como nueces, algunas mayores o menores; la mayor parte de ellas se sacan de bajo del agua y con mucho trabajo. A la tarde volvieron, y nos trajeron más pescado y de las mismas raíces, y hicieron venir sus mujeres y hijos para que nos viesen; y ansí se volvieron ricos de cascabeles y cuentas que les dimos, y otros días nos tornaron a visitar con lo mismo que estotras veces.

Como nosotros víamos que estábamos proveídos de pescado y de raíces y de agua y de las otras cosas que pedimos, acordamos de tornarnos a embarcar y seguir nuestro camino, y desenterramos la barca de la arena en que estaba metida, y fue menester que nos desnudásemos todos y pasásemos gran trabajo para echarla al agua, porque nosotros estábamos tales, que otras cosas muy más livianas bastaban para ponernos en él: y así embarcados, a dos tiros de ballesta dentro en la mar nos dio tal golpe de agua, que nos mojó a todos; y como íbamos desnudos, y el frío que hacía era muy grande, soltamos los remos de las manos, y a otro golpe que la mar nos dio, trastornó la barca; el veedor y otros dos se asieron de ella para escaparse; mas suscedió muy al revés, que la barca los tomó debajo y se ahogaron. Como la costa es muy brava, el mar de un tumbo echó a todos los otros, envueltos en las olas y medio ahogados, en la costa de la misma isla, sin que faltasen más de los tres que la barca había tomado debajo.

Los que quedamos escapados, desnudos como nascimos, y perdido todo lo que traíamos; y aunque todo valía poco, para entonces valía mucho. Y como entonces era por noviembre, y el frío muy grande, y nosotros tales, que con poca dificultad nos podían contar los huesos, estábamos hechos propria figura de la muerte. De mí sé decir que desde el mes de mayo pasado yo no había comido otra cosa sino maíz tostado, y algunas veces me vi en necesidad de comerlo crudo; porque, aunque se mataron los caballos entre tanto que las barcas se hacían, yo nunca pude comer de ellos, y no fueron diez veces las que comí pescado. Esto digo por excusar razones, porque pueda cada uno ver qué tales estaríamos. Y sobre todo lo dicho, había sobrevenido viento norte, de suerte que más estábamos cerca de la muerte que de la vida. Plugó a nuestro Señor que, buscando los tizones del fuego que allí habíamos hecho, hallamos lumbre, con que hicimos grandes fuegos; y ansí, estuvimos pidiendo a nuestro Señor misericordia y perdón de nuestros pecados, derramando muchas lágrimas, habiendo cada uno lástima, no sólo de sí, mas de todos los otros, que en el mismo estado vian.

Y a hora de puesto el sol, los indios, creyendo que no nos habíamos ido, nos volvieron a buscar y a traernos de comer; mas, cuando nos vieron ansí en tan diferente hábito del primero, y en manera tan extraña, espantáronse tanto, que se volvieron atrás. Yo salí a ellos y llamélos, y vinieron muy espantados; hícelos entender por señas cómo se nos había hundido una barca, y se habían ahogado tres de nosotros; y allí en su presencia ellos mismos vieron dos muertos, y los que quedábamos íbamos aquel camino. Los indios, de ver el desastre que nos había venido y el desastre en que estábamos, con tanta desventura y miseria, se sentaron entre nosotros, y con el gran dolor y lástima que hubieron de vernos en tanta fortuna, comenzaron todos a llorar recio, y tan de verdad, que lejos de allí se podía oír, y esto les duró más de media hora; y cierto ver que estos hombres tan sin razón y tan crudos, a manera de brutos, se dolían tanto de nosotros, hizo que en mí y en otros de la compañía cresciese más la pasión y la consideración de nuestra desdicha.

Sosegado ya este llanto, yo pregunté a los cristianos, y dije que, si a ellos parescía, rogaría a aquellos indios que nos llevasen a sus casas; y algunos de ellos que habían estado en la Nueva-España respondieron que no se debía hablar en ello, porque si a sus casas nos llevaban, nos sacrificarían a sus ídolos; mas, visto que otro remedio no había, y que por cualquier otro camino estaba más cerca y más cierta la muerte, no curé de lo que decían, antes rogué a los indios que nos llevasen a sus casas, y ellos mostraron que habían gran placer de ello, y que esperásemos un poco, que ellos harían lo que queríamos; y luego treinta de ellos se cargaron de leña, y se fueron a sus casas, que estaban lejos de allí, y quedamos con los otros hasta cerca de la noche, que nos tomaron, y llevándonos asidos y con mucha priesa, fuimos a sus casas; y por el gran frío que hacía, y temiendo que en el camino alguno no muriese o desmayase, proveyeron que hubiese cuatro o cinco fuegos muy grandes puestos a trechos, y en cada uno de ellos nos escalentaban; y desque vían que habíamos tomado alguna fuerza y calor, nos llevaban hasta el otro tan apriesa, que casi los pies no nos dejaban poner en el suelo, y de esta manera fuimos hasta sus casas, donde hallamos que tenía hecha una casa para nosotros, y muchos fuegos en ella; y desde a un hora que habíamos llegado, comenzaron a bailar y hacer grande fiesta (que duró toda la noche), aunque para nosotros no había placer, fiesta ni sueño, esperando cuando nos habían de sacrificar; y la mañana nos tornaron a dar pescado y raíces, y hacer tan buen tratamiento que nos aseguramos algo, y perdimos algo el miedo del sacrificio.

CAPÍTULO XIII

CÓMO SUPIMOS DE OTROS CRISTIANOS

Este mismo día yo vi a un indio de aquellos un rescate, y conoscí que no era de los que nosotros les habíamos dado; y preguntando dónde le habían habido, ellos por señas me respondieron que se lo habían dado otros hombres como nosotros, que estaban atrás. Yo, viendo esto, envié dos cristianos, y dos indios que les mostrasen aquella gente, y muy cerca de allí toparon con ellos, que también venían a buscarnos, porque los indios que allí quedaban les habían dicho de nosotros, y éstos eran los capitanes Andrés Dorantes y Alonso del Castillo, con toda la gente de su barca. Y llegados a nosotros, se espantaron mucho de vernos de la manera que estábamos, y rescibieron muy gran pena por no tener qué darnos; que ninguna otra cosa traían sino la que tenían vestida.

Y estuvieron allí con nosotros, y nos contaron cómo a 5 de aquel mismo mes su barca había dado al través, legua y media de allí, y ellos habían escapado sin perderse ninguna cosa; y todos juntos acordamos de adobar su barca, y irnos en ella los que tuviesen fuerza y disposición para ello; los otros quedarse allí hasta que convaleciesen, para irse como pudiesen por luengo de costa, y que esperasen allí hasta que Dios los llevase con nosotros a tierra de cristianos; y como lo pensamos, así nos pusimos en ello, y antes que echásemos la barca al agua, Tavera, un caballero de nuestra compañía, murió, y la barca que nosotros pensábamos llevar hizo su fin, y no se pudo sostener a sí misma, que luego fue hundida; y como quedamos del arte que he dicho, y los más desnudos, y el tiempo tan recio para caminar y pasar ríos y ancones a nado, ni tener bastimento alguno ni manera para llevarlo, determinamos de hacer lo que la necesidad pedía, que era invernar allí; y acordamos también que cuatro hombres, que más recios estaban, fuesen a Pánuco, creyendo que estábamos cerca de allí; y que si Dios nuestro Señor fuese servido de llevarlos allá, diesen aviso de cómo quedábamos en aquella isla, y de nuestra necesidad y trabajo. Éstos eran muy grandes nadadores, y al uno llamaban Álvaro Fernández, portugués, carpintero y marinero; el segundo se llamaba Méndez, y el tercero Figueroa, que era natural de Toledo; el cuarto Astudillo, natural de Zafra: llevaban consigo un indio que era de la isla.

CAPÍTULO XIV

CÓMO SE PARTIERON LOS CUATRO CRISTIANOS

Partidos estos cuatro cristianos, dende a pocos días suscedió tal tiempo de fríos y tempestades, que los indios no podían arrancar las raíces, y de los cañales en que pescaban ya no había provecho ninguno, y como las casas eran tan desabrigadas, comenzóse a morir la gente; y cinco cristianos que estaban en rancho en la costa llegaron a tal extremo, que se comieron los unos a los otros, hasta que quedó uno solo, que por ser solo no hubo quién lo comiese. Los nombres de ellos son éstos: Sierra, Diego López, Coral, Palacios, Gonzalo Ruiz. De este caso se alteraron tanto los indios, y hubo entre ellos tan gran escándalo, que sin duda si al principio ellos lo vieran, los mataran, y todos nos viéramos en grande trabajo. Finalmente, en muy poco tiempo, de ochenta hombres que de ambas partes allí llegamos, quedaron vivos solo quince; y después de muertos éstos, dio a los indios de la tierra una enfermedad de estómago, de que murió la mitad de la gente de ellos, y creyeron que nosotros éramos los que los matábamos; y teniéndolo por muy cierto, concertaron entre sí de matar a los que habíamos quedado. Ya que lo venían a poner en efecto, un indio que a mí me tenía les dijo que no creyesen que nosotros éramos los que los matábamos, porque si nosotros tal poder tuviéramos, excusáramos que no murieran tantos de nosotros como ellos veían que habían muerto sin que les pudiéramos poner remedio; y que ya no quedábamos sino muy pocos, y que ninguno hacía daño ni perjuicio; que lo mejor era que nos dejasen. Y quiso nuestro Señor que los otros siguieron este consejo y parescer, y ansí se estorbó su propósito.

A esta isla pusimos por nombre isla de Mal-Hado. La gente que allí hallamos son grandes y bien dispuestos; no tienen otras armas sino flechas y arcos, en que son por extremo diestros. Tienen los hombres la una teta horadada de una parte a otra, y algunos hay que las tienen ambas, y por el agujero que hacen, traen una caña atravesada, tan larga como dos palmos y medio, y tan gruesa como dos dedos; traen también horadado el labio de abajo, y puesto en él un pedazo de la caña delgada como medio dedo. Las mujeres son para mucho trabajo. La habitación que en esta isla hacen es desde octubre hasta en fin de hebrero. El su mantenimiento es las raíces que he dicho, sacadas de bajo el agua por noviembre y diciembre. Tienen cañales, y no tienen más peces de para este tiempo; de ahí adelante comen las raíces. En fin de hebrero van a otras partes a buscar con qué mantenerse, porque entonces las raíces comienzan a nascer y no son buenas. Es la gente del mundo que más aman a sus hijos y mejor tratamiento les hacen; y cuando acaesce que a alguno se le muere el hijo, llóranle los padres y los parientes, y todo el pueblo, y el llanto dura un año cumplido, que cada día por la mañana antes que amanezca comienzan primero a llorar los padres, y tras esto todo el pueblo; y esto mismo hacen al mediodía y cuando amanesce; y pasado un año que los han llorado, hácenle las honras del muerto, y lávanse y límpianse del tizne que traen. A todos los defuntos lloran de esta manera, salvo a los viejos, de quien no hacen caso, porque dicen que ya han pasado su tiempo, y de ellos ningún provecho hay; antes ocupan la tierra y quitan el mantenimiento a los niños. Tienen por costumbre de enterrar los muertos, sino son los que entre ellos son físicos, que a éstos quémanlos; y mientras el fuego arde, todos están bailando y haciendo muy gran fiesta, y hacen polvo los huesos; y pasado un año, cuando se hacen sus honras todos se jasan en ellas; y a los parientes dan aquellos polvos a beber, de los huesos, en agua. Cada uno tiene una mujer conoscida. Los físicos son los hombres más libertados: pueden tener dos, y tres, y entre éstas hay muy gran amistad y conformidad. Cuando viene que alguno casa su hija, el que la toma por mujer, dende el día que con ella se casa, todo lo que matare cazando o pescando, todo lo trae la mujer a la casa de su padre, sin osar tomar ni comer alguna cosa de ello, y de casa del suegro le llevan a él de comer; y en todo este tiempo el suegro ni la suegra no entran en su casa, ni él ha de entrar en casa de los suegros ni cuñados; y si acaso se toparen por alguna parte, se desvían un tiro de ballesta el uno del otro, y entre tanto que así van apartándose, llevan la cabeza baja y los ojos en tierra puestos; porque tienen por cosa mala verse ni hablarse. Las mujeres tienen libertad para comunicar y conversar con los suegros y parientes, y esta costumbre se tiene desde la isla hasta más de cincuenta leguas por la tierra adentro.

Otra costumbre hay, y es que cuando algún hijo o hermano muere, en la casa donde muriere, tres meses no buscan de comer, antes se dejan morir de hambre, y los parientes y los vecinos les proveen de lo que han de comer. Y como en el tiempo que aquí estuvimos murió tanta gente de ellos, en las más casas había muy gran hambre, por guardar también su costumbre y cerimonia; y los que lo buscaban, por mucho que trabajaban, por ser el tiempo tan recio, no podían haber sino muy poco; y por esta causa los indios que a mí me tenían se salieron de la isla, y en unas canoas se pasaron a Tierra-Firme, a unas bahías adonde tenían muchos ostiones, y tres meses del año no comen otra cosa, y beben muy mala agua. Tienen gran falta de leña, y de mosquitos muy grande abundancia. Sus casas son edificadas de esteras sobre muchas cáscaras de ostiones, y sobre ellos duermen en cueros, y no los tienen sino es acaso; y así estuvimos hasta en fin de abril, que fuimos a la costa de la mar, a do comimos moras de zarzas todo el mes, en el cual no cesan de hacer su areitos y fiestas.

CAPÍTULO XV

DE LO QUE NOS ACAESCIÓ EN LA ISLA DE MAL-HADO

En aquella isla que he contado nos quisieron hacer físicos sin examinarnos ni pedirnos los títulos, porque ellos curan las enfermedades soplando al enfermo, y con aquel soplo y las manos echan de él la enfermedad, y mandáronnos que hiciésemos lo mismo y sirviésemos en algo; nosotros nos reíamos de ello, diciendo que era burla y que no sabíamos curar; y por esto nos quitaban la comida hasta que hiciésemos lo que nos decían. Y viendo nuestra porfía, un indio me dijo a mí que yo no sabía lo que decía en decir que no aprovecharía nada aquello que él sabía, ca las piedras y otras cosas que se crían por los campos tienen virtud; y

que él con una piedra caliente, trayéndola en el estómago, sanaba
y quitaba el dolor, y que nosotros, que éramos hombres, cierto
era que teníamos mayor virtud y poder. En fin, nos vimos en
tanta necesidad, que lo hobimos de hacer, sin temer que nadie
nos llevase por ello la pena. La manera que ellos tienen en curarse
es esta: que en viéndose enfermos, llaman un médico, y después
de curado, no solo le dan todo lo que poseen, mas entre sus parientes buscan cosas para darle. Lo que el médico hace es dalle
unas sajas adonde tiene el dolor, y chúpanles al derredor de ellas.
Dan cauterios de fuego, que es cosa entre ellos tenida por muy
provechosa, y yo lo he experimentado, y me suscedió bien de ello;
y después de esto, soplan aquel lugar que les duele, y con esto
creen ellos que se les quita el mal. La manera con que nosotros
curamos era santiguándolos y soplarlos, y rezar un *Pater noster*
y un *Ave María*, y rogar lo mejor que podíamos a Dios nuestro
Señor que les diese salud, y espirase en ellos que nos hiciesen
algún buen tratamiento.

Quiso Dios nuestro Señor y su misericordia que todos aquellos
por quien suplicamos, luego que los santiguamos decían a los otros
que estaban sanos y buenos; y por este respecto nos hacían buen
tratamiento, y dejaban ellos de comer por dárnoslo a nosotros, y
nos daban cueros y otras cosillas.

Fue tan extremada la hambre que allí se pasó, que muchas
veces estuve tres días sin comer ninguna cosa, y ellos también lo
estaban, y parescíame ser cosa imposible durar la vida, aunque
en otras mayores hambres y necesidades me vi después, como
adelante diré. Los indios que tenían a Alonso del Castillo y Andrés
Dorantes, y a los demás que habían quedado vivos, como eran
de otra lengua y de otra parentela, se pasaron a otra parte de la
Tierra-Firme a comer ostiones, y allí estuvieron hasta el 1º día
del mes de abril, y luego volvieron a la isla, que estaba de allí
hasta dos leguas por lo más ancho del agua, y la isla tiene media
legua de través y cinco en largo.

Toda la gente de esta tierra anda desnuda; solas las mujeres
traen de sus cuerpos algo cubierto con una lana que en los árboles se cría. Las mozas se cubren con unos cueros de venados. Es
gente muy partida de lo que tienen unos con otros. No hay entre
ellos señor. Todos los que son de un linaje andan juntos. Habitan
en ella dos maneras de lenguas; a los unos llaman de Capoques,
y a los otros de Han: tienen por costumbre cuando se conoscen y
de tiempo a tiempo se ven, primero que se hablen estar media
hora llorando; y acabado esto, aquel que es visitado se levanta
primero y da al otro todo cuanto posee, y el otro lo rescibe, y de
ahí a un poco se va con ello, y aun algunas veces después de rescebido se van sin que hablen palabra. Otras extrañas costumbres
tienen; mas yo he contado las más principales y más señaladas
por pasar adelante y contar lo que más nos suscedió.

CAPÍTULO XVI

CÓMO SE PARTIERON LOS CRISTIANOS DE LA ISLA DE MAL-HADO

Después que Dorantes y Castillo volvieron a la isla recogieron consigo todos los cristianos, que estaban algo esparcidos, y hallá- ronse por todos catorce. Yo, como he dicho, estaba en la otra parte, en Tierra-Firme, donde mis indios me habían llevado y donde me había dado tan gran enfermedad, que ya que alguna otra cosa me diera esperanza de vida, aquella bastaba para del todo quitármela. Y como los cristianos esto supieron, dieron a un indio la manta de martas que del Cacique habíamos tomado, como arriba dijimos, porque los pasese donde yo estaba, para verme; y así, vinieron doce, porque los dos quedaron tan flacos, que no se atrevieron a traerlos consigo. Los nombres de los que entonces vinieron son: Alonso del Castillo, Andrés Dorantes y Diego Dorantes, Valdivieso, Estrada, Tostado, Cháves, Gutiérrez, asturiano, clérigo; Diego de Huelva, Estebanico el negro, Benítez; y como fueron venidos a Tierra-Firme, hallaron otro, que era de los nuestros, que se llamaba Francisco de León; y todos trece por luengo de costa. Y luego que fueron pasados, los indios que me tenían me avisaron de ello, y cómo quedaban en la isla Hieró- nimo de Alaniz y Lope de Oviedo. Mi enfermedad estorbó que no les pude seguir ni los vi.

Yo hube de quedar con estos mismos indios de la isla más de un año, y por el mucho trabajo que me daban y mal tratamiento que me hacían, determiné de huir de ellos y irme a los que moran en los montes y Tierra-Firme, que se llaman los de Charruco, porque yo no podía sufrir la vida que con estos otros tenía; por- que, entre otros trabajos muchos, había de sacar las raíces para comer de bajo del agua y entre las cañas donde estaban metidas en la tierra; y de esto traía yo los dedos tan gastados, que una paja que me tocase me hacía sangrar de ellos, y las cañas me rom- pían por muchas partes, porque muchas de ellas estaban quebra- das, y había de entrar por medio de ellas con la ropa que he dicho que traía. Y por esto yo puse en obra de pasarme a los otros, y con ellos me suscedió algo mejor; y porque yo me hice mercader, procuré de usar el oficio lo mejor que supe, y por esto ellos me daban de comer y me hacían buen tratamiento y rogá- banme que me fuese de unas partes a otras por cosas que ellos habían menester; porque por razón de la guerra que contino traen, la tierra no se anda ni se contrata tanto. E ya con mis tratos y mercaderías entraba la tierra adentro todo lo que quería, y por luengo de costa me alargaba cuarenta o cincuenta leguas.

Lo principal de mi trato era pedazos de caracoles de la mar,

y corazones de ellos y conchas, con que ellos cortan una fruta
que es como frisoles, con que se curan y hacen sus bailes y fiestas; y esta es la cosa de mayor prescio que entre ellos hay, y cuentas de la mar y otras cosas. Así, esto era lo que yo llevaba la tierra
adentro; y en cambio y trueco de ello traía cueros y almagra, con
que ellos se untan y tiñen las caras y cabellos; pedernales para
puntas de flechas, engrudo y cañas duras para hacerlas, y unas
borlas que se hacen de pelos de venados, que las tiñen y paran
coloradas; y este oficio me estaba a mí bien, porque andando
en él tenía libertad para ir donde quería, y no era obligado a cosa
alguna y no era esclavo, y donde quiera que iba me hacían buen
tratamiento y me daban de comer, por respeto de mis mercaderías, y lo más principal porque andando en ello, yo buscaba por
dónde me había de ir adelante, y entre ellos era muy conoscido:
holgaban mucho cuando me vían y les traía lo que habían menester, y los que no me conoscían me procuraban y deseaban ver,
por mi fama.

   Los trabajos que en esto pasé sería largo contarlos, así de
peligros y hambres, como de tempestades y fríos, que muchos
de ellos me tomaron en el campo y solo, donde por gran misericordia de Dios nuestro Señor escapé; y por esta causa yo no
trataba el oficio en invierno, por ser tiempo que ellos mismos en
sus chozas y ranchos metidos no podían valerse ni ampararse.
Fueron casi seis años el tiempo que yo estuve en esta tierra solo
entre ellos y desnudo, como todos andaban.

   La razón por que tanto me detuve fue por llevar conmigo un
cristiano que estaba en la isla, llamado Lope de Oviedo. El otro
compañero de Alaniz, que con él había quedado cuando Alonso
del Castillo y Andrés Dorantes con todos los otros se fueron, murió
luego; y por sacarlo de allí yo pasaba a la isla cada año y le rogaba que nos fuésemos a la mejor maña que pudiésemos en busca
de cristianos, y cada año me detenía diciendo que el otro siguiente
nos iríamos. En fin, al cabo lo saqué y le pasé el ancon y cuatro
ríos que hay por la costa, porque él no sabía nadar, y ansí fuimos
con algunos indios adelante hasta que llegamos a un ancon que
tiene una legua de través y es por todas partes hondo; y por lo
que de él nos paresció y vimos, es el que llaman del Espíritu
Santo, y de la otra parte de él vimos unos indios, que vinieron
a ver los nuestros, y nos dijeron cómo más adelante había tres
hombres como nosotros, y nos dijeron los nombres de ellos; y
preguntándoles por los demás, nos respondieron que todos eran
muertos de frío y de hambre, y que aquellos indios en adelante
ellos mismos por su pasatiempo habían muerto a Diego Dorantes
y a Valdivieso y a Diego de Huelva, porque se habían pasado de
una casa a otra; y que los otros indios sus vecinos, con quien
agora estaba el capitán Dorantes, por razón de un sueño que
habían soñado, habían muerto a Esquivel y a Méndez. Pregunta-
mosles qué tales estaban los vivos; dijéronnos que muy maltra-

tados, porque los mochachos y otros indios, que entre ellos son muy holgazanes y de mal trato, les daban muchas coces y bofetones y palos, y que esta era la vida que con ellos tenían.

Quesímonos informar de la tierra adelante y de los mantenimientos que en ella había; respondieron que era muy pobre de gente, y que en ella no había qué comer, y que morían de frío, porque no tenían cueros ni con qué cubrirse. Dijéronnos también si queríamos ver aquellos tres cristianos, que de ahí a dos días los indios que los tenían venían a comer nueces, una legua de allí, a la vera de aquel río; y porque viésemos que lo que nos habían dicho del mal tratamiento de los otros era verdad, estando con ellos dieron al compañero mío de bofetones y palos, y yo no quedé sin mi parte y de muchos pellazos de lodo que nos tiraban, y nos ponían cada día las flechas al corazón, diciendo que nos querían matar como a los otros nuestros compañeros. Y temiendo esto Lópe de Oviedo, mi compañero, dijo que quería volverse con unas mujeres de aquellos indios, con quien habíamos pasado el ancon, que quedaba algo atrás. Yo porfié mucho con él que no lo hiciese, y pasé muchas cosas, y por ninguna vía lo pude detener; y así, se volvió, y yo quedé solo con aquellos indios, los cuales se llamaban quevenes, y los otros con quien él se fue llaman deaguanes.

CAPÍTULO XVII

CÓMO VINIERON LOS INDIOS Y TRUJERON A ANDRÉS DORANTES Y A CASTILLO Y A ESTEBANICO

Desde a dos días que Lope de Oviedo se había ido, los indios que tenían a Alonso del Castillo y Andrés Dorantes vinieron al mesmo lugar que nos habían dicho, a comer de aquellas nueces de que se mantienen, moliendo unos granillos con ellas, dos meses al año, sin comer otra cosa, y aun esto no lo tienen todos los años, porque acuden uno, y otro no; son del tamaño de las de Galicia, y los árboles son muy grandes, y hay gran número de ellos.

Un indio me avisó cómo los cristianos eran llegados, y que si yo quería verlos me hurtase y huyese a un canto de un monte que él me señaló; porque él y otros parientes suyos habían de venir a ver aquellos indios, y que me llevarían consigo adonde los cristianos estaban. Yo me confié de ellos, y determiné de hacerlo, porque tenían otra lengua distinta de la de mis indios; y puesto por obra, otro día fueron y me hallaron en el lugar que estaba señalado; y así, me llevaron consigo. Ya que llegué cerca de donde tenían su aposento, Andrés Dorantes salió a ver quién era, porque

los indios le habían también dicho cómo venía un cristiano; y
cuando me vio fue muy espantado, porque había muchos días
que me tenían por muerto, y los indios así lo habían dicho. Dimos
muchas gracias a Dios de vernos juntos, y este día fue uno de
los de mayor placer que en nuestros días habemos tenido; y llegado donde Castillo estaba, me preguntaron que dónde iba. Yo
le dije que mi propósito era de pasar a tierra de cristianos, y
que en este rastro y busca iba. Andrés Dorantes respondió que
muchos días había que él rogaba a Castillo y a Estebanico que se
fuesen adelante, y que no lo osaban hacer porque no sabían nadar,
y que temían mucho los ríos y ancones por donde habían de pasar; que en aquella tierra hay muchos. Y pues Dios nuestro Señor
había sido servido de guardarme entre tantos trabajos y enfermedades, y al cabo traerme en su compañía, que ellos determinaban
de huir, que yo los pasaría de los ríos y ancones que topásemos;
y avisáronme que en ninguna manera diese a entender a los indios
ni conosciesen de mí que yo quería pasar adelante, porque luego
me matarían; y que para esto era menester que yo me detuviese
con ellos seis meses, que era tiempo en que aquellos indios iban
a otra tierra a comer tunas. Esta es una fruta que es del tamaño
de huevos, y son bermejas y negras y de muy buen gusto. Cómen-
las tres meses del año, en los cuales no comen otra cosa alguna;
porque al tiempo que ellos las cogían venían a ellos otros indios
de adelante, que traían arcos para contratar y cambiar con ellos;
y que cuando aquellos se volviesen nos huiríamos de los nuestros, y nos volveríamos con ellos.

Con este concierto yo quedé allí, y me dieron por esclavo a
un indio con quien Dorantes estaba, el cual era tuerto, y su mujer
y un hijo que tenía y otra que estaba en su compañía; de manera
que todos eran tuertos. Estos se llaman mariames, y Castillo estaba con otros sus vecinos, llamados iguaces. Y estando aquí ellos
me contaron que después que salieron de la isla de Mal-Hado, en
la costa de la mar hallaron la barca en que iba el contador y los
frailes al través; y que yendo pasando aquellos ríos, que son
cuatro muy grandes y de muchas corrientes, les llevó las barcas
en que pasaban a la mar, donde se ahogaron cuatro de ellos, y
que así fueron adelante hasta que pasaron el ancón, y lo pasaron
con mucho trabajo, y a quince leguas adelante hallaron otro; y
que cuando allí llegaron ya se les habían muerto dos compañeros
en sesenta leguas que habían andado; y que todos los que quedaban estaban para lo mismo, y que en todo el camino no habían
comido sino cangrejos y yerba pradera; y llegados a este último
ancón, decía que hallaron en él indios que estaban comiendo
moras; y como vieron a los cristianos, se fueron de allí a otro
cabo; y que estando procurando y buscando manera para pasar
el ancón, pasaron a ellos un indio y un cristiano, y que llegado,
conoscieron que era Figueroa, uno de los cuatro que habíamos
enviado adelante en la isla de Mal-Hado, y allí les contó él y sus

compañeros habían llegado hasta aquel lugar, donde se habían
muerto de ellos y un indio, todos tres de frío y de hambre, porque
habían venido y estado en el más recio tiempo del mundo, y que
a él y a Méndez habían tomado los indios, y que estando con ellos,
Méndez había huido yendo la vía lo mejor que pudo de Pánuco,
y que los indios habían ido tras él y que lo habían muerto; y que
estando él con estos indios supo de ellos cómo con los marianes
estaba un cristiano que había pasado de la otra parte, y lo había
hallado con los que llamaban quevenes; y que este cristiano era
Hernando de Esquivel, natural de Badajoz, el cual venía en compañía del comisario, y que él supo de Esquivel el fin en que habían
parado el Gobernador y contador y los demás, y le dijo que el
contador y los frailes habían echado al través su barca entre los
ríos, y viniéndose por luengo de costa, llegó la barca del Gobernador con su gente en tierra, y él se fue con su barca hasta que
llegaron a aquel ancón grande, y que allí tornó a tomar la gente
y la pasó del otro cabo, y volvió por el contador y los frailes y
todos los otros; y que contó cómo estando desembarcados, el Gobernador había revocado el poder que el contador tenía de lugarteniente suyo, y dio el cargo a un capitán que traía consigo, que
se decía Pantoja, y que el Gobernador se quedó en su barca, y no
quiso aquella noche salir a tierra, y quedaron con él un maestre
y un paje que estaba malo, y en la barca no tenían agua ni cosa
ninguna que comer; y que a media noche el norte vino tan recio,
que sacó la barca a la mar, sin que ninguno la viese, porque no
tenía por resón sino una piedra, y que nunca más supieron de
él; y que visto esto, la gente que en tierra quedaron se fueron
por luengo de costa, y que como hallaron tanto estorbo de agua,
hicieron balsas con mucho trabajo, en que pasaron de la otra
parte; y que yendo adelante, llegaron a una punta de un monte
orilla del agua, y que hallaron indios, que como los vieron venir
metieron sus casas en sus canoas y se pasaron de la otra parte
a la costa; y los cristianos, viendo el tiempo que era, porque era
por el mes de noviembre, pararon en este monte, porque hallaron
agua y leña y algunos cangrejos y mariscos, donde de frío y de
hambre se comenzaron poco a poco a morir.

Allende de esto, Pantoja, que por teniente había quedado, les
hacía mal tratamiento, y no lo pudiendo sufrir Sotomayor, hermano de Vasco Porcallo, el de la isla de Cuba, que en el armada
había venido por maestre de campo, se revolvió con él y le dio
un palo, de que Pantoja quedó muerto, y así se fueron acabando;
y los que morían, los otros los hacían tasajos; y el último que
murió fue Sotomayor, y Esquivel lo hizo tasajos, y comiendo de
él se mantuvo hasta 1º de marzo, que un indio de los que allí
habían huido vino a ver si eran muertos, y llevó a Esquivel consigo; y estando en poder de este indio, el Figueroa lo habló, y
supo de él todo lo que habemos contado, y le rogó que se viniese

con él, para irse ambos la vía del Pánuco; lo cual Esquivel no quiso hacer, diciendo que él había sabido de los frailes que Pánuco había quedado atrás; y así, se quedó allí, y Figueroa se fue a la costa adonde solía estar.

CAPÍTULO XVIII

DE LA RELACIÓN QUE DIO DE ESQUIVEL

Esta cuenta toda dio Figueroa por la relación que de Esquivel había sabido; y así, de mano en mano llegó a mí, por donde se puede ver y saber el fin que toda aquella armada hobo y los particulares casos que si a cada uno de los demás acontescieron. Y dijo más, que si los cristianos algún tiempo andaban por allí, podría ser que viesen a Esquivel, porque sabía que se había huido de aquel indio con quien estaba, a otros, que se decían los mareames, que eran allí vecinos. Y como acabo de decir, él y el asturiano se quisieran ir a otros indios que adelante estaban; mas como los indios que los tenían lo sintieron, salieron a ellos, y diéronles muchos palos, y desnudaron al asturiano, y pasáronle un brazo con una flecha; y en fin, se escaparon huyendo, y los cristianos se quedaron con aquellos indios, y acabaron con ellos que los tomasen por esclavos, aunque estando sirviéndoles fueron tan maltratados de ellos, como nunca esclavos ni hombres de ninguna suerte lo fueron; porque, de seis que eran, no contentos con darles muchas bofetadas y apalearlos y pelarles las barbas por su pasatiempo, por solo pasar de una casa a otra mataron tres, que son los que arriba dije, Diego Dorantes y Valdivieso y Diego de Huelva, y los otros tres que quedaban esperaban parar en esto mismo; y por no sufrir esta vida, Andrés Dorantes se huyó y se pasó a los mareames, que eran aquellos adonde Esquivel había parado, y ellos le contaron cómo habían tenido allí a Esquivel, y cómo estando allí se quiso huir porque una mujer había soñado que le había de matar un hijo, y los indios fueron tras él y lo mataron, y mostraron a Andrés Dorantes su espada y sus cuentas y libro y otras cosas que tenía. Esto hacen estos por una costumbre que tienen, y es que matan sus mismos hijos por sueños, y a las hijas en nasciendo las dejan comer a perros, y las echan por ahí.

La razón porque ellos lo hacen es, según ellos dicen, porque todos los de la tierra son sus enemigos y con ellos tienen continua guerra; y que si acaso casasen sus hijas, multiplicarían tanto sus enemigos, que los sujetarían y tomarían por esclavos; y por esta causa querían más matallas que no que de ellas mismas nasciese quien fuese su enemigo. Nosotros les dijimos que por qué no las casaban con ellos mismos. Y también entre ellos dijeron que era fea cosa casarlas con sus parientes, y que era muy mejor matarlas que darlas a sus parientes ni a sus enemigos; y esta costumbre usan estos y otros sus vecinos, que se llaman los iguaces, solamente, sin que ningunos otros de la tierra la guarden. Y cuando estos se han de casar, compran las mujeres a sus enemigos, y el precio que cada uno da por la suya es un arco, el mejor que puede haber, con dos flechas; y si acaso no tiene arco, una red hasta una braza en ancho y otra en largo. Matan sus hijos, y mercan los ajenos; no dura el casamiento más de cuanto están contentos, y con una higa deshacen el casamiento. Dorantes estuvo con estos, y desde a pocos días se huyó. Castillo y Estebanico se vinieron dentro a la Tierra-Firme a los iguaces.

Toda esta gente son flecheros y bien dispuestos, aunque no tan grandes como los que atrás dejamos, y traen la teta y el labio horadados. Su mantenimiento principalmente es raíces de dos o tres maneras, y búscanlas por toda la tierra; son muy malas, y hinchan los hombres que las comen. Tardan dos días en asarse, y muchas de ellas son muy amargas, y con todo esto se sacan con mucho trabajo. Es tanto la hambre que aquellas gentes tienen, que no se pueden pasar sin ellas, y andan dos o tres leguas buscándolas. Algunas veces matan algunos venados, y a tiempos toman algún pescado; mas esto es tan poco, y su hambre tan grande, que comen arañas y huevos de hormigas, y gusanos y lagartijas y salamanquesas y culebras y víboras, que matan los hombres que muerden, y comen tierra y madera y todo lo que pueden haber, y estiércol de venados, y otras cosas que dejo de contar; y creo averiguadamente que si en aquella tierra hubiese piedras las comerían. Guardan las espinas del pescado que comen, y de las culebras y otras cosas, para molerlo después todo y comer el polvo de ello.

Entre estos no se cargan los hombres ni llevan cosa de peso; mas llévanlo las mujeres y los viejos, que es la gente que ellos en menos tienen. No tienen tanto amor a sus hijos como los que arriba dijimos. Hay algunos entre ellos que usan pecado contra natura. Las mujeres son muy trabajadas y para mucho, porque de veinte y cuatro horas que hay entre día y noche no tienen sino seis horas de descanso, y todo lo más de la noche pasan en atizar sus hornos para secar aquellas raíces que comen; y desque amanesce comienzan a cavar y a traer leña y agua a sus casas y dar orden en las otras cosas de que tienen necesidad. Los más de estos son grandes ladrones, porque aunque entre sí son bien partidos, en volviendo uno la cabeza, su hijo mismo o su padre le toma lo que puede. Mienten muy mucho, y son grandes borrachos, y para esto beben ellos una cierta cosa. Están tan usados a correr, que sin descansar ni cansar corren desde la mañana hasta la noche, y si guen un venado; y de esta manera matan muchos de ellos, porque los siguen hasta que los cansan, y algunas veces los toman vivos.

Las casas de ellos son de esteras, puestas sobre cuatro arcos; llévanlas a cuestas, y múdanse cada dos o tres días para buscar de comer; ninguna cosa siembran que se puedan aprovechar; es gente muy alegre; por mucha hambre que tengan, por eso no dejan de bailar ni de hacer sus fiestas y areitos. Para ellos el mejor tiempo que estos tienen es cuando comen las tunas, porque entonces no tienen hambre, y todo el tiempo se les pasa en bailar, y comen de ellas de noche y de día; todo el tiempo que les duran exprímenlas y ábrenlas y pónenlas a secar, y después de secas pónenlas en unas seras, como higos, y guárdanlas para comer por el camino cuando se vuelven, y las cáscaras de ellas muélenlas y hácenlas polvo. Muchas veces, estando con estos, nos acontesció tres o cuatro días estar sin comer porque no lo había; ellos, por alegrarnos, nos decían que no estuviésemos tristes; que presto habría tunas y comeríamos muchas, y beberíamos del zumo de ellas y terníamos las barrigas muy grandes y estaríamos muy contentos y alegres y sin hambre alguna; y desde el tiempo que esto nos decían hasta que las tunas se hubiesen de comer había cinco o seis meses; y en fin, hubimos de esperar aquestos seis meses, y cuando fue tiempo fuimos a comer las tunas; hallamos por la tierra muy gran cantidad de mosquitos de tres maneras, que son muy malos y enojosos, y todo lo más del verano nos daban mucha fatiga; y para defendernos de ellos hacíamos al derredor de la gente muchos fuegos de leña podrida y mojada, para que no ardiesen y hiciesen humo; y esta defensión nos daba otro trabajo, porque en toda la noche no hacíamos sino llorar, del humo que en los ojos nos daba, y sobre eso, gran calor que nos causaban los muchos fuegos, y salíamos a dormir a la costa; y si alguna vez podíamos dormir, recordábannos a palos, para que tornásemos a encender los fuegos.

Los de la tierra adentro para esto usan otro remedio tan incomportable y más que este que he dicho, y es andar con tizones en las manos quemando los campos y montes que topan, para que los mosquitos huyan y también para sacar debajo de tierra lagartijas y otras semejantes cosas para comerlas; y también suelen matar venados, cercándolos con muchos fuegos; y usan también esto por quitar a los animales el pasto, que la necesidad les haga ir a buscarlo adonde ellos quieren, porque nunca hacen asiento con sus casas sino donde hay agua y leña, y alguna vez se cargan todos de esta provisión y van a buscar los venados, que muy ordinariamente están donde no hay agua ni leña; y el día que llegan matan venados y algunas otras cosas que pueden, y gastan todo el agua y leña en guisar de comer y en los fuegos que hacen para defenderse de los mosquitos, y esperan otro día para tomar algo que lleven para el camino; y cuando parten, tales van de los mosquitos, que paresce que tienen enfermedad de sant Lázaro; y de

esta manera satisfacen su hambre dos o tres veces en el año, a
tan grande costa como he dicho; y por haber pasado por ello, pue-
do afirmar que ningún trabajo que se sufra en el mundo iguala
con este.

Por la tierra hay muchos venados y otras aves y animales de
las que atrás he contado. Alcanzan aquí vacas, y yo las he visto
tres veces y comido de ellas, y paréceme que serán del tamaño
de las de España; tienen los cuernos pequeños, como moriscas, y
el pelo muy largo, merino, como una bernia; unas son pardillas,
y otras negras, y a mi parescer tienen mejor y más gruesa carne
que las de acá. De las que no son grandes hacen los indios mantas
para cubrirse, y de las mayores hacen zapatos y rodelas; estas
vienen de hacia el norte por la tierra adelante hasta la costa de
la Florida, y tiéndense por toda la tierra más de cuatrocientas
leguas; y en todo este camino, por los valles por donde ellas vienen, bajan las gentes que por allí habitan y se mantienen de ellas,
y meten en la tierra grande cantidad de cueros.

CAPÍTULO XIX

DE CÓMO NOS APARTARON LOS INDIOS

Cuando fueron cumplidos los seis meses que yo estuve con los
cristianos esperando a poner en efecto el concierto que teníamos
hecho, los indios se fueron a las tunas, que había de allí donde las
habían de coger hasta treinta leguas; y ya que estábamos para
huirnos, los indios con quien estábamos, unos con otros riñeron
sobre una mujer, y se apuñearon y apalearon y descalabraron unos
a otros; y con el grande enojo que hubieron, cada uno tomó su
casa y se fue a su parte; de donde fue necesario que todos los
cristianos que allí éramos también nos apartásemos, y en ninguna
manera nos podimos juntar hasta otro año; y en este tiempo yo
pasé muy mala vida, ansí por la mucha hambre como por el mal
tratamiento que de los indios rescebía, que fue tal, que yo me
hube de huir tres veces de los amos que tenía, y todos me anduvieron a buscar y poniendo diligencia para matarme; y Dios nuestro Señor por su misericordia me quiso guardar y amparar de
ellos; y cuando el tiempo de las tunas tornó, en áquel mismo lugar nos tornamos a juntar.

Ya que teníamos concertado de huirnos, y señalado el día, aquel
mismo día los indios nos apartaron, y fuimos cada uno por su
parte; y yo les dije a los otros compañeros que yo los esperaría
en las tunas hasta que la luna fuese llena, y este día era 1º de sep-

tiembre y primero día de luna; y avisélos que si en este tiempo
no viniesen al concierto, yo me iría solo y los dejaría; y ansí, nos
apartamos y cada uno se fue con sus indios, y yo estuve con los
míos hasta trece de luna, y yo tenía acordado de me huir a otros
indios en siendo la luna llena; y a 13 días del mes llegaron adonde
yo estaba Andrés Dorantes y Estebanico, y dijéronme cómo dejaban a Castillo con otros indios que se llamaban anagados, y que
estaban cerca de allí, y que habían mucho trabajo, y que habían
andado perdidos, y que otro día adelante nuestros indios se mu-
daron hacia donde Castillo estaba, y iban a juntarse con los que
lo tenían, y hacerse amigos unos de otros, porque hasta allí habían
tenido guerra, y de esta manera cobramos a Castillo.

En todo el tiempo que comíamos las tunas teníamos sed, y
para remedio de esto bebíamos el zumo de las tunas y sacábamos-
lo en un hoyo que en la tierra hacíamos, y después que estaba
lleno bebíamos de él hasta que nos hartábamos. Es dulce y de
color de arrope; esto hacen por falta de otras vasijas. Hay muchas
maneras de tunas, y entre ellas hay algunas muy buenas, aunque
a mí todas me parescían así, y nunca la hambre me dio espacio
para escogerlas ni parar mientes en cuáles eran mejores. Todas
las más de gentes beben agua llovediza y recogida en algunas partes; porque, aunque hay ríos, como nunca están de asiento, nunca
tienen agua conoscida ni señalada. Por toda la tierra hay muy
grandes y hermosas dehesas, y de muy buenos pastos para ganados; y parésceme que sería tierra muy fructífera si fuese labrada
y habitada de gente de razón. No vimos sierra en toda ella en
tanto que en ella estuvimos.

Aquellos indios nos dijeron que otros estaban más adelante,
llamados camones, que viven hacia la costa, y habían muerto toda
la gente que venía en la barca de Peñalosa y Téllez, y que venían
tan flacos, que aunque los mataban no se defendían; y así, los
acabaron todos, y nos mostraron ropas y armas de ellos, y dijeron
que la barca estaba allí al través. Esta es la quinta barca que
faltaba, porque la del Gobernador ya dijimos cómo la mar la llevó,
y la del contador y los frailes la habían visto echada al través en
la costa, y Esquivel contó el fin de ellos. Las dos en que Castillo
y yo y Dorantes íbamos, ya hemos contado cómo junto a la isla
de Mal-Hado se hundieron.

CAPÍTULO XX

DE CÓMO NOS HUIMOS

Después de habernos mudados, desde a dos días nos enco-
mendamos a Dios nuestro Señor y nos fuimos huyendo, confiando

que, aunque era ya tarde y las tunas se acababan, con los frutos que quedarían en el campo podríamos andar buena parte de tierra.

Yendo aquel día nuestro camino con harto temor que los indios nos habían de seguir, vimos unos humos, y yendo a ellos, después de vísperas llegamos allá, do vimos un indio que, como vio que íbamos a él, huyó sin quererernos aguardar; nosotros envíamos al negro tras de él, y como vio que iba solo, aguardólo. El negro le dijo que íbamos a buscar aquella gente que hacía aquellos humos. El respondió que cerca de allí estaban las casas, y que nos guiaría allá; y así, lo fuimos siguiendo; y él corrió a dar aviso de cómo íbamos, y a puesta del sol vimos las casas, y dos tiros de ballesta antes que llegásemos a ellas hallamos cuatro indios que nos esperaban, y nos rescebieron bien. Dijímosles en lengua de mariames que íbamos a buscallos, y ellos mostraron que se holgaban con nuestra compañía; y ansí, nos llevaron a sus casas, y a Dorantes y al negro aposentaron en casa de un físico, y a mí y a Castillo en casa de otro. Estos tienen otra lengua y llámanse avavares, y son aquellos que solían llevar los arcos a los nuestros y iban a contratar con ellos; y aunque son de otra nación y lengua, entienden la lengua de aquellos con quien antes estábamos, y aquel mismo día habían llegado allí con sus casas.

Luego el pueblo nos ofresció muchas tunas, porque ya ellos tenían noticia de nosotros y cómo curábamos, y de las maravillas que nuestro Señor con nosotros obraba, que, aunque no hubiera otras, harto grandes eran abrirnos caminos por tierra tan despoblada, y darnos gente por donde muchos tiempos no la había, y librarnos de tantos peligros, y no permitir que nos matasen, y sustentarnos con tanta hambre, y poner aquellas gentes en corazón que nos tratasen bien, como adelante diremos.

CAPÍTULO XXI

DE CÓMO CURAMOS AQUÍ UNOS DOLIENTES

Aquella misma noche que llegamos vinieron unos indios a Castillo, y dijéronle que estaban muy malos de la cabeza, rogándole que los curase; y después que los hubo santiguado y encomendado a Dios, en aquel punto los indios dijeron que todo el mal se les había quitado; y fueron a sus casas y trujeron muchas tunas y un pedazo de carne de venado; cosa que no sabíamos qué cosa era; y como esto entre ellos se publicó, vinieron otros muchos enfermos en aquella noche a que los sanase, y cada uno traía un pedazo

de venado; y tantos eran, que no sabíamos adónde poner la carne.
Dimos muchas gracias a Dios porque cada día iba cresciendo su
misericordia y mercedes; y después que se acabaron las curas
comenzaron a bailar y hacer sus areitos y fiestas, hasta otro día
que el sol salió; y duró la fiesta tres días por haber nosotros venido, y al cabo de ellos les preguntamos por la tierra de adelante,
y por la gente que en ella hallaríamos, y los mantenimientos que
en ella había. Respondiéronnos que por toda aquella tierra había
muchas tunas, mas que ya eran acabadas, y que ninguna gente
había, porque todos eran idos a sus casas, con haber ya cogido
las tunas; y que la tierra era muy fría y en ella había muy pocos
cueros.

Nosotros viendo esto, que ya el invierno y tiempo frío entraba,
acordamos de pasarlo con éstos. A cabo de cinco días que allí
habíamos llegado, se partieron a buscar otras tunas adonde había
otra gente de otras naciones y lenguas; y andadas cinco jornadas
con muy grande hambre, porque en el camino no había tunas ni
otra fruta ninguna, allegamos a un río, donde asentamos nuestras
casas, y después de asentadas, fuimos a buscar una fruta de unos
árboles, que es como hieros; y como por toda esta tierra no hay
caminos, yo me detuve más en buscarla: la gente se volvió, y yo
quedé solo, y viniendo a buscarlos aquella noche me perdí, y plugo
a Dios que hallé un árbol ardiendo, y al fuego de él pasé aquel
frío aquella noche, y a la mañana yo me cargué de leña y tomé
dos tizones, y volví a buscarlos, y anduve de esta manera cinco
días, siempre con mi lumbre y carga de leña, porque si el fuego
se me matase en parte donde no tuviese leña, como en muchas
partes no la había, tuviese de qué hacer otros tizones y no me
quedase sin lumbre, porque para el frío yo no tenía otro remedio,
por andar desnudo como nascí, y para las noches yo tenía este
remedio, que me iba a las matas del monte, que estaba cerca de
los ríos, y paraba en ellas antes que el sol se pusiese, y en la
tierra hacía un hoyo y en él echaba mucha leña, que se cría en
muchos árboles, de que por allí hay muy gran cantidad, y juntaba
mucha leña de la que estaba caída y seca de los árboles, y al derredor de aquel hoyo hacía cuatro fuegos en cruz, y yo tenía cargo
y cuidado de rehacer el fuego de rato en rato, y hacía unas gavillas
de paja larga que por allí hay, con que me cubría en aquel hoyo,
y de esta manera me amparaba del frío de las noches; y una de
ellas el fuego cayó en la paja con que yo estaba cubierto, y estando yo durmiendo en el hoyo comenzó a arder muy recio, y por
mucha priesa que yo me dí a salir, todavía saqué señal en los cabellos del peligro en que había estado.

En todo este tiempo no comí bocado ni hallé cosa que pudiese
comer; y como traía los pies descalzos, corrióme de ellos mucha
sangre, y Dios usó conmigo de misericordia, que en todo este tiempo no ventó el norte, porque de otra manera ningún remedio había
de yo vivir; y a cabo de cinco días llegué a una ribera de un río,

donde yo hallé a mis indios, que ellos y los cristianos me contaban ya por muerto, y siempre creían que alguna víbora me había mordido. Todos hubieron gran placer de verme, principalmente los cristianos, y me dijeron que hasta entonces habían caminado con mucha hambre, que esta era la causa que no me habían buscado; y aquella noche me dieron de las tunas que tenían, y otro día partimos de allí, y fuimos donde hallamos muchas tunas, con que todos satisfacieron su gran hambre, y nosotros dimos muchas gracias a nuestro Señor porque nunca nos faltaba su remedio.

CAPÍTULO XXII

CÓMO OTRO DÍA NOS TRUJERON OTROS ENFERMOS

Otro día de mañana vinieron allí muchos indios y traían cinco enfermos que estaban tollidos y muy malos, y venían en busca de Castillo que los curase, y cada uno de los enfermos ofresció sus arcos y flechas, y él los rescebió, y a puesta de sol los santiguó y encomendó a Dios nuestro Señor, y todos le suplicamos con la mejor manera que podíamos les enviase salud, pues él vía que no había otro remedio para que aquella gente nos ayudase, y saliésemos de tan miserable vida; y él lo hizo tan misericordiosamente, que venida la mañana, todos amanescieron tan buenos y sanos, y se fueron tan recios como si nunca hobieran tenido mal ninguno. Esto causó entre ellos muy gran admiración, y a nosotros despertó que diésemos muchas gracias a nuestro Señor, a que más enteramente conosciésemos su bondad, y tuviésemos firme esperanza que nos había de librar y traer donde le pudiésemos servir; y de mí sé decir que siempre tuve esperanza en su misericordia que me había de sacar de aquella captividad, y así yo lo hablé siempre a mis compañeros.

Como los indios fueron idos y llevaron sus indios sanos, partimos donde estaban otros comiendo tunas, y estos se llaman cutalches y malicones, que son otras lenguas, y junto con ellos había otros que se llamaban coayos y susolas, y de otra parte otros llamados atayos, y estos tenían guerra con los susolas, con quien se flechaban cada día; y como por toda la tierra no se hablase sino en los misterios que Dios nuestro Señor con nosotros obraba, venían de muchas partes a buscarnos para que los curásemos; y a cabo de dos días que allí llegaron, vinieron a nosotros unos indios de los susolas y rogaron a Castillo que fuese a curar un herido y otros enfermos, y dijeron que entre ellos quedaba uno que estaba muy al cabo. Castillo era médico muy temeroso, principalmente cuando las curas eran muy temerosas y peligrosas, y creía que sus pecados habían de estorbar que no todas veces suscediese bien el curar. Los indios me dijeron que yo fuese a curarlos, porque ellos me querían bien y se acordaban que les había curado en las nueces, y por aquello nos habían dado nueces y cueros; y esto había pasado cuando yo vine a juntarme con los cristianos; y así, hube de irme con ellos, y fueron conmigo Dorantes y Estebanico, y cuando llegué cerca de los ranchos que ellos tenían, yo vi el enfermo que íbamos a curar que estaba muerto, porque estaba mucha gente al derredor de él llorando y su casa deshecha, que es señal que el dueño estaba muerto; y ansí, cuando yo llegué hallé el indio los ojos vueltos y sin ningún pulso, y con todas señales de muerto, según a mí me paresció, y lo mismo dijo Dorantes. Yo le quité una estera que tenía encima, con que estaba cubierto, y lo mejor que pude supliqué a nuestro Señor fuese servido de dar su salud a aquel y a todos los otros que de ella tenían necesidad; y después de santiguado y soplado muchas veces, me trajeron su arco y me lo dieron, y una sera de tunas molidas, y lleváronme a curar otros muchos que estaban malos de modorra, y me dieron otras dos seras de tunas, las cuales dí a nuestros indios, que con nosotros habían venido; y hecho esto, nos volvimos a nuestro aposento, y nuestros indios, a quien dí las tunas, se quedaron allá; y a la noche se volvieron a sus casas, y dijeron que aquel que estaba muerto y yo había curado en presencia de ellos, se había levantado bueno y se había paseado, y comido y hablado con ellos, y que todos cuantos había curado quedaban sanos y muy alegres.

Esto causó gran admiración y espanto, y en toda la tierra no se hablaba en otra cosa. Todos aquellos a quien esta fama llegaba nos venían a buscar para que los curásemos y santiguásemos sus hijos; y cuando los indios que estaban en compañía de los nuestros, que eran los cutalchiches, se hobieron de ir a su tierra, antes que se partiesen nos ofrescieron todas las tunas que para su camino tenían, sin que ninguna les quedase, y diéronnos pedernales tan largos como palmo y medio, con que ellos cortan, y es entre ellos cosa de muy gran estima. Rogáronnos que nos acordásemos de ellos y rogásemos a Dios que siempre estuviesen buenos, y nosotros se lo prometimos; y con esto partieron los más contentos hombres del mundo, habiéndonos dado todo lo mejor que tenían. Nosotros estuvimos con aquellos indios avavares ocho meses, y esta cuenta hacíamos por las lunas. En todo este tiempo nos venían de muchas partes a buscar, y decían que verdaderamente nosotros éramos hijos del sol. Dorantes y el negro hasta allí no habían curado; mas por la mucha importunidad que teníamos, viniéndonos de muchas partes a buscar, venimos todos a ser médicos, aunque en atrevimiento y osar acometer cualquier cura era yo más señalado entre ellos, y ninguno jamás curamos que no nos dijese que quedaba sano; y tanta confianza tenían que habían de sanar si nosotros los curásemos, que creían que en tanto que allí nosotros estuviésemos ninguno de ellos había de morir.

Estos y los de más atrás nos contaron una cosa muy extraña, y por la cuenta que nos figuraron, parescía que había quince o diez y seis años que había acontescido, que decían que por aquella tierra anduvo un hombre, que ellos llaman Mala-Cosa, y que era pequeño de cuerpo, y que tenía barbas, aunque nunca claramente le pudieron ver el rostro, y que cuando venía a la casa donde estaban se les levantaban los cabellos y temblaban, y luego parescía a la puerta de la casa un tizón ardiendo; y luego aquel hombre entraba y tomaba al que quería de ellos, y dábales tres cuchilladas grandes por las ijadas con un pedernal muy agudo, tan ancho como una mano y dos palmos en luengo, y metía la mano por aquellas cuchilladas y sacábabales las tripas, y que cortaba de una tripa poco más o menos de un palmo, y aquello que cortaba echaba en las brasas; y luego le daba tres cuchilladas en un brazo, y la segunda daba por la sangradura y desconcertábaselo, y dende a poco se lo tornaba a concertar y poníale las manos sobre las heridas, y decíannos que luego quedaban sanos, y que muchas veces cuando bailaban aparescía entre ellos, en hábito de mujer unas veces, y otras como hombre; y cuando él quería, tomaba el buhío o casa y subíala en alto, y dende a un poco caía con ella y daba muy gran golpe. También nos contaron que muchas veces le dieron de comer y que nunca jamás comió; y que le preguntaban dónde venía y a qué parte tenía su casa, y que les mostró una hendedura de la tierra, y dijo que su casa era allá debajo. De estas cosas que ellos nos decían, nosotros nos reíamos mucho, burlando de ellas; y como ellos vieron que no lo creíamos, trujeron muchos de aquellos que decían que él había tomado, y vimos las señales de las cuchilladas que él había dado en los lugares en la manera que ellos contaban. Nosotros les dijimos que aquel era un malo, y de la mejor manera que podimos les dábamos a entender que si ellos creyesen en Dios nuestro Señor y fuesen cristianos como nosotros, no ternían miedo de aquel, ni él osaría venir a hacelles aquellas cosas; y que tuviesen por cierto que en tanto que nosotros en la tierra estuviésemos él no osaría parescer en ella. De esto se holgaron ellos mucho y perdieron mucha parte del temor que tenían. Estos indios nos dijeron que habían visto al asturiano y a Figueroa con otros, que adelante en la costa estaban, a quien nosotros llamábamos de los higos.

Toda esta gente no conoscían los tiempos por el sol ni la luna, ni tienen cuenta del mes y año, y más entienden y saben las diferencias de los tiempos cuando las frutas vienen a madurar, y en tiempo que muere el pescado y el aparescer de las estrellas, en que son muy diestros y ejercitados. Con estos siempre fuimos bien tratados, aunque lo que habíamos de comer lo acabábamos, y traíamos nuestras cargas de agua y leña. Sus casas y mantenimientos son como las de los pasados, aunque tienen muy mayor hambre, porque no alcanzan maíz ni bellotas ni nueces. Anduvimos siempre en cueros como ellos, y de noche nos cubríamos con cueros de venado. De ocho meses que con ellos estuvimos, los seis padescimos mucha hambre; que tampoco alcanzan pescado. Y al cabo de este tiempo ya las tunas comenzaban a madurar, y sin que de ellos fuésemos sentidos nos fuimos a otros que adelante estaban, llamados maliacones; estos estaban una jornada de allí, donde yo y el negro llegamos. A cabo de los tres días envié que trajese a Castillo y a Dorantes; y venidos, nos partimos todos juntos con los indios, que iban a comer una frutilla de unos árboles, de que se mantienen diez o doce días, entre tanto que las tunas vienen; y allí se juntaron con estos otros indios que se llaman arbadaos, y a estos hallamos muy enfermos y flacos y hinchados; tanto, que nos maravillamos mucho, y los indios con quien habíamos venido se volvieron por el mismo camino; y nosotros les dijimos que nos queríamos quedar con aquellos; de que ellos mostraron pesar; y así, nos quedamos en el campo con aquellos, cerca de aquellas casas, y cuando ellos nos vieron, juntáronse después de hablar entre sí, y cada uno de ellos tomó el suyo por la mano y nos llevaron a sus casas. Con estos padescimos más hambre que con los otros, porque en todo el día no comíamos más de dos puños de aquella fruta, la cual estaba verde; tenía tanta leche, que nos quemaba las bocas; y con tener falta de agua, daba mucha sed a quien la comía; y como la hambre fuese tanta, nosotros comprámosles dos perros, y a trueco de ellos les dimos unas redes y otras cosas, y un cuero con que yo me cubría.

Ya he dicho cómo por toda esta tierra anduvimos desnudos; y como no estábamos acostumbrados a ello, a manera de serpientes mudábamos los cueros dos veces en el año, y con el sol y el aire haciánsenos en los pechos y en las espaldas unos empeines muy grandes, de que rescebíamos muy gran pena por razón de las muy grandes cargas que traíamos, que eran muy pesadas, y hacían que las cuerdas se nos metían por los brazos; y la tierra es tan áspera y tan cerrada, que muchas veces hacíamos leña en montes, que cuando la acabábamos de sacar nos corría por muchas partes sangre, de las espinas y matas con que topábamos, que nos rompían por donde alcanzaban. A las veces me acontesció hacer leña donde, después de haberme costado mucha sangre, no la podía sacar ni a cuestas ni arrastrando. No tenía, cuando en estos trabajos me vía, otro remedio ni consuelo sino pensar en la pasión de nuestro redemptor Jesucristo y en la sangre que por mí derramó, y considerar cuánto más sería el tormento que de las espinas él padesció que no aquel que yo entonces sufría.

Contrataba con estos indios haciéndoles peines, y con arcos y con flechas y con redes. Hacíamos esteras, que son casas, de que ellos tienen mucha necesidad; y aunque lo saben hacer, no quieren ocuparse en nada, por buscar entre tanto qué comer, y cuando entienden en esto pasan muy gran hambre. Otras veces me mandaban raer cueros y ablandarlos; y la mayor prosperidad en que yo allí me vi era el día que me daban a raer alguno, porque yo lo raía muy mucho y comía de aquellas raeduras, y aquello me bastaba para dos o tres días. También nos acontesció con estos y con los que atrás habemos dejado, darnos un pedazo de carne y comérnoslo así crudo, porque si lo pusiéramos a asar, el primer indio que llegaba se lo llevaba y comía; parescíanos que no era bien ponerla en esta ventura, y también nosotros no estábamos tales, que nos dábamos pena comerlo asado, y no lo podíamos tan bien pasar como crudo. Esta es la vida que allí tuvimos, y aquel poco sustentamiento lo ganábamos con los rescates que por nuestras manos hecimos.

CAPÍTULO XXIII

Cómo nos partimos después de haber comido los perros

Después que comimos los perros, paresciéndonos que teníamos algún esfuerzo para poder ir adelante, encomendámonos a Dios nuestro Señor para que nos guiase, nos despedimos de aquellos, indios, y ellos nos encaminaron a otros de su lengua que estaban cerca de allí. E yendo por nuestro camino llovió, y todo aquel día anduvimos con agua, y allende de esto, perdimos el camino y fuimos a parar a un monte muy grande, y cogimos muchas hojas de tunas y asámoslas aquella noche en un horno que hecimos, y dímosles tanto fuego, que a la mañana estaban para comer; y después de haberlas comido encomendámonos a Dios y partímonos, y hallamos el camino que perdido habíamos; y pasado el monte, hallamos otras casas de indios; y llegados allá, vimos dos mujeres y muchachos, que se espantaron, que andaban por el monte, y en vernos huyeron de nosotros y fueron a llamar a los indios que andaban por el monte; y venidos, paráronse a mirarnos detrás de unos árboles, y llamámosles y allegáronse con mucho temor; y después de haberlos hablado, nos dijeron que tenían mucha hambre, y que cerca de allí estaban muchas casas de ellos proprios, y dijeron que nos llevarían a ellas; y aquella noche llegamos adonde había cincuenta casas, y se espantaban de vernos y mostraban mucho temor; y después que estuvieron algo sosegados de nosotros, allegábannos con las manos al rostro y al cuerpo, y después traían ellos sus mismas manos por sus caras y sus cuerpos, y así estuvimos aquella noche; y venida la mañana, trajéronnos los enfermos que tenían, rogándonos que los santiguásemos, y nos dieron de lo que tenían para comer, que eran hojas de tunas y tunas

verdes asadas; y por buen tratamiento que nos hacían, y porque
aquello que tenían nos lo daban de buena gana y voluntad, y holgaban de quedar sin comer por dárnoslo, estuvimos con ellos algunos días; y estando allí, vinieron otros de más adelante. Cuando
se quisieron partir dijimos a los primeros que nos queríamos ir
con aquellos. A ellos les pesó mucho, y rogáronnos muy ahincada-
mente que no nos fuésemos, y al fin nos despedimos de ellos, y los
dejamos llorando por nuestra partida, porque les pesaba mucho
en gran manera.

CAPÍTULO XXIV

DE LAS COSTUMBRES DE LOS INDIOS DE AQUELLA TIERRA

Desde la isla de Mal-Hado, todos los indios que hasta esta
tierra vimos, tienen por costumbre desde el día que sus mujeres
se sienten preñadas no dormir juntos hasta que pasen dos años
que han criado los hijos, los cuales maman hasta que son de edad
de doce años; que ya entonces están en edad que por sí saben
buscar de comer. Preguntámosles que por qué los criaban así, y
decían que por la mucha hambre que en la tierra había, que acontescía muchas veces, como nosotros víamos, estar dos o tres días
sin comer, y a las veces cuatro; y por esta causa los dejaban mamar, porque en los tiempos de hambre no muriesen; y ya que
algunos escapasen, saldrían muy delicados y de pocas fuerzas; y si
acaso acontesce caer enfermos algunos, déjanlos morir en aquellos
campos si no es hijo, y todos los demás, si no pueden ir con ellos,
se quedan; mas para llevar un hijo o hermano, se cargan y lo
llevan a cuestas. Todos estos acostumbran dejar sus mujeres cuando entre ellos no hay conformidad, y se tornan a casar con quien
quieren; esto es entre los mancebos, mas los que tienen hijos per-
manescen con sus mujeres y no las dejan, y cuando en algunos
pueblos riñen y traban cuestiones unos con otros, apuñéanse y
apaléanse hasta que están muy cansados, y entonces se desparten;
algunas veces los desparten mujeres, entrando entre ellos; que
hombres no entran a despartirlos; y por ninguna pasión que tengan no meten en ella arcos ni flechas; y desque se han apuñeado
y pasado su cuestión, toman sus casas y mujeres, y vanse a vivir
por los campos y apartados de los otros, hasta que se les pasa
el enojo; y cuando ya están desenojados y sin ira, tórnanse a su
pueblo, y de ahí adelante son amigos como si ninguna cosa hobiera pasado entre ellos, ni es menester que nadie haga las amistades,
porque de esta manera se hacen; y si los que riñen no son casados,

vanse a otros sus vecinos, y aunque sean sus enemigos, los resciben bien y se huelgan mucho con ellos, y les dan de lo que tienen; de suerte que cuando es pasado el enojo, vuelven a su pueblo y vienen ricos.

Toda es gente de guerra y tienen tanta astucia para guardarse de sus enemigos, como ternían si fuesen criados en Italia y en continua guerra. Cuando están en parte que sus enemigos los pueden ofender, asientan sus casas a la orilla del monte más áspera y de mayor espesura que por allí hallan, y junto a él hacen un foso, y en este duermen. Toda la gente de guerra está cubierta con leña menuda, y hacen sus saeteras, y están tan cubiertos y disimulados, que aunque estén cabe ellos no los ven, y hacen un camino muy angosto y entra hasta en medio del monte, y allí hacen lugar para que duerman las mujeres y niños, y cuando viene la noche encienden lumbres en sus casas para que si hobiere espías crean que están en ellas, y antes del alba tornan a encender los mismos fuegos; y si acaso los enemigos vienen a dar en las mismas casas, los que están en el foso salen a ellos y hacen desde las trincheas mucho daño, sin que los de fuera los vean ni los puedan hallar: y cuando no hay montes en que ellos puedan de esta manera esconderse y hacer sus celadas, asientan en llano en la parte que mejor les paresce, y cércanse de trincheas cubiertas de leña menuda, y hacen sus saeteras, con que flechan a los indios; y estos reparos hacen para de noche.

Estando yo con los de aguenes, no estando avisados, vinieron sus enemigos a media noche, y dieron en ellos y mataron tres y hirieron otros muchos; de suerte que huyeron de sus casas por el monte adelante, y desque sintieron que los otros se habían ido, volvieron a ellas y recogieron todas las flechas que los otros les habían echado, y lo más encubiertamente que pudieron los siguieron, y estuvieron aquella noche sobre sus casas sin que fuesen sentidos, y al cuarto del alba les acometieron y les mataron cinco, sin otros muchos que fueron heridos, y les hicieron huir y dejar sus casas y arcos, con toda su hacienda; y de ahí a poco tiempo vinieron las mujeres de los que se llamaban quevenes, y entendieron entre ellos y los hicieron amigos, aunque algunas veces ellas son principio de la guerra. Todas estas gentes, cuando tienen enemistades particulares, cuando no son de una familia, se matan de noche por asechanzas, y usan unos con otros grandes crueldades.

CAPÍTULO XXV

Cómo los indios son prestos a una arma

Esta es la más presta gente para un arma de cuantas yo he visto en el mundo, porque si se temen de sus enemigos, toda la noche están despiertos con sus arcos a par de sí y una docena de flechas; y el que duerme tienta su arco, y si no le halla en cuerda, le da la vuelta que ha menester. Salen muchas veces fuera de las casas bajados por el suelo, de arte que no pueden ser vistos, y miran y atalayan por todas partes para sentir lo que hay; y si algo sienten, en un punto son todos en el campo con sus arcos y flechas, y así están hasta el día, corriendo a unas partes y otras donde ven que es menester o piensan que pueden estar sus enemigos. Cuando viene el día tornan a aflojar sus arcos hasta que salen a caza. Las cuerdas de los arcos son niervos de venados.

La manera que tienen de pelear es abajados por el suelo, y mientras se flechan andan hablando y saltando siempre de un cabo para otro, guardándose de las flechas de sus enemigos; tanto, que en semejantes partes pueden rescebir muy poco daño de ballestas y arcabuces; antes los indios burlan de ellos, porque estas armas no aprovechan para ellos en campos llanos, adonde ellos andan sueltos; son buenas para estrechos y lugares de agua; en todo lo demás, los caballos son los que han de sojuzgar, y lo que los indios universalmente temen.

Quien contra ellos hobiere de pelear ha de estar muy avisado que no le sientan flaqueza ni codicia de lo que tienen, y mientras durare la guerra hanlos de tratar muy mal; porque si temor les conocen o alguna codicia, ella es gente que saben conoscer tiempos en que vengarse, y toman esfuerzo del temor de los contrarios. Cuando se han flechado en la guerra y gastado su munición, vuélvense cada uno su camino, sin que los unos sigan a los otros, aunque los unos sean muchos y los otros pocos; y esta es costumbre suya. Muchas veces se pasan de parte a parte con las flechas, y no mueren de las heridas si no toca en las tripas o en el corazón, antes sanan presto. Ven y oyen más y tienen más agudo sentido que cuantos hombres yo creo que hay en el mundo. Son grandes sufridores de hambre y de sed y de frío, como aquellos que están más acostumbrados y hechos a ello que otros. Esto he querido contar aquí, porque allende que todos los hombres desean saber las costumbres y ejercicios de los otros, los que algunas veces se vinieren a ver con ellos estén avisados de sus costumbres y ardides, que suelen no poco aprovechar en semejantes casos.

CAPÍTULO XXVI

De las naciones y lenguas

También quiero contar sus naciones y lenguas, que desde la isla de Mal-Hado hasta los últimos hay. En la isla de Mal-Hado hay dos lenguas; a los unos llaman de Caoques, y a los otros llaman de Han. En la Tierra-Firme enfrente de la isla hay otros que se llaman de Chorruco, y toman el nombre de los montes donde viven. Adelante, en la costa del mar, habitan otros que se llaman doguenes, y enfrente de ellos otros que tienen por nombre los de Mendica. Mas adelante en la costa están los guevenes, y enfrente de ellos, dentro en la Tierra-Firme, los mariames; y yendo por la costa adelante, están otros que se llaman guaycones, y enfrente de estos, dentro en la Tierra-Firme, los iguaces. Cabo de estos están otros que se llaman atayos, y detrás de estos otros acubadaos, y de estos hay muchos por esta vereda adelante. En la costa viven otros llamados quitoles, y enfrente de estos, dentro en la Tierra-Firme, los avavares. Con esto se juntan los maliacones y otros cutalchiches, y otros que se llaman susolas, y otros que se llaman comos, y adelante en la costa están los camoles, y en la misma costa adelante otros a quien nosotros llamamos los de los higos.

Todas estas gentes tienen habitaciones y pueblos y lenguas diversas. Entre estos hay una lengua en que llaman a los hombres por mira acá, arre acá, a los perros xó; en toda la tierra se emborrachan con un humo, y dan cuanto tienen por él. Beben también otra cosa que sacan de las hojas de los árboles, como de encina, y tuéstanla en unos botes al fuego, y después que la tienen tostada hinchen el bote de agua, y así lo tienen sobre el fuego, y cuando ha hervido dos veces, échanlo en una vasija y están enfriándola en media calabaza; y cuando está con mucha espuma bébenla tan caliente cuanto pueden sufrir, y desde que la sacan del bote hasta que la beben están dando voces, diciendo que quién quiere beber. Y cuando las mujeres oyen estas voces, luego se paran sin osarse mudar, y aunque estén mucho cargadas, no osan hacer otra cosa, y si acaso alguna de ellas se mueve, la deshonran y la dan de palos, y con muy gran enojo derraman el agua que tienen para beber, y la que han bebido la tornan a lanzar, lo cual ellos hacen muy ligeramente y sin pena alguna.

La razón de la costumbre dan ellos y dicen que si cuando ellos quieren beber aquella agua las mujeres se mueven de donde les toma la voz, que en aquella agua se les mete en el cuerpo una cosa mala, y que dende a poco les hace morir, y todo el tiempo que el agua está cociendo ha de estar el bote atapado; y si acaso está desatapado y alguna mujer pasa, lo derraman y no beben más de aquella agua; es amarilla, y están bebiéndola tres días sin

comer, y cada día bebe cada uno arroba y media de ella, y cuando
las mujeres están con su costumbre no buscan de comer más de
para sí solas, porque ninguna otra persona come de lo que ellas
traen.

En el tiempo que así estaba, entre estos vi una diablura, y es,
que vi un hombre casado con otro, y estos son unos hombres
amarionados impotentes, y andan tapados como mujeres y hacen
oficio de mujeres, y tiran arco y llevan muy gran carga, y entre
estos vimos muchos de ellos así amarionados como digo, y son
más membrudos que los otros hombres, y más altos; sufren muy
grandes cargas.

CAPÍTULO XXVII

DE CÓMO NOS MUDAMOS Y FUIMOS BIEN RECEBIDOS

Después que nos partimos de los que dejamos llorando, fuímonos con los otros a sus casas, y de los que en ellas estaban fuímos
bien rescebidos, y trujeron sus hijos para que les tocásemos las
manos, y dábannos mucha harina de mezquiquez. Este mezquiquez
es una fruta que cuando está en el árbol es muy amarga, y es de
la manera de algarrobas, y cómese con tierra y con ella está dulce
y bueno de comer. La manera que tienen con ella es esta: que
hacen un hoyo en el suelo, de la hondura que cada uno quiere;
y después de echada la fruta en este hoyo, con un palo tan gordo
como la pierna, y de braza y media en largo, la muelen hasta muy
molida; y demás que se le pega de la tierra del hoyo, traen otros
puños, y échanla en el hoyo y tornan otro rato a moler, y después
échanla en una vasija de manera de una espuerta, y échanle tanta
agua, que basta a cubrirla, de suerte que quede agua por cima,
y el que la ha molido pruébala, y si le paresce que no está dulce,
pide tierra y revuélvela con ella, y esto hace hasta que la halla
dulce, y asiéntanse todos al rededor, y cada uno mete la mano y
saca lo que puede, y las pepitas de ella tornan a echar sobre unos
cueros, y las cáscaras; y el que lo ha molido las coge y las torna
a echar en aquella espuerta, y echa agua como de primero, y tornan a expremir el zumo y agua que de ello sale, y las pepitas y
cáscaras tornan a poner en el cuero, y de esta manera hacen tres
o cuatro veces cada moledura; y los que en este banquete, que
para ellos es muy grande, se hallan, quedan las barrigas muy grandes, de la tierra y agua que han bebido; y de esto nos hicieron los
indios muy gran fiesta, y hobo entre ellos muy grandes bailes y
areitos en tanto que allí estuvimos. Y cuando de noche durmía-
mos, a la puerta del rancho donde estábamos nos velaban a cada

uno de nosotros seis hombres con gran cuidado, sin que nadie nos osase entrar dentro hasta que el sol era salido.

Cuando nosotros nos quisimos partir de ellos, llegaron allí unas mujeres de otros que vivían adelante; y informados de ellas dónde estaban aquellas casas, nos partimos para allá, aunque ellos nos rogaron mucho que por aquel día nos detuviésemos, porque las casas adonde íbamos estaban lejos, y no había camino para ellas, y que aquéllas mujeres venían cansadas, y descansando, otro día se irían con nosotros y nos guiarían; y ansí, nos despedimos; y dende a poco las mujeres que habían venido, con otras del mismo pueblo, se fueron tras nosotros; mas como por la tierra no había caminos, luego nos perdimos, y ansí anduvimos cuatro leguas, y al cabo de ellas llegamos a beber a un agua adonde hallamos las mujeres que nos seguían, y nos dijeron el trabajo que habían pasado por alcanzarnos.

Partimos de allí llevándolas por guía, y pasamos un río cuando ya vino la tarde, que nos daba el agua a los pechos; sería tan ancho como el de Sevilla, y corría muy mucho, y a puesta del sol llegamos a cien casas de indios; y antes que llegásemos salió toda la gente que en ellas había, a recebirnos con tanta grita, que era espanto, y dando en los muslos grandes palmadas; traían las calabazas horadadas, con piedras dentro, que es la cosa de mayor fiesta, y no las sacan sino a bailar o para curar, ni las osa nadie tomar sino ellos; y dicen que aquellas calabazas tienen virtud, y que vienen del cielo, porque por aquella tierra no las hay, ni saben dónde las haya, sino que las traen los ríos, cuando vienen de avenida. Era tanto el miedo y turbación que estos tenían, que por llegar más presto los unos que los otros a tocarnos, nos apretaron tanto, que por poco nos hobieran de matar; y sin dejarnos poner los pies en el suelo nos llevaron a sus casas, y tantos cargaban sobre nosotros y de tal manera nos apretaban, que nos metimos en las casas que nos tenían hechas, y nosotros, no consentimos en ninguna manera que aquella noche hiciesen más fiesta con nosotros. Toda aquella noche pasaron entre sí, en areitos y bailes, y otro día de mañana nos trajeron toda la gente de aquel pueblo, para que los tocásemos y santiguásemos, como habíamos hecho a los otros con quien habíamos estado. Y después de esto hecho, dieron muchas flechas a las mujeres del otro pueblo que habían venido con las suyas.

Otro día partimos de allí, y toda la gente del pueblo fue con nosotros; y como llegamos a otros indios, fuimos bien recebidos, como de los pasados; y ansí, nos dieron de lo que tenían, y los venados que aquel día habían muerto; y entre estos vimos una nueva costumbre, y es, que los que venían a curarse, los que con nosotros estaban les tomaban el arco y las flechas, y zapatos y cuentas, si las traían, y después de haberlas tomado, nos las traían delante de nosotros para que los curásemos; y curados, se iban muy contentos, diciendo que estaban sanos. Así nos partimos de

aquellos, y nos fuimos a otros, de quien fuimos muy bien recebidos, y nos trajeron sus enfermos, que santiguándolos decían que
estaban sanos; y el que no sanaba, creía que podíamos sanarle;
y con lo que los otros que curábamos les decían, hacían tantas
alegrías y bailes, que no nos dejaban dormir.

CAPÍTULO XXVIII

DE OTRA NUEVA COSTUMBRE

Partidos de estos, fuimos a otras muchas casas, y desde aquí comenzó otra nueva costumbre, y es, que rescibiéndonos muy bien, que
los que iban con nosotros los comenzaron a hacer tanto mal,
que les tomaban las haciendas y les saqueaban las casas, sin que
otra cosa ninguna les dejasen; de esto nos pesó mucho, por ver
el mal tratamiento que a aquellos que tan bien nos rescebían se
hacía, y también porque temíamos que aquello sería o causaría
alguna alteración y escándalo entre ellos; mas como no éramos
parte para remediarlo, ni para osar castigar los que esto hacían,
hobimos por entonces de sufrir, hasta que más autoridad entre
ellos tuviésemos; y también los indios mismos que perdían la
hacienda, conosciendo nuestra tristeza, nos consolaron, diciendo
que de aquello no rescibiésemos pena; que ellos estaban tan contentos de habernos visto, que daban por bien empleadas sus haciendas, y que adelante serían pagados de otros que estaban muy ricos.

Por todo este camino teníamos muy gran trabajo, por la mucha
gente que nos seguía, y no podíamos huir de ella, aunque lo procurábamos, porque era muy grande la priesa que tenían por llegar
a tocarnos; y era tanta la importunidad de ellos sobre esto, que
pasaban tres horas que no podíamos acabar con ellos que nos
dejasen. Otro día nos trajeron toda la gente del pueblo, y la mayor
parte de ellos son tuertos de nubes, y otros de ellos son ciegos
de ellas mismas, de que estábamos espantados. Son muy bien dispuestos y de muy buenos gestos, más blancos que otros ningunos
de cuantos hasta allí habíamos visto. Aquí empezamos a ver sierras, y parescía que venían seguidas de hacia el mar del Norte;
y así, por la relación que los indios de esto nos dieron, creemos
que están quince leguas de la mar.

De aquí nos partimos con estos indios hacia estas sierras que
decimos, y lleváronnos por donde estaban unos parientes suyos,
porque ellos no nos querían llevar sino por do habitaban sus parientes, y no querían que sus enemigos alcanzasen tanto bien, como
les parescía que era vernos. Y cuando fuimos llegados, los que

con nosotros iban saqueron a los otros; y como sabían la costumbre, primero que llegásemos escondieron algunas cosas; después que nos hobieron rescebido con mucha fiesta y alegría, sacaron lo que habían escondido y viniéronnoslo a presentar y esto era cuentas y almagra y algunas taleguillas de plata. Nosotros, según la costumbre, dímoslo luego a los indios que con nos venían, y cuando nos lo hobieron dado, comenzaron sus bailes y fiestas, y enviaron a llamar otros de otro pueblo que estaba cerca de allí, para que nos viniesen a ver, y a la tarde vinieron todos, y nos trajeron cuentas y arcos, y otras cosillas, que también repartimos; y otro día, queriéndonos partir, toda la gente nos quería llevar a otros amigos suyos que estaban a la punta de las sierras, y decían que allí había muchas casas y gente, y que nos darían muchas cosas; mas por ser fuera de nuestro camino no quesimos ir a ellos, y tomamos por lo llano cerca de las sierras, las cuales creíamos que no estaban lejos de la costa. Toda la gente de ella es muy mala, y teníamos por mejor de atravesar la tierra, porque la gente que está más metida adentro, es más bien acondicionada, y tratábannos mejor, y teníamos por cierto que hallaríamos la tierra más poblada y de mejores mantenimientos. Lo último, hacíamos esto porque, atravesando la tierra, víamos muchas particularidades de ella; porque si Dios nuestro Señor fuese servido de sacar alguno de nosotros, y traerlo a tierra de cristianos, pudiese dar nuevas y relación de ella. Y como los indios vieron que estábamos determinados de no ir por donde ellos nos encaminaban, dijéronnos que por donde nos queríamos ir no había gente, ni tunas ni otra cosa alguna que comer; y rogáronnos que estuviésemos allí aquel día, y ansí lo hicimos. Luego ellos enviaron dos indios para que buscasen gente por aquel camino que queríamos ir; y otro día nos partimos, llevando con nosotros muchos de ellos, y las mujeres iban cargadas de agua, y era tan grande entre ellos nuestra autoridad, que ninguno osaba beber sin nuestra licencia.

Dos leguas de allí topamos los indios que habían ido a buscar la gente, y dijeron que no la hallaban; de lo que los indios mostraron pesar, y tornáronnos a rogar que nos fuésemos por la sierra. No lo quisimos hacer, y ellos, como vieron nuestra voluntad, aunque con mucha tristeza, se despidieron de nosotros, y se volvieron el río abajo a sus casas, y nosotros caminamos por el río arriba, y desde a un poco topamos dos mujeres cargadas, que como nos vieron, pararon, y descargáronse, y trajéronnos de lo que llevaban, que era harina de maíz, y nos dijeron que adelante en aquel río hallaríamos casas y muchas tunas y de aquella harina; y ansí, nos despedimos de ellas, porque iban a los otros donde habíamos partido, y anduvimos hasta puesta del sol, y llegamos a un pueblo de hasta veinte casas, adonde nos recebieron llorando y con grande tristeza, porque sabían ya que adonde quiera que llegábamos eran todos saqueados y robados de los que nos acompañaban, y como nos vieron solos, perdieron el miedo, y diéronnos tunas, y no otra cosa ninguna. Estuvimos allí aquella noche, y al alba los indios que nos habían dejado el día pasado dieron en sus casas, y como los tomaron descuidados y seguros, tomáronles cuanto tenían, sin que tuviesen lugar donde asconder ninguna cosa; de que ellos lloraron mucho; y los robadores para consolarles les decían que éramos hijos del sol, y que teníamos poder para sanar los enfermos y para matarlos, y otras mentiras aun mayores que estas, como ellos las saben mejor hacer cuando sienten que les conviene; y dijéronles que nos llevasen con mucho acatamiento, y tuviesen cuidado de no enojarnos en ninguna cosa, y que nos diesen todo cuanto tenían, y procurasen de llevarnos donde había mucha gente, y que donde llegásemos robasen ellos y saqueasen lo que los otros tenían, porque así era costumbre.

CAPÍTULO XXIX

DE CÓMO SE ROBABAN LOS UNOS A LOS OTROS

Después de haberlos informado y señalado bien lo que habían de hacer, se volvieron, y nos dejaron con aquellos; los cuales, teniendo en la memoria lo que los otros les habían dicho, nos comenzaron a tratar con aquel mismo temor y reverencia que los otros, y fuimos con ellos tres jornadas, y lleváronnos adonde había mucha gente; y antes que llegásemos a ellos avisaron cómo íbamos, y dijeron de nosotros todo lo que los otros les habían enseñado, y añadieron mucho más, porque toda esta gente de indios son grandes amigos de novelas y muy mentirosos, mayormente donde pretenden algún interés. Y cuando llegamos cerca de las casas, salió toda la gente a recebirnos con mucho placer y fiesta, y entre otras cosas, dos físicos de ellos nos dieron dos calabazas, y de aquí comenzamos a llevar calabazas con nostros, y añadimos a nuestra autoridad esta cerimonia, que para con ellos es muy grande.

Los que nos habían acompañado saquearon las casas; mas, como eran muchas y ellos pocos, no pudieron llevar todo cuanto tomaron, y más de la mitad dejaron perdido; y de aquí por la halda de la sierra nos fuimos metiendo por la tierra adentro más de cincuenta leguas, y al cabo de ellas hallamos cuarenta casas, y entre otras cosas que nos dieron, hobo Andrés Dorantes un cascabel gordo, grande, de cobre, y en él figurado un rostro, y esto mostraban ellos, que lo tenían en mucho, y les dijeron que lo habían habido de otros sus vecinos; y preguntándoles, que dónde habían habido aquello, dijéronles que lo habían traído de hacia el norte, y que allí había mucho, y era tenido en grande estima;

y entendimos que do quiera que aquello había venido, había fundición y se labraba de vaciado, y con esto nos partimos otro día, y atravesamos una sierra de siete leguas, y las piedras de ella eran de escorias de hierro; y a la noche llegamos a muchas casas, que estaban asentadas a la ribera de un muy hermoso río, y los señores de ellas salieron a medio camino a recebirnos con sus hijos a cuestas, y nos dieron muchas taleguillas de margarita y de alcohol molido; con esto se untan ellos la cara; y dieron muchas cuentas, y muchas mantas de vacas, y cargaron a todos los que venían con nosotros de todo cuanto ellos tenían. Comían tunas y piñones; hay por aquella tierra pinos chicos, y las piñas de ellas son como huevos pequeños, mas los piñones son mejores que los de Castilla, porque tienen las cáscaras muy delgadas; y cuando están verdes, muélenlos y hácenlos pellas, y ansí los comen; y si están secos, los muelen con cáscaras, y los comen hechos polvos. Y los que por allí nos recebían, desque nos habían tocado, volvían corriendo hasta sus casas, y luego daban vuelta a nosotros, y no cesaban de correr, yendo y viniendo. De esta manera traíannos muchas cosas para el camino.

Aquí me trajeron un hombre, y me dijeron que había mucho tiempo que le habían herido con una flecha por el espalda derecha, y tenía la punta de la flecha sobre el corazón; decía que le daba mucha pena, y que por aquella causa siempre estaba enfermo. Yo le toqué, y sentí la punta de la flecha, y vi que la tenía atravesada por la ternilla, y con un cuchillo que tenía, le abrí el pecho hasta aquel lugar, y vi que tenía la punta atravesada, y estaba muy mala de sacar; torné a cortar más, y metí la punta del cuchillo, y con gran trabajo en fin la saqué. Era muy larga, y con un hueso de venado, usando de mi oficio de medicina, le dí dos puntos; y dados, se me desangraba, y con raspa de un cuero le estanqué la sangre; y cuando hube sacado la punta, pidiéronmela, y yo se la dí, y el pueblo todo vino a verla, y la envieron por la tierra adentro, para que la viesen los que allá estaban, y por esto hicieron muchos bailes y fiestas, como ellos suelen hacer; y otro día le corté los dos puntos al indio, y estaba sano; y no parescía la herida que le había hecho sino como una raya de la palma de la mano, y dijo que no sentía dolor ni pena alguna; y esta cura nos dio entre ellos tanto crédito por toda la tierra, cuanto ellos podían y sabían estimar y encarescer. Mostrámosles aquel cascabel que traíamos, y dijéronnos, que en aquel lugar de donde aquel había venido, había muchas planchas de aquello enterradas, y que aquello era cosa que ellos tenían en mucho; y había casas de asiento, y esto creemos nosotros que es la mar del Sur, que siempre tuvimos noticia que aquella mar es más rica que la del Norte.

De estos nos partimos, y anduvimos por tantas suertes de gentes y de tan diversas lenguas, que no basta memoria a poderlas contar, y siempre saqueaban los unos a los otros; y así los que perdían como los que ganaban quedaban muy contentos. Llevábamos tanta

compañía, que en ninguna manera podíamos valernos con ellos.
Por aquellos valles donde íbamos, cada uno de ellos llevaba un
garrote tan largo como tres palmos, y todos iban en ala; y en
saltando alguna liebre (que por allí había hartas), cercábanla
luego, y caían tantos garrotes sobre ella, que era cosa de maravilla, y de esta manera la hacían andar de unos para otros; que a
mi ver era la más hermosa caza que se podía pensar, porque muchas veces ellas se venían hasta las manos; y cuando a la noche
parábamos, eran tantas las que nos habían dado, que traía cada
uno de nosotros ocho o diez cargas de ellas; y los que traían arcos
no parecían delante de nosotros, antes se apartaban por la sierra
a buscar venados; y a la noche cuando venían, traían para cada
uno de nosotros cinco o seis venados, y pájaros y codornices, y
otras cazas; finalmente, todo cuanto aquella gente hallaban y mataban nos lo ponían delante, sin que ellos osasen tomar ninguna
cosa, aunque muriesen de hambre; que así lo tenían ya por costumbre después que andaban con nosotros, y sin que primero lo
santiguásemos; y las mujeres traían muchas esteras, de que ellos
nos hacían casas, para cada uno la suya aparte, y con toda su
gente conoscida; y cuando esto era hecho, mandábamos que asasen
aquellos venados y liebres, y todo lo que habían tomado; y esto
también se hacía muy presto en unos hornos que para esto ellos
hacían; y de todo ello nosotros tomábamos un poco, y lo otro
dábamos al principal de la gente que con nosotros venía, man-
dándole que lo repartiese entre todos.

Cada uno con la parte que le cabía venían a nosotros para que
la soplásemos y santiguásemos, que de otra manera no osaran
comer de ella; y muchas veces traíamos con nosotros tres o cuatro
mil personas. Y era tan grande nuestro trabajo, que a cada uno
habíamos de soplar y santiguar lo que habían de comer y beber,
y para otras muchas cosas que querían hacer nos venían a pedir
licencia, de que se puede ver qué tanta importunidad rescebíamos.
Las mujeres nos traían las tunas y arañas y gusanos, y lo que
podían haber; porque aunque se muriesen de hambre, ninguna
cosa habían de comer sin que nosotros la diésemos. E yendo con
estos, pasamos un gran río, que venía del norte; y pasados unos
llanos de treinta leguas, hallamos mucha gente que de lejos de
allí venía a recebirnos, y salían al camino por donde habíamos
de ir, y nos recebieron de la manera de los pasados.

CAPÍTULO XXX

DE CÓMO SE MUDÓ LA COSTUMBRE DEL RECEBIRNOS

Desde aquí hobo otra manera de recebirnos, en cuanto toca al saquearse, porque los que salían de los caminos a traernos alguna cosa a los que con nosotros venían, no los robaban; mas después de entrados en sus casas, ellos mismos nos ofrescían cuanto tenían, y las casas con ello; nosotros las dábamos a los principales, para que entre ellos las partiesen, y siempre los que quedaban despojados nos seguían, de donde crescía mucha gente para satisfacerse de su pérdida; y decíanles que se guardasen y no escondiesen cosa alguna de cuantas tenían, porque no podía ser sin que nosotros lo supiésemos, y haríamos luego que todos muriesen, porque el sol nos lo decía. Tan grandes eran los temores que les ponían, que los primeros días que con nosotros estaban, nunca estaban sino temblando y sin osar hablar ni alzar los ojos al cielo. Estos nos guiaron por más de cincuenta leguas de despoblado de muy ásperas sierras, y por ser tan secas no había caza en ellas, y por esto pasamos mucha hambre, y al cabo un río muy grande, que el agua nos daba hasta los pechos; y desde aquí, nos comenzó mucha de la gente que traíamos a adolescer de la mucha hambre y trabajo que por aquellas sierras habían pasado, que por extremo eran agras y trabajosas.

Estos mismos nos llevaron a unos llanos al cabo de las sierras, donde venían a recebirnos de muy lejos de allí, y nos recebieron como los pasados, y dieron tanta hacienda a los que con nosotros venían, que por no poderla llevar, dejaron la mitad; y dijimos a los indios que lo habían dado, que lo tornasen a tomar y lo llevasen, porque no quedase allí perdido; y respondieron que en ninguna manera lo harían, porque no era su costumbre, después de haber una vez ofrescido, tornarlo a tomar; y así, no lo teniendo en nada, lo dejaron todo perder. A estos dijimos que queríamos ir a la puesta del sol, y ellos respondiéronnos que por allí estaba la gente muy lejos, y nosotros les mandábamos que enviasen a hacerles saber cómo nosotros íbamos allá; y de esto se excusaron lo mejor que ellos podían, porque ellos eran sus enemigos, y no querían que fuésemos a ellos; mas no osaron hacer otra cosa; y así, enviaron dos mujeres, una suya, y otra que de ellos tenían captiva; y enviaron éstas porque las mujeres pueden contratar aunque haya guerra; y nosotros las seguimos, y paramos en un lugar donde estaba concertado que las esperásemos; mas ellas tardaron cinco días; y los indios decían que no debían de hallar gente. Dijímosles que nos llevasen hacia el norte; respondieron de la misma manera, diciendo que por allí no había gente sino muy lejos, y que no había qué comer ni se hallaba agua; y con

todo esto, nosotros porfíamos y dijimos que por allí queríamos
ir, y ellos todavía se excusaban de la mejor manera que podían,
y por esto nos enojamos, y yo me salí una noche a dormir en el
campo, apartado de ellos; mas luego fueron donde yo estaba, y
toda la noche estuvieron sin dormir y con mucho miedo y hablán-
dome y diciéndome cuán atemorizados estaban, rogándonos que
no estuviésemos más enojados, y que aunque ellos supiesen morir
en el camino, nos llevarían por donde nosotros quisiésemos ir; y
como nosotros todavía fingíamos estar enojados y porque su miedo
no se quitase, suscedió una cosa extraña, y fue que este día mesmo
adolescieron muchos de ellos, y otro día siguiente murieron ocho
hombres. Por toda la tierra donde esto se supo hobieron tanto
miedo de nosotros, que parescía en vernos que de temor habían
de morir. Rogáronnos que no estuviésemos enojados, ni quisiésemos que más de ellos muriesen, y tenían por muy cierto que
nosotros los matábamos con solamente quererlo; y a la verdad,
nosotros recebíamos tanta pena de esto, que no podía ser mayor;
porque, allende de ver los que morían, temíamos que no muriesen
todos o nos dejasen solos, de miedo, y todas las otras gentes de
ahí adelante hiciesen lo mismo, viendo lo que a estos había acon-
tecido. Rogamos a Dios nuestro Señor que lo remediase; y ansí,
comenzaron a sanar todos aquellos que habían enfermado, y vimos
una cosa que fue de grande admiración, que los padres y hermanos y mujeres de los que murieron, de verlos en aquel estado
tenían gran pena; y después de muertos, ningún sentimiento hicieron, ni los vimos llorar, ni hablar unos con otros, ni hacer otra
ninguna muestra, ni osaban llegar a ellos, hasta que nosotros los
mandábamos llevar a enterrar, y más de quince días que con aquellos estuvimos, a ninguno vimos hablar uno con otro, ni los vimos
reír ni llorar a ninguna criatura; antes porque una lloró, la llevaron muy lejos de allí, y con unos dientes de ratón agudos, la sa-
jaron desde los hombros hasta casi todas las piernas. E yo viendo
esta crueldad, y enojado de ello, les pregunté que por qué lo hacían,
y respondieron que para castigarla porque había llorado delante
de mí. Todos estos temores que ellos tenían, ponían a todos los
otros que nuevamente venían a conoscernos, a fin que nos diesen
todo cuanto tenían, porque sabían que nosotros no tomábamos
nada y lo habíamos de dar todo a ellos. Esta fue la más obediente
gente que hallamos por esta tierra, y de mejor condición; y común-
mente son muy dispuestos.

Convalescidos los dolientes, y ya que había tres días que estábamos allí, llegaron las mujeres que habíamos enviado, diciendo
que habían hallado muy poca gente, y que todos habían ido a las
vacas, que era en tiempo de ellas; y mandamos a los que habían
estado enfermos, que se quedasen, y los que estuviesen buenos fuesen con nosotros, y que dos jornadas de allí, aquellas mismas dos
mujeres irían con dos de nosotros a sacar gente y traerla al camino
para que nos recebiesen, y con esto, otro día de mañana todos

los que más rescios estaban partieron con nosotros, y a tres jornadas paramos, y el siguiente día partió Alonso del Castillo con Estebanico el negro, llevando por guía las dos mujeres, y la que de ellas era captiva los llevó a un río que corría entre unas sierras donde estaba un pueblo en que su padre vivía, y estas fueron las primeras casas que vimos que tuviesen parescer y manera de ello. Aquí llegaron Castillo y Estebanico; y después de haber hablado con los indios, a cabo de tres días vino Castillo adonde nos había dejado, y trajo cinco o seis de aquellos indios, y dijo cómo había hallado casas de gente y de asiento, y que aquella gente comía frísoles y calabazas, y que había visto maíz. Esta fue la cosa del mundo que más nos alegró, y por ello dimos infinitas gracias a nuestro Señor, y dijo que el negro venía con toda la gente de las casas a esperar al camino, cerca de allí; y por esta causa partimos, y andada legua y media, topamos con el negro y la gente que venían a recebirnos, y nos dieron frísoles y muchas calabazas para comer y para traer agua, y mantas de vacas y otras cosas.

Y como estas gentes y las que con nosotros venían eran enemigos y no se entendían, partímonos de los primeros, dándoles lo que nos habían dado, y fuímonos con éstos, y a seis leguas de allí, ya que venía la noche, llegamos a sus casas, donde hicieron muchas fiestas con nosotros. Aquí estuvimos un día, y el siguiente nos partimos, y llevámoslos con nosotros a otras casas de asiento, donde comían lo mismo que ellos, y de ahí adelante hobo otro nuevo uso, que los que sabían de nuestra vida, no salían a recibirnos a los caminos, como los otros hacían; antes los hallábamos en sus casas, y tenían hechas otras para nosotros, y estaban todos asentados, y todos tenían vueltas las caras hacia la pared y las cabezas bajas y los cabellos puestos delante de los ojos, y su hacienda puesta en montón en medio de la casa, y de aquí adelante comenzaron a darnos muchas mantas de cueros, y no tenían cosa que no nos diesen. Es la gente de mejores cuerpos que vimos, y de mayor viveza y habilidad y que mejor nos entendían y respondían en lo que preguntábamos; y llamámoslos de las Vacas, porque la mayor parte que de ellas mueren, es cerca de allí; y porque aquel río arriba más de cincuenta leguas, van matando muchas de ellas. Esta gente andan del todo desnudos, a la manera de los primeros que hallamos. Las mujeres andan cubiertas con unos cueros de venado, y algunos pocos de hombres, señaladamente los que son viejos, que no sirven para la guerra. Es tierra muy poblada. Preguntámosles cómo no sembraban maíz; respondiéronnos que lo hacían por no perder lo que sembrasen, porque dos años arreo les habían faltado las aguas, y había sido el tiempo tan seco, que a todos les habían perdido los maíces los topos, y que no osarían tornar a sembrar sin que primero hobiese llovido mucho; y rogábannos que dijésemos al cielo que lloviese y se lo rogásemos, y nosotros se lo prome-

timos de hacerlo ansí. También nosotros quesimos saber de dónde
habían traído aquel maíz, y ellos nos dijeron que de donde el
sol se ponía, y que lo había por toda aquella tierra; mas que lo
más cerca de allí era por aquel camino.

Preguntámosles por dónde iríamos bien, y que nos informasen del camino, porque no querían ir allá; dijéronnos que el
camino era por aquel río arriba hacia el norte, y que en diez
y siete jornadas no hallaríamos otra cosa ninguna que comer,
sino una fruta que llaman chacan, y que la machucan entre unas
piedras si aun después de hecha esta diligencia no se puede comer, de áspera y seca; y así era la verdad, porque allí nos lo
mostraron y no lo podimos comer, y dijéronnos también que
entre tanto que nosotros fuésemos por el río arriba, iríamos
siempre por gente que eran sus enemigos y hablaban su misma
lengua, y que no tenían que darnos cosa a comer; mas que nos
recebirían de muy buena voluntad, y que nos darían muchas mantas de algodón y cueros y otras cosas de las que ellos tenían, mas
que todavía les parescía que en ninguna manera no debíamos
tomar aquel camino. Dudando lo que haríamos, y cuál camino
tomaríamos que más a nuestro propósito y provecho fuese, nosotros nos detuvimos con ellos dos días. Dábannos a comer frísoles
y calabazas; la manera de cocerlas es tan nueva, que por ser tal,
yo la quise aquí poner, para que se vea y se conozca cuán diver-
sos y extraños son los ingenios y industrias de los hombres
humanos. Ellos no alcanzan ollas, y para cocer lo que ellos quieren comer, hinchen media calabaza grande de agua, y en el fuego
echan muchas piedras de las que más fácilmente ellos pueden
encender, y toman el fuego; y cuando ven que están ardiendo
tomanlas con unas tenazas de palo, y échanlas en aquella agua
que está en la calabaza, hasta que la hacen hervir con el fuego que
las piedras llevan; y cuando ven que el agua hierve, echan en
ella lo que han de cocer, y en todo este tiempo no hacen sino
sacar unas piedras y echar otras ardiendo para que el agua hierva
para cocer lo que quieren, y así lo cuecen.

CAPÍTULO XXXI

DE CÓMO SEGUIMOS EL CAMINO DEL MAÍZ

Pasados dos días que allí estuvimos, determinamos de ir a buscar el maíz, y no quesimos seguir el camino de las Vacas porque
es hacia el norte, y esto era para nosotros muy gran rodeo, porque siempre tuvimos por cierto que yendo la puesta del sol,

habíamos de hallar lo que deseábamos; y ansí, seguimos nuestro camino, y atravesamos toda la tierra hasta salir a la mar del Sur; y no bastó a estorbarnos esto el temor que nos ponían de la mucha hambre que habíamos de pasar (como a la verdad la pasamos) por todas las diez y siete jornadas que nos habían dicho. Por todas ellas el río arriba nos dieron muchas mantas de vacas, y no comimos de aquella su fruta, mas nuestro mantenimiento era cada día tanto como una mano de unto de venado, que para estas necesidades procurábamos siempre de guardar, y ansí pasamos todas las diez y siete jornadas, y al cabo de ellas atravesamos el río, y caminamos otras diez y siete. A la puesta del sol, por unos llanos, y entre unas sierras muy grandes que allí se hacen, allí hallamos una gente que la tercera parte del año no comen sino unos polvos de paja; y por ser aquel tiempo cuando nosotros por allí caminamos; hobímoslo también de comer hasta que, acabadas estas jornadas, hallamos casas de asiento, adonde había mucho maíz allegado, y de ello y de su harina nos dieron mucha cantidad, y de calabazas y frísoles y mantas de algodón, y de todo cargamos a los que allí nos habían traído, y con esto se volvieron los más contentos del mundo.

Nosotros dimos muchas gracias a Dios nuestro Señor por habernos traído allí, adonde habíamos hallado tanto mantenimiento. Entre estas casas había algunas de ellas que eran de tierra, y las otras todas son de esteras de cañas; y de aquí pasamos más de cien leguas de tierra, y siempre hallamos casas de asiento, y mucho mantenimiento de maíz, y frísoles y dábannos muchos venados y muchas mantas de algodón, mejores que las de la Nueva-España. Dábannos también muchas cuentas y de unos corales que hay en la mar del Sur, muchas turquesas muy buenas que tienen de hacia el norte; y finalmente, dieron aquí todo cuanto tenían, y a mí me dieron cinco esmeraldas hechas puntas de flechas, y con estas flechas hacen ellos sus areitos y bailes; y paresciéndome a mí que eran muy buenas, les pregunté que dónde las habían habido, y dijeron que las traían de unas sierras muy altas que están hacia el norte, y las compraban a trueco de penachos y plumas de papagayos, y decían que había allí pueblos de mucha gente y casas muy grandes. Entre éstos vimos las mujeres más honestamente tratadas que a ninguna parte de Indias que hobiésemos visto. Traen unas camisas de algodón, que llegan hasta las rodillas, y unas medias-mangas encima de ellas, de unas faldillas de cuero de venado sin pelo, que tocan en el suelo, y enjabónanlas con unas raíces que alimpian mucho, y ansí las tienen muy bien tratadas; son abiertas por delante, y cerradas con unas correas; andan calzados con zapatos.

Toda esta gente venía a nosotros a que les tocásemos y santiguásemos; y eran en esto tan importunos, que con gran trabajo lo sufríamos, porque dolientes y sanos, todos querían ir santiguados. Acontecía muchas veces que de las mujeres que con nosotros iban, parían algunas, y luego en nasciendo nos traían la criatura a que la santiguásemos y tocásemos. Acompañábannos siempre hasta dejarnos entregados a otros, y entre todas estas gentes se tenía por muy cierto que veníamos del cielo. Entre tanto que con éstos anduvimos caminamos todo el día sin comer hasta la noche, y comíamos tan poco, que ellos se espantaban de verlo. Nunca nos sintieron cansancio, y a la verdad nosotros estábamos tan hechos al trabajo, que tampoco lo sentíamos. Teníamos con ellos mucha autoridad y gravedad, y para conservar esto, les hablábamos pocas veces. El negro les hablaba siempre; se informaba de los caminos que queríamos ir y los pueblos que había y de las cosas que queríamos saber. Pasamos por gran número y diversidades de lenguas; con todas ellas Dios nuestro Señor nos favoresció, porque siempre nos entendieron y les entendimos; y ansí, preguntábamos y respondían por señas, como si ellos hablaran nuestra lengua y nosotros la suya; porque, aunque sabíamos seis lenguas, no nos podíamos en todas partes aprovechar de ellas, porque hallamos más de mil diferencias. Por todas estas tierras, los que tenían guerras con los otros se hacían luego amigos para venirnos a recebir y traernos todo cuanto tenían, y de esta manera dejamos toda la tierra en paz, y dijímosles por las señas que nos entendían, que en el cielo había un hombre que llamábamos Dios, el cual había criado el cielo y la tierra, y que éste adorábamos nosotros y teníamos por Señor, y que hacíamos lo que nos mandaba, y que de su mano venían todas las cosas buenas, y que si ansí ellos lo hiciesen, les iría muy bien de ello; y tan grande aparejo hallamos en ellos, que si lengua hobiera con que perfectamente nos entendiéramos, todos los dejáramos cristianos. Esto les dimos a entender lo mejor que podimos, y de ahí adelante cuando el sol salía, con muy gran grita abrían las manos juntas al cielo, y después las traían por todo su cuerpo, y otro tanto hacían cuando se ponía. Es gente bien acondicionada y aprovechada para seguir cualquiera cosa bien aparejada.

CAPÍTULO XXXII

DE CÓMO NOS DIERON LOS CORAZONES DE LOS VENADOS

En el pueblo donde nos dieron las esmeraldas, dieron a Dorantes más de seiscientos corazones de venado abiertos, de que ellos tienen siempre mucha abundancia para su mantenimiento, y por esto le pusimos nombre el pueblo de los Corazones, y por él es la entrada para muchas provincias que están a la mar del

Sur; y si los que la fueren a buscar por aquí no entraren, se perderán; porque la costa no tiene maíz, y comen polvo de bledo y de paja y de pescado que toman en la mar con balsas, porque no alcanzan canoas. Las mujeres cubren sus vergüenzas con yerba y paja. Es gente muy apocada y triste. Creemos que cerca de la costa, por la vía de aquellos pueblos que nosotros trujimos, hay más de mil leguas de tierra poblada, y tienen mucho mantenimiento, porque siembran tres veces en el año frísoles y maíz. Hay tres maneras de venados; los de la una de ellas son tamaños como novillos de Castilla; hay casas de asiento, que llaman buhíos, y tienen yerba, y esto es de unos árboles al tamaño de manzanos, y no es menester más de coger la fruta y untar la flecha con ella; y si no tiene fruta, quiebran una rama, y con la leche que tienen hacen lo mesmo. Hay muchos de estos árboles que son tan ponzoñosos, que si majan las hojas de él y las lavan en alguna agua allegada, todos los venados y cualesquier otros animales que de ella beben, revientan luego. En este pueblo estuvimos tres días, y a una jornada de allí estaba otro, en el cual nos tomaron tantas aguas, que porque un río cresció mucho, no lo pudimos pasar, y nos detuvimos allí quince días.

En este tiempo Castillo vio al cuello de un indio una evilleta de talabarte de espada, y en ella cosido un clavo de herrar; tomósela, y preguntámosles qué cosa era aquélla, y dijéronnos que habían venido del cielo. Preguntámosle más, que quién la había traído de allá, y respondieron que unos hombres que traían barbas como nosotros, que habían venido del cielo, y llegado a aquel río, y que traían caballos y lanzas y espadas, y que habían alanceado dos de ellos; y lo más disimuladamente que podimos les preguntamos qué se habían hecho aquellos hombres, y respondiéronnos que se habían ido a la mar, y que metieron las lanzas por debajo del agua, y que ellos se habían también metido por debajo, y que después los vieron ir por cima hacia puesta del sol. Nosotros dimos muchas gracias a Dios nuestro Señor por aquello que oímos, porque estábamos desconfiados de saber nuevas de cristianos; y por otra parte nos vimos en gran confusión y tristeza, creyendo que aquella gente no sería sino algunos que habían venido por la mar a descubrir; mas al fin, como tuvimos tan cierta nueva de ellos, dímonos más priesa a nuestro camino, y siempre hallábamos más nuevas de cristianos, y nosotros les decíamos que les íbamos a buscar para decirles que no los matasen ni tomasen por esclavos, ni los sacasen de sus tierras, ni les hiciesen otro mal ninguno, y de esto ellos holgaban mucho.

Anduvimos mucha tierra, y toda la hallamos despoblada, porque los moradores de ella andaban huyendo por las sierras, sin osar tener casas ni labrar, por miedo de los cristianos. Fue cosa de que tuvimos muy gran lástima, viendo la tierra muy fértil y muy hermosa y muy llena de aguas y de ríos, y ver los lugares despoblados y quemados, y la gente tan flaca y enferma, huida y escondida toda; y como no sembraban, con tanta hambre, se mantenían con cortezas de árboles y raíces. De esta hambre a nosotros alcanzaba parte en todo este camino, porque mal nos podían ellos proveer estando tan desventurados, que parescía que se querían morir. Trujéronnos mantas de las que habían escondido por los cristianos, y diéronnoslas, y aun contáronnos cómo otras veces habían entrado los cristianos por la tierra, y habían destruido y quemado los pueblos, y llevado la mitad de los hombres y todas las mujeres y muchachos, y que los que de sus manos se habían podido escapar andaban huyendo. Como los víamos tan atemorizados, sin osar parar en ninguna parte, y que ni querían ni podían sembrar ni labrar la tierra, antes estaban determinados de dejarse morir, y que esto tenían por mejor que esperar y ser tratados con tanta crueldad como hasta allí, y mostraban grandísimo placer con nosotros, aunque temimos que llegados a los que tenían la frontera con los cristianos y guerra con ellos, nos habían de maltratar y hacer que pagásemos lo que los cristianos contra ellos hacían. Mas como Dios nuestro Señor fue servido de traernos hasta ellos, comenzáronnos a temer y acatar como los pasados y aun algo más, de que no quedamos poco maravillados; por donde claramente se ve que estas gentes todas, para ser atraídas a ser cristianos y a obediencia de la imperial majestad, han de ser llevados con buen tratamiento, y que este es camino muy cierto, y otro no.

Éstos nos llevaron a un pueblo que está en un cuchillo de una sierra, y se ha de subir a él por grande aspereza; y aquí hallamos mucha gente que estaba junta, recogidos por miedo de los cristianos. Recebiéronnos muy bien, y diéronnos cuanto tenían, y diéronnos más de dos mil cargas de maíz que dimos a aquellos miserables y hambrientos que hasta allí nos habían traído; y otro día despachamos de allí cuatro mensajeros por la tierra como lo acostumbrábamos hacer, para que llamasen y convocasen toda la más gente que pudiesen, a un pueblo que está tres jornadas de allí; y hecho esto, otro día nos partimos con toda la gente que allí estaba, y siempre hallábamos rastro y señales adonde habían dormido cristianos; y a mediodía topamos nuestros mensajeros, que nos dijeron que no había hallado gente, que toda andaba por los montes, escondidos huyendo, porque los cristianos no los matasen y hiciesen esclavos; y que la noche pasada habían visto a los cristianos estando ellos detrás de unos árboles mirando lo que hacían, y vieron cómo llevaban muchos indios en cadenas; y de esto se alteraron los que con nosotros venían, y algunos de ellos se volvieron para dar aviso por la tierra cómo venían cristianos, y muchos más hicieran esto si nosotros no les dijéramos que no lo hiciesen ni tuviesen temor; y con esto se aseguraron y holgaron mucho. Venían entonces con nosotros indios de cien leguas de allí, y no podíamos acabar con ellos que se volviesen a sus casas; y por asegurarlos dormimos aquella noche

allí, y otro día caminamos y dormimos en el camino; y el siguiente día, los que habíamos enviado por mensajeros nos guiaron adonde ellos habían visto los cristianos; y llegados a hora de
vísperas, vimos claramente que habían dicho la verdad, y conoscimos la gente que era de a caballo, por las estacas en que los
caballos habían estado atados.

Desde aquí, que se llama el río de Petutan, hasta el río donde llegó Diego de Guzmán, puede haber hasta él desde donde
supimos de cristianos, ochenta leguas; y desde allí al pueblo
donde nos tomaron las aguas, doce leguas; y desde allí hasta la
mar del Sur había doce leguas. Por toda esta tierra donde alcanzan sierras vimos grandes muestras de oro y alcohol, hierro, cobre
y otros metales. Por donde están las casas de asiento es caliente;
tanto, que por enero hace gran calor. Desde allí hacia el mediodía
de la tierra, que es despoblada hasta la mar del Norte, es muy
desastrada y pobre, donde pasamos grande e increíble hambre;
y los que por aquella tierra habitan y andan es gente crudelísi-
ma y de muy mala inclinación y costumbres. Los indios que tienen casa de asiento y los de atrás, ningún caso hacen de oro y
plata, ni hallan que pueda haber provecho de ello.

CAPÍTULO XXXIII

CÓMO VIMOS RASTRO DE CRISTIANOS

Después que vimos rastro claro de cristianos, y entendimos
que tan cerca estábamos de ellos, dimos muchas gracias a Dios
nuestro Señor por querernos sacar de tan triste y miserable captiverio; y el placer que de esto sentimos, júzguelo cada uno cuando pensare el tiempo que en aquella tierra estuvimos, y los peligros y trabajos porque pasamos.

Aquella noche yo rogué a uno de mis compañeros que fuese
tras los cristianos, que iban por donde nosotros dejábamos la
tierra asegurada, y había tres días de camino. A ellos se les hizo
de mal esto, excusándose por el cansancio y trabajo; y aunque
cada uno de ellos lo pudiera hacer mejor que yo, por ser más
recios y más mozos; mas, vista su voluntad, otro día por la mañana tomé conmigo al negro y once indios, y por el rastro que
hallaba siguiendo a los cristianos, pasé por tres lugares donde
habían dormido; y este día anduve diez leguas, y otro día de mañana alcancé cuatro cristianos de caballo, que recibieron gran
alteración de verme tan extrañamente vestido y en compañía de
indios. Estuviéronme mirando mucho espacio de tiempo, tan ató-

nitos, que ni me hablaban ni acertaban a preguntarme nada.
Yo les dije que me llevasen adonde estaba su capitán; y así,
fuimos media legua de allí, donde estaba Diego de Alcaraz, que
era el capitán; y después de haberlo hablado, me dijo que estaba
muy perdido allí, porque había muchos días que no había podido
tomar indios, y que no había por dónde ir, porque entre ellos
comenzaba a haber necesidad y hambre; yo le dije cómo atrás
quedaban Dorante y Castillo, que estaban diez leguas de allí con
muchas gentes que nos habían traído; y él envió luego tres de
caballo y cincuenta indios de los que ellos traían; y el negro
volvió con ellos para guiarlos, y yo quedé allí, y pedí que me diesen por testimonio el año y mes y día que allí había llegado, y
la manera en que venía, y ansí lo hicieron. De este río hasta el
pueblo de los cristianos, que se llama Sant Miguel, que es de
la gobernación de la provincia que dicen la Nueva-Galicia, hay
treinta leguas.

CAPÍTULO XXXIV

DE CÓMO ENVIÉ POR LOS CRISTIANOS

Pasados cinco días, llegaron Andrés Dorantes y Alonso del Castillo con los que habían ido por ellos, y traían consigo más de
seiscientas personas, que eran de aquel pueblo que los cristianos
habían hecho subir al monte, y andaban escondidos por la tierra,
y los que hasta allí con nosotros habían venido los habían sacado
de los montes y entregado a los cristianos, y ellos habían des-
pedido todas las otras gentes que hasta allí habían traído; y
venidos adonde yo estaba, Alcaraz me rogó que enviásemos a llamar la gente de los pueblos que están a vera del río, que andaban
escondidos por los montes de la tierra, y que les mandásemos
que trujesen de comer, aunque esto no era menester, porque ellos
siempre tenían cuidado de traernos todo lo que podían, y envia-
mos luego nuestros mensajeros a que los llamasen, y vinieron
seiscientas personas, que nos trujeron todo el maíz que alcanzaban, y traíanlo en unas ollas tapadas con barro, en que lo habían
enterrado y escondido, y nos trujeron todo lo más que tenían;
mas no quisimos tomar de todo ello sino la comida, y dimos
todo lo otro a los cristianos para que entre sí lo repartiesen; y
después de esto, pasamos muchas y grandes pendencias con ellos,
porque nos querían hacer los indios que traíamos esclavos, y con
este enojo, al partir, dejamos muchos arcos turquescos que traíamos, y muchos zurrones y flechas, y entre ellas las cinco de las

esmeraldas, que no se nos acordó de ellas; y ansí, las perdimos. Dimos a los cristianos muchas mantas de vaca y otras cosas que traíamos; vímonos con los indios en mucho trabajo porque se volviesen a sus casas y se asegurasen, y sembrasen su maíz.

Ellos no querían sino ir con nosotros hasta dejarnos, como acostumbraban, con otros indios; porque si se volviesen sin hacer esto, temían que se morirían; que para ir con nosotros no temían a los cristianos ni a sus lanzas. A los cristianos les pesaba de esto, y hacían que su lengua les dijese que nosotros éramos de ellos mismos, y nos habíamos perdido muchos tiempos había, y que éramos gente de poca suerte y valor, y que ellos eran los señores de aquella tierra, a quien habían de obedescer y servir. Mas todo esto los indios tenían en muy poco o nonada de lo que les decían; antes unos con otros entre sí platicaban, diciendo que los cristianos mentían, porque nosotros veníamos de donde salía el sol, y ellos donde se pone; y que nosotros sanábamos los enfermos, y ellos mataban los que estaban sanos; y que nosotros veníamos desnudos y descalzos, y ellos vestidos y en caballos y con lanzas; y que nosotros no teníamos cobdicia de ninguna cosa, antes todo cuanto nos daban tornábamos luego a dar, y con nada nos quedábamos, y los otros no tenían otro fin sino robar todo cuanto hallaban, y nunca daban nada a nadie; y de esta manera relataban todas nuestras cosas, y las encarescían por el contrario de los otros; y así les respondieron a la lengua de los cristianos, y lo mismo hicieron saber a los otros por una lengua que entre ellos había, con quien nos entendíamos, y aquellos que la usan llamamos propriamente primahaitu (que es como decir vascongados); la cual, más de cuatrocientas leguas de las que anduvimos, hallamos usada entre ellos, sin haber otra por todas aquellas tierras. Finalmente, nunca pudo acabar con los indios creer que éramos de los otros cristianos, y con mucho trabajo y importunación los hicimos volver a sus casas, y los mandamos que se asegurasen, y asentasen sus pueblos, y sembrasen y labrasen la tierra, que, de estar despoblada, estaba ya muy llena de monte; la cual sin duda es la mejor de cuantas en estas Indias hay, y más fértil y abundosa de mantenimientos, y siembran tres veces en el año. Tiene muchas frutas y muy hermosos ríos, y otras muchas aguas muy buenas. Hay muestras grandes y señales de minas de oro y plata; la gente de ella es muy bien acondicionada; sirven a los cristianos (los que son amigos) de muy buena voluntad. Son muy dispuestos, mucho más que los de México; y finalmente, es tierra que ninguna cosa le falta para ser muy buena. Despedidos los indios, nos dijeron que harían lo que mandábamos y asentarían sus pueblos si los cristianos los dejaban; y yo así lo digo y afirmo por muy cierto, que si no lo hicieren, será por culpa de los cristianos.

Después que hobimos enviado a los indios en paz, y regraciádoles el trabajo que con nosotros habían pasado, los cristianos

nos enviaron (debajo de cautela) a un Cebreros, alcalde, y con él
otros dos; los cuales nos llevaron por los montes y despoblados,
por apartarnos de la conversación de los indios, y porque no viésemos ni entendiésemos lo que de hecho hicieron; donde paresce
cuánto se engañan los pensamientos de los hombres, que nosotros
andábamos a les buscar libertad, y cuando pensábamos que la teníamos, sucedió tan al contrario, porque tenían acordado de ir a
dar en los indios que enviábamos asegurados y de paz; y ansí
como lo pensaron, lo hicieron; lleváronnos por aquellos montes
dos días, sin agua, perdidos y sin camino, y todos pensamos perescer de sed, y de ella se nos ahogaron siete hombres, y muchos
amigos que los cristianos traían consigo no pudieron llegar hasta
otro día a mediodía adonde aquella noche hallamos nosotros el
agua; y caminamos con ellos veinte y cinco leguas, poco más o
menos, y al fin de ellas llegamos a un pueblo de indios de paz,
y el alcalde que nos llevaba nos dejó allí, y él pasó adelante otras
tres leguas, a un pueblo que se llamaba Culiazan, adonde estaba
Melchior Díaz, alcalde mayor y capitán de aquella provincia.

CAPÍTULO XXXV

DE CÓMO EL ALCALDE MAYOR NOS RECEBIÓ BIEN LA NOCHE QUE LLEGAMOS

Cómo el Alcalde mayor fue avisado de nuestra salida y venida, luego aquella noche partió, y vino adonde nosotros estábamos,
y lloró mucho con nosotros, dando loores a Dios nuestro Señor
por haber usado de tanta misericordia con nosotros; y nos habló
y trató muy bien; y de parte del gobernador Nuño de Guzmán y
suya nos ofresció todo lo que tenía y podía; y mostró mucho
sentimiento de la mala acogida y tratamiento que en Alcaraz y
los otros habíamos hallado, y tuvimos por cierto que si él se hallara allí, se excusara lo que con nosotros y con los indios se
hizo; y pasada aquella noche, otro día nos partimos, y el Alcalde
mayor nos rogó mucho que nos detuviésemos allí, y que en esto
haríamos muy gran servicio a Dios y a vuestra majestad, porque
la tierra estaba despoblada, sin labrarse, y toda muy destruida,
y los indios andaban escondidos y huidos por los montes, sin
querer venir a hacer asiento en sus pueblos, y que los enviásemos
a llamar, y les mandásemos de parte de Dios y de vuestra majestad que viniesen y poblasen en lo llano, y labrasen la tierra.
A nosotros nos pareció esto muy dificultoso de poner en efecto, porque no traíamos indio ninguno de los nuestros ni de los

que nos solían acompañar y entender en estas cosas. En fin, aventuramos a esto dos indios de los que traían allí captivos, que eran de los mismos de la tierra, y éstos se habían hallado con los cristianos; cuando primero llegamos a ellos, y vieron la gente que nos acompañaba, y supieron de ellos la mucha autoridad y dominio que por todas aquellas tierras habíamos traído y tenido, y las maravillas que habíamos hecho, y los enfermos que habíamos curado, y otras muchas cosas, y con estos indios mandamos a otros del pueblo, que juntamente fuesen y llamasen los indios que estaban por las sierras alzados, y los del río de Petaan, donde habíamos hallado a los cristianos, y que les dijesen que viniesen a nosotros, porque les queríamos hablar; y para que fuesen seguros, y los otros viniesen, les dimos un calabazón de los que nosotros traíamos en las manos (que era nuestra principal insignia y muestra de gran estado), y con éste ellos fueron y anduvieron por allí siete días, y al fin de ellos vinieron, y trujeron consigo tres señores de los que estaban alzados por las sierras, que traían quince hombres, y nos trujeron cuentas y turquesas y plumas, y los mensajeros nos dijeron que no habían hallado a los naturales del río donde habíamos salido, porque los cristianos los habían hecho otra vez huir a los montes; y el Melchior Díaz dijo a la lengua que de nuestra parte les hablase a aquellos indios, y les dijese cómo venía de parte de Dios, que está en el cielo, y que habíamos andado por el mundo muchos años, diciendo a toda la gente que habíamos hallado que creyesen en Dios y lo sirviesen, porque era señor de todas cuantas cosas había en el mundo, y que él daba galardón y pagaba a los buenos, y pena perpetua de fuego a los malos; y que cuando los buenos morían, los llevaba al cielo, donde nunca nadie moría, ni tenía hambre ni frío ni sed, ni otra necesidad ninguna, sino la mayor gloria que se podría pensar; y que los que no le querían creer ni obedescer sus mandamientos, los echaba debajo la tierra en compañía de los demonios y en gran fuego, el cual nunca se había de acabar, sino atormentarlos para siempre; y que allende de esto, si ellos quisiesen ser cristianos y servir a Dios de la manera que les mandásemos, que los cristianos tenían por hermanos y los tratarían muy bien, y nosotros les mandaríamos que no les hiciesen ningún enojo ni los sacasen de sus tierras, sino que fuesen grandes amigos suyos; mas que si esto no quisiesen hacer, los cristianos los tratarían muy mal, y se los llevarían por esclavos a otras tierras.

A esto respondieron a la lengua que ellos serían muy buenos cristianos, y servirían a Dios; y preguntados en qué adoraban y sacrificaban, y a quién pedían el agua para sus maizales y la salud para ellos, respondieron que a un hombre que estaba en el cielo. Preguntámosles cómo se llamaba, y dijeron que Aguar, y que creían que él había criado todo el mundo y las cosas de él. Tornámosles a preguntar cómo sabían esto, y respondieron que sus padres y abuelos se lo habían dicho, que de muchos tiempos tenían noticia de esto, y sabían que el agua y todas las buenas cosas las enviaba aquél. Nosotros les dijimos que aquél que ellos decían, nosotros lo llamábamos Dios, y que ansí lo llamasen ellos, y lo sirviesen y adorasen como mandábamos, y ellos se hallarían muy bien de ello. Respondieron que todo lo tenían muy bien entendido, y que así lo harían; y mandámosles que bajasen de las sierras, y viniesen seguros y en paz, y poblasen toda la tierra, y hiciesen sus casas, y que entre ellas hiciesen una para Dios, y pusiesen a la entrada una cruz como la que allí teníamos, y que cuando viniesen allí los cristianos, los saliesen a recibir con las cruces en las manos, sin los arcos y sin armas, y los llevasen a sus casas, y les diesen de comer de lo que tenían, y por esta manera no les harían mal, antes serían sus amigos; y ellos dijeron que ansí lo harían como nosotros lo mandábamos; y el capitán les dio mantas y los trató muy bien; y así, se volvieron, llevando los dos que estaban captivos y habían ido por mensajeros. Esto pasó en presencia del escribano que allí tenían y otros muchos testigos.

CAPÍTULO XXXVI

De cómo hecimos hacer iglesias en aquella tierra

Como los indios se volvieron, todos los de aquella provincia, que eran amigos de los cristianos, como tuvieron noticia de nosotros, nos vinieron a ver, y nos trujeron cuentas y plumas, y nosotros les mandamos que hiciesen iglesias, y pusiesen cruces en ellas, porque hasta entonces no las habían hecho; e hicimos traer los hijos de los principales señores y baptizarlos; y luego el capitán hizo pleito homenaje a Dios de no hacer ni consentir hacer entrada ninguna, ni tomar esclavo por la tierra y gente que nosotros habíamos asegurado, y que esto guardaría y cumpliría hasta que su majestad y el gobernador Nuño de Guzmán, o el Visorey en su nombre, proveyesen en lo que más fuese servicio de Dios y de su majestad; y después de bautizados los niños, nos partimos para la villa de Sant Miguel, donde como fuimos llegados, vinieron indios, que nos dijeron cómo mucha gente bajaba de las sierras y poblaban en lo llano, y hacían iglesias y cruces y todo lo que les habíamos mandado; y cada día teníamos nuevas de cómo esto se iba haciendo y cumpliendo más enteramente; y pasados quince días que allí habíamos estado, llegó Alcaraz con los cristianos que habían ido en aquella entrada, y contaron al capitán cómo eran bajados de las sierras los indios, y habían poblado en lo llano, y habían hallado pueblos con mucha gente, que de primero estaban despoblados y desiertos, y que los indios les salieron a recibir con cruces en las manos, y los llevaron a sus casas, y les dieron de lo que tenían, y durmieron con ellos allí aquella noche. Espantados de tal novedad, y de que los indios les dijeron cómo estaban ya asegurados, mandó que no les hiciesen mal; y ansí, se despidieron. Dios nuestro Señor por su infinita misericordia quiera que en los días de vuestra majestad y debajo de vuestro poder y señorío, estas gentes vengan a ser verdaderamente y con entera voluntad sujetas al verdadero Señor, que las crió y redimió. Lo cual tenemos por cierto que así será, y que vuestra majestad ha de ser el que lo ha de poner en efecto (que no será tan difícil de hacer); porque dos mil leguas que anduvimos por tierra y por la mar en las barcas, y otros diez meses que después de salidos de captivos, sin parar anduvimos por la tierra, no hallamos sacrificios ni idolatría. En este tiempo travesamos de una mar a otra, y por la noticia que con mucha diligencia alcanzamos a entender, hay de una costa a la otra por lo más ancho docientas leguas, y alcanzamos a entender que en la costa del sur hay perlas y mucha riqueza, y que todo lo mejor y más rico está cerca de ella.

En la villa de Sant Miguel estuvimos hasta 15 días del mes de mayo, y la causa de detenernos allí tanto fue porque de allí hasta la ciudad de Compostela, donde el gobernador Nuño de Guzmán residía, hay cien leguas y todas son despobladas y de enemigos, y hobieron de ir con nosotros gente, con que iban veinte de caballo, que nos acompañaron hasta cuarenta leguas; y de allí adelante vinieron con nosotros seis cristianos, que traían quinientos indios hechos esclavos, y llegados en Compostela, el gobernador nos recibió muy bien, y de lo que tenía nos dio de vestir; lo cual yo por muchos días no pude traer, ni podíamos dormir sino en el suelo; y pasados diez o doce días, partimos para México, y por todo el camino fuimos bien tratados de los cristianos, y muchos nos salían a ver por los caminos, y daban gracias a Dios de habernos librado de tantos peligros. Llegamos a México domingo, un día antes de la víspera de Santiago, donde del Visorey y del marqués del Valle fuimos muy bien tratados y con mucho placer recebidos, y nos dieron de vestir, y ofrescieron todo lo que tenían, y el día de Santiago hobo fiesta y juego de cañas y toros.

CAPÍTULO XXXVII

DE LO QUE ACONTESCIÓ CUANDO ME QUISE VENIR

Después que descansamos en México dos meses, yo me quise
venir en estos reinos; y yendo a embarcar en el mes de octubre,
vino una tormenta que dio con el navío al través, y se perdió;
y visto esto, acordé de dejar pasar el invierno, porque en aquellas
partes es muy recio tiempo para navegar en él; y después de pasado el invierno, por cuaresma nos partimos de México Andrés
Dorantes y yo para la Veracruz, para nos embarcar, y allí estuvimos
esperando tiempo hasta domingo de Ramos, que nos embarcamos,
y estuvimos embarcados más de quince días por falta de tiempo, y el navío en que estábamos hacía mucha agua. Yo me salí
de él, y me pasé a otros de los que estaban para venir, y Dorantes se quedó en aquél; y a 10 días del mes de abril partimos del
puerto tres navíos, y navegamos juntos ciento y cincuenta leguas,
y por el camino los dos navíos hacían mucha agua, y una noche
nos perdimos de su conserva, porque los pilotos y maestros, según
después paresció, no osaron pasar adelante con sus navíos, y volvieron otra vez al puerto do habían partido, sin darnos cuenta
de ello ni saber más de ellos, y nosotros seguimos nuestro viaje,
y a 4 días de mayo llegamos al puerto de La Habana, que es en la
isla de Cuba, adonde estuvimos esperando los otros dos navíos,
creyendo que vernían, hasta 2 días de junio, que partimos de allí
con mucho temor de topar con franceses, que había pocos días
que habían tomado allí tres navíos nuestros; y llegados sobre la
isla de la Bermuda, nos tomó una tormenta, que suele tomar a
todos los que por allí pasan, la cual es conforme a la gente que
dicen que en ella anda, y toda una noche nos tuvimos por perdidos, y plugo a Dios que, venida la mañana, cesó la tormenta, y
seguimos nuestro camino.

A cabo de veinte y nueve días que partimos de La Habana
habíamos andado mil y cien leguas, que dicen que hay de allí hasta
el pueblo de los Azores; y pasando otro día por la isla que dicen
del Cuervo, dimos con un navío de franceses a hora de mediodía;
nos comenzó a seguir con una carabela que traía tomada de portugueses, y nos dieron caza, y aquella tarde vimos otras nueve
velas, y estaban tan lejos, que no pudimos conocer si eran portugueses o de aquellos mismos que nos seguían, y cuando anocheció
estaba el francés a tiro de lombarda de nuestro navío; y desque
fue obscuro, hurtamos la derrota por desviarnos de él; y como
iba tan junto de nosotros, nos vio, y tiró la vía de nosotros; y
esto hicimos tres o cuatro veces; y él nos pudiera tomar si quisiera, sino que lo dejaba para la mañana. Plugo a Dios que cuando
amaneció nos hallamos el francés y nosotros juntos, y cercados

de las nueve velas que he dicho que a la tarde antes habíamos visto, las cuales conoscíamos ser de la armada de Portugal, y di gracias a nuestro Señor por haberme escapado de los trabajos de la tierra y peligros de la mar; y el francés, como conosció ser el armada de Portugal, soltó la carabela que traía tomada, que venía cargada de negros, la cual traían consigo para que creyésemos que eran portugueses y la esperásemos; y cuando la soltó dijo al maestre y piloto de ella que nosotros éramos franceses y de su conserva; y como dijo esto, metió sesenta remos en su navío, y ansí a remo y a vela se comenzó a ir, y andaba tanto, que no se puede creer; y la carabela que soltó se fue al Galeón, y dijo al capitán que el nuestro navío y el otro eran de franceses; y como nuestro navío arribó al galeón, y como toda la armada via que íbamos sobre ellos, teniendo por cierto que éramos franceses, se pusieron a punto de guerra y vinieron sobre nosotros; y llegados cerca, les salvamos. Conosció que éramos amigos; se hallaron burlados, por habérseles escapado aquel corsario con haber dicho que éramos franceses y de su compañía; y así, fueron cuatro carabelas tras él; y llegado a nosotros el galeón, después de haberles saludado, nos preguntó el capitán Diego de Silveira que de dónde veníamos y qué mercadería traíamos; y le respondimos que veníamos de la Nueva-España y que traíamos plata y oro; y preguntónos qué tanto sería, el maestro le dijo que traería trecientos mil castellanos. Respondió el capitán: *Boa fee que venis muito ricos, pero tracedes muy ruin navio y muito ruin artilleria, ò fi de puta, can, à renegado frances, y que bon bocado perdeo, vota Deus. Ora sus pois vos abedes escapado, seguime, y non vos apartedes de mi, que con ayuda de Deus, eu vos porné en Castela.*

Y dende a poco volvieron las carabelas que habían seguido tras el francés, porque les paresció que andaba mucho, y por no dejar el armada, que iba en guarda de tres naos que venían cargadas de especería; y así llegamos a la isla Tercera, donde estuvimos reposando quince días, tomando refresco y esperando otra nao que venía cargada de la India, que era de la conserva de las tres naos que traía el armada; y pasados los quince días, nos partimos de allí con el armada, y llegamos al puerto de Lisbona a 9 de agosto, víspera de señor sant Laurencio, año de 1537 años. Y porque es así la verdad, como arriba en esta *Relación* digo, lo firmé de mi nombre, *Cabeza de Vaca*.—Estaba firmada de su nombre, y con el escudo de sus armas, la *Relación* donde éste se sacó.

CAPÍTULO XXXVIII

DE LO QUE SUSCEDIÓ A LOS DEMÁS QUE ENTRARON EN LAS INDIAS

Pues he hecho relación de todo lo susodicho en el viaje, y entrada y salida de la tierra, hasta volver a estos reinos, quiero asimismo hacer memoria y relación de lo que hicieron los navíos y la gente que en ellos quedó, de lo cual no he hecho memoria en lo dicho atrás, porque nunca tuvimos noticia de ellos hasta después de salidos, que hallamos mucha gente de ellos en la Nueva-España, y otros acá en Castilla, de quien supimos el suceso y todo el fin de ello de qué manera pasó, después que dejamos los tres navíos, porque el otro era ya perdido en la costa Brava; los cuales quedaban a mucho peligro, y quedaban en ellos hasta cien personas con pocos mantenimientos, entre los cuales quedaban diez mujeres casadas, y una de ellas había dicho al Gobernador muchas cosas que le acaecieron en el viaje, antes que le suscediesen; y ésta le dijo, cuando entraba por la tierra, que no entrase, porque ella creía que él ni ninguno de los que con él iban no saldrían de la tierra; y que si alguno saliese, que haría Dios por él muy grandes milagros; pero creía que fuesen pocos los que escapasen o no ningunos; y el Gobernador entonces le respondió que él y todos los que con él entraban, iban a pelear y conquistar muchas y muy extrañas gentes y tierras; y que tenía por muy cierto que conquistándolas habían de morir muchos; pero aquellos que quedasen serían de buena ventura y quedarían muy ricos, por la noticia que él tenía de la riqueza que en aquella tierra había; y díjole más, que le rogaba que ella le dijese las cosas que había dicho pasadas y presentes, quién se las había dicho. Ella le respondió, y dijo que en Castilla una mora de Hornachos se lo había dicho, lo cual antes que partiésemos de Castilla nos lo había a nosotros dicho, y nos había suscedido todo el viaje de la misma manera que ella nos había dicho. Y después de haber dejado el Gobernador por su teniente, y capitán de todos los navíos y gente que allí dejaba, a Carvallo, natural de Cuenca de Huete, nosotros nos partimos de ellos, dejándoles el Gobernador mandado que luego en todas maneras se recogiesen todos a los navíos, y siguiesen su viaje derecho la vía del Pánuco, y yendo siempre costeando la costa y buscando lo mejor que ellos pudiesen el puerto, para que en hallándolo parasen en él y nos esperasen. En aquel tiempo que ellos se recogían en los navíos, dicen que aquellas personas que allí estaban vieron y oyeron todos muy claramente cómo aquella mujer dijo a las otras que, pues sus maridos entraban por la tierra adentro y ponían sus personas en tan gran peligro, no hiciesen en ninguna manera cuenta.

de ellos; y que luego mirasen con quién se habían de casar, porque ella así lo había de hacer, y así lo hizo; que ella y las demás
se casaron y amancebaron con los que quedaron en los navíos; y
después de partidos de allí los navíos, hicieron vela y siguieron
su viaje, y no hallaron el puerto adelante, y volvieron atrás; y cinco leguas más abajo de donde habíamos desembarcado, hallaron
el puerto, que entraba siete o ocho leguas la tierra adentro, y
era el mismo que nosotros habíamos descubierto, adonde hallamos
las cajas de Castilla que atrás se ha dicho, a do estaban los cuerpos de los hombres muertos, los cuales eran cristianos; y en este
puerto y esta costa anduvieron los tres navíos y el otro que vino
de La Habana y el bergantín, buscándonos cerca de un año; y
como no nos hallaron, fuéronse a la Nueva-España. Este puerto
que decimos es el mejor del mundo, y entra la tierra adentro siete
u ocho leguas, y tiene seis brazas a la entrada y cerca de tierra
tiene cinco, y es lama el suelo de él, y no hay mar dentro ni tormenta brava, que como los navíos que cabrán en él son muchos,
tiene muy gran cantidad de pescado. Está cien leguas de La Habana, que es un pueblo de cristianos en Cuba, y está a norte sur
con este pueblo, y aquí reinan las brisas siempre, y van y vienen
de una parte a otra en cuatro días, porque los navíos van y vienen a cuartel.

Y pues he dado relación de los navíos, será bien que diga
quién son, y de qué lugar de estos reinos, los que nuestro Señor
fue servido de escapar de estos trabajos. El primero es Alonso del
Castillo Maldonado, natural de Salamanca, hijo del doctor Castillo
y de doña Aldonza Maldonado. El segundo es Andrés Dorantes,
de Pablo Dorantes, natural de Béjar y vecino de Gibraleón. El
tercero es Álvar Núñez Cabeza de Vaca, hijo de Francisco de Vera
y nieto de Pedro de Vera, el que ganó a Canaria, y su madre se
llamaba doña Teresa Cabeza de Vaca, natural de Jerez de la Frontera. El cuarto se llama Estebanico; es negro alárabe, natural
de Azamor.

FIN
DE
«NAUFRAGIOS»

COMENTARIOS

DE

ÁLVAR NÚÑEZ CABEZA DE VACA, ADELANTADO
Y GOBERNADOR DEL RÍO DE LA PLATA, ESCRIPTOS
POR PERO HERNÁNDEZ, ESCRIBANO Y SECRETARIO
DE LA PROVINCIA, Y DIRIGIDO AL SERENÍSIMO,
MUY ALTO Y MUY PODEROSO SEÑOR
EL INFANTE DON CARLOS N. S.

CAPÍTULO PRIMERO

DE LOS COMENTARIOS DE ÁLVAR NÚÑEZ CABEZA DE VACA

Después que Dios nuestro Señor fue servido de sacar a Álvar
Núñez Cabeza de Vaca del captiverio y trabajos que tuvo diez
años en la Florida, vino a estos reinos en el año del Señor de
1537, donde estuvo hasta el año de 40, en el cual vinieron a esta
corte de su majestad personas del río de la Plata a dar cuenta
a su majestad del suceso de la armada que allí había enviado don
Pedro de Mendoza, y de los trabajos en que estaban los que de
ellos escaparon, y a le suplicar fuese servido de los proveer y
socorrer, antes que todos peresciesen (porque ya quedaban pocos
de ellos). Y sabido por su majestad, mandó que se tomase cierto
asiento y capitulación con Álvar Núñez Cabeza de Vaca, para que
fuese a socorrellos; el cual asiento y capitulación se efectuó, me-
diante que el dicho Cabeza de Vaca se ofresció de los ir a socorrer,
y que gastaría en la jornada y socorro que así había de hacer en
caballos, armas, ropas y bastimentos y otras cosas, ocho mil ducados, y por la capitulación y asiento que con su majestad tomó,
le hizo merced de la gobernación y de la capitanía general de
aquella tierra y provincia, con título de adelantado de ella; y asimesmo le hizo merced del dozavo de todo lo que en la tierra y
provincia se hobiese y lo que en ella entrase y saliese, con tanto
que el dicho Álvar Núñez gastase en la jornada los dichos ocho
mil ducados; y así, él, en cumplimiento del asiento que con su
majestad se hizo, se partió luego a Sevilla, para poner en obra
lo capitulado y proveerse para el dicho socorro y armada; y para
ello mercó dos naos y una carabela para con otra que le esperaba
en Canaria; la una nao de éstas era nueva del primer viaje, y era
de trecientos y cincuenta toneles, y la otra era de ciento y cincuenta: los cuales navíos aderezó muy bien y proveyó de muchos
bastimentos y pilotos y marineros, y hizo cuatrocientos soldados
bien aderezados, cual convenía para el socorro; y todos los que se
ofrecieron a ir en la jornada llevaron las armas dobladas.

Estuvo en mercar y proveer los navíos desde el mes de mayo
hasta en fin de septiembre, y estuvieron prestos para poder navegar, y con tiempos contrarios estuvo detenido en la ciudad de
Cádiz desde en fin de septiembre hasta 2 de noviembre, que
se embarcó y hizo su viaje, y en nueve días llegó a la isla de la
Palma, a do desembarcó con toda la gente, y estuvo allí veinte
y cinco días esperando tiempo para seguir su camino, y al cabo
de ellos se embarcó para Cabo-Verde, y en el camino la nao

81

capitana hizo un agua muy grande, y fue tal, que subió dentro
en el navío doce palmos en alto, y se mojaron y perdieron más de
quinientos quintales de bizcocho, y se perdió mucho aceite y otros
bastimentos; lo cual los puso en mucho trabajo; y así, fueron
con ella dando siempre a la bomba de día y de noche, hasta que
llegaron a la isla de Santiago (que es una de las islas de Cabo-
Verde), y allí desembarcaron y sacaron los caballos en tierra, porque se refrescasen y descansasen del trabajo que hasta allí habían
traído y también porque se había de descargar la nao para remediar el agua que hacía; y descargada, el maestre de ella la es-
tancó (porque era el mejor buzo que había en España). Vinieron
desde la Palma hasta esta isla de Cabo-Verde en diez días; que
hay de la una a la otra trecientas leguas.

En esta isla hay muy mal puerto, porque a do surgen y echan
las anclas hay abajo muchas peñas, las cuales roen los cabos que
llevan atadas las anclas, y cuando las van a sacar quédanse allá
las anclas; y por esto dicen los marineros que aquel puerto tiene
muchos ratones, porque les roen los cabos que llevan las anclas;
y por esto es muy peligroso puerto para los navíos que allí están,
si les toma alguna tormenta. Esta isla es viciosa y muy enferma
de verano; tanto, que la mayor parte de los que allí desembarcan se mueren en pocos días que allí estén; y el armada estuvo
allí veinte y cinco días, en los cuales no se murió ningún hombre
de ella, y de esto se espantaron los de la tierra, y lo tuvieron por
gran maravilla; y los vecinos de aquella isla les hicieron muy buen
acogimiento, y ella es muy rica y tiene muchos doblones más que
reales, los cuales les dan los que van a mercar los negros para
las Indias, y les daban cada doblón por veinte reales.

CAPÍTULO II

DE CÓMO PARTIMOS DE LA ISLA DE CABO-VERDE

Remediada el agua de la nao capitana, y proveidas las cosas
necesarias de agua y carne y otras cosas, nos embarcamos en seguimiento de nuestro viaje, y pasamos la línea Equinocial; y yendo navegando requerió el maestre el agua que llevaba la nao
capitana, y de cien botas que metió no halló más de tres, y habían
de beber de ellas cuatrocientos hombres y treinta caballos.

Y vista la necesidad tan grande, el Gobernador mandó que
tomase la tierra, y fueron tres días en demanda de ella; y al cuarto día, un hora antes que amaneciese acaesció una cosa admirable, y porque no es fuera de propósito, la porné aquí, y es que

yendo con los navíos a dar en tierra en unas peñas muy altas, sin que lo viese ni sintiese ninguna persona de los que venían en los navíos, comenzó a cantar un grillo, el cual metió en la nao en Cádiz un soldado que venía malo con deseo de oír la música del grillo, y había dos meses y medio que navegábamos y no lo habíamos oído ni sentido; de lo cual el que lo metió venía muy enojado, y como aquella mañana sintió la tierra, comenzó a cantar, y a la música de él recordó toda la gente de la nao y vieron las peñas, que estaban un tiro de ballesta de la nao, y comenzaron a dar voces para que echasen anclas, porque íbamos al través a dar en las peñas; y así, las echaron, y fueron causa que no nos perdiésemos; que es cierto, si el grillo no cantara nos ahogáramos cuatrocientos hombres y treinta caballos; y entre todos se tuvo por milagro que Dios hizo por nosotros; y de allí en adelante, yendo navegando por más de cien leguas por luengo de costa, siempre todas las noches el grillo nos daba su música; y así, con ella llegó el armada a un puerto que se llamaba la Cananea, que está pasado el Cabo-Frío, que estará en veinte y cuatro grados de altura. Es buen puerto; tiene unas islas a la boca de él; es limpio, y tiene once brazas de hondo.

Aquí tomó el Gobernador la posesión de él por su majestad; y después de tomada, partió de allí, y pasó por el río y bahía que dicen de San Francisco, el cual está veinte y cinco leguas de la Cananea, y de allí fue el armada a desembarcar en la isla de Santa Catalina, que está veinte y cinco leguas del río de San Francisco, y llegó a la isla de Santa Catalina con los hartos trabajos y fortunas que por el camino pasó, y llegó allí a 29 días del mes de marzo de 1541. Está la isla de Santa Catalina en veinte y ocho grados de altura escasos.

CAPÍTULO III

QUE TRATA DE CÓMO EL GOBERNADOR LLEGÓ CON SU ARMADA A LA ISLA DE SANTA CATALINA, QUE ES EN EL BRASIL, Y DESEMBARCÓ ALLÍ CON SU ARMADA

Llegado que hobo el Gobernador con su armada a la isla de Santa Catalina, mandó desembarcar toda la gente que consigo llevaba, y veinte y seis caballos que escaparon de la mar, de los cuarenta y seis que en España embarcó, para que en tierra se reformasen de los trabajos que habían recebido con la larga navegación, y para tomar lengua y informarse de los indios naturales de aquella tierra, porque por ventura acaso podrían saber del estado en que estaba la gente española que iban a socorrer, que residía en la provincia del Río de la Plata; y dio a entender a los indios cómo iba por mandado de su majestad a hacer el socorro, y tomó posesión de ella en nombre y por su majestad, y asimismo del puerto que se dice de la Cananea, que está en la costa del Brasil, en veinte y cinco grados, poco más o menos.

Está este puerto cincuenta leguas de la isla de Santa Catalina; y en todo el tiempo que el Gobernador estuvo en la isla, a los indios naturales de ella y de otras partes de la costa del Brasil (vasallos de su majestad) les hizo muy buenos tratamientos; y de estos indios tuvo aviso cómo catorce leguas de la isla, donde dicen el Biaza, estaban dos frailes franciscos, llamados el uno fray Bernaldo de Armenta, natural de Córdoba, y el otro fray Alonso Lebrón, natural de la Gran Canaria; y dende a pocos días estos frailes se vinieron donde el Gobernador y su gente estaban muy escandalizados y atemorizados de los indios de la tierra, que los querían matar, a causa de haberles quemado ciertas casas de indios, y por razón de ello habían muerto a dos cristianos que en aquella tierra vivían; y bien informado el Gobernador del caso, procuró sosegar y pacificar los indios, y recogió los frailes, y puso paz entre ellos, y les encargó a los frailes tuviesen cargo de doctrinar los indios de aquella tierra y isla.

CAPÍTULO IV

De cómo vinieron nueve cristianos a la isla

Y prosiguiendo el Gobernador en el socorro de los españoles, por el mes de mayo del año de 1541 envió una carabela con Felipe de Cáceres, contador de vuestra majestad, para que entrase por el río que dicen de la Plata a visitar el pueblo que don Pedro de Mendoza allí fundó, que se llama Buenos-Aires; y porque a aquella sazón era invierno y tiempo contrario para la navegación del río, no pudo entrar, y se volvió a la isla de Santa Catalina, donde estaba el Gobernador, y allí vinieron nueve cristianos españoles, los cuales vinieron en un batel huyendo del pueblo de Buenos-Aires, por los malos tratamientos que les hacían los capitanes que residían en la provincia, de los cuales se informó del estado en que estaban los españoles que en aquella tierra residían, y le dijeron que el pueblo de Buenos-Aires estaba poblado y reformado de gente y bastimentos, y que Juan de Ayolas, a quien don Pedro de Mendoza había enviado a descubrir la tierra y poblaciones de aquella provincia, al tiempo que volvía del descubrimiento, viniéndose

a recoger a ciertos bergantines que había dejado en el puerto que
puso por nombre de la Candelaria, que es en el río Paraguay, de
una generación de indios que viven en el dicho río, que se llaman
payaguos, le mataron a él y a todos los cristianos, con otros muchos
indios que traía de la tierra adentro con las cargas, de la generación de unos indios que se llaman chameses; y que de todos los
cristianos y indios había escapado un mozo de la generación de
los chameses, a causa de no haber hallado en el dicho puerto
de la Candelaria los bergantines que allí había dejado que le aguardasen hasta el tiempo de su vuelta, según lo había mandado y
encargado a un Domingo de Irala, vizcaíno, a quien dejó por capitán en ellos; el cual, antes de ser vuelto el dicho Juan de Ayolas,
se había retirado, y desamparado el puerto de la Candelaria; por
manera que por no los hallar el dicho Juan de Ayolas para recogerse en él, los indios los habían desbaratado y muerto a todos,
por culpa del dicho Domingo de Irala, vizcaíno, capitán de los
bergantines; y asimismo le dijeron y hicieron saber cómo en la
ribera del río del Paraguay, ciento y veinte leguas más bajo del
puerto de la Candelaria, estaba hecho y asentado un pueblo, que
se llama la ciudad de la Ascensión, en amistad y concordia de
una generación de indios que se llaman carios, donde residía la
mayor parte de la gente española que en la provincia estaba; y
que en el pueblo y puerto de Buenos-Aires, que es en el río del
Paraná, estaban hasta setenta cristianos; dende el cual puerto
hasta la ciudad de la Ascensión, que es en el río del Paraguay,
había trecientas y cincuenta leguas por el río arriba, de muy trabajosa navegación; y que estaba por teniente de gobernador en
la tierra y provincia Domingo de Irala, vizcaíno, por quien suscedió la muerte y perdición de Juan de Ayolas y de todos los cristianos que consigo llevó; y también le dijeron y informaron que
Domingo de Irala dende la ciudad de la Ascensión había subido
por el río del Paraguay arriba con ciertos bergantines y gentes,
diciendo que iba a buscar y dar socorro a Juan de Ayolas, y había
entrado por tierra muy trabajosa de aguas y ciénegas, a cuya causa
no había podido entrar por la tierra adentro, y se había vuelto
y había tomado presos seis indios de la generación de los payaguos, que fueron los que mataron a Juan de Ayolas y cristianos;
de los cuales prisioneros se informó y certificó de la muerte de
Juan de Ayolas y cristianos, y cómo al tiempo había venido a su
poder un indio chane, llamado Gonzalo, que escapó cuando mataron a los de su generación y cristianos que venían con ellos con
las cargas, el cual estaba en poder de los indios payaguos captivo;
y Domingo de Irala se retiró de la entrada, en la cual se le murieron sesenta cristianos de enfermedad y malos tratamientos; y
otrosi, que los oficiales de su majestad que en la tierra y provincia
residían habían hecho y hacían muy grandes agravios a los españoles pobladores y conquistadores, y a los indios naturales de
la dicha provincia, vasallos de su majestad; de que estaban muy

descontentos y desasosegados; y que por esta causa, y porque asimismo los capitanes los maltrataban, ellos habían hurtado un batel en el puerto de Buenos-Aires, y se habían venido huyendo, con intención y propósito de dar aviso a su majestad de todo lo que pasaba en la tierra y provincia; a los cuales nueve cristianos, porque venían desnudos, el Gobernador los vistió y recogió, para volverlos consigo a la provincia, por ser hombres provechosos y buenos marineros, y porque entre ellos había un piloto para la navegación del río.

CAPÍTULO V

De cómo el Gobernador dio priesa a su camino

El Gobernador, habida relación de los nueve cristianos, le paresció que para con mayor brevedad socorrer a los que estaban en la ciudad de la Ascensión y a los que residían en el puerto de Buenos-Aires, debía buscar camino por la Tierra-Firme desde la isla, para poder entrar por él a las partes y lugares ya dichos, do estaban los cristianos, y que por la mar podrían ir los navíos al puerto de Buenos-Aires, y contra la voluntad y parescer del contador Felipe de Cáceres y del piloto Antonio López, que querían que fuera con toda el armada al puerto de Buenos-Aires, dende la isla de Santa Catalina envió al factor Pedro Dorantes a descubrir y buscar camino por la Tierra Firme y porque se descubriese aquella tierra; en el cual descubrimiento le mataron al rey de Portugal mucha gente los indios naturales; el cual dicho Pedro Dorantes, por mandado del Gobernador, partió con ciertos cristianos españoles y indios, que fueron con él para le guiar y acompañar en el descubrimiento.

A cabo de tres meses y medio que el factor Pedro Dorantes hobo partido a descubrir la tierra, volvió a la isla de Santa Catalina, donde el Gobernador le quedaba esperando; y entre otras cosas de su relación dijo que, habiendo atravesado grandes sierras y montañas y tierra muy despoblada, había llegado a do dicen el Campo, que dende allí comienza la tierra poblada, y que los naturales de la isla dijeron que era más segura y cercana la entrada para llegar a la tierra poblada por un río arriba, que se dice Itabucu, que está en la punta de la isla, a diez y ocho o veinte leguas del puerto. Sabido esto por el Gobernador, luego envió a ver y descubrir el río y la tierra firme de él por donde había de ir caminando; el cual visto y sabido, determinó de hacer por allí la entrada, así para descubrir aquella tierra que no se había visto ni descubierto, como por socorrer más brevemente a la gente española que estaba en la provincia; y así, acordado de hacer por allí la entrada, los frailes fray Bernardo de Armenta y fray Alonso Lebrón, su compañero, habiéndoles dicho el Gobernador que se quedasen en la tierra y isla de Santa Catalina a enseñar y doctrinar los indios naturales y a reformar y sostener los que habían baptizado, no lo quisieron hacer, poniendo por excusa que se querían ir en su compañía del Gobernador, para residir en la ciudad de la Ascensión, donde estaban los españoles que iba a socorrer.

CAPÍTULO VI

DE CÓMO EL GOBERNADOR Y SU GENTE COMENZARON A CAMINAR POR LA TIERRA ADENTRO

Estando bien informado el Gobernador por dó había de hacer la entrada para descubrir la tierra y socorrer los españoles, bien pertrechado de cosas necesarias para hacer la jornada, a 18 días del mes de octubre del dicho año mandó embarcar la gente que con él había de ir al descubrimiento, con los veinte y seis caballos y yeguas que habían escapado en la navegación dicha; los cuales mandó pasar al río de Itabucu, y lo sojuzgó, y tomó la posesión de él en nombre de su majestad, como tierra que nuevamente descubría, y dejó en la isla de Santa Catalina ciento y cuarenta personas para que se embarcasen y fuesen por la mar al río de la Plata, donde estaba el puerto de Buenos-Aires, y mandó a Pedro Estopiñán Cabeza de Vaca, a quien dejó allí por capitán de la dicha gente, que antes que partiese de la isla forneciese y cargase la nao de bastimentos, ansí para la gente que llevaba como para la que estaba en el puerto de Buenos-Aires; y a los indios naturales de la isla, antes que de ella partiese les dio muchas cosas porque quedasen contentos, y de su voluntad se ofrescieron cierta cantidad de ellos a ir en compañía del Gobernador y su gente, así para enseñar el camino como para otras cosas necesarias, en que aprovechó harto su ayuda; y ansí, a 2 días del mes de noviembre del dicho año el Gobernador mandó a toda la gente que, demás del bastimento que los indios llevaban, cada uno tomase lo que pudiese llevar para el camino; y el mismo día el Gobernador comenzó a caminar con docientos y cincuenta hombres arcabuceros y ballesteros, muy diestros en las armas, y veinte y seis de caballo y los dos frailes franciscos y los indios de la isla, y envió la nao a la isla de Santa Catalina para que Pedro de Estopiñán Cabeza de Vaca desembarcase, y fuesen con la gente al puerto de Buenos-Aires; y así, el Gobernador fue caminando por la tierra adentro, donde pasó grandes trabajos, y la gente que consigo llevaba, y en

diez y nueve días atravesaron grandes montañas, haciendo grandes
talas y cortes en los montes y bosques, abriendo caminos por
donde la gente y caballos pudiesen pasar, porque todo era tierra
despoblada; y a cabo de los dichos diez y nueve días, teniendo
acabados los bastimentos que sacaron cuando empezaron a marchar, y no teniendo de comer, plugo a Dios que sin se perder ninguna persona de la hueste descubrieron las primeras poblaciones
que dicen del Campo, donde hallaron ciertos lugares de indios, que
el señor y principal había por nombre Añiriri, y a una jornada
de este pueblo estaba otro, donde había otro señor y principal
que había por nombre Cipoyay, y adelante de este pueblo estaba
otro pueblo de indios, cuyo señor y principal dijo llamarse Tocanguanzu; y como supieron los indios de estos pueblos de la
venida del Gobernador y gente que consigo iba, lo salieron a recebir al camino, cargados con muchos bastimentos, muy alegres,
mostrando gran placer con su venida; a los cuales el Gobernador
recebió con gran placer y amor; y demás de pagarles el precio que
valían, a los indios principales de los pueblos les dio graciosamente y hizo mercedes de muchas camisas y otros rescates, de
que se tuvieron por contentos.

Esta es una gente y generación que se llaman guaraníes, son
labradores, que siembran dos veces en el año maíz, y asimismo
siembran cazabi, crian gallinas a la manera de nuestra España,
y patos; tienen en sus casas muchos papagayos, y tienen ocupada
muy gran tierra, y todo es una legua; los cuales comen carne
humana, así de indios sus enemigos, con quien tienen guerra, como
de cristianos, y aun ellos mismos se comen unos a otros. Es gente
muy amiga de guerras, y siempre las tienen y procuran y es gente
muy vengativa; de los cuales pueblos, en nombre de su majestad,
el Gobernador tomó la posesión, como tierra nuevamente descubierta, y la intituló y puso por nombre la provincia de Vera, como
paresce por los autos de la posesión que pasaron por ante Juan
de Araoz, escribano de su majestad; y hecho esto, a los 29 de noviembre partió el Gobernador y su gente del lugar de Tocanguanzu,
y caminando a dos jornadas, a 1º día del mes de diciembre llegó
a un río que los indios llaman Iguazú, que quiere decir agua grande: aquí tomaron los pilotos el altura.

CAPÍTULO VII

QUE TRATA DE LO QUE PASÓ EL GOBERNADOR Y SU GENTE POR EL CAMINO, Y DE LA MANERA DE LA TIERRA

De aqueste río llamado Iguazú el Gobernador y su gente pasaron adelante descubriendo tierra, y a 3 días del mes de diciembre

llegaron a un río que los indios llaman Tibagi. Es un río enladrillado de losas grandes, solado, puestas en tanto orden y concierto como si a mano se hobieran puesto. En pasar de la otra parte de este río se recebió gran trabajo, porque la gente y caballos resbalaban por las piedras y no se podían tener sobre los piés, y tomaron por remedio pasar asidos unos a otros; y aunque el río no era muy hondable, corría el agua con gran furia y fuerza. De dos leguas cerca de este río vinieron los indios con mucho placer a traer a la hueste bastimentos para la gente; por manera que nunca les faltaba de comer, y aun a veces lo dejaban sobrado por los caminos. Lo cual causó dar el Gobernador a los indios tanto y ser con ellos tan largo, especialmente con los principales, que, demás de pagarles los mantenimientos que le traían, les daba graciosamente muchos rescates, y les hacía muchas mercedes y todo buen tratamiento; en tal manera, que corría la fama por la tierra y provincia, y todos los naturales perdían el temor y venían a ver y traer todo lo que tenían, y se lo pagaban, según es dicho.

Este mismo día, estando cerca de otro lugar de indios que su principal señor se dijo llamar Tapapirazu, llegó un indio natural de la costa del Brasil, que se llamaba Miguel, nuevamente convertido; el cual venía de la ciudad de la Ascensión, donde residían los españoles que iban a socorrer; el cual se venía a la costa del Brasil porque había mucho tiempo que estaba con los españoles; con el cual se holgó mucho el Gobernador, porque de él fue bien informado del estado en que estaba la provincia y los españoles y naturales de ella, por el muy grande peligro en que estaban los españoles a causa de la muerte de Juan de Ayolas, como de otros capitanes y gente que los indios habían muerto; y habida relación de este indio, de su propria voluntad quiso volverse en compañía del Gobernador a la ciudad de la Ascensión, de donde él se venía, para guiar la gente y avisar del camino por donde habían de ir; y dende aquí el Gobernador mandó despedir y volver los indios que salieron de la isla de Santa Catalina en su compañía. Los cuales, así por los buenos tratamientos que les hizo como por las muchas dádivas que les dio, se volvieron muy contentos y alegres.

Y porque la gente que en su compañía llevaba el Gobernador era falta de experiencia, porque no hiciesen daños ni agravios a los indios, mandóles que no contratasen ni comunicasen con ellos ni fuesen a sus casas y lugares, por ser tal su condición de los indios, que de cualquier cosa se alteran y escandalizan, de donde podía resultar gran daño y desasosiego en toda la tierra; y asimesmo mandó que todas las personas que los entendían que traía en su compañía contratasen con los indios y les comprasen los bastimentos para toda la gente, todo a costa del Gobernador; y así, cada día repartía entre la gente los bastimentos por su propria persona, y se los daba graciosamente sin interés alguno.

Era cosa muy de ver cuán temidos eran los caballos por todos los indios de aquella tierra y provincia, que del temor que les

habían, les sacaban al camino para que comiesen muchos mantenimientos, gallinas y miel, diciendo que porque no se enojasen que
ellos les darían muy bien de comer; y por los sosegar, que no des-
amparasen sus pueblos, asentaban el real muy apartado de ellos,
y porque los cristianos no les hiciesen fuerzas ni agravios. Y con
esta orden, y viendo que el Gobernador castigaba a quien en algo
los enojaba, venían todos los indios tan seguros con sus mujeres
y hijos, que era cosa de ver; y de muy lejos venían cargados con
mantenimientos sólo por ver los cristianos y los caballos, como gente que nunca tal había visto pasar por sus tierras.

Yendo caminando por la tierra y provincia el Gobernador y su
gente, llegó a un pueblo de indios de la generación de los guaraníes, y salió el señor principal de este pueblo al camino con toda
su gente, muy alegre a recebillo, y traían miel, patos y gallinas, y
harina y maíz; y por lengua de los intérpretes les mandaba hablar
y sosegar, agradesciéndoles su venida, pagándoles lo que traían,
de que recebía mucho contentamiento; y allende de esto, al principal de este pueblo, que se decía Pupebaje, mandó dar graciosamente algunos rescates de tijeras y cuchillos y otras cosas, y de
allí pasaron prosiguiendo el camino, dejando los indios de este
pueblo tan alegres y contentos, que de placer bailaban y cantaban
por todo el pueblo.

A los 7 del mes de diciembre llegaron a un río que los indios
llaman Tacuari. Este es un río que lleva buena cantidad de agua
y tiene buena corriente; en la ribera del cual hallaron un pueblo
de indios que su principal se llamaba Abangobi, y él y todos los
indios de su pueblo, hasta las mujeres y niños, los salieron a recebir, mostrando grande placer con la venida del Gobernador y
gente, y les trujeron al camino muchos bastimentos; los cuales se
lo pagaron, según lo acostumbraban. Toda esta gente es una generación y hablan todos un lenguaje; y de este lugar pasaron adelante, dejando los naturales muy alegres y contentos; y así, iban
luego de un lugar a otro a dar las nuevas del buen tratamiento
que les hacían, y les enseñaban todo lo que les daban; de manera que todos los pueblos por donde habían de pasar los hallaban
muy pacíficos, y los salían a recebir a los caminos antes que llegasen a sus pueblos, cargados de bastimentos; los cuales se les pagaban a su contento, según es dicho. Prosiguiendo el camino, a los
14 días del mes de diciembre, habiendo pasado por algunos pueblos de indios de la generación de los guaraníes, donde fue bien
recebido y proveído de los bastimentos que tenían, llegado el Gobernador y su gente a un pueblo de indios de la generación que
su principal se dijo llamar Tocangucir, aquí reposaron un día porque la gente estaba fatigada, y el camino por do caminaron fue
al oes noruestе y a la cuarta del norueste; y en este lugar tomaron
los pilotos el altura en veinte y cuatro grados y medio, apartados
del Trópico un grado. Por todo el camino que se anduvo, después

que entró en la provincia, en las poblaciones de ella es toda tierra muy alegre, de grandes campiñas, arboledas y muchas aguas de ríos y fuentes, arroyos y muy buenas aguas delgadas; y en efecto es toda tierra muy aparejada para labrar y criar.

CAPÍTULO VIII

DE LOS TRABAJOS QUE RECEBIÓ EN EL CAMINO EL GOBERNADOR Y SU GENTE, Y LA MANERA DE LOS PINOS Y PIÑAS DE AQUELLA TIERRA

Dende el lugar de Tugui fue caminando el Gobernador con su gente hasta los 19 días del mes de diciembre sin hallar poblado ninguno, donde recebió gran trabajo en el caminar a causa de los muchos ríos y malos pasos que había; que para pasar la gente y caballos hobo día que se hicieron diez y ocho puentes, así para los ríos como para las ciénegas, que había muchas y muy malas; y asimismo se pasaron grandes sierras y montañas muy ásperas y cerradas de arboledas de caña muy gruesas, que tenían unas púas muy agudas y recias, y de otros árboles, que para poderlos pasar iban siempre delante veinte hombres cortando y haciendo el camino, y estuvo muchos días en pasarlas, que por la maleza de ellas no vían el cielo; y el dicho día, a 19 del dicho mes, llegaron a un lugar de indios de la generación de los guaraníes, los cuales, con su principal y hasta las mujeres y niños, mostrando mucho placer, los salieron a recebir al camino dos leguas del pueblo, donde trujeron muchos bastimentos de gallinas, patos y miel y batatas y otras frutas, y maíz y harina de piñones (que hacen muy gran cantidad de ella), porque hay en aquella tierra muy grandes pinares, y son tan grandes los pinos, que cuatro hombres juntos, tendidos los brazos, no pueden abrazar uno, y muy altos y derechos, y son muy buenos para mástiles de naos y para carracas, según su grandeza; las piñas son grandes, los piñones del tamaño de bellotas, la cáscara grande de ellos es como de castañas, difieren en el sabor a los de España; los indios los cogen y de ellos hacen gran cantidad de harina para su mantenimiento.

Por aquella tierra hay muchos puercos monteses y monos que comen estos piñones de esta manera: que los monos se suben encima de los pinos y se asen de la cola, y con las manos y pies derruecan muchas piñas en el suelo, y cuando tienen derribada mucha cantidad, abajan a comerlos; y muchas veces acontesce que los puercos monteses están aguardando que los monos derriben las piñas, y cuando las tienen derribadas, al tiempo que abajan

los monos de los pinos a comellos salen los puercos contra ellos,
y quítanselas, y cómense los piñones, y mientras los puercos comían, los monos estaban dando grandes gritos sobre los árboles.
También hay otras muchas frutas de diversas maneras y sabor,
que dos veces en el año se dan.

En este lugar de Tugui se detuvo el Gobernador y su gente la
pascua del Nascimiento, así por la honra de ella como porque la
gente reposase y descansase; donde tuvieron qué comer, porque
los indios lo dieron muy abundosamente de todos sus bastimentos; y así, los españoles, con la alegría de la Pascua y con el buen
tratamiento de los indios, se regocijaron mucho, aunque el reposar
era muy dañoso, porque como la gente estaba sin ejercitar el cuerpo
y tenían tanto de comer, no digerían lo que comían, y luego les
daban calenturas; lo que no hacía cuando caminaban, porque luego
como comenzaban a caminar las dos jornadas primeras, desecha-
ban el mal y andaban buenos; y al principio de la jornada la
gente fatigaba al Gobernador que reposase algunos días, y no lo
quería permitir, porque ya tenía experiencia que habían de adolescer, y la gente creía que lo hacía por darlos mayor trabajo,
hasta que por experiencia vinieron a conoscer que lo hacía por
su bien, porque de comer mucho adolescían, y de esto el Gobernador tenía mucha experiencia.

CAPÍTULO IX

DE CÓMO EL GOBERNADOR Y SU GENTE SE VIERON CON NECESIDAD
DE HAMBRE, Y LA REMEDIARON CON GUSANOS
QUE SACABAN DE UNAS CAÑAS

A 28 días de diciembre el Gobernador y su gente salieron del
lugar de Tugui, donde quedaron los indios muy contentos; y yendo
caminando por la tierra todo el día sin hallar poblado alguno,
llegaron a un río muy caudaloso y ancho, y de grandes corrientes
y hondables, por la ribera del cual había muchas arboledas de
acipreses y cedros y otros árboles; en pasar este río se recebió muy
gran trabajo aqueste día y otros tres; caminaron por la tierra y
pasaron por cinco lugares de indios de la generación de los guaraníes, y de todos ellos los salían a recebir al camino con sus mujeres y hijos, y traían muchos bastimentos, en tal manera, que la
gente siempre fue muy proveída, y los indios quedaron muy pacíficos por el buen tratamiento y paga que el Gobernador les
hizo. Toda esta tierra es muy alegre y de muchas aguas y arboledas; toda la gente de los pueblos siembran maíz y cazabi y otras

semillas, y batatas de tres maneras, blancas y amarillas y coloradas, muy gruesas y sabrosas, y crían patos y gallinas, y sacan mucha miel de los árboles de lo hueco de ellos.

A 1º día del mes de enero del año del Señor de 1542, que el Gobernador y su gente partió de los pueblos de los indios, fue caminando por tierras de montañas y cañaverales muy espesos, donde la gente pasó harto trabajo, porque hasta los 5 días del mes, no hallaron poblado alguno; y demás del trabajo, pasaron mucha hambre y se sostuvo con mucho trabajo, abriendo camino por los cañaverales. En los cañutos de estas cañas había unos gusanos blancos, tan gruesos y largos como un dedo; los cuales la gente freían para comer, y salía de ellos tanta manteca, que bastaba para freírse muy bien, y los comían toda la gente, y los tenían por muy buena comida; y de los cañutos de otras cañas sacaban agua, que bebían y era muy buena, y se holgaban con ello. Esto andaban a buscar para comer en todo el camino; por manera que con ellos se sustentaron y remediaron su necesidad y hambre por aquel despoblado. En el camino se pasaron dos ríos grandes y muy caudalosos con gran trabajo; su corriente es al norte. Otro día, 6 de enero, yendo caminando por la tierra adentro sin hallar poblado alguno, vinieron a dormir a la ribera de otro río caudaloso de grandes corrientes y de muchos cañaverales, donde la gente sacaba de los gusanos de las cañas para su comida, con que se sustentaron; y de allí partió el Gobernador con su gente. Otro día siguiente fue caminando por tierra muy buena y de buenas aguas, y de mucha caza y puercos monteses y venados, y se mataban algunos y se repartían entre la gente: este día pasaron dos ríos pequeños.

Plugo a Dios que no adoleció en este tiempo ningún cristiano, y todos iban caminando buenos con esperanza de llegar presto a la ciudad de la Ascensión, donde estaban los españoles que iban a socorrer; desde 6 de enero hasta 10 del mes pasaron por muchos pueblos de indios de la generación de los guaraníes, y todos muy pacíficos y alegremente los salieron a recebir al camino de cada pueblo su principal, y los otros indios con sus mujeres y hijos cargados de bastimentos (de que se recebió grande ayuda y beneficio para los españoles), aunque los frailes fray Bernaldo de Armenta y fray Alonso, su compañero, se adelantaban a recoger y tomar los bastimentos, y cuando llegaba el Gobernador con la gente no tenían los indios qué dar; de lo cual la gente se querelló al Gobernador, por haberlo hecho muchas veces, habiendo sido apercebidos por el Gobernador que no lo hiciesen, y que no llevasen ciertas personas de indios, grandes y chicos, inútiles, a quien daban de comer; no lo quisieron hacer, de cuya causa toda la gente estuvo movida para los derramar, si el Gobernador no se lo estorbara, por lo que tocaba al servicio de Dios y de su majestad; y al cabo los frailes se fueron y apartaron de la gente, y contra la voluntad del Gobernador echaron por otro camino; y después de esto, los hizo traer y recoger de ciertos lugares de indios donde se habían recogido, y es cierto que si no los mandara recoger y traer, se vieran en muy gran trabajo.

En el día 10 de enero, yendo caminando, pasaron muchos ríos y arroyos y otros malos pasos de grandes sierras y montañas de cañaverales de mucha agua; cada sierra de las que pasaron tenía un valle de tierra muy excelente, y un río y otras fuentes y arboledas. En toda esta tierra hay muchas aguas, a causa de estar debajo del Trópico; el camino y derrota que hicieron estos dos días fue al oeste.

CAPÍTULO X

DEL MIEDO QUE LOS INDIOS TIENEN A LOS CABALLOS

A los 14 días del mes de enero yendo caminando por entre lugares de indios de la generación de los guaraníes, todos los cuales recebieron con mucho placer, y los venían a ver y traer maíz, gallinas y miel y de los otros mantenimientos; y como el Gobernador se lo pagaba tanto a su voluntad, traíanle tanto, que lo dejaban sobrado por los caminos. Toda esta gente anda desnuda en cueros, así los hombres como las mujeres; tenían muy gran temor de los caballos, y rogaban al Gobernador que les dijese a los caballos que no se enojasen, y por los tener contentos los traían de comer; y así llegaron a un río ancho y caudaloso que se llama Iguatu, el cual es muy bueno y de buen pescado y arboledas; en la ribera del cual está un pueblo de indios de la generación de los guaraníes, los cuales siembran su maíz y cazabi como en todas las otras partes por donde habían pasado, y los salieron a recebir como hombres que tenían noticia de su venida y del buen tratamiento que les hacían, y les trujeron muchos bastimentos, porque los tienen. En toda aquella tierra hay muy grandes piñales de muchas maneras, y tienen las piñas como ya está dicho atrás. En toda esta tierra los indios les servían, porque siempre el Gobernador les hacía buen tratamiento. Este Iguatu está de la banda del oeste en veinte y cinco grados; será tan ancho como Guadalquivir. En la ribera del cual (según la relación hobieron de los naturales y por lo que vio por vista de ojos) está muy poblado, y es la más rica gente de toda aquella tierra y provincia, de labrar y criar, porque crían muchas gallinas, patos y otras aves, y tienen mucha caza de puercos y venados, y dantas y perdices, codornices y faisanes, y tienen en el río gran pesquería, y siembran y cogen mucho maíz, batatas, cazabi, mandubies, y tienen otras muchas frutas, y de los árboles cogen gran cantidad de miel.

Estando en este pueblo, el Gobernador acordó de escrebir a los oficiales de su majestad, y capitanes y gentes que residían en la ciudad de la Ascensión, haciéndoles saber cómo por mandado de su majestad los iba a socorrer, y envió dos indios naturales de la tierra con la carta. Estando en este río del Piqueri una noche mordió un perro en una pierna a un Francisco Orejón, vecino de Ávila, y también allí le adolescieron otros catorce españoles, fatigados del largo camino; los cuales se quedaron con el Orejón que estaba mordido del perro, para venirse poco a poco; y el Gobernador los encargó a los indios de la tierra para que los favoresciesen y mirasen por ellos, y los encaminasen para que pudiesen venirse en su seguimiento estando buenos; y porque tuviesen voluntad de lo hacer dio al principal del pueblo y a otros indios naturales de la tierra y provincia, muchos rescates, con que quedaron muy contentos los indios y su principal.

En todo este camino y tierra por donde iba el Gobernador y su gente haciendo el descubrimiento, hay grandes campiñas de tierras, y muy buenas aguas, ríos, arroyos y fuentes, y arboledas y siembras, y la más fértil tierra del mundo, muy aparejada para labrar y criar, y mucha parte de ella para ingenios de azúcar, y tierra de mucha caza, y la gente que vive en ella de la generación de los guaraníes: comen carne humana, y todos son labradores y criadores de patos y gallinas, y toda gente muy doméstica y amigos de cristianos, y que con poco trabajo vernán en conoscimiento de nuestra santa fe católica, como se ha visto por experiencia; y según la manera de la tierra, se tiene por cierto que si minas de plata ha de haber, ha de ser allí.

CAPÍTULO XI

DE CÓMO EL GOBERNADOR CAMINÓ CON CANOAS POR EL RÍO DE IGUAZÚ, Y POR SALVAR UN MAL PASO DE UN SALTO QUE EL RÍO HACÍA, LLEVÓ POR TIERRA LAS CANOAS UNA LEGUA A FUERZA DE BRAZOS

Habiendo dejado el Gobernador los indios del río del Piqueri muy amigos y pacíficos, fue caminando con su gente por la tierra, pasando por muchos pueblos de indios de la generación de los guaraníes; todos los cuales les salían a recebir a los caminos con muchos bastimentos, mostrando grande placer y contentamiento con su venida, y a los indios principales señores de los pueblos les daba muchos rescates, y hasta las mujeres viejas y niños salían a ellos a los recebir, cargados de maíz y batatas, y asimismo de los otros pueblos de la tierra, que estaban a una jornada y a dos unos de otros, todos vinieron de la mesma forma a traer bastimentos; y antes de llegar con gran trecho a los pueblos por do habían de pasar, alimpiaban y desmontaban los caminos, y bailaban y hacían grandes regocijos de verlos; y lo que más acrescienta su placer y de que mayor contento resciben, es cuando las viejas se alegran, porque se gobiernan con lo que éstas les dicen y sonles muy obedientes, y no lo son tanto a los viejos.

A postrero día del dicho mes de enero, yendo caminando por la tierra y provincia, llegaron a un río que se llama Iguazú, y antes de llegar al río anduvieron ocho jornadas de tierra desploblada, sin hallar ningún lugar poblado de indios. Este río Iguazú es el primer río que pasaron al principio de la jornada cuando salieron de la costa del Brasil. Llámase también por aquella parte Iguazú; corre del este oeste; en él no hay poblado ninguno; tomóse el altura en veinte y cinco grados y medio. Llegados que fueron al río de Iguazú, fue informado de los indios naturales que el dicho río entre en el río del Paraná, que asimismo se llama el río de la Plata; y que entre este río del Paraná y el río del Iguazú mataron los indios a los portugueses que Martín Alfonso de Sosa envió a descubrir aquella tierra: al tiempo que pasaban el río en canoas dieron los indios en ellos y los mataron.

Algunos de estos indios de la ribera del río Paraná, que así mataron a los portugueses, le avisaron al Gobernador que los indios del río del Piqueri que era mala gente, enemigos nuestros, y que les estaban aguardando para acometerlos y matarlos en el paso del río; y por esta causa acordó el Gobernador, sobre acuerdo, de tomar y asegurar por dos partes del río, yendo él con parte de su gente en canoas por el río de Iguazú abajo, y salirse a poner en el río del Paraná, y por la otra parte fuese el resto de la gente y caballos por tierra, y se pusiesen y confrontasen con la otra parte del río, para poner temor a los indios y pasar en las canoas toda la gente; lo cual fue así puesto en efecto; y en ciertas canoas que compró de los indios de la tierra se embarcó el Gobernador con hasta ochenta hombres, y así se partieron por el río de Iguazú abajo, y el resto de la gente y caballos mandó que se fuesen por tierra (según está dicho), y que todos se fuesen a juntar en el río del Paraná.

E yendo por el dicho río de Iguazú abajo era la corriente de él tan grande, que corrían las canoas por él con mucha furia y esto causólo que muy cerca de donde se embarcó da el río un salto por unas peñas abajo muy altas, y da el agua en lo bajo de la tierra tan grande golpe, que de muy lejos se oye; y la espuma del agua, como cae con tanta fuerza, sube en alto dos lanzas y más, por manera que fue necesario salir de las canoas y sacallas del agua y llevarlas por tierra hasta pasar el salto, y a fuerza de brazos las llevaron más de media legua, en que se pasaron muy grandes trabajos: salvado aquel mal paso, volvieron a meter en el agua las dichas canoas y proseguir su viaje, y fueron por el dicho río abajo hasta que llegaron al río de Paraná; y fue Dios servido que la gente y caballos que iban por tierra, y las canoas y gente, con el Gobernador que en ellas iban, llegaron todos a un tiempo, y en la ribera del río estaba muy gran número de los indios de la misma generación de los guaraníes, todos muy emplumados con plumas de papagayos y almagrados, pintados de muchas maneras y colores y con sus arcos y flechas en las manos hecho un escuadrón de ellos, que era muy gran placer de los ver. Como llegó el Gobernador y su gente (de la forma ya dicha), pusieron mucho temor a los indios, y estuvieron muy confusos, y comenzó por lenguas de los intérpretes a les hablar, y a derramar entre los principales de ellos grandes rescates; y como fuese gente muy cobdiciosa y amiga de novedades, comenzáronse a sosegar y allegarse al Gobernador y su gente, y muchos de los indios les ayudaron a pasar de la otra parte del río; y como hobieron pasado, mandó el Gobernador que de las canoas se hiciesen balsas juntándolas de dos en dos; las cuales hechas, en espacio de dos horas fue pasada toda la gente y caballos de la otra parte del río, en concordia de los naturales, ayudándoles ellos propios a los pasar.

Este río del Paraná, por la parte que lo pasaron, era de ancho un gran tiro de ballesta, es muy hondable y lleva muy gran corriente, y al pasar del río se trastornó una canoa con ciertos cristianos, uno de los cuales se ahogó porque la corriente lo llevó, que nunca más paresció. Hace este río muy grandes remolinos, con la gran fuerza del agua y gran hondura de él.

CAPÍTULO XII

QUE TRATA DE LAS BALSAS QUE SE HICIERON PARA LLEVAR LOS DOLIENTES

Habiendo pasado el Gobernador y su gente el río del Paraná, estuvo muy confuso de que no fuesen llegados dos bergantines que había enviado a pedir a los capitanes que estaban en la ciudad de la Ascensión, avisándoles por su carta que les escribió dende el río del Paraná, para asegurar el paso por temor de los indios de él, como para recoger algunos enfermos y fatigados del largo camino que habían caminado; y porque tenían nueva de su venida y no haber llegado, púsole en mayor confusión, y porque los enfermos eran muchos y no podían caminar, ni era cosa segura detenerse allí donde tantos enemigos estaban, y estar entre ellos sería dar atrevimiento para hacer alguna traición, como es su costumbre; por lo cual acordó de enviar los enfermos por el río de Paraná abajo en las mismas balsas, encomendados a un indio principal del río, que había por nombre Iguarón, al cual dio rescates porque él se ofresció a ir con ellos hasta el lugar de Francisco, criado de Gonzalo de Acosta, en confianza de que en el camino encontrarían los bergantines, donde serían recebidos y recogidos, y entre tanto serían favorecidos por el indio llamado Francisco, que fue criado entre cristianos, que vive en la misma ribera del río del Paraná, a cuatro jornadas de donde lo pasaron, según fue informado por los naturales; y así, los mandó embarcar, que serían hasta treinta hombres, y con ellos envió otros cincuenta hombres arcabuceros y ballesteros para que les guardasen y defendiesen; y luego que los hobo enviado se partió el Gobernador con la otra gente por tierra para la ciudad de la Ascensión, hasta la cual (según le certificaron los indios del río del Paraná) habría hasta nueve jornadas; y en el río del Paraná se tomó la posesión en nombre y por su majestád, y los pilotos tomaron el altura en veinte y cuatro grados.

El Gobernador con su gente fueron caminando por la tierra y provincia, por entre lugares de indios de la generación de los guaraníes, donde por todos ellos fue muy bien recebido, saliendo, como solían, a los caminos, cargados de bastimentos, y en el camino pasaron unas ciénagas muy grandes y otros malos pasos y ríos, donde en el hacer de las puentes para pasar la gente y caballos se pasaron grandes trabajos; y todos los indios de estos pueblos, pasado el río del Paraná, les acompañaban de unos pueblos a otros, y les mostraban y tenían muy grande amor y voluntad, sirviéndoles y haciéndoles socorro en guiarles y darles de comer; todo lo cual pagaba y satisfacía muy bien el Gobernador; con que quedaban muy contentos.

Y caminando por la tierra y provincia, aportó a ellos un cristiano español que venía de la ciudad de la Ascensión a saber de la venida del Gobernador, y llevar el aviso de ello a los cristianos y gente que en la ciudad estaban; porque, según la necesidad y deseo que tenían de verlo a él y su gente por ser socorridos, no podían creer que fuesen a hacerles tan gran beneficio hasta que lo viesen por vista de ojos, no embargante que habían recebido las cartas que el Gobernador les había escripto. Este cristiano dijo y informó al Gobernador del estado y gran peligro en que estaba la gente, y las muertes que habían suscedido así en los que llevó Juan de Ayolas como otros muchos que los indios de la tierra habían muerto; por lo cual estaban muy atribulados y perdidos, mayormente por haber despoblado el puerto de Buenos-Aires, que está asentado en el río del Paraná, donde habían de ser socorridos los navíos y gentes que de estos reinos de España fuesen a los socorrer; y por esta causa tenían perdida la esperanza de ser socorridos, pues el puerto se había despoblado, y por otros muchos daños que les habían suscedido en la tierra.

CAPÍTULO XIII

DE CÓMO LLEGÓ EL GOBERNADOR A LA CIUDAD DE LA ASCENSIÓN, DENDE ESTABAN LOS CRISTIANOS ESPAÑOLES QUE IBA A SOCORRER

Habiendo llegado (según dicho es) el cristiano español, y siendo bien informado el Gobernador de la muerte de Juan de Ayolas y cristianos que consigo llevó a hacer la entrada y descubrimiento de tierra, y de las otras muertes de los otros cristianos, y la demasiada necesidad que tenían de su ayuda los que estaban en la ciudad de la Ascensión, y asimismo del despoblamiento del puerto de Buenos-Aires, adonde el Gobernador había mandado venir su nao capitana con las ciento y cuarenta personas dende la isla de Santa Catalina, donde los había dejado para este efecto, considerando el gran peligro en que estarían por hallar yerma la tierra de cristianos, donde tantos enemigos indios había, y por los enviar con toda brevedad a socorrer y dar contentamiento a los de la Ascensión, y para sosegar los indios que tenían por amigos naturales de aquella tierra, vasallos de su majestad, con muy gran diligencia fue caminando por la tierra, pasando por muchos lugares de indios de la generación de los guaraníes, los cuales, y otros muy apartados de su camino, los venían a ver cargados de mantenimientos, porque corría la fama (según está dicho) de los buenos tratamientos que les hacía el Gobernador y muchas dádivas que les daba, venían con tanta voluntad y amor a verlos y traerles bastimentos, y traían consigo las mujeres y niños, que era señal de gran confianza que de ellos tenían, y les limpiaban los caminos por do habían de pasar.

Todos los indios de los lugares por donde pasaron haciendo el descubrimiento, tienen sus casas de paja y madera; entre los cuales indios vinieron muy gran cantidad de indios de los naturales de la tierra y comarca de la ciudad de la Ascensión, que todos, uno a uno, vinieron a hablar al Gobernador en nuestra lengua castellana, diciendo que en buena hora fuese venido, y lo mismo hicieron a todos los españoles, mostrando mucho placer con su llegada. Estos indios en su manera demostraron luego haber comunicado y estado entre cristianos, porque eran comarcanos de la ciudad de la Ascensión; y como el Gobernador y su gente se iban acercando a ella, por los lugares por do pasaban antes de llegar a ellos, hacían lo mismo que los otros, teniendo los caminos limpios y barridos; los cuales indios y las mujeres viejas y niños se ponían en orden, como en procesión, esperando su venida con muchos bastimentos y vinos de maíz, y pan, y batatas, y gallinas, y pescados, y miel, y venados, todo aderezado; lo cual daban y repartían graciosamente entre la gente, y en señal de paz y amor alzaban las manos en alto, y en su lenguaje, y muchos en el nues-

tro, decían que fuesen bien venidos el Gobernador y su gente, y
por el camino mostrándose grandes familiares y conversables, como
si fueran naturales suyos, nascidos y criados en España.

Y de esta manera caminando (según dicho es), fue nuestro
Señor servido que a 11 días del mes de marzo, sábado, a las nueve
de la mañana, del año de 1542, llegaron a la ciudad de la Ascensión, donde hallaron residiendo los españoles que iban a socorrer,
la cual está asentada en la ribera del río del Paraguay, en veinte
y cinco grados de la banda del Sur; y como llegaron cerca de la
ciudad, salieron a recebirlos los capitanes y gentes que en la ciudad estaban, los cuales salieron con tanto placer y alegría, que era
cosa increíble, diciendo que jamás creyeron ni pensaron que pudieran ser socorridos, ansí por respecto de ser peligroso y tan
dificultoso el camino, y no se haber hallado ni descubierto, ni tener
ninguna noticia de él, como porque el puerto de Buenos-Aires, por
do tenían alguna esperanza de ser socorridos, lo habían despoblado, y que por esto los indios naturales habían tomado grande
osadía y atrevimiento de los acometer para los matar, mayormente
habiendo visto que había pasado tanto tiempo sin que acudiese
ninguna gente española a la provincia. Y por el consiguiente, el
Gobernador se holgó con ellos, y les habló y recebió con mucho
amor, haciéndole saber cómo iba a les dar socorro por mandado
de su majestad; y luego presentó las provisiones y poderes que
llevaba ante Domingo de Irala, teniendo de gobernador en dicha
provincia, y ante los oficiales, los cuales eran Alonso de Cabrera,
veedor, natural de Loja; Felipe de Cáceres, contador, natural de
Madrid; Pedro Dorantes, factor, natural de Béjar; y ante los otros
capitanes y gente que en la provincia residían; las cuales fueron
leídas en su presencia y de los otros clérigos y soldados que en
ella estaban; por virtud de las cuales rescibieron al Gobernador
y le dieron la obediencia como a tal capitán general de la provincia en nombre de su majestad, y le fueron dadas y entregadas las
varas de la justicia; las cuales el Gobernador dio y proveyó de
nuevo en personas que en nombre de su majestad administrasen
la ejecución de la justicia civil y criminal en la dicha provincia.

CAPÍTULO XIV

De cómo llegaron a la ciudad de la Ascensión los españoles que quedaron malos en el río del Piqueri

Estando el Gobernador en la ciudad de la Ascensión (de la
manera que he dicho), a cabo de treinta días que hobo llegado
a la ciudad, vinieron al puerto los cristianos que había enviado

en las balsas, así enfermos como sanos, dende el río del Paraná, que allí adolescieron, y venían fatigados del camino; de los cuales no faltó sino solo uno, que lo mató un tigre, y de ellos supo el Gobernador y fue certificado que los indios naturales del río habían hecho gran junta y llamamiento por toda la tierra, y por el río en canoas, y por la ribera del río habían salido a ellos, yendo por el río abajo en sus balsas muy gran número y cantidad de los indios, y con grande grita y toque de atambores los habían acometido, tirándoles muchas flechas y muy espesas, juntándose a ellos con más de docientas canoas por los entrar y tomar las balsas, para los matar, y que catorce días con sus noches no habían cesado poco ni mucho de los dar el combate, y que los de tierra no dejaban de les tirar juntamente (según que los de las canoas), y que traían unos garfios grandes, para en juntándose las balsas a tierra, echarles mano y sacarlas a tierra, y detenerlos para los tomar a manos; y con esto, era tan grande la vocería y alaridos que daban los indios, que parescía que se juntaba el cielo con la tierra; y como los de las canoas y los de la tierra se remudaban, y unos descansaban, y otros peleaban, con tanta orden, que no dejaban de les dar siempre mucho trabajo; donde hobo de los españoles hasta veinte heridos de heridas pequeñas, no peligrosas; y en todo este tiempo las balsas no dejaban de caminar por el río abajo, así de día como de noche, porque la corriente del río, como era grande, los llevaba, sin que la gente trabajasen más de en gobernar, para que no se llegasen a la tierra, donde estaba todo el peligro, aunque algunos remolinos que el río hace les puso en gran peligro muchas veces, porque traía las balsas a la redonda remolinando; y si no fuera por la buena maña que se dieron los que gobernaban, los remolinos los hicieran ir a tierra, donde fueren tomados y muertos.

E yendo en esta forma, sin que tuviesen remedio de ser socorridos ni amparados, los siguieron catorce días los indios con sus canoas, flechándolos y peleando de día y de noche con ellos; se llegaron cerca de los lugares del dicho indio Francisco (que fue esclavo y criado de cristianos) el cual, con cierta gente suya, salió por el río arriba a recebir y socorrer los cristianos, y los trajo a una isla cerca de su propio pueblo, donde los proveyó y socorrió de bastimentos, porque del trabajo de la guerra continua que les habían dado, venían fatigados y con mucha hambre, y allí se curaron y reformaron los heridos, y los enemigos se retiraron y no osaron tornarles acometer; y en este tiempo llegaron dos bergantines que en su socorro habían enviado, en los cuales fueron recogidos a la dicha ciudad de la Ascensión.

CAPÍTULO XV

DE CÓMO EL GOBERNADOR ENVIÓ A SOCORRER LA GENTE QUE VENÍA EN SU NAO CAPITANA A BUENOS-AIRES, Y A QUE TORNASEN A POBLAR AQUEL PUERTO

Con toda diligencia el Gobernador mandó aderezar bergantines, y cargados de bastimentos y cosas necesarias, con cierta gente de la que halló en la ciudad de la Ascensión, que habían sido pobladores del puerto de Buenos-Aires, porque tenían experiencia del río del Paraná, los envió a socorrer los ciento y cuarenta españoles que envió en la nao capitana dende la isla de Santa Catalina, por el gran peligro en que estarían por se haber despoblado el puerto de Buenos-Aires, y para que se tornase luego a poblar nuevamente el pueblo en la parte más suficiente y aparejada que les paresciese a las personas a quien lo cometió y encargó, porque era cosa muy conveniente y necesaria hacerse la población y puerto, sin el cual toda la gente española que residía en la provincia y conquista, y la que adelante viniese, estaba en gran peligro y se perderían, porque las naos que a la provincia fuesen de rota batida, han de ir a tomar puerto en el dicho río, y allí hacer bergantines para subir trecientas y cincuenta leguas el río arriba, que hay hasta la ciudad de la Ascensión, de navegación muy trabajosa y peligrosa; los cuales dos bergantines partieron a 16 días del mes de abril del dicho año, y luego mandó hacer de nuevo otros dos, que fornescidos y cargados de bastimentos y gente, partieron a hacer el dicho socorro, y a efectuar la fundación del puerto de Buenos-Aires, y a los capitanes que el Gobernador envió con los bergantines, les mandó y encargó que a los indios que habitaban en el río del Paraná, por donde habían de navegar, les hiciesen buenos tratamientos, y los trujesen de paz a la obediencia de su majestad, trayendo de lo que en ello hiciesen la razón y relación cierta, para avisar de todo a su majestad; y proveído que hobo lo susodicho, comenzó a entender en las cosas que convenían al servicio de Dios y de su majestad, y a la pacificación y sosiego de los naturales de la dicha provincia. Y para mejor servir a Dios y a su majestad, el Gobernador mandó llamar y hizo juntar los religiosos y clérigos que en la provincia residían, y los que consigo había llevado, y delante de los oficiales de su majestad, capitanes y gente que para tal efecto mandó llamar y juntar, les rogó con buenas y amorosas palabras tuviesen especial cuidado en la doctrina y enseñamiento de los indios naturales, vasallos de su majestad, y les mandó leer, y fueron leídos, ciertos capítulos de una carta acordada de su majestad, que habla sobre el tratamiento de los indios, y que los dichos frailes, clérigos y religiosos tuviesen especial cuidado en mirar que no fuesen maltratados, y que le avisasen de lo que en contrario se hiciese, para lo proveer y remediar, y que todas las cosas que fuesen necesarias para tan santa obra, el Gobernador se las daría y proveería, y asimismo para administrar los santos sacramentos en las iglesias y monesterios les proveería; y ansí, fueron proveídos de vino y harina, y les repartió los ornamentos que llevó, con que se servían las iglesias y el culto divino, y para ello les dio una bota de vino.

CAPÍTULO XVI

DE CÓMO MATAN A SUS ENEMIGOS QUE CAPTIVAN, Y SE LOS COMEN

Luego dende a poco que hobo llegado el Gobernador a la dicha ciudad de la Ascensión, los pobladores y conquistadores que en ella halló, le dieron grandes querellas y clamores contra los oficiales de su majestad, y mandó juntar todos los indios naturales, vasallos de su majestad; y así juntos, delante y en presencia de los religiosos y clérigos, les hizo su parlamento, diciéndoles cómo su majestad lo había enviado a los favorescer y dar a entender cómo habían de venir en conoscimiento de Dios y ser cristianos, por la doctrina y enseñamiento de los religiosos y clérigos que para ello eran venidos, como ministros de Dios, y para que estuviesen debajo de la obediencia de su majestad, y fuesen sus vasallos, y que de esta manera serían mejor tratados y favorecidos que hasta allí lo habían sido; y allende de esto, les fue dicho y amonestado que se apartasen de comer carne humana, por el grave pecado y ofensa que en ello hacían a Dios, y los religiosos y clérigos se lo dijeron y amonestaron; y para les dar contentamiento, les dio y repartió muchos rescates, camisas, ropas, bonetes y otras cosas, con que se alegraron.

Esta generación de los guaraníes es una gente que se entienden por su lenguaje todos los de las otras generaciones de la provincia, y comen carne humana de otras generaciones que tienen por enemigos, cuando tienen guerra unos con otros; y siendo de esta generación, si los captivan en las guerras, tráenlos a sus pueblos, y con ellos hacen grandes placeres y regocijos, bailando y cantando; lo cual dura hasta que el captivo está gordo, porque luego que lo captivan lo ponen a engordar y le dan todo cuanto quiere a comer, y a sus mismas mujeres y hijas para que haya con ellas sus placeres, y de engordallo no toma ninguno el cargo y cuidado, sino las propprias mujeres de los indios, las más principales de ellas; las cuales lo acuestan consigo y lo componen de muchas maneras, como es su costumbre, y le ponen mucha plumería y cuentas blancas, que hacen los indios de hueso y de piedra blanca, que son entre ellos muy estimadas, y en estando gordo, son los placeres, bailes y cantos muy mayores, y juntos los indios, componen y aderezan tres mochachos de edad de seis años hasta siete, y danles en las manos unas hachetas de cobre, y un indio, el que es tenido por más valiente entre ellos, toma una espada de palo en las manos, que la llaman los indios macana; y sácanlo en una plaza, y allí le hacen bailar una hora, y desque ha bailado, llega y le da en los lomos con ambas las manos un golpe, y otro en las espinillas para derribarle, y acontesce, de seis golpes que le dan en la cabeza, no poderlo derribar, y es cosa muy de maravillar el gran testor que tienen en la cabeza, porque la espada de palo con que les dan es de un palo muy recio y pesado, negro, y con ambas manos un hombre de fuerza basta a derribar un toro de un golpe, y al tal captivo no lo derriban sino de muchos, y en fin al cabo lo derriban, y luego los niños llegan con sus hachetas, y primero el mayor de ellos o el hijo del principal, y danle con ellas en la cabeza tantos golpes, hasta que le hacen saltar la sangre, y estándoles dando, los indios les dicen a voces que sean valientes y se enseñen, y tengan ánimo para matar sus enemigos y para andar en las guerras, y que se acuerden que aquel ha muerto de los suyos, que se venguen de él; y luego como es muerto, el que le da el primer golpe toma el nombre del muerto, y de allí adelante se nombra del nombre del que así mataron, en señal que es valiente, y luego las viejas lo despedazan y cuecen en sus ollas y reparten entre sí, y lo comen, y tiénenlo por cosa muy buena comer dél, y de allí adelante tornan a sus bailes y placeres, los cuales duran por otros muchos días, diciendo que ya es muerto por sus manos su enemigo que mató a sus parientes, que agora descansarán y tomarán por ello placer.

CAPÍTULO XVII

De la paz que el Gobernador asentó con los indios agaces

En la ribera de este río del Paraguay está una nasción de indios que se llaman agaces; es una gente muy temida de todas las nasciones de aquella tierra; allende de ser valientes hombres y muy usados en la guerra, son muy grandes traidores, que debajo de palabra de paz han hecho grandes estragos y muertes en otras gentes, y aun en propios parientes suyos, por hacerse señores de toda la tierra; de manera que no se confían de ellos. Esta es una gente muy crescida, de grandes cuerpos, y miembros como gigantes;

andan hechos cosarios por el río en canoas; saltan en tierra a
hacer robos y presas en los guaraníes, que tienen por principales
enemigos; mantiénense de caza y pesquería del río y de la tierra,
y no siembran, y tienen por costumbre de tomar captivos de los
guaraníes, y tráenlos maniatados dentro de sus canoas, y lléganse
a la propria tierra donde son naturales, y salen sus parientes para
rescatarlos, y delante de sus padres y hijos, mujeres y deudos, les
dan crueles azotes y les dicen que les trayan de comer, si no, que
los matarán. Luego les traen muchos mantenimientos, hasta que les
cargan las canoas; y se vuelven a sus casas, y llévanse los prisioneros, y esto hacen muchas veces, y son pocos los que rescatan;
porque después que están hartos de traerlos en sus canoas y de
azotarlos, los cortan las cabezas y las ponen por la ribera del río
hincadas en unos palos altos.

A estos indios, antes que fuese a la dicha provincia el Gobernador, les hicieron guerra los españoles que en ella residían, y
habían muerto a muchos de ellos, y asentaron paz con los dichos
indios; la cual quebrantaron, como lo acostumbran, haciendo daño
a los guaraníes muchas veces, llevando muchas provisiones; y
cuando el Gobernador llegó a la ciudad de la Ascensión había
pocos días que los agaces habían rompido las paces y habían sal-
teado y robado ciertos pueblos de los guaraníes, y cada día venían a desasosegar y dar rebato a la ciudad de la Ascensión; y como
los indios agaces supieron la venida del Gobernador, los hombres
más principales de ellos, que se llaman Abacoten y Tabor y Ala-
bos, acompañados de otros muchos de su generación, vinieron en
sus canoas, y desembarcaron en el puerto de la ciudad, y salidos
en tierra, se vinieron a poner en presencia del Gobernador, y dijeron que ellos venían a dar la obediencia a su majestad y a ser
amigos de los españoles; y que si hasta allí no habían guardado
la paz, había sido por atrevimiento de algunos mancebos locos
que sin su licencia salían, y daban causa a que se creyese que
ellos quebraban y rompían la paz, y que los tales habían sido
bien castigados; y rogaron al Gobernador los recebiese y hiciese
paz con ellos y con los españoles, y que ellos la guardarían y
conservarían estando presentes los religiosos y clérigos y oficiales
de su majestad.

Hecho su mensaje, el Gobernador los recebió con todo buen
amor, y les dio por respuesta que era contento de los recebir por
vasallos de su majestad y por amigos de los cristianos, con tanto
que guardasen las condiciones de la paz y no la rompiesen como
otras veces lo habían hecho, con apercebimiento que los tendrían
por enemigos capitales y les harían la guerra; y de esta manera
se asentó la paz, y quedaron por amigos de los españoles y de los
naturales guaraníes, y de allí adelante los mandó favorescer y
socorrer de mantenimientos; y las condiciones y posturas de la
paz, para que fuese guardada y conservada, fue que los dichos
indios agaces principales, ni los otros de su generación, todos

juntos ni divididos, en manera alguna, cuando hobiesen de venir
en sus canoas por la ribera del río del Paraguay, entrando por
tierra de los guaraníes, o hasta llegar al puerto de la ciudad
de la Ascensión, hobiese de ser y fuese de día claro, y no de noche,
y por la otra parte de la ribera del río, no por donde los otros
indios guaraníes y españoles tienen sus pueblos y labranzas; y
que no saltasen en tierra, y que cesase la guerra que tenían con
los indios guaraníes, y no les hiciesen ningún mal ni daño, por ser,
como eran, vasallos de su majestad; que volviesen y restituyesen
ciertos indios y indias de la dicha generación, que habían captivado durante el tiempo de la paz, porque eran cristianos y se
quejaban sus parientes, y que a los españoles y indios guaraníes
que anduviesen por el río a pescar y por la tierra a cazar no
les hiciesen daño ni les impidiesen la caza y pesquería, y que
algunas mujeres, hijas y parientas de los agaces, que habían traído
a las doctrinar, que las dejasen permanescer en la santa obra, y
no las llevasen ni hiciesen ir ni ausentar; y que guardando las
condiciones; los tenían por amigos; y donde no, por cualquier
de ellas que así no guardasen, procederían contra ellos; y siendo
por ellos bien entendidas las condiciones y apercebimientos, prometieron de las guardar; y de esta manera se asentó con ellos la
paz y dieron la obediencia.

CAPÍTULO XVIII

DE LAS QUERELLAS QUE DIERON AL GOBERNADOR LOS POBLADORES, DE LOS OFICIALES DE SU MAJESTAD

Luego dende a pocos días que fue llegado a la ciudad de la
Ascensión el Gobernador, visto que había en ella muchos pobres
y necesitados, los proveyó de ropas, camisas, calzones y otras cosas, con que fueron remediados, y proveyó a muchos de armas,
que no las tenían; todo a su costa, sin interese alguno; y rogó a
los oficiales de su majestad que no les hiciesen los agravios y vejaciones que hasta allí les habían hecho y hacían; de que se que-
rellarían de ellos gravemente todos los conquistadores y pobladores, así sobre la cobranza de deudas debidas a su majestad, como
derechos de una nueva imposición que inventaron y pusieron, de
pescado y manteca, de la miel, maíz y otros mantenimientos, y
pellejos de que se vestían, y que habían y compraban de los
indios naturales; sobre lo cual los oficiales hicieron al Governa-
dor muchos requerimientos para proceder en la cobranza, y el Gobernador no se lo consintió; de donde le cobraron grande odio y

enemistad, y por vías indirectas intentaron de hacerle todo el mal y daño que pudiesen, movidos con mal celo; de que resultó prenderlos y tenerlos presos por virtud de las informaciones que contra ellos se tomaron.

CAPÍTULO XIX

CÓMO SE QUERELLARON AL GOBERNADOR DE LOS INDIOS GUAYCURUES

Los indios principales de la ribera y comarca del río del Paraguay, y más cercanos a la ciudad de la Ascensión, vasallos de su majestad, todos juntos parescieron ante el Gobernador y se querellaron de una generación de indios que habitan cerca de sus confines; los cuales son muy guerreros y valientes, y se mantienen de la caza de los venados, mantecas y miel, y pescado del río, y puercos que ellos matan, y no comen otra cosa ellos y sus mujeres y hijos, y éstos cada día la matan y andan a cazar con su puro trabajo; y son tan ligeros y recios, que corren tanto tras los venados, y tanto les dura el aliento, y sufren tanto el trabajo de correr, que los cansan y toman a mano, y otros muchos matan con las flechas, y matan muchos tigres y otros animales bravos.

Son muy amigos de tratar bien a las mujeres, no tan solamente las suyas propias, que entre ellos tienen muchas preeminencias, mas en las guerras que tienen, sí captivan algunas mujeres, danles libertad y no les hacen daño ni mal; todas las otras generaciones les tienen gran temor; nunca están quedos de dos días arriba en un lugar; luego levantan sus casas, que son de esteras, y se van una legua o dos desviados de donde han tenido asiento; porque la caza, como es por ellos hostigada, huye y se va, y vanla siguiendo y matando. Esta generación y otras que se mantienen de las pesquerías y de unas algarrobas que hay en la tierra, a las cuales acuden por los montes donde están estos árboles, a coger como puercos que andan a montanera, todos en un tiempo, porque es cuando está madura el algarroba por el mes de noviembre a la entrada de diciembre, y de ella hacen harina y vino, el cual sale tan fuerte y recio, que con ello se emborrachan.

CAPÍTULO XX

Cómo el Gobernador pidió información de la querella

Asimismo se querellaron los indios principales al Gobernador, de los indios guaycurues, que les habían desposeído de su propria tierra, y les habían muerto sus padres y hermanos y parientes; y pues ellos eran cristianos y vasallos de su majestad, los amparase y restituyese en las tierras que les tenían tomadas y ocupadas los indios, porque en los montes y en las lagunas y ríos de ellas tenían sus cazas y pesquerías, y sacaban miel, con que se mantenían ellos y sus hijos y mujeres, y lo traían a los cristianos; porque después que a aquella tierra fue el Gobernador, se les había hecho las dichas fuerzas y muertes. Vista por el Gobernador la querella de los indios principales, los nombres de los cuales son Pedro de Mendoza, y Juan de Salazar Cupirati, y Francisco Ruiz Mairaru, y Lorenzo Moquiraci, y Gonzalo Mairaru, y otros cristianos nuevamente convertidos, porque se supiese la verdad de lo contenido en su querella, y se hiciese y procediese conforme a derecho, por las lenguas intérpretes el Gobernador les dijo que trujesen información de lo que decían; la cual dieron y presentaron de muchos testigos cristianos españoles, que habían visto y se hallaron presentes en la tierra cuando los indios guaycurues les habían hecho los daños y les habían echado de la tierra, despoblando un pueblo que tenían, muy grande, y cercado de fuerte palizada, que se llama Caguazu; y recebida la dicha información, el Gobernador mandó llamar y juntar los religiosos y clérigos que allí estaban, conviene a saber, el comisario fray Bernaldo de Armenta y fray Alonso Lebrón, su compañero, y el bachiller Martín de Armenta y Francisco de Andrada, clérigos, para que viesen la información y diesen su parescer, si la guerra se les podía hacer a los indios guaycurues justamente. Y habiendo dado su parescer, firmado de sus nombres, que con mano armada podía ir contra los dichos indios, a les hacer la guerra, pues eran enemigos capitales, el Gobernador mandó que dos españoles que entendían la lengua de los indios guaycurues, con un clérigo llamado Martín de Armenta, acompañados de cincuenta españoles, fuesen a buscar los indios guaycurues, y a les requerir diesen la obediencia a su majestad, y se apartasen de la guerra que hacían a los indios guaraníes, y los dejasen libres por sus tierras, gozando de las cazas y pesquerías dellas; y que de esta manera los ternía por amigos y los favorescería; y donde no, lo contrario haciendo, que les haría la guerra como a enemigos capitales. Y así, se partieron los susodichos, encargándoles tuviesen especial cuidado de les hacer los apercebimientos una, y dos, y tres veces con toda templanza.

E idos, dende a ocho días volvieron, y dijeron y dieron fe que
hicieron el dicho apercibimiento a los indios, y que hecho, se pusieron en arma contra ellos, diciendo que no querían dar la obediencia ni ser amigos de los españoles ni de los indios guaraníes,
y que se fuesen luego de su tierra; y ansí, les tiraron muchas
flechas, y vinieron de ellos heridos; y visto lo susodicho por el
Gobernador, mandó apercebir hasta docientos hombres arcabuceros y ballesteros, y doce de caballo, y con ellos partió de la ciudad
de la Ascensión, jueves 12 días del mes de julio de 1542 años.
Y porque había de pasar de la otra parte del río del Paraguay,
mandó que fuesen dos bergantines para pasar la gente y caballos,
y que aguardasen en un lugar de indios que está en la ribera del
dicho río del Paraguay, de la generación de los guaraníes, que se
llama Capua, que su principal se llama Mormocen, un indio muy
valiente y temido en aquella tierra, que era ya cristiano, y se
llamaba Lorenzo, cuyo era el lugar de Caguazu, que los guaycurues
le habían tomado; y por tierra había de ir toda la gente y caballos hasta allí, y estaba de la ciudad de la Ascensión hasta cuatro
leguas, y fueron caminando el dicho día, y por el camino pasaban
grandes escuadrones de indios de la generación de los guaraníes,
que se habían de juntar en el lugar de Capua para ir en compañía
del Gobernador.

Era cosa muy de ver la orden que llevaban, y el aderezo de
guerra, de muchas flechas, muy emplumados con plumas de papagayos, y sus arcos pintados de muchas maneras y con instru-
mentos de guerra, que usan entre ellos, de atabales y trompetas
y cornetas, y de otras formas; y el dicho día llegaron con toda
la gente de caballo y de a pie al lugar de Capua, donde hallaron
muy gran cantidad de los indios guaraníes, que estaban aposentados, así en el pueblo como fuera, por las arboledas de la ribera
del río; y el Mormocen, indio principal, con otros principales
indios que allí estaban, parientes suyos, y con todos los demás, los
salieron a recebir al camino un tiro de arco de su lugar, y tenían
muerta y traída mucha caza de venados y avestruces, que los
indios habían muerto aquel día y otro antes; y era tanta, que se
dio a toda la gente, con que comieron y lo dejaban de sobra; y
luego los indios principales, hecha su junta, dijeron que era necesario enviar indios y cristianos que fuesen a descubrir la tierra
por donde habían de ir, y a ver el pueblo y asiento de los enemigos, para saber si habían tenido noticia de la ida de los
españoles, y si se velaban de noche; luego, paresciéndole al Gobernador que convenía tomar los avisos, envió dos españoles con
el mismo Mormocen, indio, y con otros indios valientes que sabían
la tierra. E idos, volvieron otro día siguiente, viernes en la noche, y
dijeron cómo los indios guaycurues habían andado por los campos
y montes cazando, como es costumbre suya, y poniendo fuego por
muchas partes; y que a lo que habían podido reconoscer, aquel
día mismo habían levantado su pueblo, y se iban cazando y cami-

nando con sus hijos y mujeres, para asentar en otra parte, donde se pudiesen mantener de la caza y pesquerías, y que les parescía que no habían tenido hasta entonces noticia ni sentimiento de su ida, y que dende allí hasta donde los indios podían estar y asentar su pueblo habría cinco o seis leguas, porque se parescían los fuegos por donde andaban cazando.

CAPÍTULO XXI

CÓMO EL GOBERNADOR Y SU GENTE PASARON EL RÍO, Y SE AHOGARON DOS CRISTIANOS

Este mismo día viernes llegaron los bergantines allí para pasar las gentes y caballos de la otra parte del río, y los indios habían traído muchas canoas; y bien informado el Gobernador de lo que convenía hacerse, platicado con sus capitanes, fue acordado que luego el sábado siguiente por la mañana pasase la gente para proseguir la jornada y ir en demanda de los indios guaycurues, y mandó que se hiciesen balsas de las canoas para poder pasar los caballos; y en siendo de día, toda la gente puesta en orden, comenzaron a embarcarse y pasar en los navíos y en las balsas, y los indios en las canoas; era tanta la priesa del pasar y la grita de los indios (como era tanta gente), que era cosa muy de ver; tardaron en pasar dende las seis de la mañana hasta las dos horas después de mediodía, no embargante que había bien docientas canoas, en que pasaron.

Allí suscedió un caso de mucha lástima, que como los españoles procuraban de embarcarse primero unos que otros, cargando en una barca mucha gente al un bordo, hizo balance y se trastornó de manera, que volvió la quilla arriba y tomó debajo toda la gente, y si no fueran también socorridos, todos se ahogaran; porque, como habían muchos indios en la ribera, echáronse al agua y volcaron el navío, y como en aquella parte había mucha corriente, se llevó dos cristianos, que no pudieron ser socorridos, y los fueron a hallar el río abajo ahogados; el uno se llamaba Diego de Isla, vecino de Málaga, y el otro Juan de Valdés, vecino de Palencia.

Pasada toda la gente y caballos de la otra parte del río, los indios principales vinieron a decir al Gobernador que era su costumbre que cuando iban a hacer alguna guerra hacían un presente al capitán suyo, y que así, ellos, guardando su costumbre, lo querían hacer; que le rogaban lo recebiese; y el Gobernador, por les hacer placer, lo aceptó; y todos los principales, uno a uno, le dieron una flecha y un arco pintado, muy galán, y tras de ellos, todos los indios, cada uno trujo una flecha pintada y emplumada con plumas de papagayos, y estuvieron en hacer los dichos presentes hasta que fue de noche, y fue necesario quedarse allí en la ribera del río a dormir aquella noche, con buena guarda y centinela que hicieron.

CAPÍTULO XXII

CÓMO FUERON LAS ESPÍAS POR MANDADO DEL GOBERNADOR EN SEGUIMIENTO DE LOS INDIOS GUAYCURUES

El dicho día sábado fue acordado por el Gobernador, con parescer de sus capitanes y religiosos, que, antes que comenzasen a marchar por la tierra, fuesen los adalides a descubrir y saber a qué parte los indios guaycurues habían pasado y asentado pueblo, y de la manera que estaban, para poderles acometer y echar de la tierra de los indios guaraníes; y así, se partieron los indios, espías y cristianos, y al cuarto de la modorra vinieron, y dijeron que los indios habían todo el día cazado, y que adelante iban caminando sus mujeres y hijos, y que no sabían adónde irían a tomar asiento; y sabido lo susodicho, en la misma hora fue acordado que marchasen lo más encubiertamente que pudiesen, caminando tras de los indios, y que no se hiciesen fuegos de día, porque no fuese descubierto el ejército, ni se desmandasen los indios que allí iban, a cazar ni a otra cosa alguna; y acordado sobre esto, domingo de mañana partieron con buena orden, y fueron caminando por unos llanos y por entre arboledas, por ir más encubiertos, y de esta manera fueron caminando, llevando siempre delante indios que descubrían la tierra, muy ligeros y corredores, escogidos para aquel efecto, los cuales siempre venían a dar aviso; y demás de esto, iban las espías con todo cuidado en seguimiento de los enemigos, para tener aviso cuando hobiesen asentado su pueblo; y la orden que el Gobernador dio para marchar el campo fue, que todos los indios que consigo llevaba iban hechos un escuadrón, que duraba bien una legua, todos con sus plumajes y papagayos muy galanos y pintados, y con sus arcos y flechas, con mucha orden y concierto; los cuales llevaban el avanguardia, y tras de ellos, en el cuerpo de la batalla, iba el Gobernador con la gente de caballo, y luego la infantería de los españoles, arcabuceros y ballesteros, con el carruaje de las mujeres que llevaban la munición y bastimentos de los españoles, y los indios llevaban su carruaje en medio de ellos; y de esta forma y manera fueron caminando hasta el mediodía, que fueron a reposar debajo de unas grandes arboledas; y habiendo allí comido y reposado toda la gente y indios, tornaron a caminar por las veredas, que iban seguidas por vera de los montes y arboledas, por donde los indios, que sabían la tierra, los guiaban; y en todo el camino y campos que llevaron a su vista, había tanta caza de venados y avestruces, que era cosa de ver; pero los indios ni los españoles no salían a la caza, por no ser descubiertos ni vistos por los enemigos; y con la orden iban caminando, llevando los indios guaraníes la vanguardia (según está dicho), todos hechos un escuadrón, en buena orden, en que habría bien diez mil hombres, que era cosa muy de ver cómo iban todos pintados de almagra y otras colores, y con tantas cuentas blancas por los cuellos, y sus penachos, y con muchas planchas de cobre, que, como el sol reverberaba en ellas, daban de sí tanto resplandor, que era maravilla ver; los cuales iban proveidos de muchas flechas y arcos.

CAPÍTULO XXIII

CÓMO, YENDO SIGUIENDO LOS ENEMIGOS, FUE AVISADO EL GOBERNADOR CÓMO IBAN ADELANTE

Caminando el Gobernador y su gente por la orden ya dicha todo aquel día, después de puesto el sol, a hora del Ave-María, sucedió un escándalo y alboroto entre los indios que iban en la hueste; y fue el caso que se vinieron apretar los unos con los otros, y se alborotaron con la venida de una espía que vino de los indios guaycurues, que los puso en sospecha que se querían retirar de miedo de ellos; la cual les dijo que iban adelante, y que los había visto todo el día cazar por toda la tierra, y que todavía iban adelante caminando sus mujeres y hijos, y que creían que aquella noche asentarían su pueblo, y que los indios guaraníes habían sido avisados de unas esclavas que ellos habían captivado pocos días había, de otra generación de indios que se llaman merchireses, y que ellos habían oído decir a los de su generación que los guaycurues tenían guerra con la generación de los indios que se llaman guatataes, y que creían que iban a hacerlos daño a sus pueblos, y que a esta causa iban caminando a tanta priesa por la tierra; y porque las espías iban tras de ellos caminando hasta los ver adónde hacían parada y asiento, para dar el aviso de ello. Y sabido por el Gobernador lo que la espía dijo, visto que aquella noche hacía buena luna clara, mandó que por la misma orden fuesen todavía caminando todos adelante sobre aviso, los ballesteros con sus ballestas armadas, y los arcabuceros cargados los arcabuces y las mechas encendidas (según que en tal caso convenía); porque, aunque los indios guaraníes iban en su compañía y eran también sus amigos, tenían todo cuidado de recatarse y guardarse de ellos tanto como de los enemigos, porque suelen hacer mayores traiciones y maldades si con ellos se tiene algún descuido y confianza; y así, suelen hacer de las suyas.

CAPÍTULO XXIV

De un escándalo que causó un tigre entre los españoles y los indios

Caminando el Gobernador y su gente por vera de unas arboledas muy espesas, ya que quería anochecer, atravesóse un tigre por medio de los indios, de lo cual hobo entre ellos tan grande escándalo y alboroto, que hicieron a los españoles tocar al arma, y los españoles, creyendo que se querían volver contra ellos, dieron en los indios con apellido de Santiago, y de aquella refriega hirieron algunos indios; y visto por los indios, se metieron por el monte adentro huyendo, y hobieran herido con dos arcabuzazos al Gobernador, porque le pasaron las pelotas a raíz de la cara; los cuales se tuvo por cierto que le tiraron maliciosamente por lo matar, por complacer a Domingo de Irala, porque le había quitado el mandar de la tierra, como solía.

Y visto por el Gobernador que los indios se habían metido por los montes, y que convenía remediar y apaciguar tan grandes escándalos y alboroto, se apeó solo, y se lanzó en el monte con los indios, animándoles y diciéndoles que no era nada, sino que aquel tigre había causado aquel alboroto, y que él y su gente española eran sus amigos y hermanos, y vasallos de su majestad, y que fuesen todos con él adelante a echar los enemigos de la tierra, pues que los tenían muy cerca. Y con ver los indios al Gobernador en persona entre ellos, y con las cosas que les dijo, ellos se asosegaron, y salieron del monte con él; y es cierto que en aquel trance estuvo la cosa en punto de perderse todo el campo, porque si los dichos indios huían y se volvían a sus casas nunca se aseguraran ni fiarían de los españoles, ni sus amigos y parientes; y ansí, se salieron, llamando el Gobernador a todos los principales por sus nombres, que se habían metido en los montes con los otros; los cuales estaban muy atemorizados, y les dijo y aseguró que viniesen con él seguros, sin ningún miedo ni temor; y que si los españoles los habían querido matar, ellos habían sido la causa, porque se habían puesto en arma, dando a entender que los querían matar; porque bien entendido tenían que había sido la causa aquel tigre que pasó entre ellos, y que había puesto el temor a todos; y que, pues eran amigos, se tornasen a juntar, pues sabían que la guerra que iban a hacer, era y tocaba a ellos mismos, y por su respeto se la hacía, porque los indios guaycurues nunca los habían visto ni conoscido los españoles, ni hecho ningún enojo ni daño, y que por los amparar y defender a ellos, y que no les fuesen hechos daños algunos, iban contra los dichos indios.

Siendo tan rogados y persuadidos por el Gobernador por buenas palabras, salieron todos a ponerse en su mano muy atemorizados, diciendo que ellos se habían escandalizado yendo caminando, pensando que del monte salían sus enemigos, los que iban a buscar; y que iban huyendo a se amparar con los españoles, y que no era otra la causa de su alteración; y como fueron sosegados los indios principales, luego los otros de su generación se juntaron, y sin que hobiese ningún muerto; y ansí juntos, el Gobernador mandó que todos los indios de allí adelante fuesen a la retaguardia, y los españoles en el avanguardia, y la gente de a caballo delante de toda la gente de los indios españoles; y mandó que todavía caminasen como iban en la orden, por dar más contento a los indios, y viesen la voluntad con que iban contra sus enemigos, y perdiesen el temor de lo pasado; porque, si se rompiera con los indios, y no se pusiera remedio, todos los españoles que estaban en la provincia no se pudieran sustentar ni vivir en ella, y la habían de desamparar forzosamente; y así, fue caminando hasta dos horas de la noche, que paró con toda la gente, a do cenaron de lo que llevaban, debajo de unos árboles.

CAPÍTULO XXV

De cómo el Gobernador y su gente alcanzaron a los enemigos

A hora de las once de la noche, después de haber reposado los indios y españoles que estaban en el campo, sin consentir que hiciesen lumbre ni fuego ninguno, porque no fuesen sentidos de los enemigos, a la hora llegó una de las espías y descubridores que el Gobernador había enviado para saber de los enemigos, y dijo que los dejaba asentando su pueblo; lo cual holgó mucho de oír el Gobernador, porque tenía temor que hobiesen oído los arcabuces al tiempo que los dispararon en el alboroto y escándalo de aquella noche; y haciéndole preguntar a la espía a do quedaban los indios, le dijo que quedarían tres leguas de allí; y sabido esto por el Gobernador, mandó levantar el campo, y caminó luego toda la gente, yendo con ella poco a poco, por detenerse en el camino y llegar a dar en ellos al reír del alba, lo cual ansí convenía para seguridad de los indios amigos que consigo llevaban, y les dio por señal unas cruces de yeso, en los pechos puestas y señaladas, y en las espaldas también, porque fuesen conoscidos de los españoles, y no los matasen, pensando que eran los enemigos. Mas, aunque esto llevaban para remedio de su seguridad y peligro, entrando de noche en las casas, no bastaban para la fuga de las espadas, porque también se hieren y matan los amigos como los enemigos; y ansí caminaron hasta que el alba comenzó a romper, al tiempo que estaban cerca de las casas y pueblo de los enemigos esperando que aclarase el día para darles la batalla. Y porque no fuesen entendidos ni sentidos de ellos, mandó que hinchesen a los caballos las bocas de yerba sobre los frenos, porque no pudiesen relinchar; y mandó a los indios que tuviesen cercado el pueblo de los enemigos, y les dejasen una salida por donde pudiesen huir al monte, por no hacer mucha carnecería en ellos. Y estando así esperando, los indios guaraníes que consigo traía el Gobernador se morían de miedo de ellos, y nunca pudo acabar con ellos que acometiesen a los enemigos.

Y estándoles el Gobernador rogando y persuadiendo a ello, oyeron los atambores que tañían los indios guaycurues; los cuales estaban cantando y llamando todas las nasciones, diciendo que viniesen a ellos, porque ellos eran pocos y más valientes que todas las otras nasciones de la tierra, y eran señores de ella y de los venados y de todos los otros animales de los campos, y eran señores de los ríos, y de los pesces que andaban en ellos; porque lo tal tienen de costumbre aquella nasción, que todas las noches del mundo se velan de esta manera; y al tiempo que ya se venía el día, salieron un poco adelante, y echáronse en el suelo; y estando así, vieron el bulto de la gente y las mechas de los arcabuces; y como los enemigos resconoscieron tanto bulto de gentes y muchas lumbres de las mechas, hablaron alto, diciendo: «¿Quién sois vosotros, que osais venir a nuestras casas?» Y respondióles un cristiano que sabía su lengua, y díjoles: «Yo soy Héctor (que así se llamaba la lengua que lo dijo), y vengo con los míos a hacer el trueque (que en su lengua quiere decir venganza) de la muerte de los batates que vosotros matastes.» Entonces respondieron los enemigos: «Vengáis mucho en mal hora; que también habrá para vosotros como hobo para ellos.» Y acabado de decir esto, arrojaron a los españoles los tizones de fuego que traían en las manos, y volvieron corriendo a sus casas, y tomaron sus arcos y flechas, y volvieron contra el Gobernador y su gente con tanto ímpetu y braveza, que parescía que no lo tenían en nada: los indios que llevaba consigo el Gobernador se retiraran y huyeran si osaran.

Y visto esto por el Gobernador, encomendó el artillería de cam-

po que llevaba, a don Diego de Barba, y al capitán Salazar la infantería de todos los españoles y indios, hechos dos escuadrones,
y mandó echar los pretales de los cascabeles a los caballos, y
puesta la gente en orden, arremetieron contra los enemigos con
el apellido y nombre de Señor Santiago, el Gobernador delante en
su caballo, tropellando cuantos hallaba delante; y como vieron los
indios enemigos los caballos, que nunca los habían visto, fue tanto
el espanto que tomaron de ellos, que huyeron para los montes
cuanto pudieron, hasta meterse en ellos, y al pasar por su pueblo
pusieron fuego a una casa; y como son de esteras, de juncos y de
enea, comenzó a arder, y a esta causa se emprendió el fuego por
todas las otras, que serían hasta veinte casas levadizas, y cada
casa era de quinientos pasos. Habría en esta gente hasta cuatro
mil hombres de guerra, los cuales se retiraron detrás del humo
que los fuegos de las casas hacían; y estando así cubiertos con el
humo mataron dos cristianos y descabezaron doce indios, de los
que consigo llevaban, de esta manera, tomándolos por los cabellos,
y con unos tres o cuatro dientes que traen en un palillo, que son
de un pescado que se dice palometa. Este pescado corta los anzuelos con ellos, y teniendo a los prisioneros por los cabellos,
con tres o cuatro refregones que les dan, corriendo la mano por
el pescuezo y torciéndola un poco, se lo cortan, y quitan la cabeza,
y se la llevan en la mano, asida por los cabellos; y aunque van
corriendo, muchas veces lo suelen hacer así tan fácilmente como
si fuese otra cosa más ligera.

CAPÍTULO XXVI

CÓMO EL GOBERNADOR ROMPIÓ LOS ENEMIGOS

Rompidos y desbaratados los indios, y yendo en su seguimiento el Gobernador y su gente, uno de a caballo que iba con el Gobernador, que se halló muy junto a un indio de los enemigos, el
cual indio se abrazó al pescuezo de la yegua en que iba el caballero, y con tres flechas que llevaba en la mano dio por el pescuezo a la yegua, que se lo pasó por tres partes, y no lo pudieron
quitar hasta que allí lo mataron; y si no se hallara presente el
Gobernador, la victoria por nuestra parte estuviera dudosa.

Esta gente de estos indios son muy grandes y muy ligeros, son
muy valientes y de grandes fuerzas, viven gentílicamente, no tienen casas de asiento, mantiénense de montería y de pesquería;
ninguna nación los venció sino fueron españoles. Tienen por costumbre que si alguno los venciese, se les darían por esclavos. Las
mujeres tienen por costumbre y libertad que si a cualquier hombre

que los suyos hobieren prendido y captivado queriéndolo matar, la primera mujer que lo viera lo liberta, y no puede morir ni menos ser captivo; y queriendo estar entre ellos el tal captivo, lo tratan y quieren como si fuese de ellos mismos. Y es cierto que las mujeres tienen más libertad que la que dio la reina doña Isabel, nuestra señora, a las mujeres de España; y cansado el Gobernador y su gente de seguir el enemigo, se volvió al real, y recogida la gente con buena orden, comenzó a caminar, volviéndose a la ciudad de la Ascensión; e yendo por el camino, los indios guaycurues por muchas veces los siguieron y dieron arma, lo cual dio causa a que el Gobernador tuviese mucho trabajo en traer recogidos los indios que consigo llevó, porque no se los matasen los enemigos que habían escapado de la batalla; porque los indios guaraníes que habían ido en su servicio tienen por costumbre que, en habiendo una pluma o una flecha o una estera de cualquiera de los enemigos, se vienen con ella para su tierra solos, sin aguardar otro ninguno; y así acontesció matar veinte guaycurues a mil guaraníes, tomándolos solos y divididos; tomaron en aquella jornada el Gobernador y su gente hasta cuatrocientos prisioneros, entre hombres y mujeres y mochachos; y caminando por el camino, la gente de a caballo alancearon y mataron muchos venados; de que los indios se maravillaban mucho de ver que los caballos fuesen tan ligeros que los pudiesen alcanzar. También los indios mataron con flechas y arcos muchos venados; y a hora de las cuatro de la tarde vinieron a reposar debajo de unas grandes arboledas, donde durmieron aquella noche, puestas centinelas y a buen recaudo.

CAPÍTULO XXVII

De cómo el Gobernador volvió a la ciudad de la Ascensión con toda su gente

Otro día siguiente, siendo de día claro, partieron en buena orden, y fueron caminando y cazando, así los españoles de a caballo como los indios guaraníes, y se mataron muchos venados y avestruces, y ansimismo la gente española con las espadas mataron algunos venados que venían a dar al escuadrón huyendo de la gente de a caballo y de los indios, que era cosa de ver y de muy gran placer ver la caza que se hizo el dicho día; y hora y media antes que anocheciese llegaron a la ribera del río del Paraguay, donde había dejado el Gobernador los dos bergantines y canoas, y este día comenzó a pasar alguna de la gente y caballos; y otro día siguiente, dende la mañana hasta el mediodía, se acabó todo de pasar; y caminando, llegó a la ciudad de la Ascensión con su gente, donde había dejado para su guarda docientos y cincuenta hombres, y por capitán a Gonzalo de Mendoza, el cual tenía presos seis indios de una generación que se llaman yapirues, la cual es una gente crescida, de grandes estaturas, valientes hombres, guerreros y grandes corredores, y no labran ni crían: mantiénense de la caza y pesquería; son enemigos de los indios guaraníes y de los guaycurues.

Y habiendo hablado Gonzalo de Mendoza al Gobernador, le informó y dijo que el día antes habían venido los indios y pasado el río del Paraguay, diciendo que los de su generación habían sabido de la guerra que habían ido a hacer y se había hecho a los indios guaycurues, y que ellos y todas las otras generaciones estaban por ello atemorizados, y que su principal los enviaba a hacer saber cómo deseaban ser amigos de los cristianos; y que si ayuda fuese menester contra los guaycurues, que vernían; y que él había sospechado que los indios venían a hacer alguna traición y a ver su real, debajo de aquellos ofrescimientos, y que por esta razón los había preso hasta tanto que se pudiese bien informar y saber la verdad; y sabido lo susodicho por el Gobernador, los mandó luego soltar y que fuesen traídos ante él; los cuales fueron luego traídos, y les mandó hablar con una lengua intérprete español que entendía su lengua, y les mandó preguntar la causa de su venida a cada uno por sí. Y entendido que de ello redundara provecho y servicio de su majestad, les hizo buen tratamiento, y les dio muchas cosas de rescates para ellos y para su principal, diciéndoles cómo él los recebía por amigos y por vasallos de su majestad, y que del Gobernador serían bien tratados y favorescidos; con tanto, que se apartasen de la guerra que solían tener con los guaraníes, que eran vasallos de su majestad, y de hacerles daño; porque les hacía saber que ésta había sido la causa principal porque les había hecho guerra a los indios guaycurues; y ansí los despidió, y se partieron muy alegres y contentos.

CAPÍTULO XXVIII

DE CÓMO LOS INDIOS AGACES ROMPIERON LAS PACES

Demás de lo que Gonzalo de Mendoza dijo y avisó al Gobernador, de que se hace mención en el capítulo antes que éste, le dijo que los indios de la generación de los agaces, con quien se habían hecho y asentado las paces la noche del proprio día que partió de la ciudad de la Ascensión a hacer la guerra a los guaycurues, habían venido con mano armada a poner fuego a la ciudad y hacerles la guerra, y que habían sido sentidos por las centinelas, que tocaron al arma; y ellos, conosciendo que eran sentidos, se fueron huyendo, y dieron en las labranzas y caserías de los cristianos, de los cuales tomaron muchas mujeres de la generación de los guaraníes, de cristianas nuevamente convertidas, y que de allí adelante habían venido cada noche a saltear y robar la tierra, y habían hecho muchos daños a los naturales por haber rompido la paz; y las mujeres que habían dado en rehenes, que eran de su generación, para que guardarían la paz, la misma noche que ellos vinieron habían huido, y les habían dado aviso cómo el pueblo quedaba con poca gente, y que era buen tiempo para matar los cristianos; y por aviso de ellas vinieron a quebrantar la paz y hacer la guerra, como lo acostumbraban; y habían robado las caserías de los españoles, donde tenían sus mantenimientos, y se los habían llevado, con más de treinta mujeres de los guaraníes.

Y oído esto por el Gobernador, y tomada información de ello, mandó llamar los religiosos y clérigos, y a los oficiales de su majestad y a los capitanes, a los cuales dio cuenta de lo que los agaces habían hecho en rompimiento de las paces, y les rogó, y de parte de su majestad les mandó, que diesen su parescer (como su majestad lo mandó que lo tomase, y con él hiciese lo que conviniese), firmándolo todos ellos de sus nombres y mano, y siendo conformes a una cosa, hiciese lo que ellos le aconsejasen; y platicado el negocio entre todos ellos, y muy bien mirado, fueron de acuerdo y le dieron por parescer que les hiciese la guerra a fuego y a sangre, por castigarlos de los males y daños que continuo hacían en la tierra; y siendo éste su parescer, estando conformes, lo firmaron de sus nombres. Y para más justificación de sus delitos, el Gobernador mandó hacer proceso contra ellos; y hecho, lo mandó juntar y acumular con otros cuatro procesos que habían hecho contra ellos antes que el Gobernador fuese. Los cristianos que antes en la tierra estaban habían muerto más de mil de ellos por los males que en la tierra continuamente hacían.

CAPÍTULO XXIX

DE CÓMO EL GOBERNADOR SOLTÓ UNO DE LOS PRISIONEROS GUAYCURUES, Y ENVIÓ A LLAMAR LOS OTROS

Después de haber hecho lo que dicho es contra los agaces, mandó el Gobernador llamar a los indios principales guaraníes que se hallaron en la guerra de los guaycurues, y les mandó que le trujesen todos los prisioneros que habían habido y traído de la guerra de los guaycurues, y les mandó que no consintiesen que los guaraníes escondiesen ni traspusiesen ninguno de los dichos prisioneros, so pena que el que lo hiciese sería muy bien castigado; y así, trujeron los españoles los que habían habido, y a todos juntos les dijo que su majestad tenía mandado que ninguno de aquellos guaycurues no fuese esclavo, porque no se habían hecho con ellos las diligencias que se habían de hacer, y antes era más servido que se les diese libertad; y entre los tales indios prisioneros estaba uno muy gentil hombre y de muy buena proporción, y por ello el Gobernador lo mandó soltar y poner en libertad, y le mandó que fuese a llamar los otros todos de su generación; que él quería hablarles de parte de su majestad y recebirlos en su nombre por sus vasallos, y que siéndolo ellos, él los ampararía y defendería, y les daría siempre rescates y otras cosas; y dióle algunos rescates, con que se partió muy contento para los suyos, y ansí se fue, y dende a cuatro días volvió y trujo consigo todos los de su generación, los cuales muchos de ellos estaban mal heridos; y así como estaban vinieron todos, sin faltar ninguno.

CAPÍTULO XXX

CÓMO VINIERON A DAR LA OBEDIENCIA LOS INDIOS GUAYCURUES A LA MAJESTAD

Dende a cuatro días que el prisionero se partió del real, un lunes por la mañana llegó a la orilla del río con toda la gente de su nación, los cuales estaban debajo de una arboleda a la orilla del río del Paraguay, y sabido por el Gobernador, mandó pasar muchas canoas con algunos cristianos y algunas lenguas con ellas, para que los pasasen a la ciudad, para saber y entender qué gente eran; y pasadas de la otra parte las canoas, y en ellas hasta veinte hombres de su nación, vinieron ante el Gobernador, y en su presencia se sentaron sobre un pie como es costumbre, entre ellos, y dijeron por su lengua que ellos eran principales de su nación de guaycurues, y que ellos y sus antepasados habían tenido guerras con todas las generaciones de aquella tierra, así de los guaraníes como de los imperues y agaces y guatataes y naperues y mayaes, y otras muchas generaciones, y que siempre les habían vencido y maltratado, y ellos no habían sido vencidos de ninguna generación ni lo pensaron ser; y que pues habían hallado otros más valientes que ellos, que se venían a poner en su poder y a ser sus esclavos, para servir a los españoles; y pues el Goberna-

dor, con quien hablaban, era el principal de ellos, que les mandase
lo que habían de hacer como a tales sus sujetos y obedientes;
y que bien sabían los indios guaraníes que no bastaban ellos a
hacerles la guerra, porque ellos no los temían ni tenían en nada,
ni se atreverían a los ir a buscar y hacer la guerra si no fuera
por los españoles; y que sus mujeres y hijos quedaban de la otra
parte del río, y venían a dar la obediencia y hacer lo mismo que
ellos; y que por ellos, y en nombre de todos, se venían a ofrescer
al servicio de su majestad.

CAPÍTULO XXXI

DE CÓMO EL GOBERNADOR, HECHAS LAS PACES CON LOS GUAYCURUES, LES ENTREGÓ LOS PRISIONEROS

Y visto por el Gobernador lo que los indios guaycurues dijeron por su mensaje, y que una gente que tan temida era en toda
la tierra venían con tanta humildad a ofrecerse y ponerse en su
poder (lo cual puso grande espanto y temor en toda la tierra),
les mandó decir por las lenguas intérpretes que él era allí venido
por mandado de su majestad, y para que todos los naturales viniesen en conoscimiento de Dios nuestro Señor, y fuesen cristianos
y vasallos de su majestad, y a ponerlos en paz y sosiego, y a fa-
vorescerlos y hacerlos buenos tratamientos; y que si ellos se apartaban de las guerras y daños que hacían a los indios guaraníes,
que él los ampararía y defendería y tendría por amigos, y siempre
serían mejor tratados que las otras generaciones, y que les darían
y entregarían los prisioneros que en la guerra les había tomado,
así los que él tenía como los que tenían los cristianos en su
poder, y los otros todos que tenían los guaraníes que en su compañía habían llevado (que tenían muchos de ellos); y poniéndolo
en efecto, los prisioneros que en su poder estaban y los que los
dichos guaraníes tenían, los trajeron todos ante el Gobernador, y
se los dio y entregó; y como lo hobieron recebido, dijeron y afirmaron otra vez que ellos querían ser vasallos de su majestad, y
dende entonces daban la obediencia y vasallaje, y se apartaban
de la guerra de los guaraníes, y que dende en adelante vernían
a traer en la ciudad todo lo que tomasen, para provisión de los
españoles; y el Gobernador se lo agradesció, y les repartió a
los principales muchas joyas y rescates, y quedaron concertadas las
paces, y de allí adelante siempre las guardaron, y vinieron todas
las veces que el Gobernador los envió a llamar, y fueron muy
obedientes en sus mandamientos, y su venida era de ocho a ocho

días a la ciudad, cargados de carne de venados y puercos monteses, asada en barbacoa.

Esta barbacoa es como unas parrillas, y están dos palmos altas del suelo, y son de palos delgados, y echan la carne escalada encima, y así la asan; y traen mucho pescado y otros muchos mantenimientos, mantecas y otras cosas, y muchas mantas de lino que hacen de unos cardos, las cuales hacen muy pintadas; y asimismo muchos cueros de tigres y de dantas y de venados, y de otros animales que matan; y cuando así vienen, dura la contratación de los tales mantenimientos dos días y contratan los de la otra parte del río que están con sus ranchos; la cual contratación es muy grande, y son muy apacibles para los guaraníes, los cuales les dan, en trueque de lo que traen, mucho maíz y mandioca y mandubis, que es una fruta como avellanas o chufas, que se cría debajo de la tierra; también les dan y truecan arcos y flechas; y pasan el río a esta contratación docientas canoas juntas, cargadas de estas cosas, que es la más hermosa cosa del mundo verlas ir; y como van con tanta priesa, algunas veces se encuentran las unas con las otras, de manera que toda la mercaduría y ellas van al agua; y los indios a quien acontesce lo tal, y los otros que están en tierra esperándoles, toman tan gran risa, que en dos días no se apacigua entre ellos el regocijo; y para ir a contratar van muy pintados y empenachados, y toda la plumería va por el río abajo, y mueren por llegar con sus canoas unos primero que otros, y esta es la causa por donde se encuentran muchas veces; y en la contratación tienen tanta vocería, que no se oyen los unos a los otros, y todos están muy alegres y regocijados.

CAPÍTULO XXXII

CÓMO VINIERON LOS INDIOS APERUES A HACER PAZ Y DAR LA OBEDIENCIA

Dende a pocos días que los seis indios aperues se volvieron para los suyos, después que los mandó soltar el Gobernador para que fuesen a asegurar a los otros indios de su generación, un domingo de mañana llegaron a la ribera del Paraguay, de la otra parte, a vista de la ciudad de la Ascensión, hechos un escuadrón; los cuales hicieron seña a los de la ciudad, diciendo que querían pasar a ella; y sabido por el Gobernador, luego mandó ir canoas a saber qué gente eran; y cómo llegaron a tierra, los dichos indios se metieron en ellas y pasaron de esta otra parte hacia la ciudad; y venidos delante del Gobernador, dijeron cómo eran de aperues, y se sentaron sobre el pie, como gente de paz (según su costumbre); y sentados, dijeron que eran los principales de aquella generación llamada aperues, y que venían a conoscerse con el principal de los cristianos, y a lo tener por amigo y hacer lo que él les mandase; y que la guerra que se había hecho a los indios guaycurues la habían sabido por toda la tierra, y que por razón de ello todas las generaciones estaban muy temerosas y espantadas de que los dichos indios (siendo los más valientes y temidos) fuesen acometidos y vencidos y desbaratados por los cristianos; y que en señal de la paz y amistad que querían tener y conservar con los cristianos trujeron consigo ciertas hijas suyas, y rogaron al Gobernador que las recebiese, y para que ellos estuviesen más ciertos y seguros y les tuviesen por amigos, las daban en rehenes; y estando presentes a ello los capitanes y religiosos que consigo traía el Gobernador, y ansimismo en presencia de los oficiales de su majestad, dijo que él era venido a aquella tierra a dar a entender a los naturales de ella cómo habían de ser cristianos y enseñados en la fe, y que diesen la obediencia a su majestad, y tuviesen paz y amistad con los indios guaraníes, pues eran naturales de aquella tierra y vasallos de su majestad, y que guardando ellos el amistad y otras cosas que les mandó de parte de su majestad, los recebiría por sus vasallos, y como a tales los ampararía y defendería de todos, guardando la paz y amistad con todos los naturales de aquella tierra, y mandaría a todos los indios que los favoresciesen y tuviesen por amigos; y dende allí los tuviesen por tales, y que cada y cuando que quisiesen pudiesen venir seguros a la ciudad de la Ascensión a rescatar y contratar con los cristianos y indios que en ella residían, como lo hacían los guaycurues después que asentó la paz con ellos; y para tener seguro de ellos, el Gobernador recebió las mujeres y hijas que le dieron, y también porque no se enojasen, creyendo que, pues no las tomaba, no los admitía; las cuales mujeres y muchachos el Gobernador dio a los religiosos y clérigos para que las doctrinasen y enseñasen la doctrina cristiana, y las pusiesen en buenos usos y costumbres; y los indios se holgaron mucho de ello, y quedaron muy contentos y alegres por haber quedado por vasallos de su majestad, y dende luego como tales le obedescieron y propusieron de cumplir lo que por parte del Gobernador les fue mandado; y habiéndoles dado muchos rescates, con que se alegraron y contentaron mucho, se fueron muy alegres. Estos indios de que se ha tratado nunca están quedos de tres días arriba en un asiento; siempre se mudan de tres a tres días, y andan buscando la caza y monterías y pesquerías para sustentarse, y traen consigo sus mujeres y hijos; y deseoso el Gobernador de atraerlos a nuestra santa fe católica, preguntó a los clérigos y religiosos si había manera para poder industriar y doctrinar aquellos indios. Y le respondieron que no podía ser, por no tener los dichos indios asiento cierto, y porque se les pasaban los días y gastaban el tiempo en buscar de comer; y que por ser la necesidad tan grande de los mantenimientos, que no podían dejar de andar todo el día a buscarlos con sus mujeres y hijos; y si otra cosa en contrario quisiesen hacer, morirían de hambre; y que sería por demás el trabajo que en ello se pusiese, porque no podrían venir ellos ni sus mujeres y hijos a la doctrina, ni los religiosos estar entre ellos, porque había poca seguridad y menos confianza.

CAPÍTULO XXXIII

DE LA SENTENCIA QUE SE DIO CONTRA LOS AGACES, CON PARESCER DE LOS RELIGIOSOS Y CAPITANES Y OFICIALES DE SU MAJESTAD

Después de haber recebido el Gobernador a la obediencia de su majestad los indios (como habéis oído), mandó que le mostrasen el proceso y probanza que se había hecho contra los indios agaces; y visto por él y por los otros procesos que contra ellos se había hecho, paresció por ellos ser culpados por los robos y muertes que por toda la tierra habían hecho, mostró el proceso de sus culpas y la instrucción que tenía de su majestad a los clérigos y religiosos, estando presentes los capitanes y oficiales de su majestad; y habiéndolo muy bien visto todos juntamente, sin discrepar en ninguna cosa, le dieron por parescer que les hiciese la guerra a fuego y a sangre, porque así convenía al servicio de Dios y de su majestad; y por lo que resultaba por el proceso de sus culpas, conforme a derecho, los condenó a muerte a trece o a catorce de su generación que tenía presos; y entrando en la cárcel su alcalde mayor a sacarlos, con unos cuchillos que tenían escondidos dieron ciertas puñaladas a personas que entraron con el Alcalde, y los mataran si no fuera por otra gente que con ellos iban, que los socorrieron; y defendiéndose de ellos, fuéles forzado meter mano a las espadas que llevaban; y metiéronles en tanta necesidad, que mataron dos de ellos y sacaron los otros a ahorcar en ejecución de la sentencia.

CAPÍTULO XXXIV

DE CÓMO EL GOBERNADOR TORNÓ A SOCORRER A LOS QUE ESTABAN EN BUENOS-AIRES

Como las cosas estaban en paz y quietud, envió el Gobernador a socorrer la gente que estaba en Buenos-Aires, y al capitán Juan

Romero, que había enviado a hacer el mismo socorro con dos
bergantines y gente; para el cual socorro acordó enviar al capitán
Gonzalo de Mendoza con otros dos bergantines cargados de bastimentos y cien hombres; y esto hecho, mandó llamar los religiosos y clérigos y oficiales de vuestra majestad, a los cuales dijo
que pues no había cosa que impidiese el descubrimiento de aquella provincia, que se debía de buscar lumbre y camino por donde
sin peligro y menos pérdida de gente se pusiese en efecto la
entrada por tierra, por donde hubiese poblaciones de indios y que
tuviesen bastimentos, apartándose de los despoblados y desiertos
(porque había muchos en la tierra), y que les rogaba y encomen-
daba de parte de su majestad mirasen lo que más útil y prove-
choso fuese y les paresciese, y que sobre ello le diesen su parescer,
los cuales religiosos y clérigos, y el comisario fray Bernaldo de
Armenta, y fray Alonso Lebrón, de la orden del señor sant Francisco; y fray Juan de Salazar, de la orden de la Merced; y fray
Luis de Herrezuelo, de la orden de sant Hierónimo; y Francisco
de Andrada, el bachiller Martín de Almenza, y el bachiller Martínez, y Juan Gabriel de Lezcano, clérigos y capellanes de la iglesia
de la ciudad de la Ascensión.

Asimismo pidió parescer a los oficiales de su majestad y a los
capitanes; y habiendo platicado entre todos sobre ello, todos conformes dijeron que su parecer era que luego con toda brevedad
se enviase a buscar tierra poblada por donde se pudiese ir a hacer
la entrada y descubrimiento, por las causas y razones que el Gobernador había dicho y propuesto, y así quedó aquel día asentado y concertado; y para que mejor se pudiese hacer el descubrimiento, y con más brevedad, mandó el Gobernador llamar los
indios más principales de la tierra y más antiguos de los guaraníes, y les dijo cómo él quería ir a descubrir las poblaciones a
aquella provincia, de las cuales ellos le habían dado relación muchas veces; y que antes de lo poner en efecto quería enviar algunos cristianos a que por vista de ojos viesen el camino por donde
habían de ir; y que pues ellos eran cristianos y vasallos de su
majestad, tuviesen por bien de dar indios de su generación que
supiesen el camino para los llevar y guiar, de manera que se pudiese traer buena relación, y a vuestra majestad harían servicio
y a ellos mucho provecho, allende que les sería pagado y gratifi-
cado; y los indios principales dijeron que ellos se iban, y pro-
veerían de la gente que fuese menester cuando se la pidiesen, y
allí se ofrescieron muchos de ir con los cristianos; el primero
fue un indio principal del río arriba que se llamaba Aracare, y
otros señalados que adelante se dirá; y vista la voluntad de los
indios, se partieron con ellos tres cristianos-lenguas, hombres pláticos en la tierra, y iban con ellos los indios que se le habían ofrescido muchas veces, de guaraníes y otras generaciones, los cuales
habían pedido les diesen la empresa del descubrimiento; a los
cuales encomendó que con toda diligencia y fidelidad descubriesen

aquel camino, adonde tanto servicio harían a Dios y a vuestra majestad; y entre tanto que los cristianos y indios ponían en efecto el camino, mandó adereszar tres bergantines y bastimentos y cosas necesarias, y con noventa cristianos envió al capitán Domingo de Irala, vizcaíno, por capitán de ellos, para que subiesen por el río del Paraguay arriba todo lo que pudiesen navegar y descubrir en tiempo de tres meses y medio, y viesen si en la ribera del río había algunas poblaciones de indios, de los cuales se tomase relación y aviso de las poblaciones y gente de la provincia.

Partiéronse estos tres navíos de cristianos a 20 días del mes de noviembre, año de 1542. En ellos iban los tres españoles con los indios que habían de descubrir por tierra, a do habían de hacer el descubrimiento por el puerto que dicen de las Piedras, setenta leguas de la ciudad de la Ascensión, yendo por el río del Paraguay arriba. Partidos los navíos que iban a hacer el descubrimiento de la tierra, dende a ocho días escribió una carta el capitán Vergara, cómo los tres españoles se habían partido con número de más de ochocientos indios por el puerto de las Piedras, debajo del Trópico en veinte y cuatro grados, a proseguir su camino y descubrimiento, y que los indios iban muy alegres y deseosos de enseñar a los españoles el dicho camino; y habiéndolos encargado y encomendado a los indios, se partía para el río arriba a hacer el descubrimiento.

CAPÍTULO XXXV

CÓMO SE VOLVIERON DE LA ENTRADA LOS TRES CRISTIANOS Ó INDIOS QUE IBAN A DESCUBRIR

Pasados veinte días que los tres españoles hobieron partido de la ciudad de la Ascensión a ver el camino que los indios se ofrescieron a les enseñar, volvieron a la ciudad, y dijeron que llevando por guía principal Aracare, indio principal de la tierra, habían entrado por el que dicen puerto de las Piedras, y con ellos hasta ochocientos indios, poco más o menos; y habiendo caminado cuatro jornadas por la tierra por donde los dichos indios iban, guiando el indio Aracare, principal, como hombre que los indios le temían y acataban con mucho respeto, les mandó, desde el principio de su entrada, fuesen poniendo fuego por los campos por donde iban caminando, que era dar grande aviso a los indios de aquella tierra, enemigos, para que saliesen a ellos al camino y los matasen; lo cual hacían contra la costumbre y orden que tienen los que van a entrar y a descubrir por semejantes tierras y en-

tre los indios se acostumbraba; y allende de esto, el Aracare públicamente iba diciendo a los indios que se volviesen y no fuesen
con ellos a les enseñar el camino de las poblaciones de la tierra,
porque los cristianos eran malos, y otras palabras muy malas y
ásperas, con las cuales escandalizó a los indios; y no embargante
que por ellos fueron rogados y importunados siguiesen su camino
y dejasen de quemar los campos, no lo quisieron hacer; antes al
cabo de las cuatro jornadas se volvieron, dejándolos desampara-
dos y perdidos en la tierra, y en muy gran peligro, por lo cual
les fue forzado volverse, visto que todos los indios y las guías se
habían vuelto.

CAPÍTULO XXXVI

Cómo se hizo tablazón para los bergantines y una carabela

En este tiempo el Gobernador mandó que se buscase madera
para aserrar y hacer tablazón y ligazón, así para hacer bergantines
para el descubrimiento de la tierra, como para hacer una carabela
que tenía acordado de enviar a este reino para dar cuenta a su
majestad de las cosas sucedidas en la provincia en el descubrimiento y conquista de ella; y el Gobernador personalmente fue por
los montes y campos de la tierra con los oficiales y maestros de
bergantines y aserradores; los cuales en tiempo de tres meses ase-
rraron toda la madera que les paresció que bastaría para hacer
la carabela y diez navíos de remos para la navegación del río y descubrimiento de él; la cual se trajo a la ciudad de la Ascensión por
los indios naturales, a los cuales mandó pagar sus trabajos, y de la
madera con toda diligencia se comenzaron a hacer los dichos
bergantines.

CAPÍTULO XXXVII

De cómo los indios de la tierra se tornaron a ofrescer

Y visto que los cristianos que había enviado a descubrir y buscar camino para hacer la entrada y descubrimiento de la provincia
se habían vuelto sin traer relación ni aviso de lo que convenía; y

que al presente se ofrescían ciertos indios principales naturales de esta ribera, algunos de los cristianos nuevamente convertidos y otros muchos indios, ir a descubrir las poblaciones de la tierra adentro, y que llevarían consigo algunos españoles que lo viesen, y trujesen relación del camino que ansí descubriesen, habiendo hablado y platicado con los indios principales que a ello se ofrecieron, que se llamaban Juan de Salazar Cupirati, y Lorenzo Moquiraci, y Timbuay, y Gonzalo Mayrairu, y otros; y vista su voluntad y buen celo con que se movían a descubrir la tierra, se lo agradesció y ofresció que su majestad, y él en su real nombre, se lo pagarían y gratificarían; y a esta sazón le pidieron cuatro españoles, hombres pláticos en aquella tierra, les diese la empresa del descubrimiento, porque ellos irían con los indios y pornían en descubrir el camino toda la diligencia que para tal caso se requería; y visto que de su voluntad se ofrescían, el Gobernador se lo concedió.

Estos cristianos que se ofrescieron a descubrir este camino, y los indios principales con hasta mil y quinientos indios que llamaron y juntaron de la tierra, se partieron a 15 días del mes de diciembre del año de 542 años, y fueron navegando con canoas por el río del Paraguay arriba, y otros fueron por tierra hasta el puerto de las Piedras, por donde se había de hacer la entrada al descubrimiento de la tierra, y habían de pasar por la tierra y lugares de Aracare, que estorbaba que no se descubriese el camino pasado a los indios, a que nuevamente iban, y que no fuesen induciéndoles con palabras de motín; y no lo queriendo hacer los indios, se lo quisieron hacer dejar descubrir por fuerza, y todavía pasaron delante; y llegados al puerto de las Piedras los españoles, llevando consigo los indios y algunos que dijeron que sabían el camino por guías, caminaron treinta días contino por tierra despoblada, donde pasaron grandes hambres y sed; en tal manera, que murieron algunos indios, y los cristianos con ellos se vieron tan desatinados y perdidos de sed y hambre, que perdieron el tino y no sabían por dónde habían de caminar; y de esta causa se acordaron de volver y se volvieron, comiendo por todo el camino cardos salvajes, y para beber sacaban zumo de los cardos y de otras yerbas, y a cabo de cuarenta y cinco días volvieron a la ciudad de la Ascensión; y venido por el río abajo, el dicho Aracare les salió al camino y les hizo mucho daño, mostrándose enemigo capital de los cristianos y de los indios que eran amigos, haciendo guerra a todos; y los indios y cristianos llegaron flacos y muy trabajados.

Y vistos los daños tan notorios que el dicho Aracare indio había hecho y hacía, y cómo estaba declarado por enemigo capital, con parescer de los oficiales de vuestra majestad y religiosos, mandó el Gobernador proceder contra él, y se hizo el proceso, y mandó que a Aracare le fuesen notificados los autos, y así se lo notificaron, con gran peligro y trabajo de los españoles que para ello envió, porque Aracare los salió a matar con mano armada,

levantando y apellidando todos sus parientes y amigos para ello;
y hecho y fulminado el proceso conforme a derecho, fue senten-
ciado a pena de muerte corporal, la cual fue ejecutada en el dicho
Aracare indio, y a los indios naturales les fue dicho y dado a entender las razones y causas justas que para ello había habido.

A 20 días del mes de diciembre vinieron a surgir al puerto de
la ciudad de la Ascensión los cuatro bergantines que el Gobernador había enviado al río del Paraná a socorrer los españoles que
venían en la nao que envió dende la isla de Santa Catalina, y
con ellos el batel de la nao, y en todos cinco navíos vino toda
la gente, y luego todos desembarcaron. Pedro Destopiñán Cabeza
de Vaca, a quien dejó por capitán de la nao y gente, el cual dijo
que llegó con la nao al río del Paraná, y que luego fue en demanda del puerto de Buenos-Aires; y en la entrada del puerto, junto
donde estaba asentado el pueblo, halló un mastel enarbolado hin-
cado en tierra, con unas letras cavadas que decían: «Aquí está una
carta»; y fue hallada en unos barrenos que se dieron; la cual
abierta, estaba firmada de Alonso Cabrera, veedor de fundiciones,
y de Domingo de Irala, vizcaíno, que se decía y nombraba teniente
de gobernador de la provincia; y decía dentro de ella cómo habían
despoblado el pueblo del puerto de Buenos-Aires, y llevado la
gente que en él residía a la ciudad de la Ascensión por causas
que en la carta se contenían; y que de causa de hallar el pueblo
alzado y levantado, había estado muy cerca de ser perdida toda la
gente que en la nao venía, así de hambre como por guerra que
los indios guaraníes les daban; y que por tierra, en un esquife
de la nao, se le habían ido veinte y cinco cristianos huyendo de
hambre, y que iban a la costa del Brasil; y que si tan brevemente no fueran socorridos, y a tardarse el socorro un día solo, a
todos los mataran los indios; porque la propria noche que llegó
el socorro, con haberles venido ciento y cincuenta españoles pláticos en la tierra a socorrerlos, los habían acometido los indios
al cuarto del alba y puesto fuego a su real, y les mataron y hirieron cinco o seis españoles; y con hallar tan gran resistencia de
navíos y de gente, les pusieron los indios en muy gran peligro; y
así, se tuvo por muy cierto que los indios mataran toda la gente
española de la nao si no se hallara allí el socorro, con el cual se
reformaron y esforzaron para salvar la gente; y que allende de
esto, se puso grande diligencia a tornar a fundar y asentar de nuevo
el pueblo y puerto de Buenos-Aires, en el río del Paraná, en un río
que se llama el río de San Juan, y no se pudo asentar ni hacer
a causa que era a la sazón invierno, tiempo trabajoso, y las tapias
que se hacían las aguas las derribaban. Por manera que les fue
forzado dejarlo de hacer, y fue acordado que toda la gente se su-
biese por el río arriba, y traerla a esta ciudad de la Ascensión.

A este capitán Gonzalo de Mendoza, siempre la víspera o día
de Todos Santos le acontescía un caso desastrado, y a la boca del
río, el mismo día, se le perdió una nao cargada de bastimento y

se le ahogó gente harta, y viniendo navegando acontesció un acaso extraño. Estando la víspera de Todos Santos surtos los navíos en la ribera del río junto a unas barranqueras altas, y estando amarrada a un árbol la galera que traía Gonzalo de Mendoza, tembló la tierra, y levantada la misma tierra se vino arrollada como un golpe de mar hasta la barranca, y los árboles cayeron en el río y la barranca dio sobre los bergantines, y el árbol do estaba amarrada la galera dio tan gran golpe sobre ella que la volvió de abajo arriba, y así la llevó más de media legua llevando el mastel debajo y la quilla encima; y de esta tormenta se le ahogaron en la galera y otros navíos catorce personas entre hombres y mujeres; y según lo dijeron los que se hallaron presentes, fue la cosa más temerosa que jamás pasó; y con este trabajo llegaron a la ciudad de la Ascensión, donde fueron bien aposentados y proveídos de todo lo necesario; y el Gobernador con toda la gente dieron gracias a Dios por haberlos traído a salvamiento y escapado de tantos peligros como por aquel río hay y pasaron.

CAPÍTULO XXXVIII

DE CÓMO SE QUEMÓ EL PUEBLO DE LA ASCENSIÓN

A 4 días del mes de hebrero del año siguiente de 543 años, un domingo de madrugada, tres horas antes que amaneciese, se puso fuego a una casa pajiza dentro de la ciudad de la Ascensión, y de allí saltó a otras muchas casas; y como había viento fresco, andaba el fuego con tanta fuerza, que era espanto de lo ver, y puso grande alteración y desasosiego a los españoles, creyendo que los indios por les echar de la tierra lo habían hecho.

El Gobernador a la sazón hizo dar al arma para que acudiesen a ella y sacasen sus armas, y quedasen armados para se defender y sustentar en la tierra; y por salir los cristianos con sus armas, las escaparon, y quemóseles toda su ropa, y quemáronse más de docientas casas, y no les quedaron más de cincuenta casas, las cuales escaparon por estar en medio un arroyo de agua, y quemáronseles más de cuatro o cinco mil hanegas de maíz en grano, que es el trigo de la tierra, y mucha harina de ello, y muchos otros mantenimientos de gallinas y puercos en gran cantidad, y quedaron los españoles tan perdidos y destruidos y tan desnudos, que no les quedó con que se cubrir las carnes; y fue tan grande el fuego, que duró cuatro días; hasta una braza debajo de la tierra se quemó, y las paredes de las casas con la fortaleza de él se cayeron.

Averiguóse que una india de un cristiano había puesto el fuego; sacudiendo una hamaca que se le quemaba, dio una morcella en la paja de la casa; como las paredes son de paja, se quemó; y visto que los españoles quedaban perdidos y sus casas y haciendas asoladas, de lo que el Gobernador tenía de su propria hacienda los remedió, y daba de comer a los que no lo tenían, mercando de su hacienda los mantenimientos, y con toda diligencia les ayudó y les hizo hacer sus casas, haciéndolas de tapias, por quitar la ocasión que tan fácilmente no se quemasen cada día; y puestos en ello, y con la gran necesidad que tenían de ellas, en pocos días las hicieron.

CAPÍTULO XXXIX

Cómo vino Domingo de Irala

A 15 días del mes de hebrero vino a surgir a este pueblo de la Ascensión Domingo de Irala, con los tres bergantines que llevó al descubrimiento del río del Paraguay; el cual salió en tierra a dar relación al Gobernador de su descubrimiento; y dijo que dende 20 de octubre, que partió del puerto de la Ascensión, hasta el de los Reyes, 6 días del mes de enero, había subido por el río del Paraguay arriba, contratando y tomando aviso de los indios naturales que están en la ribera del río hasta aquel dicho día; que había llegado a una tierra de una generación de indios labradores y criadores de gallinas y patos, los cuales crían estos indios para defenderse con ellos de la importunidad y daño que les hacen los grillos, porque cuantas mantas tienen se las roen y comen; críanse estos grillos en la paja con que están cubiertas sus casas, y para guardar sus ropas tienen muchas tinajas, en las cuales meten sus mantas y cueros dentro, y tápanlas con unos tapaderos de barro, y de esta manera defienden sus ropas, porque de la cumbre de las casas caen muchos de ellos a buscar qué roer, y entonces dan los patos en ellos con tanta priesa, que se los comen todos; y esto hacen dos o tres veces cada día que ellos salen a comer, que es hermosa cosa de ver la montanera con ellos; y estos indios habitan y tienen sus casas dentro de unas lagunas y cercados de otras; llámanse cacocies chaneses; y que de los indios había tenido aviso que por la tierra era el camino para ir a las poblaciones de la tierra adentro; y que él había entrado tres jornadas, y que le había parescido la tierra muy buena, y que la relación de dentro de ella le habían dado los indios; y allende de esto, en estos pueblos de los indios de esta tierra había grandes basti-

mentos, adonde se podían fornescer para poder hacer por allí la
entrada de la tierra y conquista; y que había visto entre los indios
muestra de oro y plata, y se habían ofrescido a le guiar y enseñar
el camino, y que en todo su descubrimiento que había hecho por
todo el río, no había hallado ni tenido nueva de tierra más aparejada para hacer la entrada que determinaba hacer; y que tenién-
dola por tal, había entrado por la tierra adentro por aquella parte,
que por haber llegado en el mismo día de los Reyes a ella, le había
puesto por nombre el puerto de los Reyes, y dejaba los naturales
de él con gran deseo de ver los españoles, y que el Gobernador
fuese a los conoscer; y luego como Domingo de Irala hobo dado
la relación al Gobernador de lo que había hallado y traía, mandó
llamar y juntar a los religiosos y clérigos y a los oficiales de su
majestad y a los capitanes; y· estando juntos, les mandó leer la
relación que había traído Domingo de Irala, y les rogó que sobre
ello hobiesen su acuerdo, y le diesen su parescer de lo que se
había de hacer para descubrir aquella tierra, como convenía al servicio de Dios y de su majestad (como otra vez lo tenía pedido y
rogado); porque así convenía al servicio de su majestad, pues tenían camino cierto descubierto, y era el mejor que hasta entonces
habían hallado; y todos juntos, sin discrepar ninguno dieron su
parescer, diciendo que convenía mucho al servicio de su majestad
que con toda presteza se hiciese la entrada por el puerto de los
Reyes, y que así convenía y lo daban por su parescer, y lo firmaban
de sus nombres; y que luego sin dilación ninguna se había de
poner en efecto la entrada, pues la tierra era poblada de mantenimientos y otras cosas necesarias para el descubrimiento de ello.

Vistos los paresceres de los religiosos, clérigos y capitanes, y
conformándose con ellos el Gobernador, paresciéndole ser así cum-
plidero al servicio de su majestad, mandó aderezar y poner a punto
los diez bergantines que él tenía hechos para el mismo descubrimiento, y mandó a los indios guaraníes que le vendiesen los
bastimentos que tenían, para cargar y fornescer de ellos los bergantines y canoas que estaban prestos para el viaje y descubrimiento, porque el fuego que había pasado antes le había quemado
todos los bastimentos que él tenía, y por esto le fue forzado comprar de su hacienda a los indios los bastimentos, y él les dio a los
indios muchos rescates por ellos, por no aguardar a que viniesen
otros frutos, para despachar y proveer con toda brevedad; y para
que más brevemente se hiciese, y le trajesen los bastimentos
sin que los indios viniesen cargados con ellos, envió al capitán
Gonzalo de Mendoza con tres bergantines por el Paraguay arriba
a la tierra y lugares de los indios sus amigos y vasallos de su majestad, que les tomase los bastimentos, y mandó que los pagase a
los indios y les hiciese muy buenos tratamientos, y que les con-
tentase con rescates, que llevaba mucha copia de ellos; y que mandase y apercibiese a las lenguas que habían de pagar a los indios

los bastimentos, los tratasen bien, y no les hiciesen agravios y
fuerzas, so pena que serían castigados; y que así lo guardasen
y cumpliesen.

CAPÍTULO XL

DE LO QUE ESCRIBIÓ GONZALO DE MENDOZA

Dende a pocos días que Gonzalo de Mendoza se hubo partido
con los tres navíos escribió una carta al Gobernador, por la cual
le hacía saber cómo él había llegado al puerto que dicen de Giguy,
y había enviado por la tierra adentro a los lugares donde le habían de dar los bastimentos, y que muchos indios principales que
le habían venido a ver y comenzado a traer los bastimentos; y
que las lenguas habían venido huyendo a se recoger a los bergantines porque los habían querido matar los amigos y parientes
de un indio que andaba alzado, y andaba alborotando la tierra
contra los cristianos y contra los indios que eran nuestros amigos;
que decían que no les diesen bastimentos, y que muchos indios
principales que habían venido a pedirle ayuda y socorro para defender y amparar sus pueblos de dos indios principales, que se
decían Guacani y Atabare, con todos sus parientes y valedores, y
les hacían la guerra crudamente a fuego y a sangre, y les quema-
ban sus pueblos, y les corrían la tierra, diciendo que los matarían
y destruirían si no se juntaban con ellos para matar y destruir y
echar de la tierra a los cristianos; y que él andaba entreteniendo
y temporizando con los indios hasta le hacer saber lo que pasaba,
para que proveyese en ello lo que conviniese; porque allende de lo
susodicho, los indios no le traían ningún bastimento, por tenerlos
tomados los contrarios los pasos; y los españoles que estaban en
los navíos padescían mucha hambre.

Y vista la carta de Gonzalo de Mendoza, mandó el Gobernador
llamar a los frailes y clérigos y oficiales de su majestad y a los
capitanes, los cuales fueron juntos, y les hizo leer la carta; y vista,
les pidió que le diesen parescer lo que sobre ello les parescía
que se debía de hacer, conformándose con la instrucción de su
majestad, la cual les fue leída en su presencia; y que conformándose con ella, le diesen su parescer de lo que debía de hacer
y que más conviniese al servicio de su majestad; los cuales dijeron
que, pues los dichos indios hacían la guerra contra los cristianos
y contra los naturales vasallos de su majestad, que su parescer
de ellos era, y así lo daban, y dieron y firmaron de sus nombres,
que debía mandar enviar gente de guerra contra ellos, y requerir-

les primero con la paz, apercibiéndolos que se volviesen a la obediencia de su majestad; que si no lo quisiesen hacer, se lo requiriesen una, y dos, y tres veces, y más cuantas pudiesen, protestándoles que todas las muertes y quemas y daños que en la tierra se hiciesen fuesen a su cargo y cuenta de ellos; y cuando no quisiesen venir a dar la obediencia, que les hiciese la guerra como contra enemigos, y amparando y defendiendo a los indios amigos que estaban en la tierra.

Dende a pocos días que los religiosos y clérigos y los demás dieron su parescer, el mismo capitán Gonzalo de Mendoza tornó a escrebir otra carta al Gobernador; en la cual le hacía saber cómo los indios Guacani y Atabare, principales, hacían cruel guerra a los indios amigos, corriéndoles la tierra, matándolos y robándolos, hasta llegar al puerto donde estaban los cristianos que habían venido defendiendo los bastimentos; y que los indios amigos estaban muy fatigados, pidiendo cada día socorro a Gonzalo de Mendoza, y diciéndole que si brevemente no los socorría, todos los indios se alzarían, por excusar la guerra y daños que tan cruel guerra les hacía de contino.

CAPÍTULO XLI

DE CÓMO EL GOBERNADOR SOCORRIÓ A LOS QUE ESTABAN CON GONZALO DE MENDOZA

Vista esta segunda carta, y las demás querellas que daban los naturales, el Gobernador tornó a comunicar con los religiosos, clérigos y oficiales, y con su parescer mandó que fuese el capitán Domingo de Irala a favorescer los indios amigos, y a poner en paz la guerra que se había comenzado, favoresciendo los naturales que recebían daño de los enemigos; y para ello envió cuatro bergantines, con ciento y cincuenta hombres, demás de los que tenía el capitán Gonzalo de Mendoza allá; y mandó que Domingo de Irala con la gente, que fuesen derechos a los lugares y puertos de Guacani y Atabare, y les requiriese de parte de su majestad que dejasen la guerra y se apartasen de hacerla, y volviesen y diesen la obediencia a su majestad; que fuesen amigos de los españoles; y que cuando siendo así requeridos y amonestados una, y dos, y tres veces, y cuantas más debiesen y pudiesen, con el menor daño que pudiesen les hiciesen guerra, excusando muertes y robos y otros males, y los constriñesen apretándoles para que dejasen la guerra y tornasen a la paz y amistad que antes solían tener, y lo procurase por todas las vías que pudiese.

CAPÍTULO XLII

DE CÓMO EN LA GUERRA MURIERON CUATRO CRISTIANOS
QUE HIRIERON

Partido Domingo de Irala y llegado en la tierra y lugares de
los indios, envió a requerir y amonestar a Atabare y a Guacani,
indios principales de la guerra, y con ellos estaba gran copia de
gente esperando la guerra; y como las lenguas llegaron a reque-
rirles, no los habían querido oír, antes enviaron a desafiar a los
indios amigos, y les robaban y les hacían muy grandes daños, que
defendiéndoles y apartándoles habían habido con ellos muchas
escaramuzas, de las cuales habían salido heridos algunos cristianos, los cuales envió para que fuesen curados en la ciudad de la
Ascensión, y cuatro o cinco murieron de los que vinieron heridos,
por culpa suya y por excesos que hicieron, porque las heridas eran
muy pequeñas y no eran de muerte ni de peligro; porque el uno
de ellos, de solo un rascuño que le hicieron con una flecha en la
nariz en soslayo, murió, porque las flechas traían yerba; y cuando
los que son heridos de ella no se guardan mucho de tener excesos
con mujeres, porque en lo demás no hay de qué temer la yerba
de aquella tierra.

El Gobernador tornó a escrebir a Domingo de Irala, mandán-
dole que por todas las vías y formas que él pudiese trabajase por
hacer paz y amistad con los indios enemigos, porque así convenía
al servicio de su majestad; porque entre tanto que la tierra estuviese en guerra, no podían dejar de haber alborotos y escándalos
y muertes y robos y desasosiegos en ella, de los cuales Dios y su
majestad serían deservidos; y con esto que le envió a mandar, le
envió muchos rescates para que diese y repartiese entre los indios
que habían servido, y con los demás que le paresciese que podrían
asentar y perpetuar la paz; y estando las cosas en este estado,
Domingo de Irala procuró de hacer las paces; y como ellos estuviesen muy fatigados y trabajados de la guerra tan brava como
los cristianos les habían hecho y hacían, deseaban tener ya paz
con ellos; y con las muchas dádivas que el Capitán General
les envió, con muchos ofrescimientos nuevos que de su parte se les
hizo, vinieron a asentar la paz y dieron de nuevo la obediencia
a su majestad, y se conformaron con todos los indios de la tierra;
y los indios principales Guacani y Atabare, y otros muchos juntamente en amistad y servicio de su majestad, fueron ante el
Gobernador a confirmar las paces, y él dijo a los de la parte de
Guacani y Atabare que en se apartar de la guerra habían hecho
lo que debían, y que en nombre de su majestad les perdonaba el
desacato y desobediencia pasada, y que si otra vez lo hiciesen que
serían castigados con todo rigor, sin tener de ellos ninguna pie-

dad; y tras de esto, les dio rescates, y se fueron muy alegres y contentos.

Y viendo que aquella tierra y naturales de ella estaban en paz y concordia, mandó poner gran diligencia en traer los bastimentos y las otras cosas necesarias para fornescer y cargar los navíos que habían de ir a la entrada y descubrimiento de la tierra por el puerto de los Reyes, por do estaba concertado y determinado que se prosiguiese; en pocos días le trujeron los indios naturales más de tres mil quintales de harina de mandioca y maíz, y con ellos acabó de cargar todos los navíos de bastimentos, los cuales les pagó mucho a su voluntad y contento, y proveyó de armas a los españoles que no las tenían, y de las otras cosas necesarias que eran menester.

CAPÍTULO XLIII

DE CÓMO LOS FRAILES SE IBAN HUIDOS

Estando a punto apercebidos y aparejados los bergantines, y cargados los bastimentos y las otras cosas que convenían para la entrada y descubrimiento de la tierra, como estaba concertado, y los oficiales de su majestad y religiosos y clérigos lo habían dado por parescer, callada y encubiertamente induciron y levantaron al comisario fray Bernaldo de Armenta y fray Alonso Lebrón, su compañero, de la orden de San Francisco, que se fuesen por el camino que el Gobernador descubrió, dende la costa del Brasil por entre los lugares de los indios, y que se volviesen a la costa, y llevasen ciertas cartas para su majestad, dándole a entender por ellas que el Gobernador usaba mal de la gobernación que su majestad le había hecho merced, movidos con mal celo por el odio y enemistad que le tenían, por impedir y estobar la entrada y descubrimiento de la tierra que iba a descubrir (como dicho tengo); lo cual hacían porque el Gobernador no sirviese a su majestad ni diese ser ni descubriese aquella tierra; y la causa de esto había sido porque cuando el Gobernador llegó a la tierra la halló pobre, y desarmados los cristianos, y rotos los que en ella servían a su majestad; y los que en ella residían se le querellaron de los agravios y malos tratamientos que los oficiales de su majestad les hacían, y que por su proprio interese particular habían echado un tributo y nueva imposición muy contra justicia y contra lo que se usa en España y en Indias, a la cual imposición pusieron nombre de quinto, de lo cual está hecha memoria en esta relación, y por esto querían impedir la entrada, y

el secreto de esto de que se querían ir los frailes, andaba el uno
de ellos con un Crucifijo debajo del manto, y hacían que pusiesen la mano en el Crucifijo y jurasen de guardar el secreto
de su ida de la tierra para el Brasil; y como esto supieron los
indios principales de la tierra, parescieron ante el Gobernador, y
le pidieron que les mandase dar sus hijas, las cuales ellos habían
dado a los dichos frailes para que se las industriasen en la doctrina cristiana; y que entonces habían oído decir que los frailes
se querían ir a la costa del Brasil, y que les llevaban por fuerza
sus hijas, y que antes que llegasen allá se solían morir todos los
que allá iban; y porque las indias no querían ir y huían, que
los frailes las tenían muy sujetas y aprisionadas.

Cuando el Gobernador vino a saber esto, ya los frailes eran
idos, y envió tras de ellos y los alcanzaron dos leguas de allí, y
los hizo volver al pueblo. Las mozas que llevaban eran treinta
y cinco; y ansimismo envió tras de otros cristianos que los frailes
habían levantado, y los alcanzaron y trujeron, y esto causó grande
alboroto y escándalo, así entre los españoles como en toda la tierra de los indios, y por ello los principales de toda la tierra dieron
grandes querellas por llevalles sus hijas; y así, llevaron al Gobernador un indio de la costa del Brasil, que se llamaba Domingo,
muy importante al servicio de su majestad en aquella tierra; y
habida información contra los frailes y oficiales, mandó prender
a los oficiales, y mandó proceder contra ellos por el delito que
contra su majestad habían cometido; y por no detenerse el Gobernador con ellos, cometió la causa a un juez para que conociese
de sus culpas y cargos, y sobre fianzas llevó los dos de ellos consigo, dejando los otros presos en la ciudad, y suspendidos los oficios, hasta tanto que su majestad proveyese en ello lo que más
fuese servido.

CAPÍTULO XLIV

DE CÓMO EL GOBERNADOR LLEVÓ A LA ENTRADA CUATROCIENTOS HOMBRES

A esta sazón ya todas las cosas necesarias para seguir la entrada y descubrimiento estaban aparejadas y puestas a punto, y
los diez bergantines cargados de bastimentos y otras municiones;
por lo cual el Gobernador mandó señalar y escoger cuatrocientos
hombres arcabuceros y ballesteros, para que fuesen en el viaje, y
la mitad de ellos se embarcaron en los bergantines, y los otros,
con doce de caballo, fueron por tierra cerca del río, hasta que

fuesen en el puerto que dicen de Guaviaño, yendo siempre la gente por los pueblos y lugares de los indios guaraníes, nuestros amigos, porque por allí era mejor; embarcaron los caballos, y porque no se detuviesen en los navíos esperándolos, los mandó partir ocho días antes, porque fuesen manteniéndose por tierra y no gastasen tanto mantenimiento por el río, y fue con ellos el factor Pedro Dorantes y el contador Felipe de Cáceres; y dende a ocho días adelante el Gobernador se embarcó, después de haber dejado por su lugarteniente de capitán general a Juan de Salazar de Espinosa, para que en nombre de su majestad susentase y gobernase en paz y en justicia aquella tierra, y quedando en ella docientos y tantos hombres de guerra, arcabuceros y ballesteros, y todo lo necesario que era menester para la guarda de ella, y seis de caballo entre ellos; y día de Nuestra Señora de Septiembre dejó hecha la iglesia, muy buena, que el Gobernador trabajó con su persona en ella siempre, que se había quemado.

Partió del puerto con los diez bergantines y ciento y veinte canoas, y llevaban mil y docientos indios en ellas, todos hombres de guerra, que parecían extrañamente bien verlos ir navegando en ellas, con tanta munición de arcos y flechas; iban muy pintados, con muchos penachos y plumería, con muchas planchas de metal en la frente, muy lucias, que cuando les daba el sol resplandecían mucho, y dicen ellos que las traen porque aquel resplandor quita la vista a sus enemigos, y van con la mayor grita y placer del mundo; y cuando el Gobernador partió de la ciudad, dejó mandado al capitán Salazar que con la mayor diligencia que pudiese, hiciese dar priesa, y que se acabase de hacer la carabela que él mandó hacer porque estuviese hecha para cuando volviese de la entrada, y pudiese dar con ella aviso a su majestad de la entrada y de todo lo suscedido en la tierra, y para ello dejó todo recaudo muy cumplidamente, y con buen tiempo llegó al puerto de Capua, a do vinieron los principales a recebir al Gobernador, y él les dijo cómo iba en descubrimiento de la tierra; por lo cual les rogaba, y de parte de su majestad les mandaba, que por su parte estuviesen siempre en paz, y así lo procurasen siempre estar con toda concordia y amistad, como siempre lo habían estado; y haciéndolo así, el Gobernador les prometía de les hacer siempre buenos tratamientos y les aprovechar, como siempre lo había hecho; y luego les dio y repartió a ellos y a sus hijos y parientes muchos rescates de lo que llevaba, graciosamente, sin ningún interese; y ansí, quedaron contentos y alegres.

CAPÍTULO XLV

DE CÓMO EL GOBERNADOR DEJÓ DE LOS BASTIMENTOS QUE LLEVABA

En este puerto de Capua, porque iban muy cargados de bastimentos los navíos, tanto, que no lo podían sufrir, por asegurar
la carga, dejó allí más de docientos quintales de bastimentos; y
acabados de dejar, se hicieron a la vela, y fueron navegando prós-
peramente hasta que llegaron a un puerto que los indios llaman
Inriquizaba, y llegó a él a un hora de la noche; y por hablar a
los indios naturales de él estuvieron hasta tercero día, en el cual
tiempo le vinieron a ver muchos indios cargados de bastimentos,
que dieron así entre los españoles que allí iban como entre los
indios guaraníes que llevaba en su compañía; y el Gobernador
los recebió a todos con buenas palabras, porque siempre fueron
estos amigos de los cristianos y guardaron amistad; y a los principales y a los demás que trujeron bastimentos les dio rescates,
y les dijo cómo iba a hacer el descubrimiento de la tierra, lo cual
era bien y provecho de todos ellos, y que entre tanto que el Gobernador tornaba, les rogaba siempre tuviesen paz, y guardasen
paz a los españoles que quedaban en la ciudad de la Ascensión, y
así se lo prometieron de lo hacer; y dejándolos muy contentos
y alegres, navegaron con buen tiempo río arriba.

CAPÍTULO XLVI

CÓMO PARÓ POR HABLAR A LOS NATURALES DE LA TIERRA DE AQUEL PUERTO

A 12 días del mes llegó a otro puerto que se dice Itaqui, en el
cual hizo surgir y parar los bergantines, por hablar a los naturales
del puerto, que son guaraníes y vasallos de su majestad; y el
mismo día vinieron al puerto gran número de indios cargados
de bastimentos para la gente, y con ellos sus principales, a los
cuales el Gobernador dio cuenta, como a los pasados, cómo iba a
hacer el descubrimiento de la tierra; y que en el entre tanto que
volvía, les rogaba y mandaba que tuviesen mucha paz y concordia
con los cristianos españoles que quedaban en la ciudad de la Ascensión; y demás de pagarles los bastimentos que habían traído,
dio y repartió entre los más principales y los demás sus parientes,

muchos rescates graciosos, de lo cual ellos quedaron muy contentos y bien pagados; estuvo con ellos aquí dos días, y el mismo
día se partió, y llegó otro día a otro puerto que llaman Itaqui, y
pasó por él, y fue a surgir al puerto que dicen de Guacani, que
es el que se había levantado con Atabare para hacernos la guerra
que he dicho; los cuales vivían en paz y concordia; y luego como
supieron que estaba allí, vinieron a ver al Gobernador, con muchos indios, otros de su liga y parcialidad; los cuales el Gobernador recebió con mucho amor, porque cumplían las paces que
habían hecho y toda la gente que con ellos venía, venían alegres
y seguros, porque estos dos, estando en nuestra paz y amistad,
con tenerlos a ellos solos, toda la tierra estaba segura y quedaba
pacífica; y otro día que vinieron les mostró mucho amor y les dio
muchos rescates graciosos, y lo mismo hizo con sus parientes y
amigos, demás de pagar los bastimentos a todos aquellos que los
trujeron; de manera que ellos quedaron contentos; y como ellos
son la cabeza principal de los naturales de aquella tierra, el Gobernador les habló lo más amorosamente que pudo, y les encomendó y rogó que se acordasen de tener en paz y concordia toda
aquella tierra, y tuviesen cuidado de servir y visitar a los españoles cristianos que quedaban en la ciudad de la Ascensión, y siempre obedeciesen los mandamientos que mandasen de nombre de su
majestad; a lo cual respondieron que después que ellos habían
hecho la paz y tornado a dar la obediencia a su majestad, estaban
determinados de lo guardar y hacer ansí, como él lo vería; y para
que más se creyese de ellos, que el Atabare quería ir con él, como
hombre más usado en la guerra, y que el Guacani convenía que
quedase en la tierra en guarda de ella, para que siempre estuviese en paz y concordia; y al Gobernador le paresció bien, y tuvo
en mucho su ofrescimiento, porque le paresció que era buena
partida para que cumplieran lo que ofrescían, y la tierra quedaba
muy pacífica y segura con ir Atabare en su compañía, y él se lo
agradesció mucho, y aceptó su ida, y le dio más rescates que a
otro ninguno de los principales de aquel río; y es cierto que teniendo a éste contento, toda la tierra quedaría en paz, y no se
osaría levantar ninguno, de miedo de él; y encomendó a Guacani
mucho los cristianos, y él lo prometió de lo hacer y cumplir como
se lo prometía; y así, estuvo allí cuatro días hablándolos, conten-
tándolos y dándoles de lo que llevaba; con que los dejó muy contentos.

Estándose despachando en este puerto, se le murió el caballo al factor Pedro Dorantes, y dijo al Gobernador que no se
hallaba en disposición para seguir el descubrimiento y conquista
de la dicha provincia sin caballo; por tanto, que él se quería volver a la ciudad de la Ascensión, y que en su lugar dejaba y nombraba, para que sirviese en el oficio de factor, a su hijo Pedro
Dorantes, el cual por el Gobernador y por el contador, que iba en
su compañía, fue recebido y admitido al oficio de factor, para

que se hallase en el descubrimiento y conquista en lugar de su padre; y así, se partió en su compañía el dicho Atabare (indio principal) con hasta treinta indios parientes y criados suyos, en tres canoas.

El Gobernador se hizo a la vela del puerto de Guacani, fue navegando por el río del Paraguay arriba, y viernes 24 días del mes de septiembre llegó al puerto que dicen de Ipananie en el cual mandó surgir y parar los bergantines, así para hablar a los indios naturales de esta tierra, que son vasallos de su majestad, como porque le informaron que entre los indios del puerto estaba uno de la generación de los guaraníes, que había estado captivo mucho tiempo en poder de los indios payaguaes, y sabía su lengua, y sabía su tierra y asiento donde tenían sus pueblos, y por lo traer consigo para hablar con los indios payaguaes (que fueron los que mataron a Juan de Ayolas y cristianos), y por vía de paz haber de ellos el oro y plata que le tomaron y robaron; y como llegó al puerto, luego salieron los naturales de él con mucho placer, cargados de muchos bastimentos, y el Gobernador los recebió y hizo buenos tratamientos, y les mandó pagar todo lo que trujeron, y a los indios principales les dio graciosamente muchos rescates; y habiendo hablado y platicado con ellos, les dijo la necesidad que tenía del indio que había sido captivo de los indios payaguaes, para lo llevar por lengua y intérprete de los indios, para los atraer a paz y concordia, y para que encaminase el armada donde tenían asentados sus pueblos; los cuales indios luego enviaron por la tierra adentro a ciertos lugares de indios a llamar el indio con gran diligencia.

CAPÍTULO XLVII

DE CÓMO ENVIÓ POR UNA LENGUA PARA LOS PAYAGUAES

Dende a tres días que los naturales del puerto de Ipananie enviaron a llamar el indio, vino donde estaba el Gobernador, y se ofresció a ir en su compañía y enseñarle la tierra de los indios payaguaes; y habiendo contentado los indios del puerto, se hizo a la vela por el río del Paraguay arriba, y llegó dentro de cuatro días al puerto que dicen de Guayviaño, que es donde acaba la población de los indios guaraníes; en el cual puerto mandó surgir, para hablar a los indios naturales; los cuales vinieron, y trujeron los principales muchos bastimentos, y alegremente los recebieron, y el Gobernador les hizo buenos tratamientos, y mandó pagar sus bastimentos, y les dio a los principales graciosamente muchos rescates y otras cosas; y luego le informaron que la gente de a caballo iba por la tierra adentro y había llegado a sus pueblos, los cuales habían sido bien recebidos, y les habían proveído de las cosas necesarias, y les habían guiado y encaminado, y iban muy adelante cerca del puerto de Itabitan, donde decían que habían de esperar el armada de los bergantines.

Sabida esta nueva, luego con mucha presteza mandó dar vela, y se partió del puerto Guayviaño, y fue navegando por el río arriba con buen viento de vela; y el propio día a las nueve de la mañana llegó al puerto de Itabitan, donde halló haber llegado la gente de caballo todos muy buenos, y le informaron haber pasado con mucha paz y concordia por todos los pueblos de la tierra, donde a todos habían dado muchas dádivas de los rescates que les dieron para el camino.

CAPÍTULO XLVIII

DE CÓMO EN ESTE PUERTO SE EMBARCARON LOS CABALLOS

En este puerto de Itabitan estuvo dos días, en los cuales se embarcaron los caballos y se pusieron todas las cosas del armada en la orden que convenía; y porque la tierra donde estaban y residían los indios payaguaes estaba muy cerca de allí adelante, mandó que el indio del puerto de Ipanaie, que sabía la lengua de los indios payaguaes y su tierra, se embarcase en el bergantín que iba por capitán de los otros, para haber siempre aviso de lo que se había de hacer, y con buen viento de vela partió del puerto; y porque los indios payaguaes no hiciesen ningún daño en los indios guaraníes que llevaba en su compañía, les mandó que todos fuesen juntos hechos en un cuerpo, y no se apartasen de los bergantines, y por mucha orden fuesen siguiendo el viaje, y de noche mandó surgir por la ribera del río a toda la gente, y con buena guarda durmió en tierra, y los indios guaraníes ponían sus canoas junto a los bergantines, y los españoles y los indios tomaban y ocupaban una gran legua de tierra por el río abajo, y eran tantas las lumbres y fuegos que hacían, que era gran placer de verlos; y en todo el tiempo de la navegación el Gobernador daba de comer así a los españoles como a los indios, y iban tan proveídos y hartos, que era gran cosa de ver, y grande la abundancia de las pesquerías y caza que mataban, que lo dejaban sobrado, y en ello había una montería de unos puercos que andan continuo en el agua, mayores que los de España: éstos tienen el hocico romo y mayor que estos otros de acá de España; llámanlos de agua;

de noche se mantienen en la tierra, y de día andan siempre en el agua, y en viendo la gente dan una zabullada por el río, y métense en lo hondo, y están mucho debajo del agua, y cuando salen encima, están un tiro de ballesta de donde se zabulleron; y no pueden andar a caza y montería de estos puercos menos que media docena de canoas con indios, las cuales como ellos se zabullen, las tres van para arriba, y las tres para abajo, y están repartidas en tercios, y en los arcos puestas sus flechas, para que en saliendo que salen encima del agua, le dan tres o cuatro flechazos con tanta presteza, antes que se torne a meter debajo, y de esta manera los siguen, hasta que ellos salen de bajo del agua, muertos con las heridas; tienen mucha carne de comer, la cual tienen por buena los cristianos, aunque no tenían necesidad de ella; y por muchos lugares de este río hay muchos puercos de éstos; iba toda la gente en este viaje tan gorda y recia, que parescía que salían entonces de España. Los caballos iban gordos, y muchos días los sacaban en tierra a cazar y montear con ellos, porque había muchos venados y dantas, y otros animales, y salvajinas, y muchas nutras.

CAPÍTULO XLIX

CÓMO POR ESTE PUERTO ENTRÓ JUAN DE AYOLAS CUANDO LE MATARON A ÉL Y A SUS COMPAÑEROS

A 12 días del mes de octubre llegó al puerto que dicen de la Candelaria, que es tierra de los indios payaguaes, y por este puerto entró con su gente el capitán Juan de Ayolas, y hizo su entrada con los españoles que llevaba, y en el mismo puerto cuando volvió de la entrada que hizo, y dejó allí que le esperase a Domingo de Irala con los bergantines que habían traído, y cuando volvió no halló a los bergantines; y estándolos esperando tardó allí más de cuatro meses, y en este tiempo padesció muy grande hambre; y conoscido por los payagues su gran flaqueza y falta de sus armas, se comenzaron a tratar con ellos familiarmente, y como amigos los dijeron que los querían llevar a sus casas para mantenerlos en ellas; y atravesándolos por unos pajonales, cada dos indios se abrazaron con un cristiano, y salieron otros muchos con garrotes, y diéronles tantos palos en las cabezas, que de esta manera mataron al capitán Juan de Ayolas y a ochenta hombres que le habían quedado, de ciento y cincuenta que traía cuando entró la tierra adentro; y la culpa de la muerte de éstos tuvo el que quedó con los bergantines y gente aguardando allí; el cual desamparó el puerto y se fue el río abajo por do quiso. Y si Juan

de Ayolas los hallara adonde los dejó, él se embarcara y los otros
cristianos, y los indios no los mataran; lo cual hizo el Domingo
de Irala con mala intención, y porque los indios los matasen,
como los mataron, por alzarse con la tierra, como después paresció
que lo hizo contra Dios y contra su rey, y hasta hoy está alzado,
y ha destruido y asolado toda aquella tierra, y ha doce años que
la tiene tiránicamente. Aquí tomaron los pilotos el altura, y dijeron que el puerto estaba en veinte y un grados menos un tercio.

Llegados a este puerto, toda la gente de la armada estaba
recogida por ver si podrían haber plática con los indios payaguaes
y saber de ellos dónde tenían sus pueblos; y otro día siguiente a
las ocho de la mañana parescieron a riberas del río hasta siete
indios de los payaguaes, y mandó el Gobernador que solamente
les fuesen a hablar otros tantos españoles, con la lengua que traía
para ellos (que para aquel efecto era muy buena); y ansí, llegaron
adonde estaban, cerca de ellos, que se podían hablar y entender
unos a otros, y la lengua les dijo que se llegasen más, que se
pudiesen platicar, porque querían hablarles y asentar la paz con
ellos, y que aquel capitán de aquella gente no era venido a otra
cosa; y habiendo platicado en esto, los indios preguntaron si los
cristianos que agora nuevamente venían en los bergantines, si eran
de los mismos que el tiempo pasado solían andar por la tierra; y
como estaban avisados los españoles, dijeron que no eran los que
en el tiempo pasado andaban por la tierra, y que nuevamente venían; y por esto que oyeron, se juntó con los cristianos uno de
los payaguaes y fue luego traído ante el Gobernador, y allí con las
lenguas le preguntó por cuyo mandado era venido allí, y dijo que
su principal había sabido de la venida de los españoles, y le había
enviado a él y a los otros sus compañeros a saber si era verdad
que eran los que anduvieron en el tiempo pasado, y les dijese de
su parte que él deseaba ser su amigo, y que todo lo que había
tomado a Juan de Ayolas y los cristianos, él lo tenía recogido y
guardado para darlo al principal de los cristianos porque hiciese
paz y le perdonase la muerte de Juan de Ayolas y de los otros
cristianos, pues que los habían muerto en la guerra; y el Gobernador le preguntó por la lengua qué tanta cantidad de oro y plata
sería la que tomaron a Juan de Ayolas y cristianos, y señaló que
sería hasta sesenta y seis cargas que traían los indios chaneses, y
que todo venía en planchas y en braceletes, y coronas y hachetas,
y vasijas pequeñas de oro y plata, y dijo al indio por la lengua
que dijese a su principal que su majestad le había mandado que
fuese en aquella tierra a asentar la paz con ellos y con las otras
gentes que la quisiesen, y que las guerras ya pasadas les fuesen
perdonadas; y pues su principal quería ser amigo y restituir lo
que había tomado a los españoles, que viniese a verle y a hablarle,
porque él tenía muy gran deseo de lo ver y hacer buen tratamiento, y asentarían la paz y le recebiría por vasallo de su majestad, y que dende luego viniese, que le sería hecho muy buen

tratamiento, y para en señal de paz le envió muchos rescates y otras cosas para que le llevasen, y al mismo indio le dio muchos rescates y le preguntó cuándo volvería él y su principal.

Este principal, aunque es pescador, y señor de esta captiva gente (porque todos son pescadores), es muy grave, y su gente le teme y le tienen en mucho; y si alguno de los suyos le enoja en algo, toma un arco y le da dos y tres flechazos, y muerto, envía a llamar su mujer (si la tiene), y dale una cuenta, y con esto le quita el enojo de la muerte. Si no tiene cuenta, dale dos plumas, y cuando este principal ha de escupir, el que más cerca de él se halla pone las manos juntas, en que escupe. Estas borracherías y otras de esta manera tiene este principal, y en todo el río no hay ningún indio que tenga las cosas que éste tiene. La lengua de éste le respondió que él y su principal serían allí otro día de mañana, y en aquella parte le quedó esperando.

CAPÍTULO L

CÓMO NO TORNÓ LA LENGUA NI LOS DEMÁS QUE HABÍAN DE TORNAR

Pasó aquel día y otros cuatro, y visto que no volvían, mandó llamar la lengua que el Gobernador llevaba de ellos, y le preguntó qué le parescía de la tardanza del indio. Y dijo que él tenía por cierto que nunca más volvería, porque los indios payaguaes eran muy mañosos y cautelosos, y que habían dicho que su principal quería paz y quería atentar y entretener los cristianos y indios guaraníes que no pasasen adelante a buscarlos en sus pueblos, y porque entre tanto que esperaban a su principal, ellos alzasen sus pueblos, mujeres y hijos; y que así, creía que se habían ido huyendo a esconder por el río arriba a alguna parte, y que le parescía que luego había de partir en su seguimiento, que tenía por cierto que los alcanzaría, porque iban muy embarazados y cargados; y que lo que a él le parescía, como hombre que sabe aquella tierra, que los indios payaguaes no pararían hasta la laguna de una generación que se llama los mataraes, a los cuales mataron y destruyeron estos indios payaguaes, y se había apoderado en su tierra, por ser muy abundosa y de grandes pesquerías; y luego mandó el Gobernador alzar los bergantines con todas las canoas, y fue navegando por el río arriba, y en las partes donde surgía parescía que por la ribera del río iba gran rastro de la gente de los payaguaes que iban por tierra, y (según la lengua dijo) que ellos y las mujeres y hijos iban por tierra por no caber en las canoas.

A cabo de ocho días que fueron navegando, llegó a la laguna de los mataraes, y entró por ella sin hallar allí los indios, y entró con la mitad de la gente por tierra para los buscar y tratar con ellos las paces; y otro día siguiente, visto que no parescían, y por no gastar más bastimentos en balde, mandó recoger todos los cristianos y indios guaraníes, los cuales habían hallado ciertas canoas y palas de ellas, que habían dejado debajo del agua escondidas, y vieron el rastro por donde iban; y por no detenerse, el Gobernador, recogida la gente, siguió su viaje llevando las canoas junto con los bergantines; fue navegando por el río arriba, unas veces a la vela y otras al remo y otras a la sirga, a causa de las muchas vueltas del río, hasta que llegó a la ribera, donde hay muchos árboles de cañaístola, los cuales son muy grandes y muy poderosos, y la cañaístola es de casi palmo y medio, y es tan gruesa como tres dedos. La gente comía mucho de ella, y de dentro es muy melosa; no hay diferencia nada a la que se trae de las otras partes a España, salvo ser más gruesa, y algo áspera en el gusto, y cáusalo como no se labra; y de estos árboles hay más de ochenta juntos en la ribera de este río del Paraguay. Por do fue navegando hay muchas frutas salvajes que los españoles y indios comían, entre las cuales hay una como un limón ceuti muy pequeño, así en el color como cáscara; en el agrio y en el olor no difieren al limón ceuti de España, que será como un huevo de paloma; esta fruta es en la hoja como del limón. Hay gran diversidad de árboles y frutas, y en la diversidad y extrañeza de los pescados grandes diferencias, y los indios y españoles mataban en el río cosa que no se puede creer de ellos, todos los días que no hacía tiempo para navegar a la vela; y como las canoas son ligeras y andan mucho al remo, tenían lugar de andar en ellas cazando de aquellos puercos del agua y nutrias (que hay muy grande abundancia de ellas); lo cual era muy gran pasatiempo.

Y porque le paresció al Gobernador que a pocas jornadas llegaríamos a la tierra de una generación de indios que se llaman guaxarapos, que están en la ribera del río Paraguay, y éstos son vecinos que contratan con los indios del puerto de los Reyes, donde íbamos, que para ir allí con tanta gente de navíos y canoas y indios, se escandalizarían y meterían por la tierra adentro; y por los pacificar y sosegar, partió la gente del armada en dos partes, y el Gobernador tomó cinco bergantines y la mitad de las canoas y indios que en ellas venían, y con ello acordó de se adelantar, y mandó al capitán Gonzalo de Mendoza que con los otros bergantines y las otras canoas y gente viniesen en su seguimiento poco a poco, y mandó al capitán que gobernase toda la gente, españoles y indios, mansa y graciosamente, y no consintiese que se desmandase ningún español ni indio; y así por el río como por la tierra no consintiese a ningún natural hacer agravio ni fuerza, y hiciese pagar los mantenimientos y otras cosas que los indios naturales contratasen con los españoles y con los indios guaraníes;

por manera que se conservase toda la paz que convenía al servicio de su majestad y bien de la tierra.

El Gobernador se partió con los cinco bergantines y las canoas que dicho tengo; y así fue navegando, hasta que un día, a 18 de octubre, llegó a tierra de los indios guaxarapos, y salieron hasta treinta indios, y pararon allí los bergantines y canoas hasta hablar aquellos indios y asegurarlos, y tomar de ellos aviso de las generaciones de adelante, y salieron en tierra algunos cristianos por su mandado, porque los indios de la tierra los llamaban y se venían para ellos; y llegados a los bergantines, entraron en ellos hasta seis de los mismos guaxarapos, a los cuales habló con la lengua y les dijo lo que había dicho a los otros del río abajo, para que diesen la obediencia a su majestad, y que dándola, él los ternía por amigos, y ansí la dieron todos, y entre ellos había un principal, y por ello el Gobernador les dio de sus rescates y les ofreció que haría por ellos todo lo que pudiese; y cerca de estos indios, en aquel paraje do el Gobernador estaba con los indios, estaba otro río que venía por la tierra adentro, que sería tan ancho como la mitad del río Paraguay; mas corría con tanta fuerza el agua, que era espanto; y este río desaguaba en el Paraguay, que venía de hacia el Brasil, y era por donde dicen los antiguos que vino García el portugués, y hizo guerra por aquella tierra, y había entrado por ella con muchos indios, y le habían hecho muy gran guerra en ella y destruido muchas poblaciones, y no traía consigo más de cinco cristianos, y toda la otra eran indios; y los indios dijeron que nunca más lo habían visto volver; y traía consigo un mulato que se llamaba Pacheco, el cual volvió a la tierra de Guacani, y el mismo Guacani le mató allí, y el García se volvió al Brasil; y que de estos guaraníes que fueron con García habían quedado muchos perdidos por la tierra adentro, y que por allí hallaría muchos de ellos, de quien podría ser informado de lo que García había hecho, y de lo que era la tierra, y que por aquella tierra habitaban unos indios que se llamaban chaneses, los cuales habían venido huyendo y se habían juntado con los indios sococíes y xaquetes, los cuales habitan cerca del puerto de los Reyes.

Y vista esta relación del indio, el Gobernador se pasó adelante a ver el río por donde había salido García, el cual estaba muy cerca donde los indios guaxarapos se le mostraron y hablaron; y llegado a la boca del río que se llama Yapaneme, mandó sondar la boca, la cual halló muy honda, y así lo era dentro, y traía muy gran corriente, y de una banda y otra tenía muchas arboledas, y mandó subir por él una legua arriba un bergantín que iba siempre sondando, y siempre lo hallaba más hondo, y los indios guaxarapos le dijeron que por la ribera del río estaba todo muy poblado de muchas generaciones diversas, y eran todos indios que sembraban maíz y mandioca, y tenían muy grandes pesquerías del río, y tenían tanto pescado cuanto querían comer, y que del pescado tienen mucha manteca, y mucha caza; y vueltos los que fueron a descubrir el río, dijeron que habían visto muchos humos por la tierra en la ribera del río, por do paresce estar la ribera del río muy poblada; y porque era ya tarde, mandó surgir aquella noche frontero de la boca de este río, a la falda de una sierra que se llama Santa Lucía, que es por donde había atravesado García; y otro día de mañana mandó a los pilotos que consigo llevaba, que tomasen el altura de la boca del río, y está en diez y nueve grados y un tercio. Aquella noche tuvimos allí muy gran trabajo con un aguacero que vino de muy grande agua y viento muy recio, y la gente hicieron muy grandes fuegos, y durmieron muchos en tierra, y otros en los bergantines, que estaban bien toldados de esteras y cueros de venados y dantas.

CAPÍTULO LI

DE CÓMO HABLARON LOS GUAXARAPOS AL GOBERNADOR

Otro día por la mañana vinieron los indios guaxarapos que el día antes habían estado con el Gobernador, y venían en dos canoas; trujeron pescado y carne, que dieron a la gente; y después que hobieron hablado con el Gobernador, les pagó de sus rescates y se despidió de ellos, diciéndoles que siempre los ternía por amigos y les favorescería en todo lo que pudiese, y porque el Gobernador dejaba otros navíos con gente y muchas canoas con indios guaraníes sus amigos, él los rogaba que cuando allí llegasen, fuesen de ellos bien recebidos y bien tratados, porque haciéndolo así, los cristianos y indios no les harían mal ni daño ninguno; y ellos se lo prometieron ansí (aunque no lo cumplieron).

Y túvose por cierto que un cristiano dio la causa y tuvo la culpa (como diré adelante); y ansí, se partió de estos indios, y fue navegando por el río arriba todo aquel día con buen viento de vela, y a la puesta del sol llegóse a unos pueblos de indios de la misma generación, que estaban asentados en la ribera junto al agua, y por no perder el tiempo, que era bueno, pasó por ellos sin se detener; son labradores y siembran maíz y otras raíces, y danse mucho a la pesquería y caza, porque hay mucha en grande abundancia; andan en cueros ellos y sus mujeres, excepto algunas, que andan tapadas sus vergüenzas; lábranse las caras con unas púas de rayas, y los bezos y las orejas traen horadados; andan por los ríos en canoas, no caben en ellas más de dos o tres personas; son tan ligeras, y ellos tan diestros, y al remo andan tan recio río abajo y río arriba, que paresce que van volando, y un bergantín (aunque allá son hechos de cedro) al remo y a la vela, por ligero que sea y por buen tiempo que haga, aunque no lleve la canoa más de dos remos y el bergantín lleve una docena, no la puede alcanzar; y hácense guerra por el río en canoas, y por la tierra, y todavía entre ellos tienen sus contrataciones, y los guaxarapos les dan canoas, y los payaguaes se las dan también, porque ellos les dan arcos y flechas cuantos han menester, y todas las otras cosas que ellos tienen de contratación; y ansí, en tiempos son amigos, y en otros tienen sus guerras y enemistades.

CAPÍTULO LII

DE CÓMO LOS INDIOS DE LA TIERRA VIENEN A VIVIR EN LA COSTA DEL RÍO

Cuando las aguas están bajas los naturales de la tierra adentro se vienen a vivir a la ribera con sus hijos y mujeres a gozar de las pesquerías, porque es mucho el pexe que matan, y está muy gordo; están en esta buena vida bailando y cantando todos los días y las noches, como gentes que tienen seguro el comer; y como las aguas comienzan a crescer, que es por enero, vuélvense a recoger a partes seguras, porque las aguas crescen seis brazas en alto encima de las barrancas, y por aquella tierra se extienden por unos llanos adelante más de cien leguas la tierra adentro, que paresce mar, y cubre los árboles y palmas que por la tierra están, y pasan los navíos por encima de ellos; y esto acontesce todos los años del mundo ordinariamente, y pasa esto en el tiempo y coyuntura cuando el sol parte del trópico de allá y viene para el trópico que está acá, que está sobre la boca del río del Oro; y los naturales del río, cuando el agua llega encima de las barrancas, ellos tienen aparejadas unas canoas muy grandes para este tiempo, y en medio de las canoas echan dos o tres cargas de barro, y hacen un fogón; y hecho, métese el indio en ella con su mujer y hijos y casa, y vanse con la creciente del agua donde quieren, y sobre aquel fogón hacen fuego y guisan de comer y se calientan, y ansí andan cuatro meses del año que dura esta cresciente de las aguas; y como las aguas andan crescidas, saltan en algunas tierras que quedan descubiertas, y allí matan venados y dantas, y otras salvajinas que van huyendo del agua; y como las aguas hacen repunta para volver a su curso, ellos se vuelven cazando y pescando como han ido, y no salen de sus canoas hasta que las barrancas están descubiertas, donde ellos suelen tener sus casas; y es cosa de ver, cuando las aguas vienen bajando, la gran cantidad de pescado que deja el agua por la tierra en seco; y cuando esto acaesce, que es en fin

de marzo y abril, todo este tiempo hiede aquella tierra muy mal,
por estar la tierra emponzoñada; en este tiempo todos los de la
tierra, y nosotros con ellos, estuvimos malos, que pensamos morir; y como entonces es verano en aquella tierra, es incomportable
de sufrir; y siendo el mes de abril comienzan a estar buenos todos
los que han enfermado.

Todos estos indios sacan el hilado que han menester para hacer
sus redes, de unos cardos; machácanlos y échanlos en un ciénago,
y después que está quince días allí, ráenlos con unas conchas de
almejones, y sale curado, y queda más blanco que la nieve. Esta
gente no tenían principal, puesto que en la tierra los hay entre
todos ellos; mas estos son pescadores, salvajes y salteadores; es
gente de frontera; todos los cuales, y otros pueblos que están a
la lengua del agua, por do el Gobernador pasó, no consintió que
ningún español ni indio guaraní saliese en tierra, porque no se
revolviesen con ellos, por los dejar en paz y contentos; y les repartió graciosamente muchos rescates, y les avisó que venían otros
navíos de cristianos y de indios guaraníes, amigos suyos; que los
tuviesen por amigos y que tratasen bien.

Yendo caminando un viernes de mañana, llegóse a una muy gran
corriente del río, que pasa por entre unas peñas cortadas, y por
aquella corriente pasan tan gran cantidad de pexes que se llaman
dorados, que es infinito número de ellos los que continuo pasan,
y aquí es la mejor corriente que hallaron en este río, la cual pasamos con los navíos a la vela y al remo. Aquí mataron los españoles
y indios en obra de una hora muy gran cantidad de dorados, que
hobo cristiano que mató él solo cuarenta dorados; son tamaños,
que pesan media arroba cada uno, y algunos pesan arroba; es muy
hermoso pescado para comer, y el mejor bocado de él es la cabeza;
es muy graso y sacan de él mucha manteca, y los que lo comen
con ella, andan siempre muy gordos y lucios, y bebiendo el caldo
de ellos, en un mes los que lo comen se despojan de cualquier
sarna y lepra que tenga; de esta manera fue navegando con buen
viento de vela que nos hizo.

Un día en la tarde, a 25 días del mes de octubre, llegó a una
división y apartamiento que el río hacía, que se hacían tres brazos
de río: el uno de los brazos era una grande laguna a la cual llaman los indios río Negro; y este río Negro corre hacia el norte
por la tierra adentro, y los otros brazos el agua de ellos es de buena color, y un poco más abajo se vienen a juntar; y ansí, fue siguiendo su navegación hasta que llegó a la boca de un río que
entra por la tierra adentro, a la mano izquierda, a la parte del
poniente, donde se pierde el remate del río del Paraguay, a causa
de otros muchos ríos y grandes lagunas que en esta parte están
divididos y apartados; de manera que son tantas las bocas y entradas de ellos, que aun los indios naturales que andan siempre
en ellas con sus canoas, con dificultad las conoscen, y se pierden
muchas veces por ellas; este río por donde entró el Gobernador

le llaman los indios naturales de aquella tierra Iguatú, que quiere decir agua buena, y corre a la laguna en nuestro favor; y como hasta entonces habíamos ido agua arriba, entrados en esta laguna íbamos agua abajo.

CAPÍTULO LIII

Cómo a la boca de este río pusieron tres cruces

En la boca de este río mandó el Gobernador poner muchas señales de árboles cortados, y hizo poner tres cruces altas, para que los navíos entrasen por allí tras él, y no errasen la entrada por este río. Fuimos navegando a remo tres días, a cabo de los cuales salió del río, y fue navegando por otros dos brazos del río que salen de la laguna, muy grandes; y a 8 días del mes, una hora antes del día, llegaron a dar en unas sierras que están en medio del río, muy altas y redondas, que la hechura de ellas era como una campana, y siempre yendo para arriba ensangostándose.

Estas sierras están peladas, y no crían yerba ni árbol ninguno, y son bermejas; creemos que tienen mucho metal, porque la otra tierra que está fuera del río, en la comarca y paraje de las tierras, es muy montuosa, de grandes árboles y de mucha yerba; y porque las sierras que están en el río no tienen nada de esto, paresce señal que tienen mucho metal, y ansí, donde lo hay, no cría árbol ni yerba; y los indios nos decían que en otros tiempos sus pasados sacaban de allí el metal blanco, y por no llevar aparejo de mineros ni fundidores, ni las herramientas que eran menester para catar y buscar la tierra, y por la gran enfermedad que dio en la gente, no hizo el Gobernador buscar el metal, y también lo dejó para cuando otra vez volviese por allí, porque estas sierras caen cerca del puerto de los Reyes, tomándolas por la tierra.

Yendo caminando por el río arriba, entramos por otra boca de otra laguna que tiene más de una legua y media de ancho, y salimos por otra boca de la misma laguna; fuimos por un brazo de ella junto a la Tierra-Firme, y fuímonos a poner aquel día, a las diez horas de la mañana, a la entrada de otra laguna donde tienen su asiento y pueblo los indios sacocies y xaqueses y chaneses; y no quiso el Gobernador pasar de allí adelante, porque le paresció que debía enviar a hacer saber a los indios su venida y les avisar; y luego envió en una canoa a una lengua con unos cristianos para que les hablasen de su parte, y les rogasen que le viniesen a ver y a hablar; y luego se partió la canoa con la lengua y cristianos, y a las cinco de la tarde volvieron, y dijeron que los indios de los

pueblos los habían salido a recebir mostrando muy gran placer,
y dijeron a la lengua cómo ya ellos sabían cómo venían, y que
deseaban mucho ver al Gobernador y a los cristianos; y dijeron
entonces que las aguas habían bajado mucho, y que por aquello
la canoa había llegado con mucho trabajo, y que era necesario que,
para que los navíos pasasen aquellos bajos que había hasta llegar
al puerto de los Reyes, los descargasen y alijasen para pasar, porque de otra manera no podían pasar, porque no había agua poco
más de un palmo, y cargados, pedían los navíos cinco y seis palmos
de agua para poder navegar, y este banco y bajo estaba cerca del
puerto de los Reyes.

Otro día de mañana el Gobernador mandó partir los navíos,
gente, indios y cristianos, y que fuesen navegando al remo hasta
llegar al bajo que habían de pasar los navíos, y mandó salir toda
la gente, y que saltasen al agua, la cual no les daba a la rodilla; y
puestos los indios y cristianos a los bordos y lados del bergantín
que se llamaba Sant Marcos, toda la gente que podía caber por
los lados del bergantín lo pasaron a hombro y casi en peso y fuerza
de brazos, sin que lo descargase, y turó el bajo más de tiro y medio de arcabuz; fue muy gran trabajo pasarlo a fuerza de brazos,
y después de pasado, los mismos indios y cristianos pasaron los
otros bergantines con menos trabajo que el primero, porque no
eran tan grandes como el primero; y después de puestos en el
hondo, nos fuimos a desembarcar al puerto de los Reyes, en el cual
hallamos en la ribera muy gran copia de gente de los naturales,
que sus mujeres y hijos y ellos estaban esperando; y así, salió el
Gobernador con toda la gente, y todos ellos se vinieron a él, y él les
informó cómo su majestad le enviaba para que les apercibiese
y amonestase que fuesen cristianos, y recebiesen la doctrina cristiana, y creyesen en Dios, criador del cielo y de la tierra, y a ser
vasallos de su majestad, y siéndolo, serían amparados y defendidos
por el Gobernador y por los que traía, de sus enemigos y de quien
les quisiese hacer mal, y que siempre serían bien tratados y mira-
dos, como su majestad lo mandaba que lo hiciese, y siendo buenos, les daría siempre de sus rescates, como siempre lo hacía a
todos los que eran. Y luego mandó llamar los clérigos, y les dijo
cómo quería luego hacer una iglesia donde les dijesen misa y los
otros oficios divinos, para ejemplos y consolación de los otros cristianos, y que ellos tuviesen especial cuidado de ellos. E hizo hacer
una cruz de madera grande, la cual mandó hincar junto a la ribera,
debajo de unas palmas altas, en presencia de los oficiales de su
majestad y de otra mucha gente que allí se halló presente; y ante
el escribano de la provincia tomó la posesión de la tierra en nombre de su majestad, como tierra que nuevamente se descubría; y
habiendo pacificado los naturales, dándoles de sus rescates y otras
cosas, mandó aposentar los españoles en la ribera de la laguna,
y junto con ella los indios guaraníes, a todos los cuales dijo y
apercibió que no hiciesen daño ni fuerza ni otro mal ninguno a

los indios y naturales de aquel puerto, pues eran amigos y vasallos
de su majestad, y les mandó y defendió no fuesen a sus pueblos
y casas, porque la cosa que los indios más sienten y aborrescen, y
por que se alteran, es por ver que los indios y cristianos van a sus
casas, y les revuelven y toman las cosillas que tienen en ellas; y
que si tratasen y rescatasen con ellos, les pagasen lo que trujesen
y tomasen de sus rescates; y si otra cosa hiciesen, serían castigados.

CAPÍTULO LIV

DE CÓMO LOS INDIOS DEL PUERTO DE LOS REYES SON LABRADORES

Los indios de este puerto de los Reyes son labradores; siembran maíz y mandioca (que es el cazabi de las Indias), siembran
mandubies (que son como avellanas), y de esta fruta hay gran
abundancia; y siembran dos veces en el año; es tierra fértil y
abundosa, así de mantenimientos de caza y pesquerías; crían los
indios muchos patos, en gran cantidad, para defenderse de los grillos, como tengo dicho. Crían gallinas, las cuales encierran de noche,
por miedo de los morciélagos, que les cortan las crestas, y cortadas, las gallinas se mueren luego.

Estos morciélagos son una mala sabandija, y hay muchos por
el río que son tamaños y mayores que tórtolas de esta tierra, y
cortan tan dulcemente con los dientes, que al que muerde, no lo
siente; y nunca muerden al hombre si no es en las lumbres de
los dedos de los pies o de las manos, o en el pico de la nariz,
y el que una vez muerde, aunque haya otros muchos, no morderá
sino al que comenzó a morder; y estos muerden de noche y no
parescen de día; tenemos que hacer en defenderles las orejas de
los caballos; son muy amigos de ir a morder en ellas, y en entrando
un morciélago donde están los caballos, se desasosiegan tanto, que
despiertan a toda la gente que hay en la casa, y hasta que los
matan o echan de la caballeriza, nunca se sosiegan; y al Governa-
dor le mordió un morciélago, estando durmiendo en un bergantín,
que tenía un pie descubierto, y le mordió en la lumbre de un dedo
del pie, y toda la noche estaba corriendo sangre hasta la mañana,
que recordó con el frío que sintió en la pierna, y la cama bañada
en sangre, que creyó que le habían herido; y buscando dónde tenía
la herida, los que estaban en el bergantín se reían de ello, porque
conoscían y tenían experiencia de que era mordedura de morciélago, y el Gobernador halló que le había llevado una rebanada de
la lumbre del dedo del pie. Estos morciélagos no muerden sino
adonde hay vena, y estos hicieron una muy mala obra, y fue que

llevábamos a la entrada seis cochinas preñadas para que con ellas hiciésemos casta, y cuando vinieron a parir, los cochinos que parieron, cuando fueron a tomar las tetas, no hallaron pezones, que se las habían comido todos los morciélagos, y por esta causa se murieron los cochinos, y nos comimos las puercas por no poder criar lo que pariesen.

También hay en esta tierra otras malas sabandijas, y son unas hormigas muy grandes, las cuales son de dos maneras, las unas son bermejas, y las otras son muy negras; do quiera que muerden cualquiera de ellas, el que es mordido está veinte y cuatro horas dando voces y revolcándose por tierra, que es la mayor lástima del mundo de lo ver; hasta que pasan las veinte y cuatro horas no tienen remedio ninguno, y pasadas, se quita el dolor; y en este puerto de los Reyes, en las lagunas, hay muchas rayas, y muchas veces los que andan a pescar en el agua, como las ven, huéllanlas, y entonces vuelven con la cola, y hieren con una púa que tienen en la cola, la cual es más larga que un dedo; y si la raya es grande, es como un geme, y la púa es como una sierra; y si da en el pie, lo pasa de parte a parte, y es tan grandísimo el dolor como el que pasa el que es mordido de hormigas, mas tiene un remedio para que luego se quite el dolor, y es, que los indios conoscen una yerba, que luego como el hombre es mordido, la toman, y majada, la ponen sobre la herida de la raya, y en poniéndola se quita el dolor, mas tiene más de un mes qué curar en la herida.

Los indios de esta tierra son medianos de cuerpo, andan desnudos en cueros, y sus vergüenzas de fuera; las orejas tienen horadadas, y tan grandes, que por los agujeros que tienen en ellas les cabe un puño cerrado, y traen metidas por ellas unas calabazuelas medianas, y contino van sacando aquellas y metiendo otras mayores; y ansí, las hacen tan grandes, que casi llegan cerca de los hombros, y por esto les llaman los otros indios comarcanos orejones, y se llaman como los ingas del Perú, que se llaman orejones. Estos cuando pelean se quitan las calabazas o rodajas que traen en las orejas, y revuélvense en ellas mismas, de manera que las encogen allí, y si no quieren hacer esto, anúdanlas atrás, debajo del colodrillo. Las mujeres de estos no andan tapadas sus vergüenzas; vive cada uno por sí con su mujer y hijos; las mujeres tienen cargo de hilar algodón, y ellos van a sembrar sus heredades, y cuando viene la tarde, y vienen a sus casas, y hallan la comida aderezada, todo lo demás no tienen cuidado de trabajar en sus casas, sino solamente cuando están los maíces para coger; entonces ellas lo han de coger y acarrear a cuestas y traer a sus casas.

Dende aquí comienzan estos indios a tener idolatría, y adoran ídolos que ellos hacen de madera, y según informaron al Gobernador, adelante la tierra adentro tienen los indios ídolos de oro y de plata, y procuró con buenas palabras apartarles de la idolatría, diciéndoles que los quemasen y quitasen de sí, y creyesen en Dios verdadero, que era el que había criado el cielo y la tierra,

y a los hombres, y a la mar, y a los pesces, y a las otras cosas, y
que lo que ellos adoraban era el diablo, que los traía engañados;
y así, quemaron muchos de ellos, aunque los principales de los
indios andaban atemorizados, diciendo que los mataría el diablo,
que se mostraba muy enojado; y luego que se hizo la iglesia y se
dijo misa, el diablo huyó de allí, y los indios andaban asegurados,
sin temor. Estaba el primer pueblo del campo hasta poco más
de media legua, el cual era de ochocientas casas, y vecinos todos
labradores.

CAPÍTULO LV

CÓMO POBLARON AQUÍ LOS INDIOS DE GARCÍA

A media legua estaba otro pueblo más pequeño, de hasta setenta casas, de la misma generación de los sacocies, y a cuatro
leguas están otros dos pueblos de los chaneses que poblaron en
aquella tierra, de los que atrás dije que trujo García de la tierra
adentro; y tomaron mujeres en aquella tierra, que muchos de ellos
vinieron a ver y conoscer, diciendo que ellos eran muy alegres y
muy amigos de cristianos, por el buen tratamiento que les había
hecho García cuando los trujo de su tierra. Algunos de estos indios
traían cuentas, margaritas y otras cosas, que dijeron haberles
dado García cuando con él vinieron. Todos estos indios son labradores, criadores de patos y gallinas; las gallinas son como las de
España, y los patos también. El Gobernador hizo a estos indios
muy buenos tratamientos, y les dio de sus rescates, y los recebió
por vasallos de su majestad, y los rogó y apercibió, diciéndoles
que fuesen buenos y leales a su majestad y a los cristianos; y que
haciéndolo así, serían favorescidos y muy bien tratados, mejor
que lo habían sido antes.

CAPÍTULO LVI

DE CÓMO HABLÓ CON LOS CHANESES

De estos indios chaneses se quiso el Gobernador informar de
las cosas de la tierra adentro, y de las poblaciones de ella, y cuántos días habría de camino dende aquel puerto de los Reyes hasta

llegar a la primera población. El principal de los indios chaneses,
que sería de cincuenta años de edad, dijo que cuando García los
trujo de su tierra vinieron con él por tierras de los indios mayaes,
y salieron a tierra de los guaraníes, donde mataran los indios que
traía, y que este indio chanés y otros de su generación, que se
escaparon, se vinieron huyendo por la ribera del Paraguay arriba,
hasta llegar al pueblo de estos sacocies, donde fueron de ellos recogidos, y que no osaron ir por el proprio camino que habían venido
con García, porque los guaraníes los alcanzaran y mataran; y a
esta causa no saben si están lejos ni cerca de las poblaciones
de la tierra adentro, y que por no la saber, ni saber el camino,
nunca más se han vuelto a su tierra; y los indios guaraníes que
habitan en las montañas de esta tierra, saben el camino por donde
van a la tierra; los cuales lo podían bien enseñar, porque van y
vienen a la guerra contra los indios de la tierra adentro.

Fue preguntado qué pueblos de indios hay en su tierra y de
otras generaciones, y qué otros mantenimientos tienen, y que con
qué armas pelean. Dijo que en su tierra los de su generación tienen
un solo principal que los manda a todos, y de todos es obedescido, y que hay muchos pueblos de muchas gentes de los de su
generación, que tienen guerra con los indios que se llaman chime-
neos, y con otras generaciones de indios que se llaman carcaraes;
y que otras muchas gentes hay en la tierra, que tienen grandes
pueblos, que se llaman gorgotoquíes y payzuñoes y estarapecocies
y candirees, que tienen sus principales, y todos tienen guerra unos
con otros, y pelean con arcos y flechas, y todos generalmente son
labradores y criadores, que siembran maíz y mandiocas y batatas
y mandubías en mucha abundancia, y crian patos y gallinas como
los de España; crian ovejas grandes, y todas las generaciones tienen guerras unos con otros, y los indios contratan arcos y flechas
y mantas, y otras cosas por arcos y flechas, y por mujeres que les
dan por ellos. Habida esta relación, los indios se fueron muy alegres y contentos, y el principal de ellos se ofresció irse con el
Gobernador a la entrada y descubrimiento de la tierra, diciendo
que se iría con su mujer y hijos a vivir a su tierra, que era lo que
él más deseaba.

CAPÍTULO LVII

CÓMO EL GOBERNADOR ENVIÓ A BUSCAR LOS INDIOS DE GARCÍA

Habida la relación del indio, el Gobernador mandó luego que
con algunos naturales de la tierra fuesen algunos españoles a buscar los indios guaraníes que estaban en aquella tierra, para infor-

marse de ellos, y llevarlos por guías del descubrimiento de la tierra, y también fueron con los españoles algunos indios guaraníes de los que traía en su compañía, los cuales se partieron, y fueron por donde las guías los llevaron; y al cabo de seis días volvieron, y dijeron que los indios guaraníes se habían ido de la tierra, porque sus pueblos y casas estaban despoblados, y toda la tierra así lo parescía, porque diez leguas a la redonda lo habían mirado, y no habían hallado persona.

Sabido lo susodicho, el Gobernador se informó de los indios chaneses si sabían a qué parte se podían haber ido los indios guaraníes; los cuales le dijeron y avisaron que los indios naturales de aquel puerto con los de aquella isla se habían juntado, y les habían ido a hacer guerra, y habían muerto muchos de los indios guaraníes, y los que quedaron se habían ido huyendo por la tierra adentro, y creían que se irían a juntar con otros pueblos de guaraníes que estaban en frontera de una generación de indios que se llaman xarayes; con los cuales y con otras generaciones tienen guerra, y que los indios xarayes es gente que tienen alguna plata y oro, que les dan los indios de la tierra adentro, y que por allí es todo tierra poblada, que puede ir a las poblaciones; y los xarayes son labradores, que siembran maíz y otras simientes en gran cantidad, y crian patos y gallinas como las de España. Fuéles preguntado qué tantas jornadas de aquel puerto estaba la tierra de los indios xarayes; dijo que por tierra podían ir, pero que era el camino muy malo y trabajoso, a causa de las muchas ciénegas que había, y muy gran falta de agua, y que podían ir en cuatro o cinco días, y que si quisiesen ir por agua en canoas, por el río arriba, ocho o diez días.

CAPÍTULO LVIII

DE CÓMO EL GOBERNADOR HABLÓ A LOS OFICIALES, Y LES DIO AVISO DE LO QUE PASABA

Luego el Gobernador mandó juntar los oficiales y clérigos, y siendo informados de la relación de los indios xarayes y de los guaraníes que están en su frontera, fue acordado que con algunos indios naturales de este puerto, para más seguridad, fuesen dos españoles y dos indios guaraníes a hablar los indios xarayes, y viesen la manera de su tierra y pueblos, y se informasen de ellos de los pueblos y gentes de la tierra adentro, y del camino que iba dende su tierra hasta llegar a ellos, y tuviesen manera cómo hablasen con los indios guaraníes, porque de ellos más abiertamente y con más certeza podrían ser avisados y saber la verdad.

Este mismo día se partieron los dos españoles, que fueron Héctor de Acuña y Antonio Correa, lenguas y intérpretes de los guaraníes, con hasta diez indios sacocies y dos indios guaraníes, a los cuales el Gobernador mandó que hablasen al principal de los xarayes, y les dijesen cómo el Gobernador los enviaba para que de su parte le hablasen y conociesen y tuviesen por amigo a él y a los suyos; y que le rogaba le viniesen a ver, porque le quería hablar y que a los españoles los informase de las poblaciones y gentes de la tierra adentro, y el camino que iba dende su tierra para llegar a ellas; y dio a los españoles muchos rescates y un bonete de grana, para que diesen al principal de los dichos xarayes, y otro tanto para el principal de los guaraníes, que les dijesen lo mismo que enviaba a decir al principal de los xarayes.

Otro día después llegó al puerto el capitán Gonzalo de Mendoza con su gente y navíos, y le informaron que la víspera de Todos Santos, viniendo navegando por tierra de los guaxarapos, y habiéndoles hablado y dádose por amigos, diciendo haberlo hecho así con los navíos que primero habían subido, porque el tiempo de vela era contrario, habían salido a surgir los españoles que iban en los bergantines, y al doblar de un torno o vuelta del río, donde se pudo dar vela con los cinco que iban delanteros; el que quedó detrás, que fue un bergantín, donde venía por capitán Agustín de Campos, viniendo toda la gente de él por tierra sirgando, salieron los indios guaxarapos, y dieron en ellos, y mataron cinco cristianos, y se ahogó Juan de Bolaños por acogerse a un navío, viniendo salvos y seguros, teniendo los indios por amigos, fiándose y no se guardando de ellos; y que si no se recogieran los otros cristianos al bergantín, a todos los mataran, porque no tenían ningunas armas con que se defender ni ofender. La muerte de los cristianos fue muy gran daño para nuestra reputación, porque los indios guaxarapos venían en sus canoas a hablar y comunicar con los indios del puerto de los Reyes, que tenían por amigos, y les dijeron cómo ellos habían muerto a los cristianos, y que no éramos valientes, y que teníamos las cabezas tiernas, y que nos procurasen de matar, y que ellos los ayudarían para ello; y de allí adelante los comenzaron a levantar, y poner malos pensamientos a los indios del puerto de los Reyes.

CAPÍTULO LIX

Cómo el Gobernador envió a los xarayes

Dende a ocho días que Antón Correa y Héctor de Acuña, con los indios que llevaron por guías, hobieron partido (como dicho es) para la tierra y pueblos de los indios xarayes a les hablar de

parte del Gobernador, vinieron al puerto a le dar aviso de lo que
habían hecho, sabido y entendido de la tierra y naturales y del
principal de los indios, y visto por vista de ojos; y trujeron consigo un indio que el principal de los xarayes enviaba porque fuese
guía del descubrimiento de la tierra; y Antón Correa y Héctor de
Acuña dijeron que el propio día que partieron del puerto de los
Reyes con las guías habían llegado a unos pueblos de unos indios
que se llaman artaneses, que es una gente crescida de cuerpos y
andan desnudos en cueros; son labradores, siembran poco a causa
que alcanzan poca tierra que sea buena para sembrar, porque la
mayor parte es anegadizos y arenales muy secos; son pobres, y
mantiénense la mayor parte del año de pesquerías de las lagunas
que tienen junto de sus pueblos; las mujeres de estos indios son
muy feas de rostros, porque se los labran y hacen muchas rayas
con sus púas de rayas que para aquello tienen, y traen cubiertas
sus vergüenzas; estos indios son muy feos de rostros porque se
horadan el labio bajo, y en él se ponen una cáscara de una fruta
de unos árboles, que es tamaña y tan redonda como un gran tor-
tero, y esta les apesga y hace alargar el labio tanto, que paresce
una cosa muy fea; y que los indios artaneses les habían recebido
muy bien en sus casas y dado de comer de lo que tenían; y otro
día había salido con ellos un indio de la generación a les guiar,
y habían sacado agua para beber en el camino en calabazos, y que
todo el día habían caminado por ciénegas con grandísimo trabajo,
en tal manera, que en poniendo el pie zahondaban hasta la rodilla,
y luego metían el otro y con mucha premia los sacaban; y estaba
el cieno tan caliente, y hervía con la fuerza del sol tanto, que les
abrasaba las piernas y les hacía llagas en ellas, de que pasaban
mucho dolor; y allende de esto, tuvieron por cierto de morir el
dicho día de sed, porque el agua que los indios llevaban en calabazos no les bastó para la mitad de la jornada del día, y aquella
noche durmieron en el campo entre aquellas ciénegas con mucho
trabajo y sed y cansancio y hambre.

Otro día siguiente, a las ocho de la mañana, llegaron a una
laguna pequeña de agua, donde bebieron el agua de ella, que era
muy sucia, y hincheron los calabazos que los indios llevaban, y
todo el día caminaron por anegadizos, como el día antes habían
hecho, salvo que habían hallado en algunas partes agua de lagunas, donde se refrescaron, y un árbol que hacía una poca de sombra,
donde sestearon y comieron lo que llevaban, sin les quedar cosa
ninguna para adelante; y las guías les dijeron que les quedaba
una jornada para llegar a los pueblos de los indios xarayes. Y la
noche venida, reposaron hasta que, venido el día, comenzaron a
caminar, y dieron luego en otras ciénegas, de las cuales no pensaron salir, según el aspereza y dificultad que en ellas hallaron, que
demás de abrasarles las piernas, porque metiendo el pie se hundían
hasta la cinta y no lo podían tornar a sacar; pero que sería una
legua poco más lo que duraron las ciénegas, y luego hallaron el

camino mejor y más asentado; y el mismo día, a la una hora después de mediodía, sin haber comido cosa ninguna ni tener qué, vieron por el camino por donde ellos iban que venían hacia ellos hasta veinte indios, los cuales llegaron con mucho placer y regocijo, cargados de pan de maíz, y de patos cocidos, y pescado, y vino de maíz, y les dijeron que su principal había sabido cómo venían a su tierra por el camino, y les había mandado que viniesen a les traer de comer y a les hablar de su parte, y llevarlos donde estaba él y todos los suyos muy alegres con su venida: con lo que estos indios les trujeron se remediaron de la falta que habían tenido de mantenimiento.

Este día, una hora antes que anocheciese, llegaron a los pueblos de los indios; y antes de llegar a ellos como un tiro de ballesta, salieron más de quinientos indios de los xarayes a los recebir con mucho placer, todos muy galanes, compuestos con muchas plumas de papagayos y abantales de cuentas blancas, con que cubrían sus vergüenzas, y los tomaron en medio y los metieron en el pueblo, a la entrada del cual estaban muy gran número de mujeres y niños esperándolos, las mujeres todas cubiertas sus vergüenzas, y muchas cubiertas con unas ropas largas de algodón que usan entre ellos (que llaman tipoes); y entrando por el pueblo, llegaron donde estaba el principal de los xarayes, acompañado de hasta trecientos indios muy bien dispuestos, los más de ellos hombres ancianos; el cual estaba asentado en una red de algodón en medio de una gran plaza, y todos los suyos estaban en pie y lo tenían en medio; y como llegaron todos, los indios hicieron una calle por donde pasasen, y llegando donde estaba el principal, le trujeron dos banquillos de palo, en que les dijo por señas que se sentasen; y habiéndose sentado, mandó venir allí un indio de la generación de los guaraníes que había mucho tiempo que estaba entre ellos y estaba casado allí con una india de la generación de los xarayes, y lo querían muy bien y lo tenían por natural.

Con el cual el dicho indio principal les había dicho que fuesen bien venidos y que se holgaba mucho de verlos, porque muchos tiempos había que deseaba ver los cristianos, y que dende el tiempo que García había andado por aquellas tierras tenía noticia de ellos, y que los tenía por sus parientes y amigos; y que ansimesmo deseaba mucho ver al principal de los cristianos, porque había sabido que era bueno y muy amigo de los indios, y que les daba de sus cosas y no era escaso, y les dijesen, si les enviaba por alguna cosa de su tierra, que él se lo daría; y por lengua del intérprete le dijeron y declararon cómo el Gobernador los enviaba para que dijese y declarase el camino que había dende allí hasta las poblaciones de la tierra, y los pueblos y gente que había dende allí a ellos, y en qué tantos días se podría llegar donde estaban los indios que tenían oro y plata; y allende de esto, para que supiese que lo quería conocer y tener por amigo, con otras particularidades que el Gobernador les mandó que lea dijesen; a lo cual el

indio respondió que él se holgaba de tenerles por amigos, y que
él y los suyos le tenían por señor, y que los mandase; y que en
lo que tocaba al camino para ir a las poblaciones de la tierra, que
por allí no sabían ni tenían noticias que hobiese tal camino, ni
ellos habían ido la tierra adentro, a causa que toda la tierra se
anegaba al tiempo de las avenidas, dende a dos lunas; y pasadas
todas las aguas, toda la tierra quedaba tal, que no podan andar
por ella; pero que el propio indio con quien les hablaba, que era
de la generación de los guaraníes, había ido a las poblaciones de
la tierra adentro y sabía el camino por donde habían de ir, que
por hacer placer al principal de los cristianos se lo enviaría para
que fuese a enseñarle el camino; y luego en presencia de los españoles le mandó al indio guaraní se viniese con ellos, y ansí lo
hizo con mucha voluntad; y visto por los cristianos que el principal
había negado el camino con tan buenas cautelas y razones, pares-
ciéndoles a ellos, por lo que de la tierra habían visto y andado,
que podía ser ansí verdad, lo creyeron, y le rogaron que los mandase guiar a los pueblos de los guaraníes, porque les querían ver y
hablar; de lo cual en indio se alteró y escandalizó mucho; y que con
buen semblante y disimulado continente había respondido que
los indios guaraníes eran sus enemigos y tenían guerra con ellos,
y cada día se mataban unos a otros; que pues él era amigo de los
cristianos, que no fuesen a buscar sus enemigos para tenerlos por
amigos; y que si todavía quisiesen ir a ver los dichos indios guaraníes, que otro día de mañana los llevarían los suyos para que
los hablasen. Ya, porque era noche, el mismo principal los llevó
consigo a su casa, y allí les mandó dar de comer y sendas redes
de algodón en que durmiesen, y les convidó que si quisiese cada
uno su moza, que se la darían, pero no las quisieron, diciendo que
venían cansados; y otro día, una hora antes del alba, comienzan
tan gran ruido de atambores y vocinas, que parescía que se hun-
día el pueblo, y en aquella plaza que estaba delante de la casa
principal se juntaron todos los indios, muy emplumados y aderezados a punto de guerra, con sus arcos y muchas flechas, y luego
el principal mandó abrir la puerta de su casa para que los viese,
y habría bien seiscientos indios de guerra; y el principal les dijo:
«Cristianos, mira mi gente, que de esta manera van a los pueblos
de los guaraníes; id con ellos, que ellos os llevarán y os volverán;
porque si fuésedes solos, mataros hían sabiendo que habéis estado
en mi tierra y que sois mis amigos.»

Y los españoles, visto que de aquella manera no podrían hablar
al principal de los guaraníes, y que sería ocasión de perder el amistad de los dichos xarayes, les dijeron que tenían determinado volverse a dar cuenta de todo a su principal, y que verían lo que les
mandaría, y volverían a se lo decir; y de esta manera se sosegaron
los indios; y aquel día todo estuvieron en el pueblo de los xarayes,
el cual sería de hasta mil vecinos; y a media legua y a una de allí

había otros cuatro pueblos de la generación, que todos obedescían al dicho principal, el cual se llamaba Camire.

Estos indios xarayes es gente crescida, de buena dispusición; son labradores, y siembran y cogen dos veces al año maíz y batatas y mandioca y mandubíes; crían patos en gran cantidad, y algunas gallinas como las de nuestra España; horádanse los labios como los artaneses; cada uno tiene su casa por sí, donde viven con su mujer y hijos: ellos labran y siembran, las mujeres lo cogen y lo traen a sus casas, y son grandes hilanderas de algodón: estos indios crían muchos patos para que maten y coman los grillos, como digo antes de esto.

CAPÍTULO LX

DE CÓMO VOLVIERON LAS LENGUAS DE LOS INDIOS XARAYES

Estos indios xarayes alcanzan grandes pesquerías, así del río como de lagunas, y mucha caza de venados. Habiendo estado los españoles con el indio principal todo el día, le dieron los rescates y bonete de grana que el Gobernador enviaba, con lo cual se holgó mucho y lo recebió con tanto sosiego, que fue cosa de ver y maravillar; y luego el indio principal mandó traer allí muchos penachos de plumas de papagayos y otros penachos, y los dio a los cristianos para que los trujesen al Gobernador; los cuales eran muy galanes; y luego se despidieron del Camire para venirse, el cual mandó a veinte indios de los suyos que acompañasen a los cristianos; y así, se salieron y los acompañaron hasta los pueblos de los indios artaneses, y de allí se volvieron a su tierra, y quedó con ellos la guía que el principal les dio; el cual el Gobernador recebió y le mostró mucho cariño y luego con intérpretes de la guía guaraní quiso preguntar y interrogar al indio para saber si sabía el camino de las poblaciones de la tierra, y le preguntó de qué generación era y de dónde era natural.

Dijo que era de la generación de los guaraníes y natural de Itati, que es en el río del Paraguay; y que siendo él muy mozo, los de su generación hicieron gran llamamiento y junta de indios de toda la tierra, y pasaron a la tierra y población de la tierra adentro, y él fue con su padre y parientes para hacer guerra a los naturales de ella, y les tomaron y robaron las planchas y joyas que tenían de oro y plata; y habiendo llegado a las primeras poblaciones, comenzaron luego a hacer guerra y matar muchos indios, y se despoblaron muchos pueblos y se fueron huyendo a recogerse a los pueblos de más adentro; y luego se juntaron las generaciones de toda aquella tierra y vinieron contra los de su generación, y desbarataron y mataron muchos de ellos, y otros se fueron huyendo por muchas partes, y los indios enemigos los siguieron y tomaron los pasos y mataron a todos, que no escaparon (a lo que señaló) docientos indios, de tantos como eran, que cubrían los campos, y que entre los que escaparon se salvó éste indio y que la mayor parte se quedaron en aquellas montañas por donde habían pasado, para vivir en ellas, porque no habían osado pasar por temor que los matarían los guaxarapos y guatos, y otras generaciones que estaban por donde habían de pasar, y que este indio no quiso quedar con estos, y se fue con los que quisieron pasar adelante, a su tierra, y que en el camino habían sido sentidos de las generaciones, y una noche habían dado en ellos y los habían muerto a todos, y que este indio se había escapado por lo espeso de los montes, y caminando por ellos había venido a tierra de los xarayes, los cuales lo habían tenido en su poder y lo habían criado mucho tiempo, hasta que, teniéndole mucho amor, y él a ellos, le habían casado con una mujer de su generación. Fue preguntado que si sabía bien el camino por donde él y los de su generación fueron a las poblaciones de la tierra adentro. Dijo que había mucho tiempo que anduvo por el camino, y cuando los de su generación pasaron, que iban abriendo camino y cortando árboles y desmontando la tierra, que estaba muy fragosa, y que ya aquellos caminos le paresce que serán tornados a cerrar del monte y yerba, porque nunca más los tornó a ver, ni andar por ellos; pero que le paresce que comenzando a ir por el camino lo sabrá seguir y ir por él, y que dende una montaña alta, redonda, que está a la vista de este puerto de los Reyes, se toma el camino. Fue preguntado en cuántos días de camino podrán llegar a la primera población. Dijo que, a lo que se acuerda, en cinco días se llegará a la primera tierra poblada, donde tienen mantenimientos muchos; que son grandes labradores, aunque cuando los de su generación fueron a la guerra los destruyeron, y despoblaron muchos pueblos; pero que ya estaban tornados a poblar. Y fuéle preguntado si en el camino hay ríos caudalosos o fuentes. Dijo que vio ríos, pero que no son muy caudalosos; y que hay otros muy caudalosos, y fuentes, lagunas, y cazas de venados y dantas, mucha miel y fruta. Fue preguntado si al tiempo que los de su generación hicieron guerra a los naturales de la tierra, si vio que tenían oro o plata. Dijo que en los pueblos que saquearon había habido muchas planchas de plata y oro, y barbotes, y orejeras, y brazaletes, y coronas, y hachuelas, y vasijas pequeñas, y que todo se lo tornaron a tomar cuando los desbarataron, y que los que se escaparon trujeron algunas planchas de plata, y cuentas y barbotes, y se lo robaron los guaxarapos cuando pasaron por su tierra, y los mataron, y los que quedaron en las montañas tenían, y les quedó asimismo alguna cantidad de ello, y que ha oído decir que lo tienen los xarayes; y cuando los xarayes van a la guerra contra los indios, les ha visto sacar planchas de

plata de las que trujeron y les quedó de la tierra adentro. Fue
preguntado si tiene voluntad de irse en su compañía y de los cristianos a enseñar el camino. Dijo que sí, que de buena voluntad lo
quiere hacer, y que para lo hacer lo envió su principal.

El Gobernador le apercibió y dijo que mirase que dijese la verdad de lo que sabía del camino, y no dijese otra cosa, porque de ello
le podría venir mucho daño; y diciendo la verdad, mucho bien y
provecho; el·cual dijo que él había dicho la verdad de lo que sabía
del camino, y que para lo enseñar y descubrir a los cristianos
quería irse con ellos.

CAPÍTULO LXI

Cómo se determinó de hacer la entrada el Gobernador

Habida esta relación, con el parescer de los oficiales de su majestad y de los clérigos y capitanes, determinó el Gobernador de
ir a hacer la entrada y descubrir las poblaciones de la tierra, y
para ello señaló trecientos hombres arcabuceros y ballestéros,
y para la tierra que se había de pasar despoblada, hasta llegar al
poblado, mandó que se proveyesen de bastimentos para veinte
días, y en el puerto mandó quedar cien hombres cristianos en
guarda de los bergantines con hasta docientos indios guaraníes, y
por capitán de ellos un Juan Romero, por ser plático en la tierra;
y partió del puerto de los Reyes a 26 días del mes de noviembre
del año de 43 años, y aquel día todo, hasta las cuatro de la tarde,
fuimos caminando por entre unas arboledas, tierra fresca y bien
asombrada, por un camino poco seguido, por donde la guía nos
llevó, y aquella noche reposamos junto a unos manantiales de
agua, hasta que otro día, una hora antes que amanesciese, comenzamos a caminar, llevando delante con la guía hasta veinte hombres que iban abriendo el camino, porque cuanto más íbamos por
él lo hallábamos más cerrado de árboles y yerbas muy altas y
espesas, y de esta causa se caminaba por la tierra con muy gran
trabajo; y el dicho día, a hora de las cinco de la tarde, junto a
una gran laguna donde los indios y cristianos tomaron a manos
pescado, reposamos aquella noche; y a la guía que traía para el
descubrimiento le mandaban, cuando íbamos caminando, subir por
los árboles y por las montañas para que reconociese y descubriese
el camino y mirase no fuese errado, y certificó ser aquel camino
para la tierra poblada.

Los indios guaraníes que llevaba el Gobernador en su compañía
se mantenían de lo que él les mandaba dar del bastimento que

llevaba de respeto, y de la miel que sacaban de los árboles, y de
alguna caza que mataban de puercos y dantas y venados, de que
parescía haber muy gran abundancia por aquella tierra; pero como
la gente que iba era mucha y iban haciendo gran ruido, huía la
caza, y de esta causa no se mataba mucha; y también los indios
y los españoles comían de la fruta de los árboles salvajes, que
había muchos; y de esta manera nunca les hizo mal ninguna fruta
de las que comieron, sino fue una de unos árboles que naturalmente parescían arrayanes, y la fruta de la misma manera que la
echa el arrayán en España (que se dice murta), excepto que ésta
era un poco más gruesa y de muy buen sabor; la cual, a todos los
que la comieron, les hizo a unos vomitar, a otros cámaras; y esto
les duró muy poco y no les hizo otro daño: también se aprovecha-
ban de fruta de las palmas, que hay gran cantidad de ellas en
aquella tierra, y no se comen los dátiles, salvo partido el cuesco;
lo de dentro (que es redondo) es casi como una almendra dulce,
y de esto hacen los indios harina para su mantenimiento, y es
muy buena cosa; y también los palmitos de las palmas, que
son muy buenos.

CAPÍTULO LXII

DE CÓMO LLEGÓ EL GOBERNADOR AL RÍO CALIENTE

Al quinto día que fue caminando por la tierra por donde la
guía nos llevaba, yendo siempre abriendo camino con harto trabajo,
llegamos a un río pequeño que sale de una montaña, y el agua
de él venía muy caliente y clara y muy buena; y algunos de los
españoles se pusieron a pescar en él y sacaron pexe de él: en este
río del agua caliente comenzaron a desatinar la guía, diciéndoles
que, como había tanto tiempo que no había andado el camino, lo
desconocía, y no sabía por dónde había de guiar, porque los caminos viejos no se parescían; y otro día se partió el Gobernador del
río del agua caliente, y fue caminando por donde la guía les llevó
con mucho trabajo, abriendo camino por los bosques y arboledas
y malezas de la tierra; y el mismo día, a las diez horas de la
mañana, le salieron a hablar al Gobernador dos indios de la generación de los guaraníes, los cuales le dijeron ser de los que quedaron en aquellos desiertos cuando las guerras pasadas, que los de
su generación tuvieron con los indios de la población de la tierra
adentro, a do fueron desbaratados y muertos, y ellos se habían
quedado por allí; y que ellos y sus mujeres y hijos, por temor de
los naturales de la tierra, se andaban por lo más espeso y mon-

tuoso escondiéndose; y todos los que por allí andaban serían hasta
catorce personas, y afirmaron lo mismo que los de atrás, que dos
jornadas de allí estaba otra casilla de los mismos, y que habría
hasta diez personas en ellas, y que allí había un cuñado suyo, y
que en la tierra de los indios xarayes había otros indios guaraníes
de su generación, y que estos tenían guerra con los indios xarayes.
Y porque los indios estaban temerosos de ver los cristianos y
caballos, mandó el Gobernador a la lengua que los asegurase
y asosegase, y que les preguntase dónde tenían su casa, los cuales
respondieron que muy cerca de allí y luego vinieron sus mujeres
y hijos y otros sus parientes, que todos serían hasta catorce personas; a los cuales mandó que dijesen que de qué se mantenían
en aquella tierra, y qué tanto había que estaban en ella; y dijeron
que ellos sembraban maíz, que comían, y también se mantenían
de su caza y miel y frutas salvajes de los árboles, que había por
aquella tierra mucha cantidad, y que al tiempo que sus padres
fueron muertos y desbaratados, ellos habían quedado muy pequeños;
lo cual declararon los indios más ancianos, que al parescer serían
de edad de treinta y cinco años cada uno. Fueron preguntados si
sabían el camino que había de allí para ir a las poblaciones de
la tierra adentro, y qué tiempo se podían tardar en llegar a la
tierra poblada; dijeron que, como ellos eran muy pequeños cuando anduvieron el dicho camino, nunca más anduvieron por él, ni
lo han visto, ni saben ni se acuerdan de él, ni por dónde le han
de tomar ni en qué tanto tiempo se llegará allá; mas que su cuñado
(que vive y está en la otra casa, dos jornadas de esta suya) ha
ido muchas veces por él, y lo sabe, y dirá por dónde han de ir
por él; y visto que estos indios no sabían el camino para seguir
el descubrimiento, los mandó el Gobernador volver a su casa; a
todos les dio rescates, a ellos y a sus mujeres y hijos, y con ellos
se volvieron a sus casas muy contentos.

CAPÍTULO LXIII

DE CÓMO EL GOBERNADOR ENVIÓ A BUSCAR LA CASA QUE ESTABA ADELANTE

Otro día mandó el Gobernador a una lengua que fuese con dos
españoles y con dos indios (de la casa que decían que estaban
adelante) para que supiesen de ellos si sabían el camino y el tiempo
que se podía tardar en llegar a la primera tierra poblada, y que
con mucha presteza le avisasen de todo lo que se informase, para
que, sabido, se proveyese lo que más conviniese; y, partidos, otro

día mandó caminar la gente poco a poco por el mismo camino que llevaba la lengua y los otros. E yendo así caminando, al tercero día que partieron llegó al Gobernador un indio que le enviaron, el cual le dio una carta de la lengua, por la cual le hacía saber cómo habían llegado a la casa de los dichos indios, y que habían hablado con el indio que sabía el camino de la tierra adentro; y decía que dende aquella su casa hasta la primera población de adelante, que estaba cabe aquel cerro que llamaban Tapuaguazú (que es una peña alta), que subido en ella se paresce mucha tierra poblada; y que dende allí hasta llegar a Tapuaguazú habrá diez y seis jornadas de despoblados, y que era el camino muy trabajoso, por estar muy cerrado el camino de arboledas y yerbas muy altas, y muy grandes malezas, y que el camino por donde habían ido después que del Gobernador partieron, hasta llegar a la casa de este indio, estaba asimismo tan cerrado y dificultoso, que en lo pasar habían llevado muy gran trabajo, y a gatas habían pasado la mayor parte del camino, y que el indio decía de él, que era muy peor el camino que habían de pasar que el que habían traído hasta allí, y que ellos traerían consigo el indio para que el Gobernador se informase de él; y vista esta carta, partió para do el indio venía, y halló los caminos tan espesos y montuosos, de tan grandes arboledas y malezas, que lo que iban cortando no podían cortar en todo un día tanto camino como un tiro de ballesta; y porque a esta sazón vino muy grande agua, y porque la gente y municiones no se les mojasen y perdiesen, hizo retirar la gente para los ranchos que habían dejado a la mañana, en los cuales había reparos de chozas.

CAPÍTULO LXIV

DE CÓMO VINO LA LENGUA DE LA CASILLA

Otro día, a las tres horas de la tarde, vino la lengua y trujo consigo el indio que dijo que sabía el camino, al cual recebió y habló muy alegremente, y le dio de sus rescates, con que él se contentó; y el Gobernador mandó a la lengua que de su parte le dijese y rogase que con toda verdad le descubriese el camino de la tierra poblada. El dijo que había muchos días que no había ido por él, pero que él lo sabía y lo había andado muchas veces yendo a Tapuaguazú, y que de allí se parescen los humos de toda la población de la tierra; y que iba él a Tapúa por flechas, que las hay en aquella parte, y que ha dejado muchos días de ir por ellas, porque yendo a Tapúa, vio antes de llegar humos que se hacían por

los indios, por lo cual conosció que se comenzaban a venir a poblar aquella tierra los que solían vivir en ella, que la dejaron despoblada en tiempo de las guerras, y porque no lo matasen no
había osado ir por el camino, el cual está ya tan cerrado, que con
muy gran trabajo se puede ir por él, y que le paresce que en diez
y seis días iban hasta Tapúa yendo cortando los árboles y abriendo
camino. Fue preguntado si quería ir con los cristianos a les enseñar el camino, y dijo que sí iría de buena voluntad, aunque
tenía gran miedo a los indios de la tierra. Y vista la relación que
dio el indio, y la dificultad y el inconveniente que decía del camino,
mandó el Gobernador juntar los oficiales de su majestad y a los
clérigos y capitanes, para tomar parescer con ellos de lo que se
debía hacer sobre el descubrimiento platicado con ellos, lo que
el indio decía; dijeron que ellos habían visto que a la mayor parte
de los españoles les faltaba el bastimento, y que tres días había
que no tenían qué comer, y que no lo osaban pedir por la des-
órden que en lo gastar había habido y tenido, y viendo que la
primera guía que habíamos traído, que había certificado que al
quinto día hallarían de comer y tierra muy poblada y muchos
bastimentos; y debajo de esta seguridad, y creyendo ser así verdad, habían puesto los cristianos y indios poco recaudo y menos
guarda en los bastimentos que habían traído, porque cada cristiano traía para sí dos arrobas de harina; que mirase que en el
bastimento que quedaba no les bastaba para seis días, y que pasados estos, la gente no ternía qué comer, y que les parescía que
sería caso muy peligroso pasar adelante sin bastimentos con que se
sustentar, mayormente que los indios nunca dicen cosa cierta;
que podría ser que donde dice la guía que hay diez y seis jornadas,
hobiese muchas más, y que cuando la gente hobiese de dar la
vuelta no pudiesen, y de hambre se muriesen todos, como ha acaes-
cido muchas veces en los descubrimientos nuevos que en todas
estas partes se han hecho, y que les parescía que por la seguridad
y vida de estos cristianos y indios que traía, se debía de volver
con ellos al puerto de los Reyes, donde había salido y dejado los
navíos, y que allí se podrían tornar a fornescer y proveer de más
bastimentos para proseguir la entrada; y que esto era su parecer,
y que si necesario fuese, se lo requerían de parte de su majestad.

CAPÍTULO LXV

De cómo el Gobernador y gente se volvió al puerto

Y visto el parescer de los clérigos y oficiales y capitanes, y la
necesidad de la gente, y la voluntad que todos tenían de dar la vuelta, aunque el Gobernador les puso delante el grande daño que

de ello resultaba, y que en el puerto de los Reyes era imposible hallarse bastimentos para sustentar tanta gente y para fornecello de nuevo, y que los maíces no estaban para los coger, ni los indios tenían qué les dar, y que se acordasen que los naturales de la tierra les decían que presto vernía la cresciente de las aguas, las cuales pondrían en mucho trabajo a nosotros y a ellos; no bastó esto y otras cosas que les dijo, para que todavía no fuese persuadido que se volviese.

Conoscida su demasiada voluntad, lo hobo de hacer, por no dar lugar a que hobiese algún desacato por do hobiese de castigar a algunos; y así, los hobo de complacer, y mandó apercibir para que otro día se volviesen desde allí para el puerto de los Reyes; y otro día de mañana envió dende allí al capitán Francisco de Ribera, que se le ofresció con seis cristianos y con la guía que sabía el camino, para que él y los seis cristianos y once indios principales fuesen con él, y los aguardasen y acompañasen, y no los dejasen hasta que los volviesen donde el Gobernador estaba, y les apercibió que si los dejaba que los mandaría castigar; y así, se partieron para Tapúa, llevando consigo la guía que sabía el camino; y el Gobernador se partió también en aquel punto para el puerto de los Reyes con toda la gente; y así, se vino en ocho días al puerto, bien descontento por no haber pasado adelante.

CAPÍTULO LXVI

DE CÓMO QUERÍAN MATAR A LOS QUE QUEDARON EN EL PUERTO DE LOS REYES

Vuelto al puerto de los Reyes, el capitán Juan Romero, que había allí quedado por su teniente, le dijo y certificó que dende a poco que el Gobernador había partido del puerto, los indios naturales de él y de la isla que está a una legua del puerto, trataban de matar todos los cristianos que allí habían quedado, y tomarles los bergantines, y que para ello hacían llamamiento de indios por toda la tierra, y estaban juntos ya los guaxarapos, que son nuestros enemigos, y con otras muchas generaciones de otros indios, y que tenían acordado de dar en ellos de noche, y que los habían venido a ver y a tentar so color de venir a rescatar, y no les traían bastimentos, como solían, y cuando venían con ellos era para espiarlos; y claramente le habían dicho que le habían de venir a matar y destruir los cristianos; y sabido esto, el Gobernador mandó juntar a los indios principales de la tierra, y les mandó hablar y amonestar, de parte de su majestad, que asosegasen y no quebrantasen la paz que ellos habían dado y asentado, pues el Gobernador y todos los cristianos le habían hecho y hacían buenas obras como amigos, y no les habían hecho ningún enojo ni desplacer, y el Gobernador les había dado muchas cosas, y los defendería de sus enemigos; y que si otra cosa hiciesen, los ternían por enemigos y les haría guerra, lo cual les apercibió y dijo estando presentes los clérigos y oficiales, y luego les dio bonetes colorados y otras cosas, y prometieron de nuevo de .tener por amigos a los cristianos, y echar de su tierra a los indios que habían venido contra ellos, que eran los guaxarapos y otras generaciones.

Dende a dos días que el Gobernador hobo llegado al puerto de los Reyes, como se halló con tanta gente de españoles y indios, y esperaba con ellos tener gran necesidad de hambre, porque a todos había de dar de comer, y en toda la tierra no había más bastimento de lo que él tenía en los bergantines que estaban en el puerto, lo, cual estaba muy tasado, y no había para más de diez o doce días para toda la gente, que eran, entre cristianos y indios, más de veinte mil; y visto tan gran necesidad y peligro de morírsele toda la gente, mandó llamar todas las lenguas, y mandólas que por los. lugares cercanos a ellos le fuesen a buscar algunos bastimentos mercados por sus rescates, y para ello les dio muchos; los cuales fueron, y no hallaron ningunos; y visto esto, mandó llamar a los indios principales de la tierra, y preguntóles adónde habrían, por sus rescates, bastimentos; los cuales dijeron que a nueve leguas de allí estaban en la ribera de unas grandes lagunas unos indios que se llaman arianicosies, y que estos tienen muchos bastimentos en gran abundancia, y que estos darían lo que fuese menester.

CAPÍTULO LXVII

DE CÓMO EL GOBERNADOR ENVIÓ A BUSCAR BASTIMENTOS AL CAPITÁN MENDOZA

Luego que el Gobernador se informó de los indios principales del puerto, mandó juntar los oficiales, clérigos y capitanes y otras personas de experiencia, para tomar con ellos acuerdo y parecer de lo que debía hacer, porque toda la gente pedía de comer, y el Gobernador no tenía qué les dar, y estaban para se le derramar y ir por la tierra adentro a buscar de comer; y juntos los oficiales y clérigos, les dijo que ya vían la necesidad y hambre, que era tan general, que padescían, y que no esperaba menos que morir todos si brevemente no se daba orden para lo remediar, y que él era informado que los indios que se llaman arianicosies tenían bastimentos, y que diesen su parescer de lo que en ello debía de hacer; los cuales todos juntamente le dijeron que debía enviar a los pueblos de los indios la mayor parte de la gente, así para se mantener y sustentar como a comprar bastimento, para que enviasen luego a la gente que consigo quedaba en el puerto, y que de los indios no quisiesen dar los bastimentos comprándoselos, que se los tomasen por fuerza; y si se pusiesen en los defender, los hiciesen guerra hasta se los tomar; porque atenta la necesidad que había, y que todos se morían de hambre, que del altar se podía tomar para comer; y este parecer dieron firmado de sus nombres; y así, se acordó de enviar a buscar los bastimentos al dicho capitán, con esta instrucción:

«Lo que vos el capitán Gonzalo de Mendoza habéis de hacer en los pueblos donde vais a buscar bastimentos para sustentar esta gente porque no se me muera de hambre, es, que los bastimentos que así mercáredes, habéislos de pagar muy a contento de los indios socorinos y sococies, y a los otros que por la comarca están poblados, y decirles heis de mi parte que estoy maravillado de ellos cómo no me han venido a ver, como lo han hecho todas las otras generaciones de la comarca; y que yo tengo relación que ellos son buenos, y que por ello deseo verlos y tenerlos por amigos, y darles de mis cosas, y que vengan a dar la obediencia a su majestad (como lo han hecho todos los otros); y haciéndolo ansí, siempre los favoresceré y ayudaré contra los que los quisieren enojar; y habéis de tener gran vigilancia y cuidado que por los lugares que pasáredes de los indios nuestros amigos no consintáis que ninguna de la gente que con vos lleváis entren por sus lugares ni les hagan fuerza ni otro ningún mal tratamiento, sino que todo lo que rescatáredes y ellos os dieren, lo paguéis a su contento, y ellos no tengan causa de se quejar; y llegado a los pueblos, pediréis a los indios a do vais, que os den de los mantenimientos que tuvieren, para sustentar las gentes que lleváis, ofresciéndoles la paga y rogándoselo con amorosas palabras, y si no os lo quisieren dar, requerírselo heis una, y dos, y tres veces, y más, cuantas de derecho pudiéredes y debiéredes, y ofresciéndoles primero la paga; y si todavía no os lo quisieren dar, tomarlo heis por fuerza; y si os lo defendieren con mano armada, hacerles heis la guerra, porque la hambre en que quedamos no sufre otra cosa; y en todo lo que sucediere adelante os habed tan templadamente, cuanto conviene al servicio de Dios y de su majestad; lo cual confío de vos, como de servidor de su majestad.»

CAPÍTULO LXVIII

DE CÓMO ENVIÓ UN BERGANTÍN A DESCUBRIR EL RÍO DE LOS XARAYES, Y EN ÉL AL CAPITÁN RIBERA

Con esta instrucción envió al capitán Gonzalo de Mendoza, con el parescer de los clérigos y oficiales y capitanes, y con ciento y veinte cristianos y seiscientos indios flecheros, que bastaban para mucha más cosa, y partió a 15 días del mes de diciembre del dicho año; y los indios naturales del puerto de los Reyes avisaron al Gobernador, y le informaron que por el río del Igatu arriba podían ir gentes en los bergantines a tierra de los indios xarayes, porque ya comenzaban a crescer las aguas, y podían bien los navíos navegar; y que los indios xarayes y otros indios que están en la ribera tenían muchos bastimentos, y que asimesmo había otros brazos de ríos muy caudalosos que venían de la tierra adentro y se juntaban en el río del Igatu, y había grandes pueblos de indios, y que tenían muchos mantenimientos; y por saber todos los secretos del dicho río, envió al capitán Hernando de Ribera en un bergantín, con cincuenta y dos hombres, para que fuesen por el río arriba hasta los pueblos de los indios xarayes, y hablase con su principal y se informase de lo de adelante, y pasase a los ver y descubrir por vista de ojos; y no saliendo en tierra él ni ninguno de su compañía, excepto la lengua con otros dos, procurase ver y contratar con los indios de la costa del río por donde iba, dándoles dádivas y asentados paces con ellos, para que volviese bien informado de lo que en la tierra había, y para ello le dio una instrucción con muchos rescates, y por ella y de palabra le informó de todo aquello que convenía al servicio de su majestad y al bien de la tierra; el cual partió y hizo vela a 20 días del mes de diciembre del dicho año.

Dende algunos días que el capitán Gonzalo de Mendoza había partido con la gente a comprar los bastimentos, escribió una carta cómo al tiempo que llegó a los lugares de los indios arianicosies había enviado con una lengua a decir cómo él iba a su tierra a les rogar le vendiesen de los bastimentos que tenían, y que se los pagaría en rescates muy a su contento, en cuentas y cuchillos y cuñas de hierro (lo cual ellos tenían en mucho), y les daría muchos anzuelos; los cuales rescates llevó la lengua para se los enseñar para que los viesen; y que no iban a hacerles mal ni daño ni tomalles nada por fuerza; y que la lengua había ido, y había vuelto huyendo de los indios, y que habían salido a él a lo matar, y que le habían tirado muchas flechas; y que decían que no fuesen los cristianos a su tierra, y que no les querían dar ninguna cosa; antes los habían de matar a todos, y que para ello les habían venido a ayudar los indios guaxarapos, que eran muy valientes;

los cuales habían muerto cristianos, y decían que los cristianos tenían las cabezas tiernas, y que no eran recios, y que el dicho Gonzalo de Mendoza había tornado a enviar la misma lengua a rogar y requerir los indios que les diesen los bastimentos, y con él envió algunos españoles que viesen lo que pasaba; todos los cuales habían vuelto huyendo de los indios, diciendo que habían salido con mano armada para los matar, y les habían tirado muchas flechas, diciendo que se saliesen de su tierra, que no les querían dar los bastimentos; y que visto esto, que él había ido con toda la gente a les hablar y asegurar; y que llegados cerca de su lugar, habían salido contra él todos los indios de la tierra, tirándoles muchas flechas, y procurándoles de matar, sin les querer oír ni dar lugar a que les dijese alguna cosa de las que les querían hablar; por lo cual en su defensa habían derrocado dos de ellos con arcabuces, y como los otros los vieron muertos, todos se fueron huyendo por los montes. Los cristianos fueron a sus casas, adonde habían hallado muy gran abundancia de mantenimientos de maíz y de mandubíes, y otras yerbas y raíces y cosas de comer; y que luego con uno de los indios que había tomado preso envió a decir a los indios que se viniesen a sus casas, porque él les prometía y aseguraba de los tener por amigos, y de no les hacer ningún daño, y que les pagaría los bastimentos que en sus casas les habían tomado cuando ellos huyeron; lo cual no habían querido hacer; antes habían venido a les dar guerra adonde tenían sentado el real, y habían puesto fuego a sus proprias casas, y se habían quemado mucha parte de ellas, y que hacían llamamiento de otras muchas generaciones de indios para venir a matarlos, y que ansí lo decían, y no dejaban de venir a les hacer todo el daño que podían. El Gobernador le envió a mandar que trabajase y procurase de tornar los indios a sus casas, y no les consintiese hacer ningún mal ni daño ni guerra, antes les pagase todos los bastimentos que les habían tomado, y les dejasen en paz, y fuesen a buscar los bastimentos por otras partes; y luego le tornó a avisar el capitán cómo los había enviado a llamar y asegurar para que se volviesen a sus casas, y que les tenía por amigos, y que no les haría mal, y los trataría bien; lo cual no quisieron hacer, antes continuo vinieron a hacerle guerra y todo el daño que podían con otras generaciones de indios que habían llamado para ello, así de los guaxarapos y guatos, enemigos nuestros, que se habían juntado con ellos.

CAPÍTULO LXIX

DE CÓMO VINO DE LA ENTRADA EL CAPITÁN FRANCISCO DE RIBERA

A 20 días del mes de enero del año de 544 años vino el capitán Francisco de Ribera con los seis españoles que con él envió el Gobernador y con la guía que consigo llevó, y con tres indios que le quedaron, de los once que con él envió de los guaraníes; los cuales todos envió, como arriba he dicho, para que descubriese las poblaciones y las viese por vista de ojos dende la parte donde el Gobernador se volvió; y ellos fueron su camino adelante en busca de Tapuaguazu, donde la guía decía que comenzaban las poblaciones de los indios de toda la tierra; y llegado con los seis cristianos, los cuales venían heridos, toda la gente se alegró con ellos, y dieron gracias a Dios de verlos escapados de tan peligroso camino; porque en la verdad el Gobernador los tenía por perdidos, porque de los once indios que con ellos habían ido, se habían vuelto los ocho, y por ello el Gobernador hobo mucho enojo con ellos y los quiso castigar, y los indios principales sus parientes le rogaban que los mandase ahorcar luego como se volvieron, porque habían dejado y desamparado los cristianos, habiéndoles encomendado y mandado que los acompañasen y guardasen hasta volver en su presencia con ellos, y que pues no lo habían hecho, que ellos merescían que fuesen ahorcados, y el Gobernador se lo reprehendió, con apercibimiento que si otra vez lo hacían los castigaría, y por ser aquella la primera les perdonaba, por no alterar a todos los indios de su generación.

CAPÍTULO LXX

DE CÓMO EL CAPITÁN FRANCISCO DE RIBERA DIO CUENTA DE SU DESCUBRIMIENTO

Otro día siguiente paresció ante el Gobernador el capitán Francisco de Ribera, trayendo consigo los seis españoles que con él habían ido, y le dio relación de su descubrimiento, y dijo que después que dél partió en aquel bosque de do se habían apartado, que habían caminado por do la guía lo había llevado veinte y un día sin parar, yendo por tierra de muchas malezas, de arboledas tan cerradas, que no podían pasar sin ir desmontando y abriendo por do pudiesen pasar, y que algunos días caminaban una legua,

y otros dos días que no caminaban media, por las grandes malezas y breñas de los montes, y que en todo el camino que llevaron
fue la vía del poniente; que en todo el tiempo que fueron por la
dicha tierra comían venados y puercos y dantas que los indios
mataban con las flechas, porque era tanta la caza que había, que
a palos mataban todo lo que querían para comer, y ansimismo
había infinita miel en lo hueco de los árboles, y frutas salvajes,
que había para mantener toda la gente que venía al dicho descubrimiento, y que a los veinte y un días llegaron a un río que
corría la vía del poniente; y según la guía les dijo, que pasaba
por Tapuaguazu y por las poblaciones de los indios, en el cual
pescaron los que él llevaba, y sacaron mucho pescado de unos que
llaman los indios piraputanas, que son de la manera de los sábalos,
que es muy excelente pescado; y pasaron el río, y andando por
donde la guía los llevaba, dieron en huella fresca de indios; que,
como aquel día había llovido, estaba la tierra mojada, y parescía
haber andado indios por allí a caza; y yendo siguiendo el rastro
de la huella, dieron en unas grandes hazas de maíz que se comenzaba a coger, y luego sin se poder encubrir, salió a ellos un indio
solo, cuyo lenguaje no entendieron, que traía un barbote grande
en el labio bajo, de plata, y unas orejeras de oro, y tomó por la
mano al Francisco de Ribera, y por señas les dijo que se fuesen
con él, y así lo hicieron, y vieron cerca de allí una casa grande de
paja y madera; y como llegaron cerca de ella, vieron que las
mujeres y otros indios sacaban lo que dentro estaba de ropa de algodón y otras cosas, y se metían por las hazas adelante, y el indio
los mandó entrar dentro de la casa, en la cual andaban mujeres
y indios sacando todo lo que tenían dentro, y abrían la paja de la
casa y por allí lo echaban fuera, por no pasarlo por donde él y
los otros cristianos estaban, y que de unas tinajas grandes que
estaban dentro de la casa llenas de maíz, vio sacar ciertas planchas y hachuelas y brazaletes de plata, y echarlos fuera de la casa
por las paredes (que eran de paja); y como el indio que parescía
el principal de aquella casa (por el respeto que los indios de
ella le tenían) los tuvo dentro de la casa, por señas les dijo que
se asentasen, y a dos indios orejones que tenían por esclavos, les
mandó dar a beber de unas tinajas que tenían dentro de la casa
metidas hasta el cuello debajo de tierra, llenas de vino de maíz;
sacaron vino en unos calabazos grandes y les comenzaron a dar
de beber; y los dos orejones le dijeron que a tres jornadas de allí,
con unos indios que llaman payzunoes, estaban ciertos cristianos,
y dende allí le enseñaron a Tapuaguazu (que es una peña muy
alta y grande), y luego comenzaron a venir muchos indios muy pintados y emplumados, y con arcos y flechas a punto de guerra, y el
dicho indio habló con ellos con mucha aceleración, y tomó asimismo un arco y flechas, y enviaba indios que iban y venían con
mensajes; de donde habían conoscido que hacía llamamiento del
pueblo que debía estar cerca de allí, y se juntaban para los matar;

y que había dicho a los cristianos que con él iban, que saliesen todos
juntos de la casa, y se volviesen por el mismo camino que habían
traído, antes que se juntasen más indios; a esta sazón estarían juntos más de trecientos, dándolos a entender que iban a traer otros
muchos cristianos que vivían allí cerca, y que ya que iban a salir, los
indios se les ponían delante para los detener, y por miedo de ellos
habían salido, y que obra de un tiro de piedra de la casa, visto por
los indios que se iban, habían ido tras de ellos, y con grande
grita, tirándoles muchas flechas, los habían seguido hasta los meter
por el monte, donde se defendieron; y los indios, creyendo que
allí había más cristianos, no osaron entrar tras de ellos, y los habían dejado ir, y escaparon todos heridos, y se tornaron por el
propio camino que abrieron, y lo que habían caminado en veinte
y un días, dende donde el Gobernador los había enviado hasta
llegar al puerto de los Reyes, lo anduvieron en doce días; que le
paresció que dende aquel puerto hasta donde estaban los dichos
indios había setenta leguas de camino, y que una laguna que está
a veinte leguas de este puerto, que se pasó el agua hasta la rodilla,
venía entonces tan crescida y traía tanta agua, que se había exten-
dido y alargado más de una legua por la tierra adentro, por donde
ellos habían pasado, y más de dos lanzas de hondo, y que con muy
gran trabajo y peligro lo habían pasado con balsas; y que si se
habían de entrar por la tierra, era necesario que abajase el agua
de la laguna; y que los indios se llaman tarapecocies, los cuales
tienen muchos bastimentos, y vio que crían patos y gallinas como
las nuestras en mucha cantidad.

Esta relación dio Francisco de Ribera y los españoles que con
él fueron y vinieron, y de la guía que con ellos fue; los cuales
dijeron lo mismo que había declarado Francisco de Ribera; y porque en este puerto de los Reyes estaban algunos indios de la
generación de los tarapecocies, donde llegó el Francisco de Ribera, los cuales vinieron con García, lengua, cuando fue por las poblaciones de la tierra, y volvió desbaratado por los indios guaraníes en el río del Paraguay, y se escaparon éstos con los indios
chaneses que huyeron, y vivían todos juntos en el puerto de los
Reyes, y para informarse de ellos los mandó llamar el Gobernador, y luego conoscieron y se alegraron con unas flechas que
Francisco de Ribera traía, de las que le tiraron los indios tarapecocies, y dijeron que aquéllas eran de su tierra; y el Gobernador
les preguntó que por qué los de su generación habían querido
matar aquellos que los habían ido a ver y hablar. Y dijeron que
los de su generación no eran enemigos de los cristianos, antes los
tenían por amigos desde que García estuvo en la tierra y contrató
con ellos; y que la causa porque los tarapecocies les querían matar sería por llevar en su compañía indios guaraníes, que los tienen
por enemigos, porque los tiempos pasados fueron hasta su tierra
a los matar y destruir; porque los cristianos no habían llevado
lengua que los hablasen y los entendiesen, para les decir y hacer

entender a lo que iban; porque no acostumbran hacer guerra a los que no les hacen mal; y que si llevaran lengua que les hablara, les hicieran buenos tratamientos y les dieran de comer, y oro y plata que tienen, que traen de las poblaciones de la tierra adentro.

Fueron preguntados qué generaciones son de los que han la plata y el oro, y cómo lo contratan y viene a su poder; dijeron que los payzunoes, que están tres jornadas de su tierra, lo dan a los suyos a trueco de arcos y flechas y esclavos que toman de otras generaciones, y que los payzunoes lo han de los chaneses y chimenoes y carcaraes y candirees, que son otras gentes de los indios, que lo tienen en mucha cantidad, y que los indios lo contratan, como dicho es. Fuéle mostrando un candelero de azófar muy limpio y claro, para que lo viese, y declarase si el oro que tenían en su tierra era de aquella manera; y dijeron que lo del candelero era duro y bellaco, y lo de su tierra era blando y no tenía mal olor y era más amarillo; y luego le fue mostrada una sortija de oro, y dijeron si era de aquello mesmo lo de su tierra, y dijo que sí. Asimismo le mostraron un plato de estaño muy limpio y claro, y le preguntaron si la plata de su tierra era tal como aquélla; y dijo que aquella de aquel plato hedía y era bellaca y blanda, y que la de su tierra era más blanca y dura, y no hedía mal; y siéndole mostrada una copa de plata, con ella se alegraron mucho, y dijeron haber de aquello en su tierra muy gran cantidad en vasijas y otras cosas en casa de los indios, y planchas, y había brazaletes y coronas y hachuelas, y otras piezas.

CAPÍTULO LXXI

De cómo envió a llamar al capitán Gonzalo de Mendoza

Luego envió el Gobernador a llamar a Gonzalo de Mendoza, que se viniese de la tierra de los arianicosies con la gente que con él estaba, para dar orden y proveer las cosas necesarias para seguir la entrada y descubrimiento de la tierra, porque así convenía al servicio de su majestad; y que antes que viniese a ellas, procurasen de tornar a los indios arianicosies a sus casas, y asentase las paces con ellos; y como fue venido Francisco de Ribera con los seis españoles que venían con él del descubrimiento de la tierra, toda la gente que estaba en el puerto de los Reyes comenzó a adolescer de calenturas, que no había quien pudiese hacer la guarda en el campo, y asimismo adolescieron todos los indios guaraníes, y morían algunos de ellos; y de la gente que el capitán Gonzalo de Mendoza tenía consigo en la tierra de los indios arianicosies, avisó por carta suya que todos enfermaban de calenturas; y así, los enviaba con los bergantines, enfermos y flacos; y demás de esto, avisó que no había podido con los indios hacer paz, aunque muchas veces les había requerido que les darían muchos rescates, antes les venían cada día a hacer la guerra, y que era tierra de muchos mantenimientos, así en el campo como en las lagunas, y que les había dejado muchos mantenimientos con que se pudiesen mantener, demás y allende de los que había enviado y llevaba en los bergantines; y la causa de aquella enfermedad en que había caído toda la gente había sido que se habían dañado las aguas de aquella tierra, y se habían hecho salobres con la cresciente de ella.

A esta sazón los indios de la isla, que están cerca de una legua del puerto de los Reyes, que se llaman socorinos y xaqueses, como vieron a los cristianos enfermos y flacos, comenzaron a hacerles guerra, y dejaron de venir (como hasta allí lo habían hecho) a contratar y rescatar con los cristianos, y a darles aviso de los indios que hablaban mal de ellos, especialmente de los indios guaxarapos, con los cuales se juntaron y metieron en su tierra para dende allí hacerles guerra; y como los indios guaraníes que habían traído en la armada salían en sus canoas, en compañía de algunos cristianos, a pescar en la laguna, a un tiro de piedra del real, una mañana, ya que amanescía, habían salido cinco cristianos, los cuatro de ellos mozos de poca edad, con los indios guaraníes; yendo en sus canoas, salieron a ellos los indios xaqueses y socorinos y otros muchos de la isla, y captivaron los cinco cristianos, y mataron de los indios guaraníes cristianos nuevamente convertidos, y se les pusieron en defensa, y a otros muchos llevaron con ellos a la isla, y los mataron, y despedazaron a los cinco cristianos y indios, y los repartieron entre ellos a pedazos entre los indios guaxarapos y guatos, y con los indios naturales de esta tierra y puerto del pueblo que dicen del Viejo, y con otras generaciones que para ello y para hacer la guerra, que tenían convocado; y después de repartidos, los comieron, así en la isla como en los otros lugares de las otras generaciones; y no contentos con esto, como la gente estaba enferma y flaca, con gran atrevimiento vinieron a acometer y a poner fuego en el pueblo adonde estaban, y llevaron algunos cristianos; los cuales comenzaron a dar voces, diciendo: «Al arma, al arma; que matan los indios a los cristianos.» Y como todo el pueblo estaba puesto en arma, salieron a ellos; y así, llevaron ciertos cristianos, y entre ellos uno que se llamaba Pedro Mepen, y otros que tomaron ribera de la laguna, y asimismo mataron otros que estaban pescando en la laguna, y se los comieron como a los otros cinco; y después de hecho el salto de los indios, como amanesció, al punto se vieron muy gran número de canoas con mucha gente de guerra irse huyendo por la laguna adelante, dando grandes alaridos y enseñando los arcos y flechas, alzándolos en alto, para darnos a entender que ellos habían hecho el salto; y así, se metieron por la isla que está en la laguna del puerto de los Reyes; allí nos mataron cincuenta y ocho cristianos esta vez.

Visto esto, el Gobernador habló con los indios del puerto de los Reyes, y les dijo que pidiesen a los indios de la isla los cristianos y indios que habían llevado; y habiéndoselos ido a pedir, respondieron que los indios guaxarapos se los habían llevado, y que no los tenían ellos; de allí adelante venían de noche a correr la laguna, por ver si podían captivar algunos de los cristianos y indios que pescasen en ella, y a estorbar que no pescasen en ella, diciendo que la tierra era suya, y que no habían de pescar en ella los cristianos y los indios; que nos fuésemos de su tierra, si no, que nos habían de matar. El Gobernador envió a decir que se sosegasen y guardasen la paz que con él habían asentado, y viniesen a traer los cristianos y indios que habían llevado, y que los tenría por amigos; donde no lo quisiesen hacer, que procedería contra ellos como contra enemigos; a los cuales se lo envió a decir y apercibir muchas veces, y no lo quisieron hacer, y no dejaban de hacer la guerra y daños que podían; y visto que no aprovechaba nada, el Gobernador mandó hacer información contra los dichos indios; y habida, con el parescer de los oficiales de su majestad y los clérigos, fueron dados y pronunciados por enemigos, para poderlos hacer la guerra; la cual se les hizo, y aseguró la tierra de los daños que cada día hacían.

CAPÍTULO LXXII

De cómo vino Hernando de Ribera de su entrada que hizo por el río

A 30 días del mes de enero del año de 1543 vino el capitán Hernando de Ribera con el navío y gente con que lo envió el Gobernador a descubrir por el río arriba; y porque cuando él vino le halló enfermo, y ansimismo toda la gente, de calenturas con fríos, no le pudo dar relación de su descubrimiento, y en este tiempo las aguas de los ríos crescían de tal manera, que toda aquella tierra estaba cubierta y anegada de agua, y por esto no se podía tornar a hacer la entrada y descubrimiento, y los indios naturales de la tierra le dijeron y certificaron que ahí duraba la cresciente de las aguas cuatro meses del año, tanto, que cubre la tierra cinco y seis brazas en alto, y hacen lo que atrás tengo dicho de andarse dentro en canoas con sus casas todo este tiempo buscando de comer, sin poder saltar en la tierra; y en toda esta tierra tienen por costumbre los naturales de ella de se matar y comer los unos a los otros; y cuando las aguas bajan, tornan a armar sus casas donde las tenían antes que cresciesen, y queda la tierra inficionada de pestilencia del mal olor y pescado que queda en seco en ella, y con el gran calor que hace, es muy trabajosa de sufrir.

CAPÍTULO LXXIII

DE LO QUE ACONTESCIÓ AL GOBERNADOR Y GENTE EN ESTE PUERTO

Tres meses estuvo el Gobernador en el puerto de los Reyes con toda la gente enferma de calenturas, y él con ellos, esperando que Dios fuese servido de darles salud y que las aguas bajasen, para poner en efecto la entrada y descubrimiento de la tierra, y de cada día crescía la enfermedad, y lo mismo hacían las aguas; de manera que del puerto de los Reyes fue forzado retirarnos con harto trabajo, y demás de hacernos tanto daño, trujeron consigo tantos mosquitos de todas maneras, que de noche ni de día no nos dejaban dormir ni reposar, con lo cual se pasaba un tormento intolerable, que era peor de sufrir que las calenturas; y visto esto, y porque habían requerido al Gobernador los oficiales de su majestad que se retirase y fuese del dicho puerto abajo a la ciudad de la Ascensión, adonde la gente convaleciese, habido para ello información y parescer de los clérigos y oficiales, se retiró; pero no consintió que los cristianos trujesen obra de cien muchachas, que los naturales del puerto de los Reyes, al tiempo que allí llegó el Gobernador, habían ofrescido sus padres a capitanes y personas señaladas, para estar bien con ellos y para que hiciesen de ellas lo que solían de las otras que tenían; y por evitar la ofensa que en esto a Dios se hacía, el Gobernador mandó a sus padres que las tuviesen consigo en sus casas hasta tanto que se hobiesen de volver; y al tiempo que se embarcaron para volver, por no dejar a sus padres descontentos y la tierra escandalizada a causa de ello, lo hizo ansí; y para dar más color a lo que hacía, publicó una instrucción de su majestad, en que manda «que ninguno sea osado de sacar a ningún indio de su tierra, so graves penas»; y de esto quedaron los naturales muy contentos, y los españoles muy quejosos y desesperados, y por esta causa le querían algunos mal, y dende entonces fue aborrescido de los más de ellos, y con aquella color y razón hicieron lo que diré adelante; y embarcada la gente, así cristianos como indios, se vino al puerto y ciudad de la Ascensión en doce días, lo que había andado en dos meses cuando subió; aunque la gente venía a la muerte enferma, sacaban fuerza

de flaqueza con deseo de llegar a sus casas; y cierto no fue poco
el trabajo (por venir como tengo dicho), porque no podían tomar
armas para resistir a los enemigos, ni menos podían aprovechar
con un remo para ayudar ni guiar los bergantines; y si no fuera
por los versos que llevábamos en los bergantines, el trabajo y peligro fuera mayor; traíamos las canoas de los indios en medio de
los navíos, por guardarlos y salvarlos de los enemigos hasta volverlos a sus tierras y casas; y para que más seguros fuesen, repartió el Gobernador algunos cristianos en sus canoas, y con venir tan
recatados, guardándonos de los enemigos, pasando por tierra de
los indios guaxarapos, dieron un salto con muchas canoas en gran
cantidad, y dieron en unas balsas que venían junto a nosotros, y
arrojaron un dardo, y dieron a un cristiano por los pechos y pa-
sáronlo de parte a parte, y cayó luego muerto, el cual se llamaba
Miranda, natural de Valladolid, y hirieron algunos indios de los
nuestros; y si no fueran socorridos con los versos, nos hicieran
mucho daño. Todo ello causó la flaqueza grande que tenía la gente.

A 8 días del mes de abril del dicho año llegamos a la ciudad
de la Ascensión con toda la gente y navíos y indios guaraníes, y
todos ellos y el Gobernador, con los cristianos que traía, venían
enfermos y flacos; y llegado allí el Gobernador, halló al capitán
Salazar, que tenía hecho llamamiento en toda la tierra, y tenía
juntos más de veinte mil indios y muchas canoas, y para ir por
tierra otra gente a buscar y matar y destruir a los indios agaces,
porque después que el Gobernador se había partido del puerto no
habían cesado de hacer la guerra a los cristianos que habían quedado en la ciudad, y a los naturales, robándolos y matándolos y
tomándolos las mujeres y hijos, y salteándoles la tierra y quemán-
doles los pueblos, haciéndoles muy grandes males; y como llegó
el Gobernador, cesó de ponerse en efecto, y hallamos la carabela
que el Gobernador mandó hacer, que casi estaba ya hecha, porque
en acabándose había de dar aviso a su majestad de lo suscedido,
de la entrada que se hizo de la tierra y otras cosas suscedidas en
ella, y mandó el Gobernador que se acabase.

CAPÍTULO LXXIV

CÓMO EL GOBERNADOR LLEGÓ CON SU GENTE A LA ASCENSIÓN, Y AQUÍ LE PRENDIERON

Dende a quince días que hobo llegado el Gobernador a la ciudad
de la Ascensión, como los oficiales de su majestad le tenían odio
por las causas que son dichas, que no les consentía, por ser, como

eran, contra el servicio de Dios y de su majestad, así en haber despoblado el mejor y más principal puerto de la provincia, con pretensión de se alzar con la tierra (como al presente lo están), y viendo venir al Gobernador tan a la muerte y a todos los cristianos que con él traía, día de Sant Marcos se juntaron y confederaron con otros amigos suyos, y conciertan de aquella noche prender al Gobernador; y para mejor lo poder hacer a su salvo, dicen a cien hombres que ellos saben que el Gobernador quiere tomarles sus haciendas y casas y indias, y darlas y repartirlas entre los que venían con él de la entrada perdidos, y que aquello era muy gran sinjusticia y contra el servicio de su majestad, y que ellos, como sus oficiales, querían aquella noche ir a requerir, en nombre de su majestad, que no les quitase las casas ni ropas y indias; y porque se temían que el Gobernador les mandaría prender por ello, era menester que ellos fuesen armados y llevasen sus amigos, y pues ellos lo eran, y por esto se ponían en hacer el requerimiento, del cual se seguía muy gran servicio a su majestad, y a ellos mucho provecho, y que a hora del Ave-María viniesen con sus armas a dos casas que les señalaron, y que allí se metiesen hasta que ellos avisasen lo que habían de hacer; y ansí, entraron en la cámara donde el Gobernador estaba muy malo hasta diez o doce de ellos, diciendo a voces: *¡Libertad, libertad; viva el Rey!* Eran el veedor Alonso Cabrera, el contador Felipe de Cáceres, Garci-Vanegas, teniente de tesorero, un criado del Gobernador, que se llamaba Pedro de Oñate, el cual tenía en su cámara, y éste los metió y dio la puerta y fue principal en todo, y a don Francisco de Mendoza y a Jaime Rasquín, y éste puso una ballesta con un arpón con yerba a los pechos al Gobernador; Diego de Acosta, lengua, portugués; Solórzano, natural de la Gran Canaria; y éstos entraron a prender al Gobernador adelante con sus armas; y ansí, lo sacaron en camisa, diciendo: *¡Libertad, libertad!* Y llamándolo de tirano, poniéndole las ballestas a los pechos, diciendo estas y otras palabras: *Aquí pagaréis las injurias y daños que nos habéis hecho;* y salido a la calle, toparon con la otra gente que ellos habían traído para aguardarles; los cuales, como vieron traer preso al Gobernador de aquella manera, dijeron al factor Pedro Dorantes y a los demás: *Pese a tal, con los traidores traeisnos para que seamos testigos; que no nos tomen nuestras haciendas y casas y indias; y no le requerís, sino prendéislo; queréis hacernos a nosotros traidores contra el Rey, prendiendo a su Gobernador.*

Y echaron mano a las espadas, y hobo una gran revuelta entre ellos porque le habían preso; y como estaban cerca de las casas de los oficiales, los unos de ellos se metieron con el Gobernador en las casas de Garci-Vanegas, y los otros quedaron a la puerta, diciéndoles que ellos los habían engañado; que no dijesen que no sabían lo que ellos habían hecho, sino que procurasen de ayudalles a que le sustentasen en la prisión, porque les hacían saber que si soltasen al Gobernador, que los haría a todos cuartos, y a ellos les cortaría las cabezas; y pues les iba las vida en ello, les ayudasen a llevar adelante lo que habían hecho, y que ellos partirían con ellos la hacienda y indias y ropa del Gobernador; y luego entraron los oficiales donde el Gobernador estaba (que era una pieza muy pequeña), y le echaron unos grillos y le pusieron guardas; y hecho esto, fueron luego a casa de Juan Pavón, alcalde mayor, y a casa de Francisco de Peralta, alguacil, y llegando adonde estaba el alcalde mayor, Martín de Ure, vizcaíno, se adelantó de todos y quitó por fuerza la vara al Alcalde mayor y al alguacil; y ansí presos, dando muchas puñadas al Alcalde mayor y al alguacil y dándole empujones y llamándolos de traidores, él y los que con él iban los llevaron a la cárcel pública y los echaron de cabeza en el cepo, y soltaron de él a los que estaban presos, que entre ellos estaba uno condenado a muerte porque había muerto un Morales, hidalgo de Sevilla.

Después de esto hecho, tomaron un atambor y fueron por las calles alborotando y desasosegando al pueblo, diciendo a grandes voces: *¡Libertad, libertad; viva el Rey!* Y después de haber dado una vuelta al pueblo, fueron los mismos a la casa de Pero Hernández, escribano de la provincia (que a la sazón estaba enfermo), y le prendieron, y a Bartolomé González, y le tomaron la hacienda y escrituras que allí tenía; y así, lo llevaron preso a la casa de Domingo de Irala, adonde le echaron dos pares de grillos; y después de habelle dicho muchas afrentas, le pusieron sus guardas, y tornan a pregonar: *Mandan los señores oficiales de su majestad que ninguno sea osado de andar por las calles, y todos se recojan a sus casas, so pena de muerte y de traidores*, y acabando de decir esto, tornaban, como de primero, a decir: *¡Libertad, libertad!*

Y cuando esto apregonaban, a los que topaban en las calles les daban muchos rempujones y espaldarazos, y los metían por fuerza en sus casas; y luego como esto acabaron de hacer, los oficiales fueron a las casas donde el Gobernador vivía y tenía su hacienda y escrituras y provisiones que su majestad le mandó despachar acerca de la gobernación de la tierra, y los autos de cómo le habían recebido y obedecido en nombre de su majestad por gobernador y capitán general, y descerrajaron unas arcas, y tomaron todas las escripturas que en ellas estaban, y se apoderaron en todo ello, y abrieron asimismo un arca que estaba cerrada con tres llaves, donde estaban los procesos que se habían hecho contra los oficiales, de los delitos que habían cometido, los cuales estaban remitidos a su majestad; y tomaron todos sus bienes, ropas, bastimentos de vino y aceite, y acero y hierro, y otras muchas cosas, y la mayor parte de ellas desaparecieron, dando saco en todo, llamándole de tirano y otras palabras; y lo que dejaron de la hacienda del Gobernador lo pusieron en poder de quien más sus amigos eran y los seguían, so color de depósito, y eran los mismos valedores que les ayudaban. Valía, a lo que dicen, más de cien mil castellanos su hacienda, a los precios de allá, entre lo cual le tomaron diez bergantines.

CAPÍTULO LXXV

DE CÓMO JUNTARON LA GENTE ANTE LA CASA DE DOMINGO DE IRALA

Y luego otro día siguiente por la mañana los oficiales con atambor mandaron pregonar por las calles que todos se juntasen delante las casas del capitán Domingo de Irala, y allí juntos sus amigos y valedores con sus armas, con pregonero, a altas voces leyeron un libelo infamatorio; entre las otras cosas, dijeron que tenía el Gobernador ordenado de tomarles a todos sus haciendas y tenerlos por esclavos, y que ellos por la libertad de todos le habían prendido; y acabando de leer el dicho libelo, les dijeron: *Decid, señores: ¡Libertad, libertad; viva el Rey!* Y ansí, dando grandes voces, lo dijeron; y acabado de decir, la gente se indignó contra el Gobernador, y muchos decían: *Pese a tal, vámosle a matar a este tirano, que nos quería matar y destruir;* y amansada la ira y furor de la gente, luego los oficiales nombraron por teniente de gobernador y capitán general de la dicha provincia a Domingo de Irala. Éste fue otra vez gobernador contra Francisco Ruiz, que había quedado en la tierra por teniente de don Pedro de Mendoza; y en la verdad fue buen teniente y buen gobernador, y por envidia y malicia le desposeyeron contra todo derecho, y nombraron por teniente a este Domingo de Irala; y diciendo uno al veedor Alonso Cabrera que lo habían hecho mal, porque habiendo poblado el Francisco Ruiz aquella tierra y sustentándola con tanto trabajo, se lo habían quitado, respondió que porque no quería hacer lo que él quería; y que porque Domingo de Irala era el de menos calidad de todos, y siempre haría lo que él le mandase y todos los oficiales, por esto lo habían nombrado; y así, pusieron al Domingo de Irala, y nombraron por alcalde mayor a un Pero Díaz del Valle, amigo de Domingo de Irala; dieron las varas de los alguaciles a un Bartolomé de la Marilla, natural de Trujillo, amigo de Nunfro de Cháves, y a un Sancho de Salinas, natural de Cazalla; y luego los oficiales y Domingo de Irala comenzaron a publicar que querían tornar a hacer entrada por la misma tierra que el Gobernador había descubierto, con intento de buscar alguna plata y oro en la tierra, porque hallándola la enviasen a su

majestad para que les perdonase, y con ello creían que les había
de perdonar el delito que habían cometido; y que si no lo hallasen, que se quedarían en la tierra adentro poblando, por no volver
donde fuesen castigados; y que podría ser que hallasen tanto, que
por ello les hiciese merced de la tierra; y con esto andaban
granjeando a la gente; y como ya hobiesen todas entendido las
maldades que habían usado y usaban, no quiso ninguno dar con-
sentimiento a la entrada; y dende allí en adelante toda la mayor parte de la gente comenzó a reclamar y a decir que soltasen
al Gobernador; y de esta causa los oficiales y las justicias que
tenían puestas comenzaron a molestar a los que se mostraban pe-
santes de la prisión, echándoles prisiones y quitándoles sus haciendas y mantenimientos, y fatigándoles con otros malos tratamientos; y a los que se retraían por las iglesias, porque no los
prendiesen, ponían guardas porque no los diesen de comer, y ponían
pena sobre ello, y a otros les tiraban las armas y los traían ape-
rreados y corridos, y decían públicamente que a los que mostrasen
pesalles de la prisión que los habían de destruir.

CAPÍTULO LXXVI

DE LOS ALBOROTOS Y ESCÁNDALOS QUE HUBO EN LA TIERRA

De aquí adelante comenzaron los alborotos y escándalos entre
la gente, porque públicamente decían los de la parte de su majestad a los oficiales y a sus valedores que todos ellos eran traidores,
y siempre de día y de noche, por el temor de la gente que se
levantaba cada día de nuevo contra ellos, estaban siempre con las
armas en las manos, y se hacían cada día más fuertes de palizadas
y otros aparejos para se defender, como si estuviera preso el Gobernador en Salsas; barrearon las calles y cercáronse en cinco o
seis casas. El Gobernador estaba en una cámara muy pequeña
en que le metieron, de la casa de Garci-Vanegas, para tenerlo en
medio de todos ellos; y tenían de costumbre cada día el Alcalde
y los alguaciles de buscar todas las casas que estaban al derredor
de la casa adonde estaba preso si había alguna tierra movida de
ellas, para ver si minaban. En viendo los oficiales dos o tres hombres de la parcialidad del Gobernador, y que estaban hablando
juntos, luego daban voces diciendo: *¡Al arma, al arma!* Y entonces
los oficiales entraban armados donde estaba el Gobernador, y decían (puesta la mano en los puñales): *Juro a Dios, que si la gente
se pone en sacarnos de nuestro poder, que os habemos de dar
de puñaladas y cortaros la cabeza, y echalla a los que os vie-*

nen a sacar, para que se contenten con ella; para lo cual nombraron cuatro hombres, los que tenían por más valientes, para que con cuatro puñales estuviesen par de la primera guarda; y les tomaron pleito homenaje que en sintiendo que de la parte de su majestad le iban a sacar, luego entrasen y le cortasen la cabeza; y para estar apercebidos para aquel tiempo, amolaban los puñales, para cumplir lo que tenían jurado; y hacían esto en parte donde sintiese el Gobernador lo que hacían y hablaban; y los secutores de esto eran Garci-Vanegas y Andrés Hernández Romo, y otros.

Sobre la prisión del Gobernador, demás de los alborotos y escándalos que había entre la gente, había muchas pasiones y pendencias por los bandos que entre ellos había, unos diciendo que los oficiales y sus amigos habían sido traidores y hecho gran maldad en lo prender, y que habían dado ocasión que se perdiese toda la tierra (como ha parescido y cada día paresce), y los otros defendían el contrario; y sobre esto se mataron y hirieron y mancaron muchos españoles unos a otros; y los oficiales y sus amigos decían que los que le favorescían y deseaban su libertad eran traidores, y los habían de castigar por tales, y defendían que no hablase ninguno de los que tenían por sospechosos unos con otros; y en viendo hablar dos hombres juntos, hacían información y los prendían, hasta saber lo que hablaban; y si se juntaban tres o cuatro, luego tocaban al arma, y se ponían a punto de pelear, y tenían puestas encima del aposento donde estaba preso el Gobernador centinelas en dos garitas que descubrían todo el pueblo y el campo; y allende de esto traían hombres que anduviesen espiando y mirando lo que se hacía y decía por el pueblo, y de noche andaban treinta hombres armados, y todos los que topaban en las calles los prendían y procuraban de saber dónde iban y de qué manera; y como los alborotos y escándalos eran tantos cada día, y los oficiales y sus valedores andaban por ello tan cansados y desvelados, entraron a rogar al Gobernador que diese un mandamiento para la gente, en que les mandase que no moviesen y estuviesen sosegados; y que para ello, si necesario fuese, se les pusiese pena, y los mismos oficiales le metieron hecho y ordenado, para que si quisiese hacer por ellos aquello, lo firmase; lo cual, después de firmado, no lo quisieron notificar a la gente, porque fueron aconsejados que no lo hiciesen, pues que pretendían y decían que todos habían dado parescer y sido en que le prendiesen; y por esto dejaron de notificallo.

CAPÍTULO LXXVII

DE CÓMO TENÍAN PRESO AL GOBERNADOR EN UNA PRISIÓN MUY ÁSPERA

En el tiempo que estas cosas pasaban, el Gobernador estaba malo en la cama, y muy flaco, y para la cura de su salud tenía unos muy buenos grillos a los pies, y a la cabecera una vela encendida, porque la prisión estaba tan escura, que no se parescía el cielo, y era tan húmeda, que nascía la yerba debajo de la cama; tenía la vela consigo, porque cada hora pensaba tenella menester; y para su fin buscaron entre toda la gente el hombre de todos que más mal le quisiese, y hallaron uno, que se llamaba Hernando de Sosa, al cual el Gobernador había castigado porque había dado un bofetón y palos a un indio principal, y éste le pusieron por guarda en la misma cámara para que le guardase, y tenían dos puertas con candados cerradas sobre él; y los oficiales y todos sus aliados y confederados le guardaban de día y de noche, armados con todas sus armas, que eran más de ciento y cincuenta, a los cuales pagaban con la hacienda del Gobernador; y con toda esta guarda, cada noche o tercera noche le metía la india que le llevaba de cenar una carta que le escrebían los de fuera, y por ella le daban relación de todo lo que allá pasaba, y enviaban a decir que enviase a avisar qué era lo que mandaba que ellos hiciesen; porque las tres partes de la gente estaban determinados de morir todos, con los indios que les ayudaban para sacarle, y que lo habían dejado de hacer por el temor que les ponían, diciendo que si acometían a sacarle, que luego le habían de dar de puñaladas y cortarle la cabeza; y que por otra parte, más de setenta hombres de los que estaban en guarda de la prisión se habían confederado con ellos de se levantar con la puerta principal, adonde el Gobernador estaba preso, y le detener y defender hasta que ellos entrasen; lo cual el Gobernador les estorbó que no hiciesen; porque no podía ser tan ligeramente, sin que se matasen muchos cristianos, y que comenzada la cosa, los indios acabarían todos los que pudiesen, y así se acabaría de perder toda la tierra y vida de todos.

Con esto les entretuvo que no lo hiciesen; y porque dije que la india que le traía una carta cada tercer noche, y llevaba otra, pasando por todas las guardas, desnudándola en cueros, catándole la boca y los oídos, y trasquilándola porque no la llevase entre los cabellos, y catándola todo lo posible, que por ser cosa vergonzosa no lo señalo, pasaba la india por todos en cueros, y llegada donde estaba, daba lo que traía a la guarda, y ella se sentaba par de la cama del Gobernador (como la pieza era chica); y sentada, se comenzaba a rascar el pie, y ansí rascándose quitaba la carta, y se la daba por detrás del otro. Traía ella esta carta (que era medio

pliego de papel delgado) muy arrollada sotilmente, y cubierta con
un poco de cera negra, metida en lo hueco de los dedos del pie
hasta el pulgar, y venía atada con dos hilos de algodón negro, y
de esta manera metía y sacaba todas las cartas y el papel que
había menester, y unos polvos que hay en aquella tierra de unas
piedras, que con una poca de saliva o de agua hacen tinta. Los
oficiales y sus consortes lo sospecharon o fueron avisados que el
Gobernador sabía lo que fuera pasaba y ellos hacían; y para saber
y asegurarse ellos de esto, buscaron cuatro mancebos de entre
ellos, para que se envolviesen con la india (en lo cual no tuvieron
mucho que hacer), porque de costumbre no son escasas de sus
personas, y tienen por gran afrenta negallo a nadie que se lo pida,
y dicen que para qué se lo dieron sino para aquello; y envueltos
con ella y dándoles muchas cosas, no pudieron saber ningún secreto de ella, durando el trato y conversación once meses.

CAPÍTULO LXXVIII

CÓMO ROBABAN LA TIERRA LOS ALZADOS, Y TOMABAN POR FUERZA SUS HACIENDAS

Estando el Gobernador de esta manera, los oficiales y Domingo de Irala, luego que le prendieron, dieron licencia abiertamente
a todos sus amigos y valedores y criados para que fuesen por los
pueblos y lugares de los indios, y les tomasen las mujeres y las hijas, y las hamacas y otras cosas que tenían, por fuerza, y sin
pagárselo; cosa que no convenía al servicio de su majestad y a
la pacificación de aquella tierra; y haciendo esto, iban por toda la
tierra dándoles muchos palos, trayéndoles por fuerza a sus casas
para que labrasen sus heredades sin pagarles nada por ello, y
los indios se venían a quejar a Domingo de Irala y a los oficiales. Ellos respondían que no eran parte para ello; de lo cual
se contentaban algunos de los cristianos, porque sabían que les
respondían aquello por les complacer, para que ellos les ayudasen
y favoresciesen, y decíanles a los cristianos que ya ellos tenían
libertad, que hiciesen lo que quisiesen; de manera que con estas
respuestas y malos tratamientos, la tierra se comenzó a despoblar,
y se iban los naturales a vivir a las montañas escondidos, donde
no los pudiesen hallar los cristianos. Muchos de los indios y sus
mujeres y hijos eran cristianos, y apartándose perdían la doctrina
de los religiosos y clérigos, de la cual el Gobernador tuvo muy
gran cuidado que fuesen enseñados. Luego, dende a pocos días
que le hobieron preso, desbarataron la carabela que el Gobernador

había mandado hacer para por ella dar aviso a su majestad de lo que en la provincia pasaba, porque tuvieron creído que pudieran atraer a la gente para hacer la entrada (la cual dejó descubierta el Gobernador), y que por ella pudieran sacar oro y plata, y a ellos se les atribuyera la honra y el servicio que pensaban que a su majestad hacían; y como la tierra estuviese sin justicia, los vecinos y pobladores de ella contino recebían tan grandes agravios, que los oficiales y justicia que ellos pusieron de su mano, hacían a los españoles, aprisionándoles y tomando sus haciendas, se fueron como aborridos y muy descontentos más de cincuenta hombres españoles por la tierra adentro, en demanda de la costa del Brasil, y a buscar algún aparejo para venir a avisar a su majestad de los grandes males y daños y desasosiegos que en la tierra pasaban, y otros muchos estaban movidos para se ir perdidos por la tierra adentro, a los cuales prendieron y tuvieron presos mucho tiempo, y les quitaron las armas y lo que tenían; y todo lo que les quitaban, lo daban y repartían entre sus amigos y valedores, por los tener gratos y contentos.

CAPÍTULO LXXIX

CÓMO SE FUERON LOS FRAILES

En este tiempo, que andaban las cosas tan recias y tan revueltas y de mala desistión, pareciendo a los frailes fray Bernaldo de Armenta, que era buena coyuntura y sazón para acabar de efectuar su propósito en quererse ir (como otra vez lo habían intentado), hablaron sobre ello a los oficiales, y a Domingo de Irala, para que les diese favor y ayuda para ir a la costa del Brasil; los cuales, por les dar contentamiento y por ser, como eran, contrarios del Gobernador, por haberles impedido el camino que entonces querían hacer, ellos les dieron licencia y ayudaron en lo que pudieron, y que se fuesen a la costa del Brasil, y para ello llevaron consigo seis españoles y algunas indias de las que enseñaban doctrina.

Estando el Gobernador en la prisión, les dijo muchas veces que porque cesasen los alborotos que cada día había, y los males y daños que se hacían, le diesen lugar que en nombre de su majestad pudiese nombrar una persona que como teniente de gobernador los tuviese en paz y en justicia aquella tierra, y que el Gobernador tenía por bien, después de haberlo nombrado, venir ante su majestad a dar cuenta de todo lo pasado y presente; y los oficiales le respondieron que después que fue preso perdieron la fuerza las provisiones que tenía, y que no podía usar de ellas, y que bastaba la persona que ellos habían puesto; y cada día entraban adonde estaba preso amenazándole que le habían de dar de puñaladas y cortar la cabeza; y él les dijo que cuando determinasen de hacerlo, les rogaba, y si necesario era, les requería de parte de Dios y de su majestad, le diesen un religioso o clérigo que le confesase; y ellos respondieron que si le habían de dar confesor, había de ser a Francisco de Andrada o a otro vizcaíno, clérigos, que eran los principales de su comunidad, y que si no se quería confesar con ninguno de ellos, que no le habían de dar otro ninguno, porque a todos los tenían por sus enemigos, y muy amigos suyos; y así, habían tenido presos a Antón de Escalera y a Rodrigo de Herrera y a Luis de Miranda, clérigos, porque les habían dicho y decían que había sido muy gran mal, y cosa muy mal hecha contra el servicio de Dios y de su majestad, y gran perdición de la tierra prenderle; y a Luis de Miranda, clérigo, tuvieron preso con el Alcalde mayor más de ocho meses donde no vio sol ni luna, y con sus guardas; y nunca quisieron ni consintieron que le entrasen a confesar otro religioso ninguno, sino los sobredichos; y porque un Antón Bravo, hombre hijodalgo y de edad de diez y ocho años, dijo un día que él daría forma cómo el Gobernador fuese suelto de la prisión, los oficiales y Domingo de Irala le prendieron y dieron luego tormento; y por tener ocasión de molestar y castigar a otros, a quien tenían odio, le dijeron que le soltarían libremente, con tanto que hiciese culpados a muchos que en su confesión le hicieron declarar; y ansí, los prendieron a todos y los desarmaron, y al Antón Bravo le dieron cien azotes públicamente por las calles, con voz de traidor, diciendo que lo había sido contra su majestad porque quería soltar de la prisión al Gobernador.

CAPÍTULO LXXX

De cómo atormentaban a los que no eran de su opinión

Sobre esta causa dieron tormentos muy crueles a otras muchas personas, para saber y descubrir si se daba orden y trataban entre ellos de sacar de la prisión al Gobernador, y qué personas eran, y de qué manera lo concertaban, o si se hacían minas debajo de tierra; y muchos quedaron lisiados de las piernas y brazos, de los tormentos; y porque en algunas partes por las paredes del pueblo escrebían letras que decían: *Por tu rey y por tu ley morirás,* los oficiales y Domingo de Irala y sus justicias hacían informaciones para saber quién lo había escrito, y jurando y amenazando que si lo sabían que lo habían de castigar a quien tales palabras escribía; y sobre ello prendieron a muchos, y dieron tormentos.

CAPÍTULO LXXXI

CÓMO QUISIERON MATAR A UN REGIDOR PORQUE LES HIZO UN REQUERIMIENTO

Estando las cosas en el estado que dicho tengo, un Pedro de Molina, natural de Guadix y regidor de aquella ciudad, visto los grandes daños, alborotos y escándalos que en la tierra había, se determinó por el servicio de su majestad de entrar dentro en la palizada, a do estaban los oficiales y Domingo de Irala; y en presencia de todos, quitado el bonete, dijo a Martín de Ure, escribano, que estaba presente, que leyese a los oficiales aquel requerimiento, para que cesasen los males y muertes y daños que en la tierra había por la prisión del Gobernador; que lo sacasen de ella y lo soltasen, porque con ello cesaría todo; y si no quisiesen sacarle, le diesen lugar a que diese poder a quien él quisiese, para que, en nombre de su majestad, gobernase la provincia, y la tuviese en paz y en justicia.

Dando el requerimiento al escribano, rehusaba de tomallo, por estar delante todos aquellos; y al fin lo tomó, y dijo al Pedro de Molina que si quería que lo leyese, que le pagase sus derechos; y Pedro de Molina sacó la espada que tenía en la cinta; y diósela; la cual no quiso, diciendo que él no tomaba espada por prenda; el dicho Pedro de Molina se quitó una caperuza montera, y se la dio, y le dijo: *Leedlo; que no tengo otra mejor prenda.* El Martín de Ure tomó la caperuza y el requerimiento, y dio con ello en el suelo a sus pies, diciendo que no lo quería notificar a aquellos señores; y luego se levantó Garci-Vanegas, teniente de tesorero, y dijo al Pedro de Molina muchas palabras afrentosas y vergonzosas, diciéndole que estaba por le hacer matar a palos, y que esto era lo que merescía, por osar decir aquellas palabras que decía; y con esto, Pedro de Molina se salió, quitándole su bonete (que no fue poco salir de entre ellos sin hacerle mucho mal).

CAPÍTULO LXXXII

CÓMO DIERON LICENCIA LOS ALZADOS A LOS INDIOS QUE COMIESEN CARNE HUMANA

Para valerse los oficiales y Domingo de Irala con los indios naturales de la tierra, les dieron licencia para que matasen y comiesen a los indios enemigos de ellos; y a muchos de éstos, a quien dieron licencia, eran cristianos nuevamente convertidos, y por hacellos que no se fuesen de la tierra y les ayudasen; cosa tan contra el servicio de Dios y de su majestad, y tan aborrecible a todos cuantos lo oyeren; y le dijeron más, que el Gobernador era malo, y que por sello no les consentía matar y comer a sus enemigos, y que por esta causa le habían preso, y que agora, que ellos mandaban, les daban licencia para que lo hiciesen así como se lo mandaban; y visto los oficiales y Domingo de Irala que, con todo lo que ellos podían hacer y hacían, que no cesaban los alborotos y escándalos, y que de cada día eran mayores, acordaron de sacar de la provincia al Gobernador, y los mismos que lo acordaron se quisieron quedar en ella y no venir en estos reinos, y que con solo echarle de la tierra con algunos de sus amigos se contentaron; lo cual, entendido por los que le favorescían, entre ellos hobo muy gran escándalo, diciendo que, pues los oficiales habían hecho entender que habían podido prenderle, y les habían dicho que vernían con el Gobernador a dar cuenta a su majestad, que habían de venir, aunque no quisiesen, a dar cuenta de lo que habían hecho; y ansí, se hobieron de concertar que los dos de los oficiales viniesen con él, y los otros dos se quedasen en la tierra; y para traerle alzaron uno de los bergantines que el Gobernador había hecho para el descubrimiento de la tierra y conquista de la provincia, y de esta causa había muy grandes alborotos y mayores alteraciones, por el gran descontento que la gente tenía de ver que le querían ausentar de la tierra.

Los oficiales acordaron de prender a los más principales y a quien la gente más acudía; y sabido por ellos, andaban siempre sobre aviso; y no los osaban prender, y se concertaron por intercesión del Gobernador, porque los oficiales le rogaron que se lo enviase a mandar, y cesasen los escándalos, y diesen su fe y palabra de no sacarle de la prisión, y que los oficiales y la justicia que tenían puesta prometían de no prender a ninguna persona ni hacerle ningún agravio; y que soltarían los que tenían presos; y así lo juraron y prometieron, con tanto que, porque había tanto tiempo que le tenían preso y ninguna persona le había visto, y tenían sospecha y se recelaban que le había muerto secretamente, dejasen entrar en la prisión donde el Gobernador estaba dos reli-

giosos y dos caballeros, para que le viesen y pudiesen certificar
a la gente que estaba vivo; y los oficiales prometieron de lo cumplir dentro de tres o cuatro días antes que le embarcasen; lo cual
no cumplieron.

CAPÍTULO LXXXIII

DE CÓMO HABÍAN DE ESCREBIR A SU MAJESTAD Y ENVIAR LA RELACIÓN

Cuando esto pasó, dieron muchas minutas los oficiales para que
por ellas escribiesen a estos reinos contra el Gobernador, para
ponerle mal con todos, y ansí las escribieron; y para dar color a
sus delitos, escribieron cosas que nunca pasaron ni fueron verdad;
y al tiempo que se adobaba y fornescía el bergantín en que le habían de traer, los carpinteros y amigos hicieron con ellos que con
todo el secreto del mundo cavasen un madero tan grueso como
el muslo, que tenía tres palmos, y en este grueso le metieron un
proceso de una información general que el Gobernador había
hecho para enviar a su majestad, y otras escrituras que sus amigos habían escapado cuando le prendieron, que le importaban; y
ansí, las tomaron y envolvieron en un encerado, y le enclavaron
el madero en la popa del bergantín con seis clavos en la cabeza
y pie, y decían los carpinteros que habían puesto aquello allí para
fortificar el bergantín, y venía tan secreto, que todo el mundo no
lo podía alcanzar a saber, y dio el carpintero el aviso de esto a
un marinero que venía en él, para que, en llegando a tierra de
promisión, se aprovechase de ello; y estando concertado que le
habían de dejar ver antes que lo embarcasen, el capitán Salazar
ni otros ningunos le vieron; antes una noche, a media noche, vinieron a la prisión con mucha arcabucería, trayendo cada arcabu-
cero tres mechas entre los dedos, porque paresciese que era mucha
arcabucería, y ansí entraron en la cámara donde estaba preso el
veedor Alonso Cabrera y el factor Pedro Dorantes, y le tomaron
por los brazos y le levantaron de la cama con los grillos, como
estaba muy malo, casi la candela en la mano, y así le sacaron
hasta la puerta de la calle; y como vio el cielo (que hasta entonces
no lo había visto), les rogó que le dejasen dar gracias a Dios; y
como se levantó, que estaba de rodillas, le trujéronle allí dos soldados de buenas fuerzas para que lo llevasen en los brazos a le
embarcar (porque estaba muy flaco y tollido); y como le tomaron, y se vio entre aquella gente, díjoles: *Señores, sed testigos
que dejo por mi lugarteniente al capitán Juan de Salazar de Es-*

*pinosa, para que por mí, y en nombre de su majestad, tenga esta
tierra en paz y justicia hasta que su majestad provea lo que más
servido sea.* Y como acabó de decir esto, Garci-Vanegas, teniente
de tesorero, arremetió con un puñal en la mano, diciendo: *No creo
en tal, si al Rey mentais, si no os saco el alma,* y aunque el Gobernador estaba avisado que no lo dijese en aquel tiempo, porque
estaban determinados de le matar, porque era palabra muy escan-
dalosa para ellos y para los que de parte de su majestad le tirasen
de sus manos, porque estaban todos en la calle; y apartándose
Garci-Vanegas un poco, tornó a decir las mismas palabras; y entonces Garci-Vanegas arremetió al Gobernador con mucha furia, y
púsole el puñal a la sien, diciendo: *No creo en tal* (como de antes), *si no os doy de puñaladas;* y dióle en la sien una herida
pequeña; y dio con los que le llevaban en los brazos tal rempu-
jón, que dieron con el Gobernador y con ellos en el suelo, y el
uno de ellos perdió la gorra; y como pasó esto, le llevaron con
toda priesa a embarcar al bergantín; y ansí, le cerraron con tablas
la popa de él; y estando allí, le echaron dos candados que no le dejaban lugar para rodearse, y así se hicieron el largo río abajo.

Dos días después de embarcado el Gobernador, ido el río abajo,
Domingo de Irala y el contador Felipe de Cáceres y el factor Pedro
Dorantes juntaron sus amigos y dieron en la casa del capitán
Salazar, y lo prendieron a él y a Pedro de Estopiñán Cabeza de
Vaca, y los echaron prisiones y metieron en un bergantín, y vinieron el río abajo hasta que llegaron al bergantín a do venía el
Gobernador, y con él vinieron presos a Castilla; y es cierto que
si el capitán Salazar quisiera, el Gobernador no fuera preso, ni
menos pudieran sacallo de la tierra ni traello a Castilla; mas, como
quedaba por teniente, disimulólo todo; y viniendo así, rogó a los
oficiales que le dejasen traer dos criados suyos para que le sirviesen por el camino y le hiciesen de comer; y así, metieron los
dos criados, no para que le sirviesen, sino para que viniesen bo-
gando cuatrocientas leguas el río abajo, y no hallaban hombre
que quisiese venir a traerle, y a unos traían por fuerza, y otros se
venían huyendo por la tierra adentro, a los cuales tomaron sus
haciendas, las cuales daban a los que traían por fuerza, y en este
camino los oficiales hacían una maldad muy grande, y era que, al
tiempo que le prendieron, otro día y otros tres, andaban diciendo
a la gente de su parcialidad y otros amigos suyos mil males del
Gobernador, y al cabo les decían: *¿Qué os parece? ¿Hecimos bien
por vuestro provecho y servicio de su majestad? Y pues así es, por
amor de mí que echeis una firma aquí al cabo de este papel.*
Y de esta manera hincheron cuatro manos de papel; y viniendo el
río abajo, ellos mesmos decían y escribían los dichos contra el Gobernador, y quedaban los que lo firmaron trecientas leguas el río
arriba en la ciudad de la Ascensión; y de esta manera fueron las
informaciones que enviaron contra el Gobernador.

CAPÍTULO LXXXIV

CÓMO DIERON REJALGAR TRES VECES AL GOBERNADOR VINIENDO
EN ESTE CAMINO

Viniendo el río abajo mandaron los oficiales a un Machin, vizcaíno, que le guisase de comer al Gobernador, y después de guisado lo diese a un Lope Duarte, aliados de los oficiales y de
Domingo de Irala, y culpados como todos los otros que le prendieron, y venía por solicitador de Domingo de Irala y para hacer
sus negocios acá; y viniendo así, debajo de la guarda y amparo de
éstos, le dieron tres veces rejalgar; y para remedio de esto traía
consigo una botija de aceite y un pedazo de unicornio, y cuando
sentía algo se aprovechaba de estos remedios de día y de noche con
muy gran trabajo y grandes vómitos, y plugo a Dios que escapó de
ellos; y otro día rogó a los oficiales que le traían, que eran Alonso
Cabrera y Garci-Vanegas, que le dejasen guisar de comer a sus
criados, porque de ninguna mano de otra persona no lo había de
tomar. Y ellos le respondieron que lo había de tomar y de comer
de la mano que se lo daba, porque de otra ninguna no habían de
consentir que se lo diese, que a ellos no se les daba nada que
se muriese; y ansí, estuvo de aquella vez algunos días sin comer
nada, hasta que la necesidad le constriñó que pasase por lo que
ellos querían. Habían prometido a muchas personas de los traer
en la carabela que deshicieron, a estos reinos, porque les favore-
ciese en la prisión del Gobernador y no fuesen contra ellos, especial a un Francisco de Paredes, de Burgos, y fray Juan de Salazar,
fraile de la orden de nuestra Señora de la Merced. Ansimesmo
traían preso a Luis de Miranda, y a Pedro Hernández, y al capitán
Salazar de Espinosa y a Pedro Vaca.

Y llegados el río abajo a las islas de Sant Gabriel, no quisieron
traer en el bergantín a Francisco de Paredes ni a fray Juan de
Salazar, porque éstos no favoreciesen al Gobernador acá y dijesen
la verdad de lo que pasaba; y por miedo de esto los hicieron tornar a embarcar en los bergantines que volvían el río arriba a la
Ascensión, habiendo vendido sus casas y haciendas por mucho
menos de lo que valían cuando los hicieron embarcar; y decían y
hacían tantas exclamaciones, que era la mayor lástima del mundo
oíllos. Aquí quitaron al Gobernador sus criados, que hasta allí le
habían seguido y remado, que fue la cosa que él más sintió ni qué
más pena le diese en todo lo que había pasado en su vida, y ellos
no lo sintieron menos; y allí en la isla de Sant Gabriel estuvieron
dos días, y al cabo de ellos partieron para la Ascensión los unos,
y los otros para España; y después de vueltos los bergantines,
en el que traían al Gobernador, que era de hasta once bancos,
venían veinte y siete personas por todos; siguieron su viaje el río

abajo hasta que salieron a la mar; y dende que à ella salieron
les tomó una tormenta que hinchó todo el bergantín de agua, y
perdieron todos los bastimentos; que no pudieron escapar de ellos
sino una poca de harina y una poca de manteca de puerco y de
pescado, y una poca de agua, y estuvieron a punto de perescer
ahogados.

Los oficiales que traían preso al Gobernador les paresció que
por el agravio y sinjusticia que le habían hecho y hacían en le
traer preso y aherrojado era Dios servido de dalles aquella tormenta tan grande, determinaron de le soltar y quitar las prisiones,
y con este presupuesto se las quitaron, y fue Alonso Cabrera, el
veedor, el que se lastimó, y él y Garci-Vanegas le besaron el pie,
aunque él no quiso, y dijeron públicamente que ellos conoscían
y confesaban que Dios les había dado aquellos cuatro días de tormenta por los agravios y sinjusticias que le habían hecho sin razón, y que ellos manifestaban que le habían hecho muchos agravios
y sinjusticias, y que era mentira y falsedad todo lo que habían
dicho y depuesto contra él, y que para ello habían hecho hacer
dos mil juramentos falsos, por malicia y por envidia que de él
tenían porque en tres días había descubierto la tierra y camino
de ella, lo que no habían podido hacer en doce años que ellos había que estaban en ella; y que le rogaban y pedían por amor de
Dios que les perdonase y les prometiese que no daría aviso a su
majestad de cómo ellos le habían preso; y acabado de soltarle,
cesó el agua y viento y tormenta, que había cuatro días que no
había escampado; y así, venimos en el bergantín dos mil y qui-
nientas leguas por golfo, navegando sin ver tierra, más del agua
y el cielo, y no comiendo más de una tortilla de harina frita con
una poca de manteca y agua, y deshacían el bergantín a veces
para hacer de comer aquella tortilla de harina que comían; y de
esta manera venimos con mucho trabajo hasta llegar a las islas
de los Azores, que son del serenísimo rey de Portugal, y tardamos
en el viaje hasta venir allí tres meses; y no fuera tanta la hambre
y necesidad que pasamos si los que traían preso al Gobernador
osaran tocar en la costa del Brasil o irse a la isla de Santo Domingo, que es en las Indias; lo cual no osaron hacer, como hombres culpados y que venían huyendo, y que temían que llegados
a una de las tierras que dicho tengo los prendieran y hicieran
justicia de ellos como hombres que iban alzados y habían sido
aleves contra su rey; y temiendo esto, no habían querido tomar
tierra; y al tiempo que llegamos a los Azores, los oficiales que le
traían, con pasiones que traían entre ellos, se dividieron y vinieron cada uno por su parte, y se embarcaron divididos, y primero
que se embarcasen intentaban que la justicia de Angla prendiese
al Gobernador y lo detuviese porque no viniese a dar cuenta a su
majestad de los delitos y desacatos que en aquella tierra habían
hecho, diciendo que al tiempo que pasó por las islas de Cabo-Verde había robado la tierra y puerto. Oído por el Corregidor, les

dijo que se fuesen, porque *su rey no era home que ninguen osase pensar en iso, ni tenía a tan mal recado suos portos para que ningún osase o facer.* Y visto que no bastó su malicia para le detener, ellos se embarcaron y se vinieron para estos reinos de Castilla, y llegaron a ella ocho o diez días primero que el Gobernador, porque con tiempos contrarios se detuvo en éstos; y llegados ellos primero que el Gobernador a la corte llegase, publicaban que se había ido al rey de Portugal para darle aviso de aquellas partes, y dende a pocos días llegó a esta corte.

Como fue llegado, la propria noche desaparecieron los delincuentes, y se fueron a Madrid, a do esperaron que la corte fuese allí, como fue; y en este tiempo murió el obispo de Cuenca, que presidía en el consejo de las Indias, el cual tenía deseo y voluntad de castigar aquel delito y desacato que contra su majestad se había hecho en aquella tierra. Dende a pocos días después de haber estado presos ellos, y el Gobernador igualmente, y sueltos sobre fianzas que no saldrían de la corte, Garci-Vanegas, que era el uno de los que le habían traído y preso, murió muerte desastrada y súpita, que le saltaron los ojos de la cara, sin poder manifestar ni declarar la verdad de lo pasado; y Alonso Cabrera, veedor, su compañero, perdió el juicio, y estando sin él mató a su mujer en Loja; murieron súpita y desastradamente los frailes que fueron en los escándalos y levantamientos contra el Gobernador; que paresce manifestarse la poca culpa que el Gobernador ha tenido en ello; y después de le haber tenido preso y detenido en la corte ocho años, le dieron por libre y quito; y por algunas causas que le movieron, le quitaron la gobernación, porque sus contrarios decían que si volvía a la tierra, que por castigar a los culpados habría escándalos y alteraciones en la tierra; y así, se la quitaron, con todo lo demás, sin haberle dado recompensa de lo mucho que gastó en el servicio que hizo en la ir a socorrer y descubrir.

RELACIÓN DE HERNANDO DE RIBERA

En la ciudad de la Ascensión (que es en el río del Paraguay, de la provincia del río de la Plata), a 3 días del mes de marzo, año del nascimiento de nuestro salvador Jesucristo de 1545 años, en presencia de mí el escribano público y testigos de yuso escritos, estando dentro de la iglesia y monasterio de nuestra Señora de la Merced, redención de captivos, paresció presente el capitán Hernando de Ribera, conquistador en esta provincia, y dijo:

Que por cuanto al tiempo que el señor Álvar Núñez Cabeza de Vaca, gobernador y adelantado y capitán general de esta provin-

cia del río de la Plata por su majestad, estando en el puerto de
los Reyes por donde la entró a descubrir en el año pasado de 1543,
le envió y fue por su mandado con un bergantín y cierta gente a
descubrir por un río arriba que llaman Igatu, que es un brazo
de dos ríos muy grandes, caudalosos, el uno de los cuales se llama
Yacareati y el otro Yaiva, según que por relación de los indios
naturales vienen por, entre las poblaciones de la tierra adentro;
y que habiendo llegado a los pueblos de los indios que se llaman
los xarayes, por la relación que de ello hobo, dejando el bergantín
en el puerto a buen recaudo, se entró con cuarenta hombres por la
tierra adentro a la ver y descubrir por vista de ojos. E yendo
caminando por muchos pueblos de indios, hobo y tomó de los indios naturales de los dichos pueblos y de otros que de más lejos
le vinieron a ver y hablar, larga y copiosa relación; la cual él
examinó y procuró examinar y particularizar para saber de ellos
la verdad, como hombre que sabe la lengua cario, por cuya inter-
pretación y declaración comunicó y platicó con las dichas generaciones y se informó de la dicha tierra; y porque al dicho tiempo
él llevó en su compañía a Juan Valderas, escribano de su majestad, el cual escribió y asentó algunas cosas del dicho descubrimiento; pero que la verdad de las cosas, riquezas y poblaciones y
diversidades de gentes de la dicha tierra no las quiso decir al
dicho Juan Valderas para que las asentase por su mano en la dicha
relación, ni clara y abiertamente las supo ni entendió, ni él las ha
dicho ni declarado, porque al dicho tiempo fue y era su intención
de las comunicar y decir al dicho señor Gobernador, para que
luego entrase personalmente a conquistar la tierra, porque así convenía al servicio de Dios y de su majestad; y que habiendo entrado
por la tierra ciertas jornadas, por carta y mandamiento del señor
Gobernador se volvió al puerto de los Reyes, y a causa de hallarle
enfermo a él y a toda la gente no tuvo lugar de le poder informar
del descubrimiento, y darle la relación que de los naturales había
habido; y dende a pocos días, constreñido por necesidad de la
enfermedad, porque la gente no se le muriese se vino a esta ciudad y puerto de la Ascensión, en la cual, estando enfermo, dende
a pocos días que fue llegado, los oficiales de su majestad le prendieron (como es a todos notorio), por manera que no le pudo
manifestar la relación; y porque agora al presente los oficiales de
su majestad van con el señor Gobernador a los reinos de España,
y porque podría ser que en el entre tanto a él le suscediese algún
caso de muerte o ausencia, o ir a otras partes donde no pudiese
ser habido, por donde se perdiese la relación y avisos de la entrada
y descubrimiento, que su majestad sería muy deservido, y al señor
Gobernador le vernía mucho daño y pérdida; todo lo cual sería a
su culpa y cargo; por tanto, y por el descargo de su conciencia,
y por cumplir con el servicio de Dios y de su majestad, y del señor
Gobernador en su nombre, ahora ante mí el escribano quiere hacer y hacía relación del dicho su descubrimiento, para dar aviso

a su majestad de él, y de la información y relación que hobo de los indios naturales, y que pedía y requería a mí el dicho escribano la tomase y recibiese; la cual dicha relación hizo en la forma siguiente.

Dijo y declaró el dicho capitán Hernando de Ribera que a 20 días del mes de diciembre del año pasado de 1543 años partió del puerto de los Reyes en el bergantín nombrado el *Golondrino,* con cincuenta y dos hombres, por mandado del señor Gobernador, y fue navegando por el río del Iguatu, que es brazo de los dichos dos ríos Yacareati y Yaiva; este brazo es muy grande y caudaloso, y a las seis jornadas entró en la madre de estos dos ríos, según relación de los indios naturales por do fue tocando; estos dos ríos señalaron que vienen por la tierra adentro, y este río, que se dice Yaiva, debe proceder de las sierras de Santa Marta; es río muy grande y poderoso, mayor que el río Yacareati; el cual, según las señales que los indios dan, viene de las sierras del Perú, y entre el un río y el otro hay gran distancia de tierra y pueblos de infinitas gentes (según los naturales dijeron), y vienen a juntarse estos dos ríos Yaiva y Yacareati en tierra de los indios que se dicen perobazaes, y allí se tornan a dividir; y a setenta leguas el río abajo se tornan a juntar, y habiendo navegado diez y siete jornadas por el dicho río, pasó por tierra de los indios perobazaes, y llegó a otra tierra que se llaman los indios xarayes, gentes labradores de grandes mantenimientos y criadores de patos y gallinas y otras aves, pesquerías y cazas; gente de razón, y obedescen a su principal.

Llegado a esta generación de los indios xarayes, estando en un pueblo de ellos de hasta mil casas, adonde su principal se llama Camire, el cual le hizo buen recebimiento, del cual se informó de las poblaciones de la tierra adentro; y por la relación que aquí le dieron, dejando el bergantín con doce hombres de guarda y con una guía que llevó de los dichos xarayes, pasó adelante y caminó tres jornadas hasta llegar a los pueblos y tierra de una generación de indios que se dicen urtueses, la cual es buena gente y labradores, a la manera de los xarayes; y de aquí fue caminando por tierra toda poblada, hasta ponerse en quince grados menos dos tercios, yendo la vía del oeste.

Estando en estos pueblos de los urtueses y aburuñes, vinieron allí otros muchos indios principales de otros pueblos más adentro comarcanos a hablar con él y traelle plumas, a manera de las del Perú, y planchas de metal chafalonia; de los cuales se informó, y tuvo plática y aviso de cada uno particularmente de las poblaciones y gentes de adelante; y los dichos indios, en conformidad, sin discrepar, le dijeron que a diez jornadas de allí, a la banda del oesnorueste, habitaban y tenían muy grandes pueblos unas mujeres que tenían mucho metal blanco y amarillo, y que los asientos y servicios de sus casas eran todos del dicho metal, y tenían por su principal una mujer de la misma generación, y que es gente de guerra y temida de la generación de los indios; y que antes de llegar a la generación de las dichas mujeres estaba una generación de los indios (que es gente muy pequeña); con los cuales y con la generación de éstos que le informaron, pelean las dichas mujeres y les hacen guerra, y que en cierto tiempo del año se juntan con estos indios comarcanos y tienen con ellos su comunicación carnal; y si las que quedan preñadas paren hijas, tiénenselas consigo, y los hijos los crían hasta que dejan de mamar, y los envían a sus padres; y de aquella parte de los pueblos de las dichas mujeres había muy grandes poblaciones y gente de indios que confinan con las dichas mujeres, que lo habían dicho sin preguntárselo, a lo que le señalaron esta parte de un lago de agua muy grande, que los indios nombraron la casa del sol; dicen que allí se encierra el sol; por manera que entre las espaldas de Santa Marta y el dicho lago habitan las dichas mujeres, a la banda del oesnorueste; y que adelante de las poblaciones que están pasados los pueblos de las mujeres, hay otras muy grandes poblaciones de gentes, los cuales son negros, y a lo que señalaron, tienen barbas como aguileñas, a manera de moros.

Fueron preguntados cómo sabían que eran negros. Dijeron que porque los habían visto sus padres y se lo decían otras generaciones comarcanas a la dicha tierra, y que eran gente que andaban vestidos, y las casas y pueblos las tienen de piedra y tierra, y son muy grandes, y que es gente que poseen mucho metal blanco y amarillo, en tanta cantidad, que no se sirven con otras cosas en sus casas de vasijas y ollas y tinajas muy grandes y todo lo demás; y preguntó a los dichos indios a qué parte demoraban los pueblos y habitación de la dicha gente negra, y señalaron que demoraban al norueste, y que si querían ir allá, en quince jornadas llegarían a las poblaciones vecinas y comarcanas a los pueblos de los dichos negros, y a lo que le paresce, según y la parte donde señaló, los dichos pueblos están en doce grados a la banda del norueste, entre las sierras de Santa Marta y del Marañón, y que es gente guerrera y pelean con arcos y flechas; ansimismo señalaron los dichos indios que del oesnorueste hasta el norueste, cuarta al norte, hay otras muchas poblaciones y muy grandes de indios; hay pueblos tan grandes, que en un día no pueden atravesar de un cabo a otro, y que toda es gente que posee mucho metal blanco y amarillo, y con ello se sirven en sus casas, y que toda es gente vestida; y para ir allá podían ir muy presto y todo por tierra muy poblada.

Y que asimismo por la banda del oeste había un lago de agua, muy grande, y que no se parescía tierra de la una banda a la otra; y a la ribera del dicho lago había muy grandes poblaciones de gentes vestidas y que poseían mucho metal, y que tenían piedras, de que traían bordadas las ropas, y relumbraban mucho; las cuales sacaban los indios de dicho lago, y que tenían muy grandes pueblos, y toda era gente la de las dichas poblaciones labradores

y que tenían muy grandes mantenimientos y criaban muchos patos y otras aves; y que dende aquí donde se halló podía ir al dicho
lago y poblaciones de él, a lo que le señalaron, en quince jornadas, todo por tierra poblada, adonde había mucho metal y buenos
caminos en abajando las aguas, que a la sazón estaban crescidas,
que ellos le llevarían; pero que eran pocos cristianos, y los pueblos por donde habían de pasar eran grandes y de muchas gentes;
asimesmo dijo y declaró que le dijeron y informaron y señalaron
a la banda del oeste, cuarta al sudueste, había muy grandes poblaciones, que tenían las casas de tierra, y que era buena gente, vestida y muy rica, y que tenía mucho metal y criaban mucho ganado
de ovejas muy grandes, con las cuales se sirven en sus rozas y
labranzas,·y las cargan; y les preguntó si las dichas poblaciones
de los dichos indios si estaban muy lejos; y que les respondieron
que hasta ir a ellos era toda tierra poblada de muchas gentes,
y que en poco tiempo podía llegar a ellas, y entre las dichas poblaciones hay otra gente de cristianos, y había grandes desiertos
de arenales, y no había agua.

Fueron preguntados cómo sabían que había cristianos de aquella banda de las dichas poblaciones, y dijeron que en los tiempos
pasados los indios comarcanos de las dichas poblaciones habían
oído decir a los naturales de los dichos pueblos que, yendo los de
su generación por los dichos desiertos, habían visto venir mucha
gente vestida, blanca, con barbas, y traían unos animales (según
señalaron eran caballos), diciendo que venían en ellos caballeros,
y que a causa de no haber agua los habían visto volver, y que se
habían muerto muchos de ellos; y que los indios de las dichas
poblaciones creían que venía la dicha gente de aquella banda de
los desiertos; y que asimismo le señalaron que a la banda del oeste,
cuarta al sueste, había muy grandes montañas y despoblado, y
que los indios lo habían probado a pasar, por la noticia que de
ello tenían que había gentes de aquella banda, y que no habían
podido pasar, porque se morían de hambre y sed. Fueron preguntados cómo lo sabían los susodichos. Dijeron que entre todos los
indios de toda esta tierra se comunicaba y sabían que era muy
cierto, porque habían visto y comunicado con ellos, y que habían
visto los dichos cristianos y caballos que venían por los dichos
desiertos, y que a la caída de las dichas sierras, a la parte del
sudueste, había muy grandes poblaciones y gente rica de mucho
metal, y que los indios que decían lo susodicho decían que tenía
ansimesmo noticia que en la otra banda, en el agua salada, andaban navíos muy grandes. Fue preguntado si en las dichas poblaciones hay entre las gentes de ellos principales hombres que los
mandan. Dijeron que cada generación y población tiene solamente
uno de la mesma generación, a quien todos obedecen; declaró
que para saber la verdad de los dichos indios y saber si discre-
paban en su declaración, en todo un día y una noche a cada uno
por sí les preguntó por diversas vías la dicha declaración; en la

cual, tornándola a decir y declarar, sin variar ni discrepar se conformaron.

La cual relación de suso contenida el capitán Hernando de Ribera dijo y declaró haberle tomado rescebido con toda claridad y fidelidad y lealtad, y sin engaño, fraude ni cautela; y porque a la dicha su relación se pueda dar y dé toda fe y crédito, y no se pueda poner ni ponga ninguna duda en ello ni en parte de ello, dijo que juraba, y juró por Dios y por Santa María y por las palabras de los santos cuatro Evangelios, donde corporalmente puso su mano derecha en un libro misal, que al presente en sus manos tenía el reverendo padre Francisco González de Paniagua, abierto por parte do estaban escritos los santos Evangelios, y por la señal de la cruz, a tal como esta †, donde asimismo puso su mano derecha, que la relación, según de la forma y manera que la tiene dicha y declarada y de suso se contiene, le fue dada, dicha y denunciada y declarada por los dichos indios principales de la dicha tierra y de otros hombres ancianos, a los cuales con toda diligencia examinó y interrogó, para saber de ellos verdad y claridad de las cosas de la tierra adentro; y que habida la dicha relación, asimismo le vinieron a ver otros indios de otros pueblos, principalmente de un pueblo muy grande que se dice Uretabere, y de una jornada de él se volvió; que de todos los dichos indios asimismo tomó aviso, y que todos se conformaron con la dicha relación clara y abiertamente; y so cargo del dicho juramento, declaró que en ello ni en parte de ello no hobo ni hay cosa ninguna acrescentada ni fingida, salvo solamente la verdad de todo lo que le fue dicho y informado sin fraude ni cautela. Otro sí dijo y declaró que le informaron los dichos indios que el río de Yacareati tiene un salto que hace unas grandes sierras, y que lo que dicho tiene es la verdad; y que si ansí es, Dios le ayude, y si es al contrario, Dios se lo demande mal y caramente en este mundo al cuerpo, y en el otro al ánima, donde más ha de durar. A la confisión del dicho juramento dijo: *Sí juro, amén;* y pidió y requirió a mí el dicho escribano se lo diese así por fe y testimonio al dicho señor Gobernador, para en guarda de su derecho; siendo presentes por testigos el dicho reverendo padre Paniagua, Sebastián de Valdivieso, camarero del dicho señor Gobernador, y Gaspar de Hortigosa, y Juan de Hoces, vecinos de la ciudad de Córdoba; los cuales todos lo firmaron así de sus nombres.—*Francisco González Paniagua.— Sebastián de Valdivieso.—Juan de Hoces.—Hernando de Ribera.—Gaspar de Hortigosa.*

Pasó ante mí.—*Pedro Hernández,* escribano.

FIN
DE
«COMENTARIOS»

ÍNDICE

NAUFRAGIOS

COMENTARIOS

SE TERMINÓ DE IMPRIMIR ESTA OBRA
EL DÍA 22 DE MAYO DE 1998 EN LOS TALLERES DE

IMPRESORES ALDINA, S. A.
Obrero Mundial, 201 – 03100 México, D. F.

COLECCION "SEPAN CUANTOS..."

LOS NÚMEROS QUE APARECEN A LA IZQUIERDA CORRESPONDEN
A LA NUMERACIÓN DE LA COLECCIÓN

PRECIOS SUJETOS A VARIACION SIN PREVIO AVISO

PRECIOS SUJETOS A VARIACION SIN PREVIO AVISO

de la residencia del hombre. Auto de los hierros de Adán. Farsa del sacramento del entendimiento niño. **SANCHEZ DE BADAJOZ:** *Farsa de la iglesia.* **TIMONEDA:** *Auto de la oveja perdida. Auto de la fuente de los siete sacramentos. Farsa del sacramento llamado premática del pan. Auto de la fe.* **LOPE DE VEGA:** *La adúltera perdonada. La ciega. El pastor lobo y cabaña celestial.* **VALDIVIELSO:** *El hospital de los locos. La amistad en el peligro. El peregrino. La Serena de Plasencia.* **TIRSO DE MOLINA:** *El colmenero divino. Los hermanos parecidos.* **MIRA DE AMESCUA:** *Pedro Telonario.* Selección, introducción y notas de Ricardo Arias. .... $ 35.00

675. **AVITIA HERNÁNDEZ,** Antonio: *Corrido Histórico Mexicano. Tomo I.* 50.00
676. **AVITIA HERNÁNDEZ,** Antonio: *Corrido Histórico Mexicano. Tomo II.* ... 50.00
677. **AVITIA HERNÁNDEZ,** Antonio: *Corrido Histórico Mexicano. Tomo III.* .. 50.00
678. **AVITIA HERNÁNDEZ,** Antonio: *Corrido Histórico Mexicano. Tomo IV.* ... 50.00
679. **AVITIA HERNÁNDEZ,** Antonio: *Corrido Histórico Mexicano. Tomo V.* 50.00
625. **BABEL, Isaac:** *Caballería roja. Cuentos de Odesa.* Prólogo de Ilán Stavans. 35.00
293. **BACON, Francisco:** *Instauratio Magna. Novum Organum. Nueva Atlántida.* Estudio introductivo y análisis de las obras por Francisco Larroyo. 35.00
649. **BAINVILLE, Jacques:** *Napoleón.* El hombre del mundo por Ralph Waldo Emerson. 50.00
200. **BALBUENA, Bernardo de:** *La grandeza mexicana y compendio apologético en alabanza de la poesía.* Prólogo de Luis Adolfo Domínguez. 25.00
53. **BALMES, Jaime L.:** *El criterio.* Estudio preliminar de Guillermo Díaz-Plaja. 20.00
241. **BALMES, Jaime L.:** *Filosofía elemental.* Estudio preliminar por Raúl Cardiel. 30.00
112. **BALZAC, Honorato de:** *Eugenia Grandet. La piel de Zapa.* Prólogo de Carmen Galindo. 25.00
314. **BALZAC, Honorato de:** *Papá Goriot.* Prólogo de Rafael Solana. 20.00
442. **BALZAC, Honorato de:** *El lirio en el valle.* Prólogo de Jaime Torres Bodet. 25.00
BAQUILIDES. Véase: **PINDARO**
580. **BAROJA, Pío:** *Desde la última vuelta del camino. (Memorias). El escritor según él y según los críticos. Familia. Infancia y juventud.* Introducción de Néstor Luján. 40.00
581. **BAROJA, Pío:** *Desde la última vuelta del camino. (Memorias). Final del siglo xix y principios del siglo xx. Galería de tipos de la época.* 40.00
582. **BAROJA, Pío:** *Desde la última vuelta del camino. (Memorias). La intuición y el estilo. Bagatelas de otoño.* 40.00
592. **BAROJA, Pío:** *Las inquietudes de Shanti Andia.* 35.00
335. **BARREDA, Gabino:** *La educación positivista.* Selección, estudio introductivo y preámbulos por Edmundo Escobar. 35.00
334. **BATALLAS DE LA REVOLUCION Y SUS CORRIDOS.** Prólogo y preparación de Daniel Moreno. 25.00
426. **BAUDELAIRE, Carlos:** *Las flores del mal. Diarios íntimos.* Introducción de Arturo Souto Alabarce. 30.00
17. **BECQUER, Gustavo Adolfo:** *Rimas, leyendas y narraciones.* Prólogo de Juana de Ontañón. 30.00
BENAVENTE. Véase: **TEATRO ESPAÑOL CONTEMPORANEO**
35. **BERCEO, Gonzalo de:** *Milagros de Nuestra Señora. Vida de Santo Domingo de Silos. Vida de San Millán de la Cogolla. Vida de Santa Oria. Martirio de San Lorenzo.* Prólogo y versión moderna de Amancio Bolaño e Isla. 35.00
491. **BERGSON, Henry:** *Introducción a la metafísica. La Risa. Filosofía de Bergson* por Manuel García Morente. 40.00
590. **BERGSON, Henry:** *Las dos fuentes de la moral y de la religión.* Introducción de John M. Oesterreicher. 40.00

PRECIOS SUJETOS A VARIACION SIN PREVIO AVISO

BERLER, Beatrice: *La Conquista de México.* Versión abreviada de la Historia de William A. Prescott. Traducción de Magdalena Ruiz de Cerezo .... $ 30.00

BERMUDEZ, Ma. Elvira. Véase: **VERNE, Julio**

BESTEIRO, Julián. Véase: **HESSEN, Juan**

500. **BIBLIA DE JERUSALEN.** Nueva edición totalmente revisada y aumentada. Tela. 150.00

380. **BOCCACCIO:** *El Decamerón.* Prólogo de Francisco Montes de Oca. 35.00

487. **BOECIO, Severino:** *La consolación de la filosofía.* Prólogo de Gustave Bardy. 25.00

522. **BOISSIER, Gastón:** *Cicerón y sus Amigos. Estudio de la sociedad Romana del tiempo de César.* Prólogo de Augusto Rostagni. 25.00

495. **BOLIVAR, Simón:** *Escritos políticos. El espíritu de Bolívar* por Rufino Blanco y Fombona. 25.00

BOSCAN, Juan. Véase: **VEGA, Garcilaso de la**

278. **BOTURINI BENADUCI, Lorenzo:** *Idea de una nueva historia general de la América Septentrional.* Estudio preliminar por Miguel León-Portilla 35.00

420. **BRONTE, Carlota:** *Jane Eyre.* Prólogo de Marga Sorensen. 35.00

119. **BRONTE, Emily:** *Cumbres Borrascosas.* Prólogo de Sergio Pitol. 25.00

584. **BRUYERE, LA:** *Los caracteres. Precedidos de los caracteres de Teofrasto.* 30.00

667. **BUCK, Pearl S.:** *La buena tierra.* 40.00

516. **BULWER-LYTTON.** *Los últimos días de Pompeya.* Prólogo de Santiago Galindo. 25.00

441. **BURCKHARDT, Jacob:** *La Cultura del Renacimiento en Italia.* Prólogo de Werner Kaegi. 35.00

606. **BURGOS, Fernando:** *Antología del cuento hispanoamericano.* 60.00

104. **CABALLERO, Fernan:** *La gaviota. La familia de Alvareda.* Prólogo de Salvador Reyes Nevares. 30.00

222. **CALDERON, Fernando:** *A ninguna de las tres. El torneo. Ana Bolena. Herman o la vuelta del cruzado.* Prólogo de María Edmée Alvarez. 25.00

74. **CALDERON DE LA BARCA, Madame:** *La vida en México.* Traducción y prólogo de Felipe Teixidor. 40.00

41. **CALDERON DE LA BARCA, Pedro:** *La vida es sueño. El alcalde de Zalamea.* Prólogo de Guillermo Díaz-Plaja. 25.00

331. **CALDERON DE LA BARCA, Pedro:** *Autos Sacramentales: La cena del Rey Baltasar. El gran Teatro del Mundo. La hidalga del valle. Lo que va del hombre a Dios. Los encantos de la culpa. El divino Orfeo. Sueños hay que verdad son. La vida es sueño. El día mayor de los días.* Selección, introducción y notas de Ricardo Arias. 35.00

CALVO SOTELO. Véase: **TEATRO ESPAÑOL CONTEMPORÁNEO**

252. **CAMOENS, Luis de:** *Los Lusiadas.* Traducción, prólogo y notas de Ildefonso Manuel Gil. 25.00

329. **CAMPOAMOR, Ramón de:** *Doloras. Poemas.* Introducción de Vicente Gaos. 50.00

668. **CANELLA Y SECADES, Fermín:** *Historia de Llanes y su Concejo* 40.00

435. **CANOVAS DEL CASTILLO, Antonio:** *La campana de Huesca.* Prólogo de Serafín Estébanez Calderón. 25.00

285. **CANTAR DE LOS NIBELUNGOS.** Traducción al español e introducción de Marianne Oeste de Bopp. 25.00

279. **CANTAR DE ROLDAN, EL.** Versión de Felipe Teixidor. 20.00

624. **CAPELLAN, Andrés El:** *Tratado del amor cortés.* Traducción, introducción y notas de Ricardo Arias y Arias. 35.00

640. **CARBALLO, Emmanuel:** *Protagonistas de la literatura mexicana.* José Vasconcelos. Genaro Martínez McGregor. Martín Luis Guzmán. Julio Torri. Alfonso Reyes. Artemio de Valle-Arizpe. Julio Jiménez Rueda. Octavio G. Barreda. Carlos Pellicer. José Gorostiza. Jaime Torres Bodet. Salvador

PRECIOS SUJETOS A VARIACION SIN PREVIO AVISO

PRECIOS SUJETOS A VARIACION SIN PREVIO AVISO

PRECIOS SUJETOS A VARIACION SIN PREVIO AVISO

PRECIOS SUJETOS A VARIACION SIN PREVIO AVISO

PRECIOS SUJETOS A VARIACION SIN PREVIO AVISO

PRECIOS SUJETOS A VARIACION SIN PREVIO AVISO

118.	**GOYTORTUA SANTOS, Jesús:** *Pensativa.* Premio "Lanz Duret" 1944.	$ 30.00
315.	**GRACIAN, Baltasar:** *El discreto. El criticón. El héroe.* Introducción de Isabel C. Tarán.	40.00
	GUILLEN DE NICOLAU, Palma. Véase: **MISTRAL, Gabriela**	
169.	**GÜIRALDES, Ricardo:** *Don segundo sombra.* Prólogo de María Edmée A.	30.00
	GUITTON, Jean. Véase: **SERTILANGES, A. D.**	
19.	**GUTIERREZ NAJERA, Manuel:** *Cuentos y cuaresmas del Duque Job. Cuentos frágiles. Cuentos de color de humo. Primeros cuentos. Ultimos cuentos.* Prólogo y capítulo de novelas. Edición e introducción de Francisco Monterde.	35.00
438.	**GUZMAN, Martín Luis:** *Memorias de Pancho Villa.*	68.00
508.	**HAGGARD, Henry Rider:** *Las minas del Rey Salomón.* Introducción de Allan Quatermain.	35.00
396.	**HAMSUN, Knut:** *Hambre. Pan.* Prólogo de Antonio Espina.	30.00
631.	**HAWTHORNE, Nathaniel:** *La letra escarlata.* Prólogo de Ludwig Lewisohn.	35.00
484.	**HEBREO, León:** *Diálogos de Amor.* Traducción de Garcilaso de la Vega, El Inca.	30.00
187.	**HEGEL:** *Enciclopedia de las ciencias filosóficas.* Estudio introductivo y análisis de la obra por Francisco Larroyo.	35.00
429.	**HEINE, Enrique:** *Libro de los cantares. Prosa escogida.* Prólogo de Marcelino Menéndez Pelayo.	25.00
599.	**HEINE, Enrique:** *Alemania. Cuadros de viaje.* Prólogo de Maxime Alexandre.	35.00
	HENRIQUEZ UREÑA, Pedro. Véase: **URBINA, Luis G.**	
271.	**HEREDIA, José María:** *Poesías completas.* Estudio preliminar de Raimundo Lazo.	25.00
216.	**HERNANDEZ, José:** *Martín Fierro.* Estudio preliminar por Raimundo Lazo.	20.00
176.	**HERODOTO:** *Los nueve libros de la historia.* Introducción de Edmundo O'Gorman.	50.00
323.	**HERRERA Y REISSIG, Julio:** *Poesías.* Introducción de Ana Victoria Mondada.	25.00
206.	**HESIODO:** *Teogonía. Los trabajos y los días. El escudo de Heracles. Idilios de Bión. Idilios de Mosco. Himnos órficos.* Prólogo de Manuel Villálaz.	20.00
607.	**HESSE, Hermann:** *El lobo estepario. Relatos autobiográficos.* Prólogo de F. Martini.	35.00
630.	**HESSE, Hermann:** *Demian. Siddhartha.* Prólogo de Ernest Robert Curtius. .	25.00
.351.	**HESSEN, Juan:** *Teoría del conocimiento.* **MESSER, Augusto:** *Realismo crítico.* **BESTEIRO, Julian:** *Los juicios sintéticos "A priori".* Preliminar y estudio introductivo por Francisco Larroyo.	30.00
156.	**HOFFMAN, E. T. G.:** *Cuentos.* Prólogo de Rosa María Phillips.	30.00
2.	**HOMERO:** *La Ilíada.* Traducción de Luis Segala y Estalella. Prólogo de Alfonso Reyes.	25.00
4.	**HOMERO:** *La Odisea.* Traducción de Luis Segala y Estalella. Prólogo de Manuel Alcalá.	25.00
240.	**HORACIO:** *Odas y épodos. Sátiras. Epístolas. Arte poética.* Estudio preliminar de Francisco Montes de Oca.	30.00
77.	**HUGO, Víctor:** *Los miserables.* Nota preliminar de Javier Peñalosa.	70.00
294.	**HUGO, Víctor:** *Nuestra Señora de París.* Introducción de Arturo Souto A. ..	35.00
586.	**HUGO, Víctor:** *Noventa y tres.* Prólogo de Marcel Aymé.	35.00
274.	**HUGON, Eduardo:** *Las veinticuatro tesis tomistas. Incluye, además Encíclica Aeterni Patris, de León XIII. Motu Propio Doctoris Angelici, de Pío X. Motu Propio non multo post, de Benedicto XV. Encíclica Studiorum Ducem, de Pío XI.* Análisis de la obra precedida de un estudio sobre los orígenes y desenvolvimiento de la Neoescolástica, por Francisco Larroyo.	30.00
	HUIZINGA, Johan. Véase: **ROTTERDAM, Erasmo de**	

PRECIOS SUJETOS A VARIACION SIN PREVIO AVISO

PRECIOS SUJETOS A VARIACION SIN PREVIO AVISO

PRECIOS SUJETOS A VARIACION SIN PREVIO AVISO

PRECIOS SUJETOS A VARIACION SIN PREVIO AVISO

PRECIOS SUJETOS A VARIACION SIN PREVIO AVISO

144.	**MOLIERE:** *Comedias. Tartufo. El burgués gentilhombre. El misántropo. El enfermo imaginario.* Prólogo de Rafael Solana.	$ 25.00
149.	**MOLIERE:** *Comedias. El avaro. Las preciosas ridículas. El médico a la fuerza. La escuela de las mujeres. Las mujeres sabias.* Prólogo de Rafael Solana.	25.00
32.	**MOLINA, Tirso de:** *El vergonzoso en palacio. El condenado por desconfiado. El burlador de Sevilla. La prudencia en la mujer.* Edición de Juana de Ontañón.	25.00
	MOLINA, Tirso de: Véase: **AUTOS SACRAMENTALES**	
600.	**MONTAIGNE:** *Ensayos completos.* Notas prologales de Emiliano M. Aguilera. Traducción del francés de Juan G. de Luaces.	65.00
208.	**MONTALVO, Juan:** *Capítulos que se le olvidaron a Cervantes.* Estudio introductivo de Gonzalo Zaldumbide.	30.00
501.	**MONTALVO, Juan:** *Siete tratados.* Prólogo de Luis Alberto Sánchez.	35.00
381.	**MONTES DE OCA, Francisco:** *Poesía hispanoamericana.*	35.00
191.	**MONTESQUIEU:** *Del espíritu de las leyes.* Estudio preliminar de Daniel Moreno.	50.00
282.	**MORO, Tomás:** *Utopía.* Prólogo de Manuel Alcalá.	25.00
129.	**MOTOLINIA, Fray Toribio:** *Historia de los indios de la Nueva España.* Estudio crítico, apéndices, notas e índice de Edmundo O'Gorman.	30.00
588.	**MUNTHE, Axel:** *La historia de San Michele.* Introducción de Arturo Uslar-Pietri.	35.00
286.	**NATORP, Pablo:** *Propedéutica filosófica. Kant y la escuela de Marburgo. Curso de pedagogía social.* Presentación introductiva. (El autor y su obra). Y preámbulos a los capítulos por Francisco Larroyo.	25.00
527.	**NAVARRO VILLOSLADA, Francisco:** *Amaya o los Vascos en el siglo VIII.*	45.00
171.	**NERVO, Amado:** *Plenitud, perlas negras. Místicas. Los jardines interiores. El estanque de los Lotos.* Prólogo de Ernesto Mejía Sánchez.	25.00
175.	**NERVO, Amado:** *La amada inmóvil. Serenidad. Elevación. La última luna.* Prólogo de Ernesto Mejía Sánchez.	30.00
443.	**NERVO, Amado:** *Poemas: Las voces. Lira heroica. El éxodo y las flores del camino. El arquero divino. Otros poemas. En voz baja. Poesías varias. ..*	30.00
	NEVILLE. Véase: **TEATRO ESPAÑOL CONTEMPORANEO**	
395.	**NIETZSCHE, Federico:** *Así hablaba Zaratustra.* Prólogo de E. W. F. Tomlin.	30.00
430.	**NIETZSCHE, Federico:** *Más allá del bien y del mal. Genealogía de la moral.* Prólogo de Johann Fischl.	25.00
576.	**NUÑEZ CABEZA DE VACA, Alvar:** *Naufragios y comentarios. Apuntes sobre la vida del adelantado* por Enrique Vedia.	35.00
356.	**NUÑEZ DE ARCE, Gaspar:** *Poesías completas.* Prólogo de Arturo Souto A.	30.00
45.	**O'GORMAN, Edmundo:** *Historia de las divisiones territoriales en México.*	50.00
8.	**OCHO SIGLOS DE POESIA EN LENGUA ESPAÑOLA.** Introducción y Compilación de Francisco Montes de Oca.	100.00
	OLMO: Véase: **TEATRO ESPAÑOL CONTEMPORANEO**	
	ONTAÑON, Juana de: Véase: **SANTA TERESA DE JESUS**	
462.	**ORTEGA Y GASSET, José:** *En torno a Galileo. El hombre y la gente.* Prólogo de Ramón Xirau.	40.00
488.	**ORTEGA Y GASSET, José:** *El tema de nuestro tiempo. La rebelión de las masas.* Prólogo de Fernando Salmerón.	30.00
497.	**ORTEGA Y GASSET, José:** *La deshumanización del arte e ideas sobre la novela. Velázquez. Goya.*	30.00
499.	**ORTEGA Y GASSET, José:** *¿Qué es filosofía? Unas lecciones de metafísica.* Prólogo de Antonio Rodríguez Huescar.	40.00
436.	**OSTROVSKI, Nicolai:** *Así se templó el acero.* Prefacio de Ana Kareváeva. .	25.00

PRECIOS SUJETOS A VARIACION SIN PREVIO AVISO

316.	**OVIDIO:** *Las metamorfosis.* Estudio preliminar de Francisco Montes de Oca.	$ 30.00
213.	**PALACIO VALDES, Armando:** *La hermana San Sulpicio.* Introducción de Joaquín Antonio Peñalosa.	25.00
125.	**PALMA, Ricardo:** *Tradiciones peruanas.* Estudio y selección por Raimundo Lazo.	25.00
	PALOU, Fr. Francisco: Véase: **CLAVIJERO, Francisco Xavier**	
421.	**PAPINI, Giovanni:** *Gog. El libro negro.* Prólogo de Ettore Allodoli.	40.00
424.	**PAPINI, Giovanni:** *Historia de Cristo.* Prólogo de Victoriano Capánaga.	25.00
644.	**PAPINI, Giovanni:** *Los operarios de la viña y otros ensayos.*	40.00
266.	**PARDO BAZAN, Emilia:** *Los pazos de Ulloa.* Introducción de Arturo Souto A.	25.00
358.	**PARDO BAZAN, Emilia:** *San Francisco de Asís. (Siglo XIII).* Prólogo de Marcelino Menéndez Pelayo.	35.00
496.	**PARDO BAZAN, Emilia:** *La madre naturaleza.* Introducción de Arturo Souto A.	25.00
577.	**PASCAL, Blas:** *Pensamientos y otros escritos.* Aproximaciones a Pascal de R. Guardini. F. Mauriac, J. Mesner y H. Küng.	40.00
	PASO: Véase: **TEATRO ESPAÑOL CONTEMPORANEO**	
3	**PAYNO, Manuel:** *Los bandidos de Río Frío.* Prólogo de Antonio Castro Leal.	40.00
80.	**PAYNO, Manuel:** *El fistol del diablo. (Novela de costumbres mexicanas.)* Texto establecido y estudio preliminar de Antonio Castro Leal.	65.00
605.	**PAYNO, Manuel:** *El hombre de la situación. Retratos históricos. Moctezuma II. Cuauhtémoc. La Sevillana. Alfonso de Avila. Don Martín Cortés. Fray Marcos de Mena. El Tumulto de 1624. La Familia Dongo. Allende. Mina. Guerrero. Ocampo. Comonfort.* Prólogo de Luis González Obregón.	30.00
622.	**PAYNO, Manuel:** *Novelas cortas.* Apuntes biográficos por Alejandro Villaseñor y Villaseñor.	35.00
	PEMAN: Véase: **TEATRO ESPAÑOL CONTEMPORANEO**	
	PENSADOR MEXICANO: Véase: **FABULAS**	
64.	**PEREDA, José María de:** *Peñas arriba. Sotileza.* Introducción de Soledad Anaya Solórzano.	30.00
165.	**PEREYRA, Carlos:** *Hernán Cortés.* Prólogo de Martín Quirarte.	25.00
493.	**PEREYRA, Carlos:** *Las huellas de los conquistadores.*	30.00
498.	**PEREYRA, Carlos:** *La conquista de las rutas oceánicas. La obra de España en América.* Prólogo de Silvio Zavala.	35.00
188.	**PEREZ ESCRICH, Enrique:** *El mártir del Gólgota.* Prólogo de Joaquín Antonio Peñalosa.	35.00
69.	**PEREZ GALDOS, Benito:** *Miau. Marianela.* Prólogo de Teresa Silva Tena.	35.00
107.	**PEREZ GALDOS, Benito:** *Doña perfecta. Misericordia.*	30.00
117.	**PEREZ GALDOS, Benito:** *Episodios nacionales: Trafalgar. La corte de Carlos IV.* Prólogo de María Eugenia Gaona.	30.00
130.	**PEREZ GALDOS, Benito:** *Episodios nacionales: 19 de marzo y el 2 de mayo. Bailén.*	30.00
158.	**PEREZ GALDOS, Benito:** *Episodios nacionales: Napoleón en Chamartín. Zaragoza.* Prólogo de Teresa Silva Tena.	30.00
166.	**PEREZ GALDOS, Benito:** *Episodios nacionales: Gerona. Cádiz.* Nota preliminar de Teresa Silva Tena.	30.00
185.	**PEREZ GALDOS, Benito:** *Fortunata y Jacinta. (Dos historias de casadas).* Introducción de Agustín Yáñez.	50.00
289.	**PEREZ GALDOS, Benito:** *Episodios nacionales: Juan Martín el Empecinado. La batalla de los Arapiles.*	30.00
378.	**PEREZ GALDOS, Benito:** *La desheredada.* Prólogo de José Salavarría.	35.00
383.	**PEREZ GALDOS, Benito:** *El amigo manso.* Prólogo de Joaquín Casalduero.	25.00
392.	**PEREZ GALDOS, Benito:** *La fontana de oro.* Introducción de Marcelino Menéndez Pelayo.	30.00

PRECIOS SUJETOS A VARIACION SIN PREVIO AVISO

446.	**PEREZ GALDOS, Benito:** *Tristana. Nazarín.* Prólogo de Ramón Gómez de la Serna.	$ 25.00
473.	**PEREZ GALDOS, Benito:** *Angel Guerra.* Prólogo de Emilia Pardo Bazán. .	35.00
489.	**PEREZ GALDOS, Benito:** *Torquemada en la hoguera. Torquemada en la cruz. Torquemada en el purgatorio. Torquemada y San Pedro.* Prólogo de Joaquín Casalduero.	35.00
231.	**PEREZ LUGIN, Alejandro:** *La casa de la Troya. Estudiantina.*	25.00
235.	**PEREZ LUGIN, Alejandro:** *Currito de la Cruz.*	25.00
263.	**PERRAULT, CUENTOS DE:** *Griselda. Piel de asno. Los deseos ridículos. La bella durmiente del bosque. Caperucita roja. Barba azul. El gato con botas. Las hadas. Cenicienta. Riquete el del copete. Pulgarcito.* Prólogo de María Edmée Alvarez.	25.00
308.	**PESTALOZZI, Juan Enrique:** *Cómo Gertrudis enseña a sus hijos. Cartas sobre la educación de los niños. Libros de educación elemental.* Prólogos, estudio introductivo y preámbulos de las obras por Edmundo Escobar.	30.00
369.	**PESTALOZZI, Juan Enrique:** *Canto del cisne.* Estudio preliminar de José Manuel Villalpando.	25.00
492.	**PETRARCA:** *Cancionero. Triunfos.* Prólogo de Ernst Hatch Wilkins.	35.00
221.	**PEZA, Juan de Dios:** *Hogar y patria. El arpa del amor.* Noticia preliminar de Porfirio Martínez Peñalosa.	20.00
224.	**PEZA, Juan de Dios:** *Recuerdos y esperanzas. Flores del alma y versos festivos.*	35.00
557.	**PEZA, Juan de Dios:** *Leyendas históricas tradicionales y fantásticas de las calles de la ciudad de México.* Prólogo de Isabel Quiñonez.	35.00
594.	**PEZA, Juan de Dios:** *Memorias. Reliquias y retratos.* Prólogo de Isabel Quiñonez.	35.00
248.	**PINDARO:** *Odas. Olímpicas. Píticas. Nemeas. Istmicas y fragmentos de otras obras de Píndaro. Otros líricos griegos: Arquíloco. Tirteo. Alceo. Safo. Simónides de Ceos. Anacreonte. Baquílides.* Estudio preliminar de Francisco Montes de Oca.	25.00
13.	**PLATON:** *Diálogos.* Estudio preliminar de Francisco Larroyo.	50.00
139.	**PLATON:** *Las leyes. Epinomis. El político.* Estudio introductivo y preámbulos a los diálogos de Francisco Larroyo.	40.00
258.	**PLAUTO:** *Comedias: Los mellizos. El militar fanfarrón. La olla. El gorgojo. Anfitrión. Los cautivos.* Estudio preliminar de Francisco Montes de Oca.	25.00
26.	**PLUTARCO:** *Vidas paralelas.* Introducción de Francisco Montes de Oca.	40.00
564.	**POBREZA Y RIQUEZA.** En obras selectas del cristianismo primitivo por Carlos Ignacio González S. J.	30.00
210.	**POE, Edgar Allan:** *Narraciones extraordinarias. Aventuras de Arturo Gordon. Pym. El cuervo.* Prólogo de Ma. Elvira Bermúdez.	30.00
85.	**POEMA DE MIO CID.** Versión antigua, con prólogo y versión moderna de Amancio Bolaño e Isla. Seguida del **ROMANCERO DEL CID.**	25.00
102.	**POESIA MEXICANA.** Selección de Francisco Montes de Oca.	40.00
371.	**POLO, Marco:** *Viajes.* Introducción de María Elvira Bermúdez.	25.00
510.	**PONSON DU TERRAIL, Pierre Alexis:** *Hazañas de Rocambole.* Tomo I. .	40.00
511.	**PONSON DU TERRAIL, Pierre Alexis:** *Hazañas de Rocambole.* Tomo II.	40.00
518.	**PONSON DU TERRAIL, Pierre Alexis:** *La resurrección de Rocambole. Tomo I.* Continuación de "Hazañas de Rocambole".	40.00
519.	**PONSON DU TERRAIL, Pierre Alexis:** *La resurrección de Rocambole. Tomo II.* Continuación de "Hazañas de Rocambole".	40.00
36.	**POPOL VUH.** Antiguas historias de los indios quichés de Guatemala. Ilustradas con dibujos de los códices mayas. Advertencia, versión y vocabulario de Albertina Saravia E.	25.00
150.	**PRESCOTT, William H.:** *Historia de la conquista de México.* Anotada por Don Lucas Alamán. Con notas, críticas y esclarecimientos de Don José Fernando Ramírez. Prólogo y apéndices por Juana A. Ortega y Medina.	80.00

PRECIOS SUJETOS A VARIACION SIN PREVIO AVISO

198.	PRIETO, Guillermo: *Musa callejera*. Prólogo de Francisco Monterde............	$ 25.00
450.	PRIETO, Guillermo: *Romancero nacional*. Prólogo de Ignacio M. Altamirano...............'............	35.00
481.	PRIETO, Guillermo: *Memorias de mis tiempos*. Prólogo de Horacio Labastida.	60.00
54.	PROVERBIOS DE SALOMON Y SABIDURIA DE JESUS DE BEN SIRAK. Versión directa de los originales por Angel María Garibay K.	30.00
	QUEVEDO, Francisco de: Véase: **LAZARILLO DE TORMES**	
646.	QUEVEDO, Francisco de: *Poesía*. Introducción de Jorge Luis Borges.	35.00
332.	QUEVEDO Y VILLEGAS, Francisco de: *Sueños. El sueño de las calaveras. El alguacil alguacilado. Las zahurdas de Plutón. Visita de los chistes. El mundo por dentro. La hora de todos y la fortuna con seso. Poesías.* Introducción de Arturo Souto A.	30.00
97.	QUIROGA, Horacio: *Cuentos*. Selección, estudio preliminar y notas críticas e informativas por Raimundo Lazo.	30.00
347.	QUIROGA, Horacio: *Más cuentos*. Introducción de Arturo Souto A.	30.00
360.	RABELAIS: *Gargantúa y Pantagruel. Vida de Rabeláis* por Anatole France. Ilustraciones de Gustavo Doré.	45.00
219.	RABINAL-ACHI: *El varón de Rabinal. Ballet-drama de los indios quichés de Guatemala.* Traducción y prólogo de Luis Cardoza y Aragón.	15.00
	RANGEL, Nicolás. Véase: **URBINA, Luis G.**	
366.	REED, John: *México insurgente. Diez días que estremecieron al mundo.* Prólogo de Juan de la Cabada.	35.00
669.	REMARQUE, Erick María: *Sin novedad en el frente.* Etiología y cronología de la Primera Guerra Mundial	30.00
597.	RENAN, Ernesto: *Marco Aurelio y el fin del mundo antiguo.* Precedido de la plegaria sobre la acrópolis.	35.00
101.	RIVA PALACIO, Vicente: *Cuentos del general.* Prólogo de Clementina Díaz y de Ovando.	25.00
474.	RIVA PALACIO, Vicente: *Las dos emparedadas. Memorias de los tiempos de la inquisición.*	25.00
476.	RIVA PALACIO, Vicente: *Calvario y Tabor.*	30.00
507.	RIVA PALACIO, Vicente: *La vuelta de los muertos.*	30.00
162.	RIVA, Duque de: *Don Alvaro o la fuerza del Sino. Romances históricos.* Prólogo de Antonio Magaña Esquivel.	25.00
172.	RIVERA, José Eustasio: *La vorágine.* Prólogo de Cristina Barros Stivalet. ..	25.00
	ROBIN HOOD. Véase: **ANONIMO**	
87.	RODO, José Enrique: *Ariel. Liberalismo y Jacobinismo. Ensayos: Rubén Darío, Bolívar, Montalvo.* Estudio preliminar, índice biográfico-cronológico y resumen bibliográfico por Raimundo Lazo.	30.00
115.	RODO, José Enrique: *Motivos de Proteo y nuevos motivos de Proteo.* Prólogo de Raimundo Lazo.	30.00
88.	ROJAS, Fernando de: *La Celestina.* Prólogo de Manuel de Ezcurdia. Con una cronología y dos glosarios.	25.00
650.	ROPS, Daniel: *Jesús en su tiempo. Jesús ante la crítica* por Daniel Rops.	60.00
	ROMANCERO DEL CID. Véase: **POEMA DE MIO CID**	
	ROSAS MORENO: Véase: **FABULAS**	
328.	ROSTAND, Edmundo: *Cyrano de Bergerac.* Prólogo, estudio y notas de Angeles Mendieta Alatorre.	25.00
440.	ROTTERDAM, Erasmo de: *Elogio de la locura. Coloquios. Erasmo de Rotterdam,* por Johan Huizinga.	30.00
113.	ROUSSEAU, Juan Jacobo: *El contrato social o principios de Derecho Político. Discurso sobre las ciencias y las artes. Discurso sobre el origen de la desigualdad.* Estudio preliminar de Daniel Moreno.	25.00

PRECIOS SUJETOS A VARIACION SIN PREVIO AVISO

159.	ROUSSEAU, Juan Jacobo: *Emilio o de la educación.* Estudio preliminar de Daniel Moreno.	$ 30.00
470.	ROUSSEAU, Juan Jacobo: *Confesiones.* Prólogo de Jeanne Renée Becker.	50.00
265.	RUEDA, Lope de: *Teatro completo. Eufemia. Armelina. De los engañados, Medora. Colloquio de Camelia. Colloquio de Tymbria. Diálogo sobre la invención de las Calcas. El deleitoso. Registro de representantes. Colloquio llamado prendas de amor. Colloquio en verso. Comedia llamada discordia y questión de amor. Auto de Naval y Abigail. Auto de los desposorios de Moisén. Farsa del sordo.* Introducción de Arturo Souto A.	35.00
10.	RUIZ DE ALARCON, Juan: *Cuatro comedias. Las paredes oyen. Los pechos privilegiados. La verdad sospechosa. Ganar amigos.* Estudio, texto y comentarios de Antonio Castro Leal.	30.00
451.	RUIZ DE ALARCON, Juan: *El examen de maridos. La prueba de las promesas. Mudarse por mejorarse. El tejedor de Segovia.* Prólogo de Alfonso Reyes. ..	30.00
	RUIZ IRIARTE: Véase: **TEATRO ESPAÑOL CONTEMPORANEO**	
51.	*Sabiduría de Israel. Tres obras de la cultura judía.* Traducciones directas de Angel María Garibay K.	30.00
	SABIDURIA DE JESUS BEN SIRAK: Véase: **PROVERBIOS DE SALOMON**	
300.	SAHAGUN, Fr. Bernardino de: *Historia general de las cosas de la Nueva España.* La dispuso para la prensa en esta nueva edición, con numeración, anotaciones y apéndices Angel María Garibay K.	90.00
299.	SAINT-EXUPERY, Antoine de: *El principito.* Nota preliminar y traducción de María de los Angeles Porrúa.	18.00
322.	SAINT-PIERRE, Bernardino de: *Pablo y Virginia.* Introducción de Arturo Souto A.	30.00
659.	SAINTE-BEUVE: *Retratos literarios.* Prólogo de Gerard Bauer	40.00
456.	SALADO ALVAREZ, Victoriano: *Episodios Nacionales: Santa Anna. La reforma. La intervención. El imperio: su alteza serenísima. Memorias de un Polizonte.* Prólogo biográfico de Ana Salado Alvarez.	30.00
460.	SALADO ALVAREZ, Victoriano: *Episodios Nacionales: Santa Anna. La reforma. La intervención. El imperio: el golpe de Estado. Los mártires de Tacubaya.*	30.00
464.	SALADO ALVAREZ, Victoriano: *Episodios Nacionales: Santa Anna. La reforma. La intervención. El imperio: la reforma. El plan de pacificación.* ...	30.00
466.	SALADO ALVAREZ, Victoriano: *Episodios Nacionales: Santa Anna. La reforma. La intervención. El imperio: las ranas pidiendo rey. Puebla.*	30.00
468.	SALADO ALVAREZ, Victoriano: *Episodios Nacionales: Santa Anna. La reforma. La intervención. El imperio: la Corte de Maximiliano. Orizaba.*	30.00
469.	SALADO ALVAREZ, Victoriano: *Episodios Nacionales: Santa Anna. La reforma. La intervención. El imperio: Porfirio Díaz. Ramón Corona.*	30.00
471.	SALADO ALVAREZ, Victoriano: *Episodios Nacionales: Santa Anna. La reforma. La intervención. El imperio: la emigración. Querétaro.*	30.00
477.	SALADO ALVAREZ, Victoriano: *Memorias. Tiempo viejo. Tiempo Nuevo.* Nota preliminar de José Emilio Pacheco. Prólogo de Carlos González Peña.	35.00
220.	SALGARI, Emilio: *Sandokan. La mujer del pirata.* Prólogo de María Elvira Bermúdez.	30.00
239.	SALGARI, Emilio: *Los piratas de la Malasia. Los estranguladores.* Nota preliminar de María Elvira Bermúdez.	30.00
242.	SALGARI, Emilio: *Los dos rivales. Los tigres de la Malasia.* Nota preliminar de María Elvira Bermúdez.	30.00
257.	SALGARI, Emilio: *El rey del mar. La reconquista de Mompracem.* Nota preliminar de María Elvira Bermúdez.	30.00
264.	SALGARI, Emilio: *El falso Bracman. La caída de un imperio.* Nota preliminar de María Elvira Bermúdez.	30.00

PRECIOS SUJETOS A VARIACION SIN PREVIO AVISO

267. **SALGARI, Emilio:** *En los junglares de la India. El desquite de Yáñez.* Nota preliminar de María Elvira Bermúdez. .... $ 30.00

292. **SALGARI, Emilio:** *El capitán Tormenta. El León de Damasco.* Nota preliminar de María Elvira Bermúdez. 30.00

296. **SALGARI, Emilio:** *El hijo del León de Damasco. La galera del Bajá.* Nota preliminar de María Elvira Bermúdez. 30.00

302. **SALGARI, Emilio:** *El corsario negro. La venganza.* Nota preliminar de María Elvira Bermúdez. 30.00

306. **SALGARI, Emilio:** *La reina de los caribes. Honorata de Wan Guld.* 30.00

312. **SALGARI, Emilio:** *Yolanda. Morgan.* 30.00

363. **SALGARI, Emilio:** *Aventuras entre los pieles rojas. El rey de la pradera.* Prólogo de María Elvira Bermúdez. 30.00

376. **SALGARI, Emilio.** *En las fronteras del Far-West. La cazadora de cabelleras.* Prólogo de María Elvira Bermúdez. 30.00

379. **SALGARI, Emilio.** *La soberana del campo de oro. El rey de los cangrejos.* Prólogo de María Elvira Bermúdez. 30.00

465. **SALGARI, Emilio:** *Las "Panteras" de Argel. El filtro de los Califas.* Prólogo de María Elvira Bermúdez. 30.00

517. **SALGARI, Emilio:** *Los náufragos del Liguria. Devastaciones de los piratas.* 30.00

533. **SALGARI, Emilio:** *Los mineros de Alaska. Los pescadores de ballenas.* 30.00

535. **SALGARI, Emilio:** *La campana de plata. Los hijos del aire.* 30.00

536. **SALGARI, Emilio:** *El desierto de fuego. Los bandidos del Sahara.* 30.00

537. **SALGARI, Emilio:** *Los barcos filibusteros.* 30.00

538. **SALGARI, Emilio:** *Los misterios de la selva. La Costa de Marfil.* 30.00

540. **SALGARI, Emilio:** *La favorita del Mahdi. El profeta del Sudán.* 30.00

542. **SALGARI, Emilio:** *El capitán de la "D'Juana". La montaña de luz.* 30.00

544. **SALGARI, Emilio:** *El hijo del corsario rojo.* 30.00

547. **SALGARI, Emilio:** *La perla roja. Los pescadores de perlas.* 30.00

553. **SALGARI, Emilio:** *El mar de las perlas. La perla del río rojo.* 30.00

554. **SALGARI, Emilio.** *Los misterios de la India.* 30.00

559. **SALGARI, Emilio.** *Los horrores de Filipinas.* 30.00

560. **SALGARI, Emilio:** *Flor de las perlas. Los çazadores de cabezas.* 30.00

561. **SALGARI, Emilio:** *Las hijas de los faraones. El sacerdote de Phtah.* 30.00

562. **SALGARI, Emilio:** *Los piratas de las Bermudas. Dos abordajes.* 30.00

563. **SALGARI, Emilio:** *Nuevas aventuras de cabeza de piedra. El castillo de Montecarlo.* 30.00

567. **SALGARI, Emilio:** *La capitana del Yucatán. La heroína de Puerto Arturo.* Nota preliminar de María Elvira Bermúdez. 30.00

579. **SALGARI, Emilio:** *Un drama en el Océano Pacífico. Los solitarios del Océano.* . 30.00

583. **SALGARI, Emilio:** *Al Polo Norte a bordo del "Taimyr".* 30.00

585. **SALGARI, Emilio:** *El continente misterioso. El esclavo de Madagascar.* 30.00

288. **SALUSTIO:** *La conjuración de Catilina. La guerra de Jugurta.* Estudio preliminar de Francisco Montes de Oca. 25.00

SAMANIEGO: Véase: **FABULAS**

393. **SAMOSATA, Luciano de:** *Diálogos. Historia verdadera.* Introducción de Salvador Marichalar. 35.00

59. **SAN AGUSTIN:** *La ciudad de Dios.* Introducción de Francisco Montes de Oca. 45.00

142. **SAN AGUSTIN:** *Confesiones.* Versión, introducción y notas de Francisco Montes de Oca. 30.00

40. **SAN FRANCISCO DE ASIS.** *Florecillas.* Introducción de Francisco Montes de Oca. 35.00

228. **SAN JUAN DE LA CRUZ:** *Obras completas. Subida del Monte Carmelo. Noche oscura. Cántico espiritual. Llama de amor viva. Poesías.* Prólogo de Gabriel de la Mora. 45.00

PRECIOS SUJETOS A VARIACION SIN PREVIO AVISO

199.	**SAN PEDRO, Diego de:** *Cárcel de amor. Arnalde e Lucenda. Sermón. Poesías. Desprecio de la fortuna. Seguidas de questión de amor.* Introducción de Arturo Souto A. ...... $ 30.00
	SANCHEZ DE BADAJOZ: Véase: **AUTOS SACRAMENTALES**
655.	**SAND, George:** *Historia de mi vida.* Prólogo de Ramón Arguita 35.00
50.	**SANTA TERESA DE JESUS:** *Las moradas. Libro de su vida.* Biografía de Juana de Ontañón. 30.00
645.	**SANTAYANA, George:** *Tres poetas filósofos. Lucrecio - Dante - Goethe. Diálogos en el Limbo.* Breve historia de mis opiniones de George Santayana. 40.00
49.	**SARMIENTO, Domingo F.:** *Facundo. Civilización y Barbarie. Vida de Juan Facundo Quiroga.* Ensayo preliminar e índice cronológico por Raimundo Lazo. 25.00
	SASTRE: Véase: **TEATRO ESPAÑOL CONTEMPORANEO**
138.	**SCOTT, Walter:** *Ivanhoe o El Cruzado.* Introducción de Arturo Souto A. 25.00
409.	**SCOTT, Walter:** *El monasterio.* Prólogo de Henry Thomas. 30.00
416.	**SCOTT, Walter:** *El pirata.* Prólogo de Henry Thomas. 30.00
401.	**SCHILLER, Federico:** *María Estuardo. La doncella de Orleans. Guillermo Tell.* Prólogo de Alfredo S. Barca. 25.00
434.	**SCHILLER, Federico:** *Don Carlos. La conjuración de Fiesco. Intriga y amor.* Prólogo de Wilhelm Dilthey. 30.00
458.	**SCHILLER, Federico:** *Wallenstein. El campamento de Wallenstein. Los Piccolomini. La muerte de Wallenstein. La novia de Mesina.* Prólogo de Wilhelm Dilthey. 30.00
419.	**SCHOPENHAUER, Arturo:** *El mundo como voluntad y representación.* Introducción de E. Friedrick Sauer. 30.00
455.	**SCHOPENHAUER, Arthur:** *La sabiduría de la vida. En torno a la filosofía. El amor, las mujeres, la muerte y otros temas.* Prólogo de Abraham Waismann. Traducción del alemán por Eduardo Gónzález Blanco. 30.00
603.	**SCHWOB, Marcel:** *Vidas imaginarias. La cruzada de los niños.* Prólogo de José Emilio Pacheco. 30.00
281.	**SENECA:** *Tratados filosóficos. Cartas.* Estudio preliminar de Francisco Montes de Oca. 30.00
653.	**SERRANO MIGALLON, Fernando:** *El grito de Independencia. Historia de una pasión nacional.* Prólogo de Andrés Henestrosa 35.00
658.	**SERRANO MIGALLON, Fernando:** *Toma de Posesión: el rito del Poder.* Presentación de Lorenzo Meyer 35.00
673.	**SERRANO MIGALLÓN, Fernando:** *Isidro Fabela y la Diplomacia Mexicana.* Prólogo de Modesto Seara Vázquez 50.00
437.	**SERTILANGES, A. D.:** *La vida intelectual.* **GUITTON, Jean:** *El trabajo intelectual.* 30.00
86.	**SHAKESPEARE:** *Hamlet. Penas por amor perdidas. Los dos hidalgos de Verona. Sueño de una noche de verano. Romeo y Julieta.* Con notas preliminares y dos cronologías. 25.00
94.	**SHAKESPEARE:** *Otelo. La fierecilla domada. Y vuestro gusto. El rey Lear.* Con notas preliminares y dos cronologías. 30.00
96.	**SHAKESPEARE:** *Macbeth. El mercader de Venecia. Las alegres comadres de Windsor. Julio César. La tempestad.* Con notas preliminares y dos cronologías. 30.00
	SHOLOJOV: Véase: **CUENTOS RUSOS**
160.	**SIENKIEWICZ, Enrique:** *Quo vadis?* Prólogo de José Manuel Villalaz. 40.00
146.	**SIERRA, Justo:** *Juárez: su vida y su tiempo.* Introducción de Agustín Yáñez. 30.00
515.	**SIERRA, Justo:** *Evolución política del pueblo mexicano.* Prólogo de Alfonso Reyes. 30.00
81.	**SITIO DE QUERETARO, EL:** Según sus protagonistas y testigos. Selección y notas introductorias de Daniel Moreno. 35.00

PRECIOS SUJETOS A VARIACION SIN PREVIO AVISO

14.	**SOFOCLES:** *Las siete tragedias.* Versión directa del griego con una introducción de Angel María Garibay K.	$ 25.00
89.	**SOLIS Y RIVADENEIRA, Antonio de:** *Historia de la conquista de México.* Prólogo y apéndices de Edmundo O'Gorman. Notas de José Valero.	40.00
472.	**SOSA, Francisco:** *Biografías de mexicanos distinguidos. (Doscientas noventa y cuatro).*	60.00
319.	**SPINOZA:** *Etica. Tratado teológico-político.* Estudio introductivo, análisis de las obras y revisión del texto por Francisco Larroyo.	50.00
651.	**STAVANS, Ilán:** *Cuentistas judíos.* Sforim. Schultz. Appelfeld. Perera. Kafka. Peretz. Bratzlav. Kis. Aleichem. Goldemberg. Ash. Oz. Goloboff. Yehoshua. Shapiro. Agnon. Amichai. Svevo. Singer. Paley. Szichman. Stavans. Babel. Gerchunoff. Bellow. Roth. Dorfman. Lubitch. Ozic. Scliar. Bleister. Roenmacher. Introducción *Memoria y literatura* por Ilán Stavans.	60.00
105.	**STENDHAL:** *La cartuja de Parma.* Introducción de Francisco Montes de Oca.	25.00
359.	**STENDHAL:** *Rojo y negro.* Introducción de Francisco Montes de Oca.	30.00
110.	**STEVENSON, R. L.:** *La isla del tesoro. Cuentos de los mares del sur.* Prólogo de Sergio Pitol.	30.00
72.	**STOWE, Harriet Beecher:** *La cabaña del tío Tom.* Introducción de Daniel Moreno.	30.00
525.	**SUE, Eugenio:** *Los misterios de París.* Tomo I.	35.00
526.	**SUE, Eugenio:** *Los misterios de París.* Tomo II.	35.00
628-629.	**SUE, Eugenio:** *El judío errante.* 2 tomos.	144.00
355.	**SUETONIO:** *Los doce Césares.* Introducción de Francisco Montes de Oca ...	25.00
	SURGUCHOV. Véase: **CUENTOS RUSOS**	
196.	**SWIFT, Jonathan:** *Viajes de Gulliver.* Traducción, prólogo y notas de Monserrat Alfau.	30.00
291.	**TACITO, Cornelio:** *Anales.* Estudio preliminar de Francisco Montes de Oca.	25.00
33.	**TAGORE, Rabindranath:** *La luna nueva. El jardinero. El cartero del rey. Las piedras hambrientas y otros cuentos.* Estudio de Daniel Moreno.	30.00
647.	**TAINE, Hipólito:** *Filosofía del arte.* Prólogo de Raymond Dumay.	40.00
232.	**TARACENA, Alfonso:** *Francisco I. Madero.*	30.00
386.	**TARACENA, Alfonso:** *José Vasconcelos.*	25.00
610.	**TARACENA, Alfonso:** *La verdadera Revolución Mexicana. (1901-1911).* Prólogo de José Vasconcelos.	60.00
611.	**TARACENA, Alfonso:** *La verdadera Revolución Mexicana. (1912-1914).* Palabras de Sergio Golwarz.	60.00
612.	**TARACENA, Alfonso:** *La verdadera Revolución Mexicana. (1915-1917).* Palabras de Jesús González Schmal.	60.00
613.	**TARACENA, Alfonso:** *La verdadera Revolución Mexicana. (1918-1921).* Palabras de Enrique Krauze.	60.00
614.	**TARACENA, Alfonso:** *La verdadera Revolución Mexicana. (1922-1924).* Palabras de Ceferino Palencia.	60.00
615.	**TARACENA, Alfonso:** *La verdadera Revolución Mexicana. (1925-1927).* Palabras de Alfonso Reyes.	60.00
616.	**TARACENA, Alfonso:** *La verdadera Revolución Mexicana. (1928-1929).* Palabras de Rafael Solana, Jr.	60.00
617.	**TARACENA, Alfonso:** *La verdadera Revolución Mexicana. (1930-1931).* Palabras de José Muñoz Cota.	60.00
618.	**TARACENA, Alfonso:** *La verdadera Revolución Mexicana. (1932-1934).* Palabras de Martín Luis Guzmán.	60.00
619.	**TARACENA, Alfonso:** *La verdadera Revolución Mexicana. (1935-1936).* Palabras de Enrique Alvarez Palacios.	60.00
620.	**TARACENA, Alfonso:** *La verdadera Revolución Mexicana. (1937-1940).* Palabras de Carlos Monsiváis.	60.00

PRECIOS SUJETOS A VARIACION SIN PREVIO AVISO

PRECIOS SUJETOS A VARIACION SIN PREVIO AVISO

PRECIOS SUJETOS A VARIACION SIN PREVIO AVISO

445.	VERNE, Julio: *Héctor Servadac.* Prólogo de María Elvira Bermúdez.	$ 30.00
509.	VERNE, Julio: *La Jangada. Ochocientas leguas por el Río de las Amazonas.*	30.00
513.	VERNE, Julio: *Escuela de los Robinsones.* Nota preliminar de María Elvira Bermúdez.	25.00
539.	VERNE, Julio: *Norte contra Sur.*	25.00
541.	VERNE, Julio. *Aventuras del capitán Hatteras. Los ingleses en el Polo Norte. El desierto de hielo.*	30.00
543.	VERNE, Julio: *El país de las pieles.*	30.00
551.	VERNE, Julio: *Kerabán el testarudo.*	30.00
552.	VERNE, Julio: *Matías Sandorf.* Novela laureada por la Academia Francesa.	30.00
569.	VERNE, Julio: *El archipiélago de fuego. Clovis Dardentor. De Glasgow a Charleston. Una invernada entre los hielos.*	30.00
570.	VERNE, Julio: *Los amotinados de la Bounty. Mistress Branican.*	30.00
571.	VERNE, Julio: *Un drama en México. Aventuras de tres rusos y de tres ingleses en el Africa Austral. Claudio Bombarnac.*	30.00
575.	VERNE, Julio: *César Cascabel.*	30.00
	VIDA DEL BUSCON DON PABLOS: Véase: LAZARILLO DE TORMES.	
163.	VIDA Y HECHOS DE ESTEBANILLO GONZALEZ. Prólogo de Juana de Ontañón.	25.00
227.	VILLAVERDE, Cirilo: *Cecilia Valdés. Novela de costumbres cubanas.* Estudio crítico de Raimundo Lazo.	24.00
147.	VIRGILIO. *Eneida. Geórgicas. Bucólicas.* Edición revisada por Francisco Montes de Oca.	25.00
261.	VITORIA, Francisco de: *Reelecciones. Del estado, de los indios y del derecho de la guerra.* Con una introducción de Antonio Gómez Robledo.	25.00
447.	VIVES, Juan Luis: *Tratado de la enseñanza. Introducción a la sabiduría. Escolta del alma. Diálogos. Pedagogía pueril.* Estudio preliminar y prólogos por José Manuel Villalpando.	45.00
27.	VOCES DE ORIENTE. *Antología de textos literarios del cercano Oriente.* Traducciones, introducciones, compilación y notas de Angel María Garibay K.	25.00
398.	VOLTAIRE: *Cándido. Zadig. El ingenuo. Micrómegas. Memmon y otros cuentos.* Prólogo de Juan Antonio Guerrero.	25.00
634.	VON KLEIST, Heinrich. *Michael Kohlhaas y otras narraciones. Heinrich Von Kleist* por Stefan Zewig.	35.00
170.	WALLACE, Lewis: *Ben-Hur.* Prólogo de Joaquín Antonio Peñalosa.	30.00
	WICKRAM, Jorge: Véase: ANONIMO	
133.	WILDE, Oscar: *El retrato de Dorian Gray. El príncipe feliz. El ruiseñor y la rosa. El crimen de Lord Arthur Saville. El fantasma de Canterville.* Traducción, prólogo y notas de Monserrat Alfau.	25.00
238.	WILDE, Oscar: *La importancia de llamarse Ernesto. El abanico de Lady Windermere. Una mujer sin importancia. Un marido ideal. Salomé.* Traducción y prólogo de Monserrat Alfau.	25.00
161.	WISEMAN, Cardenal: *Fabiola o la Iglesia de las Catacumbas.* Introducción de Joaquín Antonio Peñalosa.	40.00
90.	ZARCO, Francisco: *Escritos literarios.* Selección, prólogo y notas de René Avilés.	22.00
546.	ZAVALA, Silvio: *Recuerdo de Vasco de Quiroga.*	50.00
269.	ZEA, Leopoldo: *Conciencia y posibilidad del mexicano. El occidente y la conciencia de México. Dos ensayos sobre México y lo mexicano.*	25.00
528.	ZEVACO, Miguel: *Los Pardaillán. Tomo I: En las garras del monstruo. La espía de la Médicis. Horrible revelación.*	35.00

PRECIOS SUJETOS A VARIACION SIN PREVIO AVISO

TENEMOS EJEMPLARES ENCUADERNADOS EN TELA

PRECIOS SUJETOS A VARIACION SIN PREVIO AVISO

EDITORIAL PORRUA

BIBLIOTECA JUVENIL PORRUA

LAS OBRAS MAESTRAS ADAPTADAS AL ALCANCE
DE NIÑOS Y JOVENES CON ILUSTRACIONES
EN COLOR

BIBLIOTECA JUVENIL PORRUA

1. CERVANTES SAAVEDRA, Miguel de: **Aventuras de Don Quijote.** Primera parte. Adaptadas para los niños por Pablo Vila. 2a. edición. 1994. 112 pp. Rústica .... $ 20.00
2. **—Aventuras de Don Quijote.** Segunda parte. Adaptadas para los niños por Pablo Vila. 2a. edición. 1994. 144 pp. Rústica 20.00
3. **Amadís de Gaula.** Relatada a los niños por María Luz Morales. 1a. edición. 1992. 103 pp. Rústica 20.00
4. **Historia de Guillermo Tell.** Adaptada a los niños por H. E. Marshall. 2a. edición. 1994. 82 pp. Rústica 20.00
5. MILTON, John: **El paraíso Perdido.** Adaptadas para los niños por Manuel Vallvé. 1a. edición. 1992. 77 pp. Rústica 20.00
6. **Hazañas del Cid Campeador.** Adaptación para los niños por María Luz Morales. 2a. edición. 1994. 113 pp. Rústica 20.00
7. CAMOENS, Luis de: **Los Lusiadas.** Poema épico. Adaptada para los niños por Manuel Vallvé. 1a. edición. 1992. 77 pp. Rústica 20.00
8. ALIGHIERI, Dante: **La Divina Comedia.** Adaptación a los niños por Mary MacGregor. 1a. edición. 1992. 101 pp. Rústica 20.00
9. **Aventuras del Barón de Munchhausen.** Relatadas a los niños. 1a. edición. 1992. 125 pp. Rústica 20.00
10. **La Ilíada o El Sitio de Troya.** Relatada a los niños por María Luz Morales. 2a. edición. 1994. 98 pp. Rústica 20.00
11. SCOTT, Walter: **Ivanhoe.** Adaptación para los niños por Manuel Vallvé. 1a. edición. 1992. 119 pp. Rústica 20.00
12. **Cantar de Roldán, El.** Adaptación para los niños por H. E. Marshall. 1a. edición. 1992. 93 pp. Rústica 20.00
13. TASSO, Torcuato: **La Jerusalén Libertada.** Adaptada para los niños por José Baeza. 1a. edición. 1992. 105 pp. Rústica 20.00
14. **Historias de Ruiz de Alarcón.** Relatadas a los niños por María Luz Morales. 1a. edición. 1992. 105 pp. Rústica 20.00
15. RODAS, Apolonio de: **Los Argonautas.** Adaptado a los niños por Carmela Eulate. 1a. edición. 1993. 101 pp. Rústica 20.00
16. **Aventuras de Gil Blas de Santillana.** Adaptado para los niños por María Luz Morales. 1a. edición. 1992. 115 pp. Rústica. 20.00
17. CERVANTES SAAVEDRA, Miguel de: **La Gitanilla. El Amante Liberal.** Adaptado a los niños por María Luz Morales. 1a. edición. 1992. 103 pp. Rústica. 20.00
18. **Cuentos de Hoffman.** Relatados a los niños por Manuel Vallvé. 1a. edición. 1992. 101 pp. Rústica. 20.00
19. HOMERO: **La Odisea.** Relatada a los niños por María Luz Morales. 2a. edición. 1994. 109 pp. Rústica. 20.00
20. **Cuentos de Edgar Allan Poe.** Relatados a los niños por Manuel Vallvé. 2a. edición. 1994. 78 pp. Rústica. 20.00
21. ARIOSTO, Ludovico: **Orlando Furioso.** Relatado a los niños. 1a. edición. 1993. 91 pp. Rústica. 20.00
22. **Historias de Wagner.** Adaptado a los niños por C. E. Smith. 1a. edición. 1993. 105 pp. Rústica. 20.00
23. **Tristán e Isolda.** Adaptado a los niños por Manuel Vallvé. 1a. edición. 1993. 87 pp. Rústica. 20.00
24. **Historias de Moliére.** Relatadas a los niños por José Baeza. 1a. edición. 1993. 73 pp. Rústica. 20.00

PRECIOS SUJETOS A VARIACION SIN PREVIO AVISO

25.	**Historia de Lope de Vega.** Relatadas a los niños por Ma. Luz Morales. 1a. edición. 1993. 93 pp. Rústica.	$ 20.00
26.	**Mil y una Noches, Las.** Narradas a los niños por C. G. 1a. edición. 1993. 85 pp. Rústica.	20.00
27.	**Historias de Tirso de Molina.** Relatadas a los niños. 1a. edición 1993. 95 pp. Rústica.	20.00
28.	**Cuentos de Schmid.** Relatada a los niños por E. H. H. 1a. edición 1993. 124 pp. Rústica.	20.00
29.	IRVING, Washington: **Cuentos de la Alhambra.** Relatada a los niños por Manuel Vallvé. 1a. edición. 1993. 78 pp. Rústica.	20.00
30.	WAGNER, R.: **El Anillo del Nibelungo.** Relatada a la juventud por Manuel Vallvé. 1a. edición. 1993. 109 pp. Rústica.	20.00
31.	**Historias de Juan Godofredo de Herder.** Adaptado a los niños por Leonardo Panizo. 1a. edición. 1993. 75 pp. Rústica.	20.00
32.	**Historias de Plutarco.** Adaptado a los niños por Manuel Vallvé. 1a. edición. 1993. 93 pp. Rústica.	20.00
33.	IRVING, Washington: **Más Cuentos de la Alhambra.** Adaptado a los niños por Manuel Vallvé. 1a. edición. 1993. 91 pp. Rústica.	20.00
34.	**Descubrimiento del Perú.** Relatadas a los niños por Fray Celso García (Agustino). 1a. edición. 1993. 125 pp. Rústica.	20.00
35.	**Más Historias de Hans Andersen.** Traducción y adaptación de Manuel Vallvé. 1a. edición. 1993. 83 pp. Rústica.	20.00
36.	KINGSLEY, Charles: **Los héroes.** Relatado a los niños por Mary MacGregor. 1a. edición. 1993. 103 pp. Rústica.	20.00
37.	**Leyendas de Peregrinos.** (Historia de Chaucer). Relatadas a los niños por Janet Harvey Kelma. 1a. edición. 1993. 89 pp. Rústica	20.00
38.	**Historias de Goethe.** Relatado a los niños por María Luz Morales. 1a. edición. 1993. 107 pp. Rústica	20.00
39.	VIRGILIO MARON, Publio: **La Eneida.** Relatada a los niños por Manuel Vallvé. 1a. edición. 1993. 81 pp. Rústica	20.00
40.	**Los Caballeros de la Tabla Redonda.** Leyendas relatadas a los niños por Manuel Vallvé. 1a. edición. 1993. 95 pp. Rústica	20.00
41.	**Historias de Shakespeare.** Explicadas a los niños por Jeanie Lang. 1a. edición. 1993. 127 pp. Rústica.	20.00
42.	**Historias de Calderón de la Barca. El Alcalde de Zalamea. La Vida es Sueño.** Relatadas a los niños por Manuel Vallvé. 1a. edición. 1993. 87 pp. Rústica.	20.00
43.	**Historias de Eurípides.** Narradas a los niños por María Luz Morales. 1a. edición. 1993. 103 pp. Rústica.	20.00
44.	SWIFT, Jonathan: **Viajes de Gulliver a Liliput y Brobdingnang.** Relatados a los niños por John Lang. 1a. edición. 1993. 100 pp. Rústica.	20.00
45.	**Historias de Rojas Zorrilla.** Adaptadas a la juventud por José Baeza. 1a. edición. 1994. 107 pp. Rústica.	20.00
46.	**Más Historias de Shakespeare.** Relatadas a los niños por Jeanie Lang. 1a. edición. 1994. 101 pp. Rústica.	20.00
47.	**Cuentos de Perrault.** Relatada a los niños por María Luz Morales. 1a. edición. 1994. 101 pp. Rústica.	20.00
48.	**Historias de Lucano.** Relatadas a los niños por Francisco Esteve. 1a. edición. 1994. 100 pp. Rústica.	20.00
49.	CERVANTES, Miguel de: **Entremeses.** Adaptación por José Baeza. 1a. edición. 1994. 97 pp. Rústica.	20.00
50.	**La Cabaña del Tío Tom.** Relatada a los niños por H. E. Marshall. 1a. edición. 1994. 103 pp. Rústica.	20.00
51.	**Ramayana de Valmiki, El.** Relatado a la juventud por Carmela Eulate. 1a. edición. 1994. 112 pp. Rústica.	20.00

PRECIOS SUJETOS A VARIACION SIN PREVIO AVISO

PRECIOS SUJETOS A VARIACION SIN PREVIO AVISO